廖心一 著

# 两帝三朝全传

明英宗 明代宗合传

## 天顺朝实录 ③

戊戌桂秋 王立鐸题

金城出版社 GOLD WALL PRESS · 北京 BEIJING

# 第三部

# 天顺朝实录

# 第八十五章

皇帝几天来都睡不安稳，不是梦见身处漫天风雪中，就是梦见比猫狗还要大的老鼠肆虐。可能宫里畜猫，而南宫不畜猫，整个宫城里的老鼠都被驱赶到南宫。

朝中逐渐平静下来，大事小事可以一件一件按部就班地办理。皇帝情绪也逐渐平稳下来，可以正常思考和处置朝政。

朝廷恢复常态，确切地说，是在二十日。皇帝标志性的一句话，是坐在文华殿偏殿，问当值的司礼监官："今日是何日？"

"二十日。"司礼监官回答。

皇帝"嗯"一声，是问话的口吻，不是肯定的口吻。也就是说，他要一个更确切或者更具体的日子。

司礼监官被难住。上元节过去几天，又不是新的节气到，今日并没有什么特别的。不能说得更确切，那就说得更具体点儿吧。他可以说今日是正月二十日。但再具体点儿呢？总不能说是丁丑年吧？景泰八年就更说不得。十七日皇帝登极诏书中有"礼部其择日改元"一句，也就是说，今年不能再称景泰八年。

"不好说吧？"皇帝复辟以来，这可能是第一次有点儿得意，"告诉你，自今日始，别人再问的话，你会好说。"

"爷是说，新年号拟出？"司礼监官问。

"不错，内阁已拟旨诏告天下，"皇帝说，"你可知是哪两个字？天顺，天地的天，顺逆的顺。朕再问你今日何日，你知道该怎样说吧？"

"天顺？"司礼监官脸上现出诧异的表情，但很快消失。他说，"奴才知道。奴才该说今日是天顺元年正月二十日。"

皇帝看出这不是他原来想说的话，于是道："怎么，这个年号不好？"

"翰林皆饱学之士，他等所拟，奴才不敢妄加评论。"司礼监官说。

"朕要你评论呢？"皇帝道。

"顺天应人，这两个字的意思是好的。"司礼监官说。

"不对，你还有别的话。"皇帝认准这一点。

司礼监官不能再瞒。但在禀奏之前，他还是要先问个清楚：“奴才斗胆问一句，改元一事是否已颁旨？”

“朕才说，已诏告天下。”皇帝道。

“奴才偶闻一事，想来应该无关大局。”司礼监官说。

“你且说事，有关无关，你用不着想。”皇帝道。

“是。”司礼监官应一声，说，“去年七月，贵州贼人李珍押解至京，他曾伪称皇帝，妄建年号，用的就是这两个字。”

大臣们费尽心思拟上的年号，竟是小小蟊贼用过的，真是个天大的笑话！皇帝要不是经历过许多磨难，一定会勃然大怒。但他这时显得很平静，只是问：“你怎么偶闻此事的？”

司礼监官述道：“李珍解至刑部狱时，奴才刚好去办事，听差官和狱卒在讲笑。差官说：你等想寻开心，便称他一声天顺爷。狱卒问何故，差官说：他建立伪朝，用天顺二字做年号。只要一听到这两个字，你要当开国公，他就封你开国公；要当兵马大元帅，他就封你兵马大元帅。”

“有人寻这个开心吗？”皇帝问。

“奴才想，不会有人寻这个开心的。”司礼监官答道。

“你说是偶闻此事的，那么，并非文书上见到？”皇帝进一步问。

“该等文字，奴才无缘得见。不过奴才想，李珍伪朝伪号等事，未载于文档；否则，翰林和大臣们总会有记得的。”司礼监官说。

他并无邀功之意，对翰林和大臣们并无落井下石之意，皇帝觉得实在难能可贵。皇帝干脆更彻底地解脱大臣们的责任：“有人记得此事，也不要紧，谁让这两个字的意思好呢？朕用这两个字，是顺天应人；他用这两个字，是贻笑大方。再者，景泰年间出现天顺二字，谁说不是上苍以之启迪我君臣呢？”

“爷圣明！”司礼监官叩道。这样的结果，让他也松口气。

其实，皇帝内心并不像他说的那样无所谓，要是早一天，哪怕早半天，听到这个故事，他或许会批回礼部，命礼卿和翰林们重拟。因为他曾经考虑过，可不可以沿用正统的年号。沿用正统年号，当然不是从今年沿用，而是要废除景泰年号；也就是说，把景泰元年改为正统十五年，今年则是正统二十二年。这个方法有过先例，太宗皇帝登极后，就把建文元年至建文四年改成洪武三十二年至洪武三十五年。

但皇帝有自知之明，他和具有雄才大略的太宗皇帝是不能相提并论的。太宗皇帝可以一句话就废除建文年号，他却不可以。其次，太宗皇帝和建文君打四年仗，自己则是在一夜之间取朱祁钰而代之，没有那样的深仇大恨。第三，太宗皇帝废除建文年号，是沿用洪武年号，而不是把永乐年号提前使用。因此，把景泰年号改为正统年号，和把建文年号改为洪武年号，并不完全相同。

有这三个原因，皇帝不会自己提出来沿用正统年号；除非有臣子提出这个问题。所以大臣拟进天顺年号，他准允；所以有小小蟊贼使用过天顺这个年号的事实，他也不想用来作为重拟年号的借口。

这些想法都是只可意会的，多说无益。皇帝表达对天顺年号的满意后，就不想再说别的。倒是眼前这个司礼监官，引起他的兴趣。

“你叫什么名字？”皇帝问。

“奴才怀恩。”司礼监官回奏。

“怀恩，这个名字好。”皇帝道。

“这是奴才进宫时，先帝赐的名字。”怀恩说。

这个名字其实包含一个很悲惨的故事：怀恩原姓戴，父亲戴希文官太仆寺卿，族兄戴纶官兵部侍郎。戴纶得罪宣宗皇帝，被杀；戴希文家被抄没，怀恩被净身入宫。赐名怀恩，大概是要他记住不杀之恩。

“怀恩，你进宫后就在司礼监当差？”皇帝又问起他的经历。

“不是。奴才曾在宫里当差，也曾在其他衙门当差，因为识得几个字，最后被安置在司礼监当差。”怀恩说。

“现为何职？”皇帝问。

“少监。”怀恩说。

各衙门的资深太监，在景泰年间被处置一批，如金英等；皇帝复辟，已经下狱一批，等候处置，如王诚、舒良等。可用之人实在不多，甚至像兴安这样皇帝曾经非常信任的太监，也不能用。这几天来，司礼监都是职位在少监以下的宦官在皇帝身边当值。一天换一人，皇帝不曾留意，或者说不是很满意；今天这个怀恩，他却觉得是可以任用的。

“宣德年间入宫，迄今二十几年，朕看可升太监。”皇帝说。

“奴才叩谢天恩！”怀恩道。

“徐爱卿，于谦杀得吗？”皇帝开门见山地问。

杀得！单独被召入的徐有贞恨不得大声疾呼，以发泄几年来的积怨。他一辈子也忘不了于谦的那句话：言南迁者，可斩也；他一辈子也忘不了使自己蒙耻的那件事：求国子祭酒而不得。虽然后来有人告诉他，于谦曾在前皇帝面前为他奏乞，但他宁可信其无：以于谦在前皇帝心目中的地位，能连个祭酒也求不到吗？至于几天前于谦被逮拿的情景，更是如在眼前。那是正月十七日，以左副都御史兼翰林院学士的他，和内阁旧臣陈循，在午门外颁皇帝登极圣谕，颁毕，立即冲上几名锦衣卫校尉，在朝班中拿下于谦、王文，解往锦衣卫狱。徐有贞没留意王文的表情，而于谦虽束手就缚，却无一丝沮丧，一丝惊慌。他当时就想，这个人一定得死，朝廷才能安顿下来。

但他不能大声疾呼，甚至不能直截了当地说“杀得”。廷讯前朝大臣多名，论死的有王文、于谦，还有内臣王诚、舒良、张永、王勤等，此外，内阁大学士陈循，尚书俞士悦、江渊，侍郎项文曜等发戍铁岭卫，内阁大学士肖鎡、商辂，侍郎王伟、古镛、丁澄等削籍为民。皇帝对别人的处置皆无疑义，只对于谦的处置提出疑义，不是没有缘故的。徐有贞知道，正统初年，皇帝年纪尚幼，内阁三杨对巡抚河南、山西的于谦都很器重，于谦有所奏请，不是夕至朝准，就是朝至夕准，从来没有延挨过。这一定会给皇帝留下深刻印象。徐有贞虽不确切知道，但可以想象得出，皇帝北狩时，于谦作为兵部尚书，处置一切军务。瓦剌的首领们不会不提到他；提到他，不会不流露出畏惧，或无奈，或敬佩。这也一定会给皇帝留下深刻印象。在这种情况下，强烈地主张杀于谦，恐怕会适得其反。

“法司鞫讯，论其罪当死。”徐有贞说。

“朕知道，但功罪不能相抵吗？”皇帝道。

“臣以为，有些罪可抵，有些罪不可抵。”徐有贞说。

“哪些罪不可抵，你说与朕听听。”皇帝命道。

“是。”徐有贞应道。他心里很清楚，这时想皇帝听进去，不能空洞地讲十恶不赦的罪状，一定要举实例，十恶不赦之罪不可抵，皇帝能不知道吗？举例子的话，最好举皇帝一定要杀的例子：“臣先为皇上说说内臣。舒良挑拨宫闱，作威作福，封锁南宫，刁难皇上。这等罪恶是绝无可抵的。王诚借廷臣奏议立储之机，内外摇舌，上下蛊惑，欲迎立外藩。这等罪恶也是绝无可抵的。”

“这两个人，朕是一定要杀的！爱卿不说，朕也要杀；不管谁来讲情，朕都要杀！”皇帝不像徐有贞，要发泄的积怨，用不着遮遮掩掩。发泄过后，他又回到原来的议题：“朕问的是功罪相抵，如王诚、舒良辈，也有功可言吗？”

“陛下恕臣无罪，臣方敢说。”徐有贞道。

“好，你说，朕不怪罪你。”皇帝准他所请。

“臣以为，如王诚、舒良辈，虽无显功，亦有微劳。”徐有贞说。

“劳在哪里？”皇帝问。

“昔日在郕府办事，效忠于郕王；郕王登极，奔走于宫室。于前朝而言，即为其微劳。”徐有贞说。

他知道，这话肯定会让皇帝心里不舒服，所以先要奏乞恕罪。皇帝听了不舒服，而他不得不说，也是用心良苦。皇帝问功罪相抵，不得不举王诚、舒良的例子，除此之外，还能有什么别的说词呢？这个说词若蒙混过去，等于做个铺垫，后面的事才好说。

皇帝答应不怪罪，不能再深究；而且，也无从深究。他总不能说，于前朝而言是微劳，于今朝而言皆为大罪吧！

“宦者与外臣到底不同，爱卿再举别个例子。”皇帝说。

“是，”徐有贞应道，“王文勾结内臣，煽惑外朝，迎立外藩一事，实为谋主。王诚之罪不可抵，王文之罪亦不可抵。”

“朕知王文其人，正统年间，多次以都御史巡抚陕西，威慑西北，不可谓无功。爱卿称他罪不抵功，倒也说得过去。不过，”皇帝口气一转，问，“迎立外藩一事，于谦也有份吗？”

“臣只听说于谦与闻迎立外藩之事，不敢妄言他与谋迎立外藩之事。”徐有贞很有分寸地说。

“知者与谋者，其罪相当否？”皇帝问。

“知者较之谋者，其罪应减一等。如陈循知迎立外藩之事，仅以戍边论，未以死罪论。”徐有贞说。

“照这么说，于谦也该罪减一等。”皇帝道。

“以谋立外藩一事而言，诚如皇上所谕，于谦不当论死；但他尚有别罪，依臣看来，更重于他人。”徐有贞说。

“爱卿举例说来。”皇帝命道。

“如倡言社稷为重，君为轻。”徐有贞举一个和皇帝直接相关的例子。

“这话不是孟夫子说的吗？”皇帝提醒道。

“是，这话出自亚圣之口。”徐有贞先附和一句，然后说，“亚圣非圣人，他的话有些不足为后人法。故太祖高皇帝于立国之初，曾废除他亚圣名号，主要就是因他有君为轻之论。臣以为，社稷为重，君为轻，不是不可以说，但因时因地而异。于谦倡言时，适逢陛下北狩之初，分明是置陛下安危于不顾。轻而言之，这是目无君父；重而言之，与弑君同。”

“以为弑君，说得太重。”皇帝道。

“目无君父，也在十恶之列。”徐有贞说，“于其时也，同为卿贰的王文不敢言之，侍郕王驾的王诚、舒良不敢言之，唯独于谦言之。故臣以为，于谦之罪，重于王文、王诚、舒良等辈；杀王文、王诚、舒良辈而不杀于谦，他等必不甘心。”

这个“社稷为重，君为轻”确实让皇帝吃过不少苦头，也先、伯颜帖木儿裹挟他移师宣府、大同等边镇，守臣皆以为朝廷守边，不肯接纳。何谓为朝廷守边，还不是社稷为重！但反过来一想，社稷是祖宗的社稷，不也是他的社稷吗？要是守臣都不把守边当作一回事，拱手让给也先，谁知道会出现什么样的局面！总之，倡言“社稷为重，君为轻”，并不能让皇帝下决心杀于谦，他也不愿意只有这么一个杀于谦的口实。

于是他问：“爱卿还有别的例子吗？”

“前朝易储之议，虽出自夷官之口，实则于谦主之。”徐有贞有了一个和废太子见深直接相关的例子。

“于谦主之？”皇帝道，“朕可听说，是兴安奉旨督廷臣议之，请易储君的奏表所有大臣都署名。徐爱卿，你有没有署名？”

“臣人微言轻，署名不署名，无关大局。”徐有贞含糊带过。

“那倒也是，”皇帝不再追问，而说，“于谦位列公卿，他署名不署名，自然关乎大局。不过，朕知道，在他前面署名的还有许多重臣，如魏国公、宁阳侯、武清侯等，如陈循、王直、高谷等。爱卿称于谦主其事，有没有确凿证据呀？”

“臣言二事，皇上便可知于谦是否主其事。”徐有贞说，“其一，排名在前的重臣虽有不少，但其时朝廷最信用的是于谦。臣敢说，召入魏国公、宁阳侯、武清侯、陈循、王直、高谷等议事的次数，合起来，也不及召入于谦议事的次数多。易储一事，魏国公、宁阳侯、武清侯、陈循、王直、高谷等合而进谏，未见得被采纳；于谦一人进谏，朝廷则须三思。其二，倡言易储者，夷官黄竑也。黄竑不过一指挥，因倡议易储而升都督同知。为何得升，兵部奏请也，于谦奏请也。于谦是否黄某靠山，易储之事是否于谦主之，由此可见一斑。”

“于谦若谏易储，或被采纳，这话我信；他碍于君臣情面，可以不谏，但实不该为倡议之人推波助澜。”皇帝说。

皇帝第一次明确地肯定徐有贞的说词，给他很大的鼓舞，他接着说：“为黄某推波助澜，王文做不出来，王诚、舒良做不出来，于谦却做出来。故臣以为，于谦之罪，重于王文、王诚、舒良等辈；杀王文、王诚、舒良辈而不杀于谦，他等必不甘心。”

“徐爱卿，朕不在乎他辈甘心不甘心，朕想知道的只是，于谦实有功于社稷，是不是一定要杀他？”皇帝把他的疑虑简单化。

“陛下恕臣无罪，臣方敢说。”徐有贞再次奏乞。

“你说吧，今日朕不以言加罪于你就是。”皇帝照准。

“谢陛下隆恩。”徐有贞道，“臣以为，不杀于谦，臣等拥戴皇上夺门闯宫，复辟帝位，则无名。”

这话意味深长，皇帝忙问：“徐爱卿，怎讲？”

“夺门复辟，一举成功，固人心所向。但前皇帝终归是合法即位，不是非法篡位；居帝位七年之久，不是一天两天。若无重大图谋，若无重大失德，怎会引发夺门之变？皇上无论怎样处置前皇帝，不杀几名重臣，复辟之事，史官无从落笔。臣以为，杀于谦一人，胜过杀其他重臣十名百名。”徐有贞说。

正因为夺门复辟一举成功，皇帝根本没想过有名无名，也没从有名无名的角度想过该杀什么人。徐有贞一番话让他恍然大悟：不杀于谦，他可能会落下篡位的恶名。既如此，他还有什么好犹豫的！

狱官摸黑进狱室，把托盘放在地上，准确地摸到油灯，用火石把灯点着。借着飘忽不定的光亮，可以看见，托盘里放有两大碗烧酒，一大盘烧肉。狱官说声“两位慢用”，退出去。

于谦走过去，鼻子凑向肉盘，闻了闻，赞道：“好肉！”又凑向酒碗，闻了闻，皱着眉头说，“酒却拙劣。”

王文坐在远处不动，嘲笑道：“廷益兄还想喝宫酿不成！”

“千之兄知道，宫酿我是很少喝的。不过，今日这酒，却不能不喝。”于谦说着，端起碗邀道，“千之兄不饮此酒吗？”

“不饮。”王文没好气地拒绝。

“不饮也好，同在黄泉路上走，总要有一人清醒。”于谦说。

“要醉同醉，为何该我清醒！”王文怒道。

“那就请过来吧。”于谦说。

“我要是过得去，还用你催吗？”王文道。

于谦这才想起，法司鞫讯时，对王文用过重刑。他忙把酒碗放进托盘，整个端起，送过去。王文端起另一碗酒，抢先喝一大口。喝罢，又抓一块肉，塞进嘴里。

于谦重新端起碗来，伸过去，和他的碗碰一下，然后啜一小口。酒太辛辣，呛得他差点落泪，真不知王文那一大口酒是怎么咽下去的！

“千之兄，无名之火为谁而发呀？”他问。

“一室二人，还能是谁！”王文道。

“我知道，千之兄有和自己怄气的毛病。”于谦存心逗他。

"看这副模样，"王文指着自己说，"还忍心和他怄气吗？"

"那就是和我怄气？但不知何事得罪仁兄？"于谦明知故问。

"你说呢？"王文不愿说。

"我知道，千之兄尊臀比我多挨几板，故而不平。"于谦说。

"哼，你还好意思拿此事开玩笑！"王文道，"我虽有迎立襄世子之意，但也只是偶与廷益兄说上一两句，从未倡于廷。现在可好，萧维祯那厮为保官，竟指我与廷益兄谋划已久，付诸实施！"

"他不仅为保官，也为保命。"于谦插话。

"就算他要保命，也不该以莫须有之罪加于我等呀！"王文道。

"是啊，千之兄称：召亲王须用金牌信符，金牌信符藏于内府；遣人出迎必有马牌，马牌得自兵部。此事于内府、兵部，一验可知。这一番辩驳很是精彩呀！"于谦说。

"兵部的事，廷益兄说得清楚，为何却一言不发！"王文责备道。

"说我一言不发，可是冤枉我！"于谦说。

"你是说，也曾分辩过？"法司不仅将二人一同鞫讯，也曾分别鞫讯，王文不由得有点儿含糊。

"此事无须分辩，也知不实。"于谦道，"我是说，不仅我一言不发，也曾劝千之兄一言不发；千之兄不肯听，才受许多皮肉之苦。"

"明知不实，却一言不发，这不像你廷益兄呀！"王文说。

"若是法司只称千之兄将迎立外藩一事付诸实施，我是一定要分辩的；但法司称我与千之兄谋划，将迎立外藩一事付诸事实，则无须分辩，分辩亦无益。"于谦说。

"这是为何？"王文问。

"千之兄聪明盖世的一个人，怎么于生死之际却糊涂？上皇复辟，乃天大的事；不杀你我，怎么向天下交代！"于谦道。

"是啊，明摆着的事，我怎么看不出来呢？预事不明，活该多受皮肉之苦！"王文端起酒碗，邀道，"廷益兄，来，喝酒！"

二十二日，于谦、王文、王诚、舒良等死于市曹。

监刑的法司官和太监都很沉闷，刽子手行刑后，他等在场子里转一圈，确定行刑无误，相互一揖，打算离去。这时，刑部一衙役指着远处，对本部的官员说："大人，你看！"

刑部官员和太监一起顺着他指的方向看去，只见一队人正向刑场走来。领头一人，身着素服；身后跟随的人，抬着一口棺材，也是全身素服。他们步调整齐，看得出是经过训练的。

二人相互看一眼，心里都在琢磨：谁家出殡，非要选这条路走?

一行人越走越近，直到最近的一个路口，仍然朝着刑场直行。可以断定，他们不是送殡的，而是来收尸的。因为送殡的人家，眼看刑场才杀人，还不曾收拾，绝对没有穿越而过的道理。

监刑的太监想，这不会是来给王诚、舒良等人收尸的，不会有人和他们有这等交情。刑部官员想，这应该不是于谦或王文的家人，因为两家凡在京的亲属，均已收狱，等着定罪。二人都在想一件事：无论给哪一个收尸，是准呢，还是不准?

太监眼尖，认出走在队伍前面的，是都督同知陈逵。此人世袭军职，由卫指挥同知一步一步升至现职。仅凭这一点，就足以引起人们对他的尊重和敬畏。

“是陈爷。”监刑的太监用习惯的称呼告诉监刑的刑部官员。

监刑的刑部官员才要问“哪位陈爷”，队伍又走近几步。他也认出陈逵，改口问道：“这位爷怎会来？”

“看这架势，肯定是来收尸的。”太监说。

“那么，肯定是来给一人收尸的。”刑部官员进一步判断，他问太监，“公公知道他与谁人有深交吗？”

“从没听说呀！”太监道，“他若抬来两具棺木，我可以料定，他是来给于、王二人收尸的；他只抬来一具棺木，我就不好说。”

说话间，队伍已到刑场中央。陈逵用手一指，棺材停放在于谦、王文两具尸首中间。他自已朝四周看看，径直向两名监刑官走来。

到二人面前，他一抱拳，问：“哪位管事？”

“公公管事。”监刑的刑部官员说。

“大人管事。”监刑的太监说。

“二位都不想管事，借我管一管如何？”陈逵道。

“陈爷要管事，随便管，还说什么借不借的。”监刑的太监话一出口，觉得这话由他一人说不合适。他问刑部官员，“大人，你说呢？”

“公公说借得，自然是借得。”监刑的刑部官员说。

“二位都是这话，我可就不客气了。”陈逵说着，就要转身。

“陈爷请便！”监刑的太监一揖，随即觉得口子开得太大。刑场重地，哪能说想做什么就做什么呢！他讪讪一笑，拉住陈逵问：“陈爷到此有何贵干，可否赐告？”

“公公不是看见吗？”陈逵说着，指了指停放的棺材。

“是，是，我等都看见。”监刑的太监有意把刑部官员也带上，“在下想问，这几位里，陈爷要抬走哪一位呀？”

“这个嘛，”陈逵略一思忖，道，“还是先请公公告诉我，这几位有何区别没有？”

“都是身首异处，还有什么区别！”监刑的太监说。

陈逵一脸煞气，道：“公公是在说笑吗？”

监刑的太监吓一跳，忙说：“陈爷想知道什么，尽管问。”

“朝廷降旨，这几位论罪相同吗？”陈逵问。

“相同，都是问斩。”监刑的太监说。

“那么，无论抬走哪一位，都是一样？”陈逵进一步问。

“陈爷说的不错，抬走哪一位都一样。”监刑的太监说。

“只要不违旨意。”监刑的刑部官员补充一句。

“这正是我接下来要问的。”陈逵道，“朝廷有无旨意，不准收葬？”

“旨意倒没有，不过——”监刑的太监看刑部官员一眼。

“公公的意思是，两家的人都收监，颁不颁旨意都是一样的。”监刑的刑部官员替他说下半句。

“亦即，并无旨意？”陈逵问。

监刑的太监说句“诚如陈爷所言”，刑部官员说句“诚如都督所言”。

“那好！”陈逵说着，转过身去。

他显然事先有过交代，那队人里也有分辨得出于谦和王文的。见他一挥手，他们打开棺盖，两人把于谦的尸体抬放进去，一人捧着于谦的头安放在适当的位置，再盖好棺盖。几件事做得有条不紊，完成后，众人挺直身板，听候陈逵的号令。

“二位看，还要办个手续吗？”陈逵问。

监刑的太监和刑部官员都觉得他是在戏弄自己，相视苦笑。

“既是无须，告辞！”陈逵向二人一揖，喝了声“起棺”，等众人把棺材抬上肩，他带头离去。

等他们走出十余步，监刑的太监才在后面怪声怪气地说：“陈爷慢走！”他心里却在想：有胆量，你把另一具死尸也抬走呀。这话和身份太不相符，他憋在心里没说出来。

陈逵一行径往西去，出阜成门。走出一里多地，前面是个路口。一人从抬棺材的人群里撤下来，赶到陈逵身后，唤声“大人”，低声说：“和朱大人约的就是此处。”

“是吗？”陈逵左右看看，点头道，“不错，就是此处。”他喝道，“停下！落棺！”

棺材刚一落地，从路旁大树后面闪出一人，身着粗布孝服，头上缠系一根白布带。他快步走过来，扑倒在棺材上，号啕大哭。陈逵和他带领的一干人，都陪着洒泪，有人也哭出声。那人哭得嗓子嘶哑，才转过身，给陈逵叩头，称道："都督大恩，在下没齿不忘。"

"老弟快起来！"陈逵几乎生生把他拽起，抱着他的肩头说，"我敬重大司马一个忠字，敬重你老弟一个孝字，才甘愿办此冒犯天颜之事。你行此大礼，岂不把我的一片诚心埋没！"

那人正是于谦的女婿朱骥，他不能再跪倒，躬身道："无论如何，得都督庇护，在下方得尽孝。"

"好，客套话不必再说。"陈逵拦住他，问道，"车雇好没有？"

"不是雇的，车主听在下述说原委，宁愿帮忙。"朱骥说。

"那就更好！"陈逵道，"趁着身在囹圄之外，趁着天气尚凉，老弟快快南下吧，也好让大司马早一日入土为安。"

二十九日，昌平侯杨俊被押赴市曹。昔日，他针对太上皇帝说过两句话，一句是：也先欲奉太上皇帝还，他密嘱部下将士，"毋轻纳"；一句是：太上皇帝既还，他私下对人说，"是将为祸本"。两句话只要坐实一句，就是死罪；而以二言讦奏的，是于皇帝复辟有大功的石亨和张軏，那就连坐实都不用。正因为有石亨、张軏与杨俊不和，必欲置他于死地的传闻，替杨俊抱屈的人不少；杀他时，前往刑场观看的人也特别多。

行刑的时辰将至，围观的人群一阵骚乱，原来是一妇人在后面左推右搡，正往圈子里挤。被她推搡的人，有的让开路，有的不愿让开，出言詈骂。让路的她也不谢，詈骂的她也不理，只是要往前去。

终于挤到人群中央，和杨俊面对面，她两眼一眨也不眨地盯住杨俊。行刑的官员、刽子手以及围观的人们，都知道她有话要对杨俊说，该喝止她的不喝止，正詈骂她的也住声。

杨俊低垂着头，只等刽子手揪住他的头发，让他头向后仰，然后一刀砍来。忽然而至的沉寂，使他心头一震；而随即听到的声音，更使他心头一震。

"爵爷，怎么头都抬不起来？"妇人道。

他抬起头，从一双白鞋、两条白裤腿、一身素装，一点一点往上看去，直看到未加装扮的一张脸和满头散乱的头发，认出站在面前的是与他相好数年又被他遗弃数年的娼妓高娃，不由惊呼："是你？"

"是我！"高娃应道。

“你来做甚？”杨俊问。

“来看看他们怎样砍下你的头！”高娃道。

“唉！”杨俊感慨世态炎凉；当然，也感慨自己有负高娃，“我对不起你在先，今日该让你出这一口恶气。”

听二人对话，围观的人群议论开来。

“听听，原来曾是一对有情人。”有人说。

“始乱终弃，难怪她头也不梳衣也不换地赶过来。”有人说。

“谁说她衣也不换，从上衣到鞋，她不是特意换过的？”有人驳道。

“他对不起她在先，说不定他对不起她时，她就换上这一身衣服。我说她衣也不换，怎见得错？”被驳的人不服。

“笑话！被人相负便穿这一身，世上还不得有九成人缟服。”有人说。

高娃对众人的议论不闻不问，但对杨俊说：“我不是来替自家出恶气的，我是来替爵爷出恶气的。”

“替我出恶气？”杨俊被她说糊涂。

“是啊，爵爷不明不白地走上黄泉路，欲诉不得，欲哭不得。这口恶气，我不替你出，还有哪个能替你出！”高娃道。

“我罪有应得，怨不得别个！”杨俊哀叹。

“不对！”高娃道，“爵爷纵然有千般错万般错，错不当诛。把爵爷送上黄泉路的，是两个大恶人。”

“哪两个大恶人，你倒是说说看。”人群里有人说。

“是啊，小娘子倒是说说看。”许多人起哄。

“爵爷也要听吧？”高娃却只对杨俊说，“昔日一个昌平侯，一个武清侯，一左一右，并称名将。今者老昌平早已辞世，武清则拜为公爵，他却连个少昌平都容不得，定要杀之才心安。这还不是个大恶人吗？昔日一个侯爵，一个都督，一上一下，自有摩擦。今者都督亦封侯，为报前怨，借刀杀人。这还不是个大恶人吗？这两个大恶人，一个姓石，一个姓张，爵爷到阴曹地府，也不要放过。”

“罢，罢！速去，速去！高卿莫将一条命也搭在这里。”杨俊说。

“爵爷自家走好，不用记挂贱妾。”高娃说。

行刑后，她一边哀哭，一边伏下身子，把杨俊脖颈上的鲜血吮吸干净，然后，取出早已准备好的针线，一针一线，把杨俊的头颅和脖颈缝合到一起。留在刑场的人们，以为她接下来会设法收殓杨俊的尸体，不料，她往尸体旁一坐，不再动。

天黑了，人散尽，她缢死在刑场边的一棵树上。

# 第八十六章

二月的一天，皇帝召阁臣徐有贞、许彬、薛瑄入文华殿议论人事。徐有贞的职衔是兵部尚书兼学士，因而排列阁臣之首，许彬、薛瑄的职衔都是礼部右侍郎兼学士，依入阁先后，许彬排列第二，薛瑄排列第三。实际上，朝廷大臣的去留每日都有变动，许、薛二人多茫然不知，只有徐有贞一清二楚。所以，皇帝主要是和他谈论。

“甄汰两京大僚，局面如何了？”皇帝问。

“臣以为，该甄别的已甄别，该裁汰的已裁汰。”徐有贞回答。

“你具体说与朕听听。”皇帝说。

“是。”徐有贞应道。他琢磨着从哪个衙门说起，最后决定还是先说部、院，“吏部二尚书，王直夺少傅兼太子太师衔，致仕；王翱夺太子太保衔，留任。礼部尚书胡濙夺少傅兼太子太师衔，致仕。刑部尚书俞士悦、工部尚书江渊，谪戍。户部尚书张凤、都察院左都御史萧维祯，改南京。此外，礼部右侍郎姚夔——”

“部、院佐卿人数众多，且不说，”皇帝打断他的话，“王直、胡濙皆正统朝的老尚书，为人清谨正直，朕是知道的。朕本想如王翱例，只夺兼衔，仍掌部务；但二人去意既坚，朕也只好从其所请。”

“无论去留，皆是皇上仁慈。”徐有贞道。

这倒不是一味阿谀。王直、胡濙的太子太师，王翱的太子太保，都是景泰朝改立太子后所加。既废朱祁钰帝位，他们都难免有附从之嫌。只夺兼衔，而使王翱留任，而使王直、胡濙全身而退，堪称大度。

“依卿所言，是不是除吏部，其他衙门皆无正卿？”皇帝问。

“工部仍有尚书赵荣。”徐有贞说。

“对，对，朕记起来，他是上个月晋职的。”皇帝点头称是，并问，“卿等知是谁举荐他的吗？”不等众臣说话，他自己回答，“是曹吉祥。其实，老曹不举荐，朕也知道赵荣其人。瓦剌人挟持朕到土城，去见也先的二使中，就有他。朕后来听说，他是自告奋勇，慨然请行的。忠诚可见，勇气可见！这等人物，朕自然要用他。其他衙门不能长久不设正卿，曹吉祥既能举荐可用之人，卿等更须各举所知。”

“臣等遵旨。”内阁诸臣应道。

“三位爱卿能否即时各举一人？”皇帝出个题目。

徐有贞最为机敏，几乎想也不想就说：“靖远伯王骥既掌过兵部，又三征麓川，多建功勋。昔于谦嫉贤妒能，先将他闲置南京，复将他闲置于朝。臣以为，兵部尚书一职，非他莫属。”

“徐卿提起靖远伯，朕倒想起一事。据石爱卿讲，夺门一事，事先曾透露与他，他极表赞成；靖远伯日前上疏又言及，夺门之夜，其子王祥亦曾进入南宫，为众将所挤，堕地几死；而论功不及，疑有蔽之者。看来，靖远伯父子于复辟皆献忠忱，皆有劳绩，朕当有以酬之。王祥，朕已降旨，着升为指挥佥事。王骥重掌兵部，并不为过，或亦众望所归。不过，”皇帝顿了顿，道出疑虑，“封爵者掌部务，不合制度吧？”

“臣以为无碍。”徐有贞说。

“说说看。”皇帝命道。

“是。”徐有贞应一声，不慌不忙地说，“一则，尚书是文职，靖远伯是进士出身，以文臣授爵；二则，国初，先后以韩国公李善长、忠勤伯汪广洋任左丞相，有例可循。”

听似有理，皇帝不再追问，把目光转向许彬。

“臣举轩輗。”许彬奏道。

“正统年间，浙江考察官吏，一人以廉洁考满召入，行李仅一竹箱。是他吗？”皇帝问。

“是。”许彬应道。

“轩卿现官何职？”皇帝又问。

“以副都御史掌南京都察院。”许彬奏道。

“今刑部、都察院均无正堂，朕看，轩卿可充其一。”皇帝说着，转问薛瑄，“薛先生有无可用之人举荐于朕前？”

“无。”薛瑄回奏。

皇帝一愣，心想：这个老夫子，确是倔强，直愣愣地把朕顶回来，怪不得王先生当年要杀他；又或是太自负，没有一人堪入他法眼。皇帝耐着性子说：“今日所举，朕看重的一是忠心，一是干练，不一定要有薛卿这么大的学问。这样的人才也没有吗？”

“亦无。”薛瑄的回答还是很干脆。

“那，有没有话要说？”皇帝对他无可奈何。

“臣有奏言。”薛瑄回答。

“好，你说。”皇帝道。

“我朝推举大臣，一由廷推，二由吏部议复，不当私议。”薛瑄说。

“私议？”皇帝不由动气，“朕与大臣们议论，竟成私议！薛先生，这两个字用得太随意吧？”

“臣等举荐，陛下恩准而不经过吏部，此即私议。”薛瑄不肯屈服。

“你怎知不经过吏部，朕就会恩准？”皇帝质问。

“既然按部就班，臣倒有个人举荐。”薛瑄从容地说。

皇帝忍不住想笑。本来由于皇帝的质问，殿上的气氛骤然紧张，徐有贞、许彬都在琢磨，怎样使皇帝息怒。想不到，根本不用他们费心，薛瑄老老实实的一句话，使殿上的气氛马上改变。

“薛卿所举，一定是大贤之臣。”皇帝讥道。

“贤否，陛下鉴之。臣遵旨，荐的是能臣；此外，臣可保其人是个廉臣。”薛瑄一丝不苟地说。

“你说。”皇帝命道。

“耿九畴堪任尚书。”薛瑄奏道。

他推举的确是可用之人；而且他把耿九畴概括成能臣、廉臣很恰当。皇帝心里在想：你说他堪任尚书，朕偏不让他任尚书，而让他去掌都察院，免得你太得意；嘴上却说：“卿等所举甚是，薛卿所言亦是。所举各人，须经吏部议复，朕复定夺。”

“皇上圣明！”诸阁臣颂道。

“圣明？朕这个圣明，有一半恐怕是薛卿逼出来的。”皇帝说句笑话。

“臣憨直，乞陛下治罪。”薛瑄叩道。

“心有所想，一吐为快，何罪之有！”皇帝绝无怪罪他的意思，并说，“薛先生与许卿去吧，朕还有话与徐先生说。”待许彬、薛瑄遵旨退下，皇帝笑着说，“他得罪的不只是朕，连你二人也一起得罪。”

“臣理会得。”徐有贞说。

“与这等夫子共事，你怎能忍受？”皇帝问。

“皇上能忍受，臣也能忍受。”徐有贞说。

“徐卿可知朕为何能忍受他？”皇帝问。

“推崇他道德文章的人不少。”徐有贞说。

“有这个缘故，但也不全为此。他曾帮朕做个决断呀！”皇帝道。

“陛下指的是——”徐有贞知道，他不问，皇帝也会说，但还是忍不住问一句。

“法司议，于谦、王文等当处极刑，因薛夫子一言，罪减一等，论斩。朕想，果将他二人凌迟处死，朕将有所不忍。”皇帝说。

“恕臣直言，二人罪恶，凌迟亦不为过。”徐有贞道。他深知，于谦之死，实是因他一言。皇帝今日以为于谦罪不当凌迟，明日就会以为于谦罪不当诛，这对他大为不利。

“好，爱卿无须多言。”皇帝知道他的心思，但不想就这件事再深谈，“朕今日要与你议的是薛夫子，并非于谦、王文等罪臣。朕记得，自太宗文皇帝设置内阁以来，阁员常在五六人，多至七人。今日内阁，看起来是四人，但高先生没一日去阁中坐值吧？”

“是，皇上复位以来，臣高谷一直告病。”徐有贞回答。

“高先生是忠厚长者，朕原打算留他在内阁办事，连保、傅之衔都给他留下；但他内心有愧，先是力辞保、傅，继而托病不出。看来，朕早晚得让他致仕。还有就是薛先生。你说他道德文章受人推崇，朕看，他说得成事，未必办得成事。内阁事务，只有爱卿与许先生勉力维持，难免势单力薄。推举部、院正卿，固是件要紧的事，然增补阁员更是刻不容缓。”皇帝说罢，问道，“徐爱卿，你说呢？”

“阁中有事，尚可与臣许彬计议，胜过臣孤掌难鸣。”徐有贞的回答模棱两可，既包含内阁的确缺人的意思，又包括不急于推举阁臣的意思。

“爱卿与许先生勉力维持这话，朕说得还不确切。”皇帝摇着头说，“夺门前许先生曾说自己老了，做不成什么事情。朕看，这既不是托词，也不是谦辞。他确是身心俱衰老，难有作为。内阁的事务其实是徐爱卿一人在操持，这副担子怕是太过沉重。”

徐有贞本来不想急着增补阁臣，因为没考虑好推举的人选；但皇帝这么一说，他不得不改变初衷，道：“陛下体恤，臣感激莫名。”

“卿可有人推举？”皇帝问。

“陛下虑及此事，必定有中意之人。”徐有贞说。

“朕本想听你的品藻，你却推给朕，是不是当真被薛夫子的‘私议’说怕？”皇帝笑了笑，道，“朕还真给你寻摸到一个搭档，正统年间最后一次春闱的会元并探花，徐爱卿，你看如何？”

“陛下说的是修撰岳正吗？”徐有贞问。正统十三年会试第一名、殿试第三名是岳正，绝不会错，他问一句，为的是避免立刻做正面回答。

“是他。”皇帝说，“岳正眼下教习内书堂。徐爱卿知道，选送内书堂的小宦者，个个傲气得很，但他们都很服他。”

“臣知道，岳正的学问和口才都是好的。”徐有贞说。

“你是说，未必能办事？”皇帝觉得他话里有话。

“不，不，岳正办事的能力应不在臣之下。”徐有贞连忙分辩。

“但你仍是担心？”皇帝问。

“是。”徐有贞承认。

“爱卿担心何事？”皇帝问。

“担心臣的偏执。”徐有贞说。

“你是说，你会容不得他？”皇帝问。

“不，臣担心他容不得臣。”徐有贞说。

“爱卿的话实在是怪。”皇帝不解，“爱卿偏执，反而他容不得爱卿？”

“因为岳正的偏执，更甚于臣。”徐有贞说。

“这倒要思量思量，”皇帝道，“爱卿偏执，朕有所闻；岳卿偏执，朕也有所闻。一阁之中，的确容不下两个偏执的大臣。”说着，招招手，让徐有贞走近些，“既如此，朕再说一人：吏侍李贤。卿看如何？”

“皇上明鉴，李贤是个能办事的人。”徐有贞答道。

皇帝和曹吉祥在文华殿里说了几句闲话，然后问起正题：“老曹，司礼监里还有旧人吗？”

无论就内臣各衙门的控制而言，或是就内廷与外朝的联系而言，司礼监都是举足轻重的，皇帝命喜欢弄兵甚于喜欢握笔的曹吉祥改任司礼太监，首要目的是对该衙门加以整肃。

“只有一个兴大伴。”曹吉祥回话。

“不是已将他夺职？”皇帝问。

“是。”曹吉祥应罢，解释道，“奴才是说，他职虽被夺，人还在。”

“你的意思，不该留下他一条命？”皇帝问。

曹吉祥原本是这个意思。但听皇帝的口气，颇不以为然，他尽量说得婉转一些：“爷问旧人，奴才想景泰朝旧人，第一个是他。”

“不然，”皇帝用力摇头，“兴大伴是景泰朝旧人，更是正统朝旧人。朕在襁褓之中，他曾抱过；朕第一个会写的字，是他教的。你倒是说说看，朕忍心赐他一死吗？”

“爷的胸怀慈悲广大，让我等作奴才的好不景仰。”曹吉祥立刻改变腔调。

“说起旧人，朕心里想得更多的却是另一个。”皇帝道。

“爷说的是王先生吧？”曹吉祥揣摩道。

“是。”皇帝应一声，缓缓言道，“人人都说，朕应当记恨王先生，连皇后也这么说。朕亦曾想过，要是没有王先生，率师亲征、兵败北狩、幽居南宫等事，可能都不会发生。可不知怎的，朕就是恨不起他来。对了，老曹，你恨得起他吗？”

“王先生于奴才有大恩。”曹吉祥说。

“你想的是他一个恩字，朕想的是他一个忠字：无论如何，王先生算得上是死于国事吧？”皇帝道。

“爷说的是，不过——”曹吉祥欲言又止。

“朕知道，大局甫定，还顾不上他。”皇帝当然懂得他的心思，“不过，我与你约定：他的忠，朕不得忘；他的恩，你不得忘。”

“奴才谨记圣谕。”曹吉祥叩道。

一名近侍进殿，打断二人的谈话。

“爷，蒋安在外候旨。”近侍奏道。

“有何事？”皇帝问。

“他说，是来报丧的。”近侍回奏。

“报丧？莫非郕王那边出事？”皇帝问。蒋安是服侍朱祁钰的宦官，所以皇帝马上想到这一层。

“是，他说郕王薨于今晨。”近侍证实皇帝的推测。

“这么快？”皇帝看上去很吃惊，“朕昨晚还在想，今日要把御医唤来，问问他的病情。谁知他就等不得！”言语之间，颇有些感慨。感慨后，问曹吉祥，“老曹，朕的这位皇弟，为何遽亡？”

“恕奴才直言，郕王早就病入膏肓。薨于今日，不能说是遽亡；若说快一点儿，奴才以为，也是有缘由的。”曹吉祥说。

“是何缘由？”皇帝问。

“缘于悔愧二字。”曹吉祥道。

“怎讲？”皇帝问。

“日前，皇太后颁诏，奴才记得，是这样写的：历数有常，奉帝还京。而祁钰既贪天位，反为幽闭。废储败常，变乱彝典；纵肆酗淫，信任奸回。居妖妓，礼胡僧，滥赏妄费，急征暴敛，秽德彰闻。上天屡戒，恬不知省；拒谏饰非，造罪愈甚。既绝其子，又殃其身，中外危疑，人思正统今皇帝复位。其废祁钰仍为郕王，如汉昌邑王故事。已送归西内，俾之安养。”曹吉祥卖弄般地在皇帝面前背诵皇太后的懿诏，随即点评，“废储败常、变乱彝典种种，足以使其愧；既绝其子，又殃其身，足以使其悔。”

“你也相信，人有被骂死的？”皇帝显然不赞成他的说法。

“奴才知道，把郕王之薨归结为这样一个缘故很蠢。但臣想，这总可以对天下臣民有个交代。”曹吉祥说。

皇帝心一动。对于朱祁钰突然的死，他自己都觉得需要一个理由，天下臣民肯定也需要一个理由。这个理由不能太真实，但也不能太虚假；不能太清晰，但也不能太模糊。曹吉祥说的理由，乍听笨拙，细细一想，却是恰到好处。

“老曹，这话朕不好说，你说却不妨；你在朝会之际不便说，在私下里却不妨说一说。”皇帝道。

“奴才理会得。”曹吉祥应道。

“那就去传谕，着内阁与礼部计议丧葬之事吧。”皇帝想打发他走。

“是。”曹吉祥应后，欲退。

“等等，”皇帝一眼看到进殿禀事的近侍还在候旨，应先打发他，“你去告诉蒋安，朕知矣。让他去吧。”

“奴才遵旨。”近侍行礼，退出。

“老曹，”皇帝又招呼曹吉祥，“你说蒋安算个旧人，还是算个新人？”

“景泰七年间，他未进一阶，还是爷派他个像样的差事。奴才看，可以算个新人吧。”曹吉祥道。

“所以，人不在新旧，要看的是他忠心否。如兴安辈，朕不再用他，是因为他老迈，不是怕他对朕不忠心。如蒋安辈，”皇帝顿了顿，声音低沉地说，“是不可重用的。”

“奴才懂得。有奴才在，绝不使蒋安得重用。”曹吉祥道。

这一天是二月十九日。

内阁四臣东西相向而坐，你看我一眼，我看你一眼，等着徐有贞开口说话。

皇帝命内阁与礼部议郕王丧葬。亲王葬仪有成规，无非是礼数增减而已，礼部属官即可拟出仪注。难议的是谥号。所谓内阁与礼部计议，一定要阁臣与礼部堂官拿出主张的，也是定下谥号。但由于礼部正卿空缺，连专职的侍郎也没有，此事只好由内阁来议。

郕王的谥号一定是恶谥，毋庸置疑；至于恶到什么程度，各人心里都在盘算。不管怎么说，他们不能否认郕王曾君临天下七年的事实；在那些年里，不管春风得意，还是倍受压抑，他们也不能否认曾为郕王臣子的事实。当然，这一点，有人可能想得多，有人可能想得少。想得少的人想得比较单纯：诸多恶谥中哪一个更适用？想得多的人却会琢磨：在恶谥中，可不可以选一个语气稍微缓和一些的呢？

无论想得多的人，还是想得少的人，都在等待徐有贞的第一句话。

“德温先生会责怪内阁私议吗？”徐有贞的第一句话出乎众人意料。

薛瑄愕然，不明白徐有贞想让他先说，还是想堵住他的嘴。

许彬和李贤也在想，这不是把话题扯远吗？若是薛瑄的倔脾气上来，说一句确实不该内阁私议，看你如何收场！然而，多想一会儿，就不难理解，徐有贞来这么一句开场白，也是因为感到为难。而且，今次入题，宜缓不宜急，他先说句若即若离的话，实在是很聪明。

薛瑄是直性子，比许彬、李贤需要更长的时间才能领悟徐有贞的用意。领悟之后，他淡淡地回答四个字：“此亦无奈。”

“德温先生不加责怪，我等才可放心议。”徐有贞接过他的话说道，并开始考虑怎样把握今日的阁议。

他是主持者，自己不必先说，可以等大家都说完，再归纳一番；也可以在适当的时机，把自己的意思说出来。

而究竟让谁先说，须得仔细斟酌。

照他的估计，请许彬首发议论，他会借故推托。那就被动。有这个先例，别人乐得效法，兜个圈子，成自己唱独角戏。

请薛瑄首发议论，他倒不是推三推四的人，不过得防备他口无遮拦。他过分的议论一出口，附和也不好，批驳也不好，不是给自己找麻烦吗？

剩下的，只有李贤。李贤和他是同年进士，这是皇帝一提出增补李贤入阁，他立刻极力赞同的原因之一。而李贤因他乃得入阁，在朝廷内外颇有传闻，李贤不会一无所知，也不会不领自己的情！

于是，他的目光转向李贤。

“原德兄，是不是你先说几句？”话是商量，口气却似吩咐。

“是，是。先入阁者为尊，该我先说。”李贤说。

这话说得不卑不亢，却有棱有角，许彬怕二人发生口舌之争，从中开解：“原德先生莫误会，我看，元玉先生并无此意。”

“老先生是说他抬举我？”李贤问。

“原德先生想多。”许彬否认。

“那是说他轻蔑我？”李贤又问。

“更不会。”许彬又否认。

“我亦无此意。我的意思只是：该我先说。”李贤道。

“好啊，原德兄说吧。”徐有贞催促。

“元玉兄，何不使翰林们先拟之？”李贤道。

“使翰林们先拟之？”徐有贞重复一遍，心想，这不失为好法子：翰林们事词翰，谥者，说到底不过是词翰；另外，翰林清要是清要，但属于闲职，大概不像他们身在中枢的人有那么多顾虑。

“我看可行。待翰苑议过，我等再议。”薛瑄支持李贤。

李贤说的“拟”字，薛瑄改成“议”字。这对徐有贞是个提醒，他说：“我看，那就不必了。”

“为何不必？”薛瑄问。

“翰林们一议，一定是拟出几个字，仍要我等议定。那几个字，不用交翰林们议。”徐有贞哼一声，道，“想也想得出来！”

“元玉兄说的是哪几个字？”李贤问。

“无非——”徐有贞猛然想到，这不是被李贤反客为主吗？但既然起头，不说下去，众人一定要问；等众人追问再说，就更没有意思。他掰着手指，气恼地说：“一个隐字，一个戾字，一个荒字，还有个厉字。”

众人边听边点头。郕王的谥，只能从这几个字里选择。美谥不必说，接近中性的谥字，如悼，如哀，也是不能用的。

“权当翰林们议过，该着内阁诸位议。原德兄，你还有什么高见吗？”徐有贞又将李贤一军。

“元玉兄归纳出来，我还能有什么高见！”李贤深思熟虑地说，“不过，四字里，有一字恐怕不适用。”

“哪个字？”薛瑄抢着问。

“荒。”李贤说。

按照谥法，好乐怠政曰荒。许彬随声附和：“不错，荒虽劣等谥，但不适用于今日。”

“原德兄看，哪个字适用？”徐有贞问。

“这正是我等要计议的。”李贤不再说。

“道中先生的意思呢？”徐有贞不得不转而问许彬。

“还有个字，我看也不宜用。”许彬学个乖巧，也不正面回答。

“哪个字？”又是薛瑄抢着问。

“隐。”许彬说。

“隐者，违拂不成也。我看，隐字未必不能用。”薛瑄说。他无疑想在恶谥中找一个语气稍微缓和一些的。

许彬不与他争辩，却问徐有贞：“元玉先生之意呢？”

“原德兄删除一个字，道中先生删除一个字，都有道理。看来，只有在戾字和厉字中选一个。”徐有贞说。

“二字中，元玉兄一定倾向其中一字。”李贤说。

徐有贞用手指在桌案上比画个“戾”字，道：“或是此字更恰当。”

杀戮无辜曰厉，知过不改曰戾。两者比较，当然是厉字更恶。徐有贞并非不欲用一个更恶的谥。但景泰改元，并未杀戮大臣；倒是天顺改元，杀不少人。他不得不有所避讳。

“若是二字中选一字，我与元玉先生之议同。”薛瑄说。

许彬、李贤也表示赞同。

徐有贞窝一肚子火。他本不想由自己说出这个字来，却被李贤挤兑得不能不说。这口气，他一定要撒出来。

出阁时，他板起面孔招呼李贤：“原德兄，一起走！”

许彬、薛瑄知道二人私下里有话要说，一个先走，一个等他二人走远才离开。

“原德兄可知，入阁不易？”徐有贞问。

“道中先生那科三百余人，只他一人入阁。德温先生那科二百余人，只他一人入阁。倒是元玉兄与我这一科，反而有二人入阁。其中艰难，我怎会不知！”李贤道。

徐有贞摇摇头，说：“我所言不易，不是这层意思。”

“元玉兄是何意？”李贤问。

“我是说，原德兄入阁，实属不易。”徐有贞说。他看得出，自己不直截了当地说出来，李贤不知又会绕到哪里去。他却没有想到，他直截了当，李贤比他更直截了当。

“元玉兄是说，在下入阁，得益于元玉兄全力举荐？”李贤问。

“也不是这个意思，”徐有贞不得不含蓄一点儿，“皇上垂询，我以原德兄应对，恰合圣意。原德兄得以入阁，是皇上的恩宠。”

“皇上恩宠，在下岂敢忘！就是元玉兄的举荐之恩，我也会记上一辈子的。”李贤说。

“那你就该与我和衷共济呀！”徐有贞道。

“元玉兄这话不妥。”李贤严正地说。

“不妥？”徐有贞一愣，问道，“怎的不妥？”

“内阁现有四人，我四人都应该和衷共济。”李贤说。

“自当如此。”徐有贞不得不顺着他，又说，“我的意思，原德兄与我有同年之谊，不该事事与我做对。”

“与元玉兄做对？这从何说起呀！”李贤一脸的无辜。

“今日议谥，原德兄不是与我做对？”徐有贞质问。

“的确不是。”李贤分辩，“元玉兄议道，宜用‘戾’字，道中先生、德温先生无异议，我亦无异议。元玉兄为何不说道中先生、德温先生做对，偏偏却说我做对？”

“好，好！”李贤这么认真的辩解，让徐有贞觉得好笑；但他的笑容一现即逝。“做对云云，不足辩之，原德兄该替我分劳才是。”

“元玉兄是在指责我未分劳？”李贤问。

“原德兄难道替我分劳？”徐有贞反问。

“元玉兄命我先说，我先说，这不是分劳吗？”李贤继续分辩，“现在想想，要不是我先说‘荒’字不适用，道中先生或不会说‘隐’字不适用；道中先生不说‘隐’字不适用，德温先生或会说‘隐’字可用；德温先生若说出‘隐’字可用，元玉兄，还有道中先生，或会力辩‘隐’字不适用。德温先生说服不了元玉兄和道中先生，元玉兄和道中先生恐怕一时半会儿也说服不了德温先生，争来辩去，几时得了？说起来，我确帮元玉兄大忙呀！”

“唉，你呀！”徐有贞赶快打断他，“原德兄，你当真不懂我的意思？”

“我懂，”李贤道，“元玉兄对我不满，是因为我但言‘荒’字不宜用，却没说‘戾’字宜用。”

“原德兄知道？”徐有贞原本不相信，以李贤的机敏，会料不到他指责的是什么；而一旦李贤说破，他又很吃惊。

李贤笑笑，不做应答。

“既知道，为何不说！”徐有贞责道。

“我不能说呀！”李贤道。

“却是为何？”徐有贞问。

“元玉兄从一开始就想好要用‘戾’字，对吧？世用先生致仕，元玉兄即为首揆，元玉兄提出这个字，和我提出这个字，分量能一样吗？我与其代元玉兄说出这个字，不如替元玉兄删除一字；这样元玉兄再提出这个字，就较容易通过。再者，元玉兄引我入阁，是想引一同事呢，还是想引一传声筒？若是元玉兄想什么，我就代你说什么；或者元玉兄说什么，我就附和什么，在他人眼里，元玉兄举荐的阁员，岂不是个傀儡！”李贤神闲气定地解说一番。

徐有贞心里仍不舒服，但再没什么指责的话可说。他默想片刻，道：“原德兄莫忘举荐之谊就是。”

“元玉兄也莫忘，举荐之恩与圣上恩宠，难以并论。”李贤针锋相对地说。

# 第八十七章

散朝后，忠国公石亨特意与徐有贞一起走；碰巧，徐有贞也正想与他一起走。二人面对面时，相互一揖。

“爵爷。”徐有贞招呼。

“元玉先生。”石亨招呼。

“国公爷。”徐有贞复招呼。

“我该称阁下一声国师吧？”石亨复招呼。

二人拊掌而笑，各自伸手肃让，相携而行。一番亲昵的表示之后，两个人心里都有数，对方一定找自己有事；于是，都等着对方先说。但走过一段路，二人哼哼叽叽，都不肯先说。石亨到底是习武之人，没有那么好的耐性，先切入正题。

“今次春闱，元玉先生要多费心。”他说。

“这话怎讲？”徐有贞问。

“礼部堂官空缺，得由内阁诸公兼任。”石亨说。

“许先生、薛先生倒是由礼侍兼的。”徐有贞故意打岔。

“那元玉先生岂不该兼大宗伯？操持春闱，更是责无旁贷。”石亨打着哈哈说。

“爵爷一再言及春闱，是否对今年的会试有所见教呀？”徐有贞问。

“见教没有，唯有一事相求。”石亨这才把话挑明。

“爵爷的事有什么好说的，请吩咐吧！”徐有贞道。

“此人请元玉先生多加关照。”石亨说着，从衣袖里取出一张纸片，递将过去。

上面写着一个人的简况，姓名石後，籍贯陕西渭南。看此两项，徐有贞知是石亨本家。但他仍问：“此人是——”

“本爵的侄孙。”石亨坦言。

“原来如此。”徐有贞点点头，问道，“既出自将门，乃虎豹儿郎，爵爷为何要他弃武从文呢？”

“哪里是我要他弃武从文，是他自家一出生就有酸腐之气。再者，他与我虽为同宗，却非同枝，爵位是万万落不到他头上的。即便朝廷延恩，给他一个荫官，又有什么前程？倒不如在科举上下几年工夫，或有出头之日。”石亨说。对习文一褒一贬，全是他心里话。

“爵爷倒是对他爱之深呀！既然一出生就有酸腐之气，文章一定是做得好的，高中不在话下。”徐有贞话里有几分讥讽。

“这我不敢担保，所以才来恳乞元玉先生相助。”石亨说。

“我说过，爵爷的事没什么好说的；既吩咐下来，一定尽力。不过，”徐有贞口气一转，道，“此事大有难处。”

“难处或有，但在元玉先生手里，不会是大难处。”石亨说。

“爵爷请听我说，再看是不是大难处，”徐有贞道，“爵爷肯把自己的招牌打出来，那是天大的面子，令侄孙高中，则无甚难处；即便有，也不会大有难处。但爵爷肯吗？”

“不是不肯，是不能。”石亨说。他心里明白，徐有贞说的不过是句奉承话，真要说明石後是他的侄孙，考官们的顾虑会更大。为勋臣家人钻营，可比为普通人钻营，更容易遭到纠劾。

“爵爷的大招牌用不得，只好用在下的薄面。”徐有贞道，“我若是各房的房考，或干脆是普通的阅卷官，还好办一些。爵爷打过招呼，我又恰好看到令侄孙的试卷，一切迎刃而解。我既然不能直接阅卷，只好央告各阅卷官及各房房考。我的薄面，怎能与爵爷的金字招牌相比？央告十人，未必有一人肯给我这个面子。到那时，我丢面子事小，耽误令侄孙的前程，却是件大事。”

“这么说，元玉先生一口回绝？”石亨不悦。

“绝无此意！若是一口回绝，我何必说那么多话！”徐有贞连忙否认，且又把话绕回来，“为爵爷计，与其要我关照，不如要阅卷官或各房房考关照。但又一想，爵爷去找阅卷官或各房房考，也有难处。试想，数名房考，这多阅卷官，谁知令侄孙的试卷会落到哪一位手上？爵爷不能遍求与试诸官，找得少，又怕所求非人。此难处一也。再者。我不过是僧面，爵爷是佛面，但普天之下，也有不礼佛的人呀！十个人中，九人认爵爷这张金字招牌，一人不认爵爷这张金字招牌，而令侄孙试卷恰恰落到此一人手里，如何是好？此难处二也。”

“元玉先生究竟怎样为本爵计？”石亨不耐烦地问。

“与其使爵爷为难，不如我勉为其难。”徐有贞道。

“好，我就等元玉先生这句话！元玉先生帮我这个忙，我一定会有以回报。”石亨信誓旦旦地说。

“嗨，说着府上的事，怎么扯到我身上！”徐有贞言不由衷地说。

“投桃报李，是应该的。”石亨道，为表示不尚空谈，他爽快地说，“元玉先生有何事要我出力，但请直言。”

“在下倒真是有个小小的心愿。”徐有贞不再虚言客套，他也生怕失去当下的这个机会。

“且慢！”石亨又拦住他，“元玉先生，後儿的事，确有把握吗？”

“十成把握没有，七八成把握却是有的。”徐有贞不得不耐下心来。

“愿闻其详。”石亨揖道。

“在下些许薄面，在爵爷固不足一哂；但在文班官员中，唯在下马首是瞻者，为数却不少。无论谁拿到令侄孙试卷，我都可将其调出。还有，文班大臣中，还有一人的面子可用。”徐有贞说。

“哪位大臣？”石亨问。

“道中先生。”徐有贞道。

“道中先生的面子的确很大。”石亨认同。

“道中先生与爵爷的交情也是有的。”徐有贞马上说。

“凭着交情，他的面子就肯赠与我？”石亨对此没有把握。

“不仅凭着交情。”徐有贞说。

“还凭借何物？”石亨问。

“爵爷或许不知，道中先生公子中，有一位名起者，今日也进考场。”徐有贞告诉他。

“元玉先生是说——”石亨有点儿明白他的意思。

“道中先生避嫌，明里不会过问春闱事，但暗里不会不用他的面子，做些安排。当然，仅有他的面子不足以成事，他也要借用我的一点儿薄面。爵爷借用道中先生的面子，道中先生却须借用我的面子，我可以示意于他：许公子起，与石公子後，是拴在一起的。”徐有贞说得更明确。

“说来说去，仍是元玉先生的面子。”石亨嘟囔一句，撇开这个话题，他说，“元玉先生的心愿，此时可以告知本爵。”

“在下无他，只是对尚公羡慕有加。”徐有贞含混地说。

“尚公？尚德先生？元玉先生欲弃内阁而掌兵部吗？”石亨可以肯定，徐有贞的心愿绝不会是放弃在内阁的位置，去求兵部尚书的位置。他这么问，无非是拿徐有贞开开心。

“我欲弃内阁，只怕皇上也不准呀！”徐有贞道。

“那元玉先生羡慕尚公何事？”石亨问。

“羡慕他朝班时位于爵爷之后。”徐有贞说。

“这么说，元玉先生欲谋伯爵之衔？”石亨道。

徐有贞一揖，说：“乞爵爷成全。”

石亨低头行走，没有即刻答应。

“爵爷不会以为我不该得伯爵之衔吧？”徐有贞问得尖刻。

“唉！”石亨叹口气，“夺门之际，你我同列，生死一线，感受最深。区区伯爵，怎会不该得！”

“那么，爵爷不会也说有难处吧？”徐有贞道。

“实不相瞒，难处确是有的。”石亨说。

“有何难处？”徐有贞问。

“元玉先生看啊，我朝文臣封爵的有，但皆为统军出征者。”石亨说。

“夺门之壮烈，难道不可与出征并论？”徐有贞道。

“是，是，夺门之壮烈，更胜过一般的出征。”石亨并不否认，但后边还有话，“不过，元玉先生是以谋者身份参与其事的呀！”

“谋者难道无封爵者？爵爷或不熟悉国初事迹，韩国公李，诚意伯刘，哪个不是谋臣的身份！”徐有贞反驳。

“元玉先生说的是国初事迹，其后呢？永乐以后呢？”石亨道。

“姚少师广孝的荣国公，是卒后所赠，就不去说他；忠诚伯茹瑺，以推戴功封爵，他不但没统帅出征，连谋臣也说不上。”徐有贞举例。

说起本朝典故，石亨比徐有贞差得太远。不然，他可以告诉徐有贞，茹瑺是建文朝大臣，在燕军攻入南京后，上表劝太宗文皇帝登极，因而封伯。但此公不久即被放归，最后死在狱里。其实，包括徐有贞方才说的韩国公李善长，也不得善终。既然徐有贞有充分的事例说明，谋臣亦可封爵，他只好再往其他方面想。

“元玉先生，还有个难处。”他说。

“你说。”徐有贞让道。

“我记得，靖远伯封爵之日，即解除部务，元玉先生不怕丢内阁的差事吗？”石亨问。

“不怕，”徐有贞丝毫也不担心，“爵爷说的是封爵后解除部务的事例，也有封爵后仍掌部务的事例：忠诚伯封爵后仍为兵部尚书。”

“元玉先生应该知道，前例大于后例呀！”石亨说。

“好，那就说靖远伯的事例。”徐有贞道，“靖远伯是在正统七年封爵解除部务的，然数日前，爵爷不见他重掌兵部？可见，封爵后解除原衙门差事，并非常规。这就如同武臣封爵，未必要解除五军都督府或三大营的差事。”

“倒也是。”石亨挠挠头，举出最后一个理由，“说来说去，元玉先生，内阁中可从未容过勋臣呀！”

“终永乐朝，内阁办事之人，衔无过四品者。现在怎样？加至二品衔、三品衔，不是寻常事？衔不过四品的旧例可破，无勋臣的事例有什么破不得的！”徐有贞道。

“好，好！”石亨大笑，“我举一事，元玉先生驳一事，驳得我哑口无言。但我一定要说元玉先生封爵一事有难处。要不，後儿登科之事，元玉先生说出好几个难处，却以为封爵之事易如反掌；事情办成之后，我岂不还要欠元玉先生一个人情！”

三月十日，徐有贞封武功伯，仍在内阁办事。

皇帝把李贤一人召入文华殿，是件非同寻常的事，当值的太监和皇帝身边的近侍都想听听他们说些什么，但皇帝把他们支开，偏殿里只留下他和李贤两个人。

“李先生，朕今日想和人说说话，但只和一个人说。朕想了想，和徐先生、许先生都单独说过话，所以把你找来。”皇帝道。他的话随口而出，无非是要说明，今日把李贤找来，并无特别之处。

“是，”李贤应一声，提醒道，“内阁还有薛先生。”

“他呀！”皇帝摇摇头，说，“朕怕和他说话，朕不得尽言，他亦不得尽言。李先生，今日殿上只有你我，须得尽言。”

“臣遵旨。”李贤应道。

“朕有几件事，要咨于你。”皇帝说，“第一件事，有人于皇太后前议道：皇后无子，当易换。李先生，你看呢？”

李贤大吃一惊。孙皇太后与昔日太皇太后不同，难得与外朝大臣接言。所谓“有人”，或是太监，或是皇帝妃嫔。想来妃嫔也不敢言及此事，除非是有大的图谋，利令智昏。那多半是有些身份的太监。李贤吃惊的不是有拨弄是非的太监，而是皇帝将此事拿来和他谈论。难道皇帝也有此意不成？仓惶之际，他应道：“此乃陛下家事，岂容臣置喙！”

“皇后母仪天下，易换皇后，是朕的家事吗？”皇帝责问。

“臣言有失！”李贤立刻认错，“只是兹事重大，臣不敢妄言。”

“朕才说须得尽言，你怎就推托！”皇帝复责怪。

“是。”李贤运一口气，沉稳地说，“出此言者，当斩！”

“何故？”皇帝问。

“皇后母仪天下。作臣子者，不得妄议废立。再者，当今皇后曾与陛下在南宫患难与共，陛下每言及此，则潸然涕下。莫道皇后并无失德，就是小有过失，陛下亦当原宥。”李贤说。

“好，此事言过，不得再言。”皇帝说着，迅即转入下一事，“第二件事：见深复立为皇太子，其母当如何？”

皇长子见深复立为皇太子是近日的事，李贤回奏：“周妃诞皇长子有功，宜册封皇贵妃。”

“仅册皇贵妃，再无其他？”皇帝问。

“皇后以下，皇贵妃已是极品，不宜再有其他。若有人诱以非分之想，觊觎之心，当斩。”李贤说。

第二件事，皇帝也点到即止。他说：“第三件事，近日后宫选宫人充用，李先生看，要不要禀明皇太后？”

“此事虽小，陛下若加禀明，皇太后一定欣慰。”李贤说。

“若是有人对朕说不必禀明皇太后，却又去皇太后处说朕欲对皇太后隐瞒此事呢？”皇帝问。

“在陛下与皇太后间挑唆，此人必诛！”李贤加重语气道。

“一盏茶的工夫，此人已被李先生杀三次。”皇帝笑着说，“朕说的，是内臣蒋冕。他对皇太后说‘皇后无子当换’，在朕复位之初，当即被朕严斥。在朕面前为周妃讨封，在半月前。实际上，他想说的仍是换皇后，只是见朕脸色不对，没敢说出来。在朕与皇太后间挑唆，在三五日前。他说，选宫女事不必禀明皇太后，朕不听。当朕向皇太后禀明此事时才知道，他竟对皇太后说，朕欲隐之。小人谗乱，竟至于此，让朕出了一身冷汗。卿说两个当斩，一个必诛，朕初听皇太后说起蒋冕的挑唆，何尝不想亲手杀他！但念他在朕落难时，出入南城，略有微劳，朕又不忍下手。知他谗乱，朕日后自会提防他。”

李贤本想多说几句蒋冕一定要杀的道理，但听皇帝语音悲戚，想是回忆起在南宫的日子，知道说也没用。

“谗说殄行，自古以来，帝王深恶。陛下防微杜渐，甚是！”他说。

皇帝忽然感到很轻松，很亲切。这种感觉在和徐有贞对话时不曾有过，在和石亨对话时不曾有过，甚至更早在和王振对话时也不曾有过。这些人各有不同的特点，而李贤和他们都不同。他有明确的是非观念，对事情的看法和皇帝保持一致。他的是非观念不是皇帝强加的，而是他自己固有的，可见他不是在刻意地阿谀奉承；当想法和皇帝略有不同时，他又不会强加给皇帝什么。

这使得皇帝很愿意把他们的谈话继续下去。

“李先生所言谗说殄行，不是专指内臣吧？”皇帝问。

“不是。”李贤牢记皇帝“尽言”的嘱咐，说得耐心，说得大胆，“臣以为，谗说殄行，在内臣中听得到，看得到，在外臣中也听得到，看得到；在朝中听得到，看得到，在地方也听得到，看得到；在官场听得到，看得到，在民间也听得到，看得到。”

“谗说殄行，当如何鉴别？”皇帝又问。

“皇上圣明，谗说殄行，一眼可洞灼，如于内臣蒋冕。臣想，‘兼听则明’的古训，亦当常存于胸臆之间。”李贤说。

“卿为朕详言之。”皇帝命道。

“是。”李贤应一声，说，“如有外臣谤内臣，陛下不妨多听内臣之言，多观内臣之行；如有言路谤大臣，陛下不妨多听大臣之言，多观大臣之行；如有地方谤廷臣，陛下不妨多听廷臣之言，多观廷臣之行；如有细民谤官人，陛下不妨多听官人之言，多观官人之行。从中或可听到谗说，或可看到殄行。”

“外臣谤内臣，错定在内臣吗？言路谤大臣，错定在大臣吗？地方官员谤廷臣，错定在廷臣吗？细民谤官人，错定在官人吗？”皇帝问。

“未必，但陛下还是不妨多听听，多看看。”李贤一环一环地说，“内臣、外臣，内臣距陛下近，相较之下，陛下易为内臣蒙蔽；大臣、言路，大臣与陛下亲，相较之下，陛下易待大臣宽容；廷臣、地方，廷臣势要，相较之下，廷臣易祸乱地方；官人、细民，官人位尊，相较之下，官人易践蹂细民。”

“说得好！”皇帝为他喝彩，“李先生，朕今日正要和你议议言路谤大臣，细民谤官人。”说着，问道，“今次春闱，议论甚多，卿有所闻否？”

“有所闻。”李贤答道。

“无名诗词，纷然杂出，卿有所闻否？”皇帝问。

“有所闻。”李贤答道。

“此事错在谤者，还是错在朝廷？”皇帝问。

“错在考官。”李贤把“朝廷”改成“考官”。略一思忖，他又说，“臣以为，错半在考官，半在谤者。”

“怎讲？”皇帝边问，边顺手从御案上拿起一张纸，“这是朕使人抄录的一首排律，李先生正好给朕讲讲。”

李贤躬身上前，接过纸来。纸面上字迹工整，每句之后都空出一格，看来，是颇知文墨的内臣抄录的。排律写的是：

圣主开科取俊良，主司迷谬更荒唐。

薛瑄性理难包括，钱溥《春秋》欠主张。
吴节只知贪贿赂，孙贤全不晓文章。
问仁既是无颜子，配祭如何有太王？
告子冒名当问罪，周公渫井亦非常。
阁老贤郎真慷慨，总兵令侄独轩昂。
榜上有名谁不羡？至公堂作至私堂。

每个字都很浅显，每句话都有所指，但李贤不知从何讲起。

“李先生先说说错在考官吧。”皇帝提示。

“是。”李贤决定先从最无关紧要的说起，“臣以为，考官的第一个错处，是分阅试卷确有不当。如同考官钱溥，以研读《春秋》著称，却要他分阅《诗经》试卷，难怪他欠主张。”

“治《春秋》者阅《诗经》卷，算不得大错；还要看他取舍间糊涂不糊涂。”皇帝说。

“陛下说的是，”李贤应道，“臣未专治《诗经》，不便妄评钱溥取舍。不过臣想，既非专治，阅卷间难免有不当者。”

“这也不必深究，李先生再说别的错处。”皇帝道。

“考官的第二个错处，是出题不确，授人以柄。”李贤说。

“问仁既是无颜子，是指此吧？”皇帝插话。

“是。”李贤应道，“孔子的弟子中，向孔子问仁的不止一个。颜回问仁，孔子答曰：克己复礼为仁。仲弓问仁，孔子答曰：己所不欲，勿施于人。以克己复礼为题，却不提颜子，确实不完整。”

“配祭如何有太王呢？也是不完整吗？”皇帝问与之对仗的一句。

“臣说不好。”李贤道。

“说不好？这是何意？”皇帝有些惊讶。

“《诗经》云：后稷配天。但本朝程文，确以太王配祭解之。是耶，非耶，臣学识不足以断之。”李贤说。

“亦即以‘太王配祭’命题，在是非之间，是不是？”皇帝问。

这正是李贤的意思，他答道：“陛下说的是。”

“这首排律里有两句朕最不解，李先生可知是哪两句？”皇帝问。

“臣想，是‘告子冒名当问罪，周公渫井亦非常’吧？”李贤道。

“对，请李先生为朕解之。”皇帝说。

“臣以为试题最误者，就在‘周公渫井亦非常’这句上。”李贤说。

“怎么？”皇帝问。

“渫者，治井也。《周易》卦文有曰：井渫不食。以‘周公渫井’命题，实在过于牵强。”李贤说。

“告子冒名，也是牵强吗？”皇帝问。

“是。”李贤应道，“孟子主人性本善，告子主人性本恶。人性本恶一语，虽载于《孟子·告子篇》，却是出自公都子之口。”

“李先生一讲，出题的错处无不显而易见。说句实在话，这个错处比钱溥阅《诗经》卷可要大得多。”皇帝感慨地说。

“但臣以为，这还不是最大的错。”李贤道。

“朕知道。最大的错在于‘至公堂作至私堂’，对吧？朕数过，排律共有十四句，讽出题不当，四句，讽取士不公，也是四句。但一头一尾，都着落在取士不公上。”皇帝说罢，问道，“在李先生看来，今次春闱，当真成至私堂吗？”

“臣以为不是，”李贤道，“若是至公堂当真变成至私堂，臣就不会说今次之错，半在考官，半在谤者。”

“你也不会以为仍是至公堂吧？”皇帝听出他话里另一层意思。

“陛下说的是，臣若以为仍是至公堂，也不会说今次之错，半在考官，半在谤者的。”李贤道。

“那你以为四件事里哪件是实呢？”皇帝问。

“实中或有虚，虚中或有实，臣未详查，不敢妄言。”李贤说。

“那你说说你的实中有虚，虚中有实吧。”皇帝命道。

“是。”李贤应道，“臣先说‘吴节只知贪贿赂’。此句直言贪贿赂，看似实；但吴节是否只知贪贿赂，今次是否收受贿赂，全是虚的。”

“依卿之见呢？”皇帝问。

“吴节景泰年间曾任南京国子监祭酒，那时的监生赴今年春闱者，应不在少数。他等到京，去吴家投个手刺，奉上敬仪，或是有的。但臣留意，今次殿试一甲三人，状元黎淳是湖广人，榜眼徐琼是江西人，探花陈秉中是浙江人，都不会是他昔日的弟子。诚然，除这一层关系，还有别的关系。譬如，吴节也是江西人，徐琼投刺，署名为‘乡晚生’。不过，吴节既非主考，亦非同考，仅以太常寺卿与会试，一甲排名，他恐怕连说话的机会都没有。故臣以为，徐琼列入一甲，应该不是行贿所致。至于吴节有没有收受他人贿赂，则须查后方知。”李贤说。

“卿言有理有节，就是加罪于吴节，他也是心服的。”皇帝叹道，又问，“‘孙贤全不晓文章'，是不是虚中有实？"

"是。"李贤应道，"孙贤是景泰五年的状元，该科主考是商辂，乃是正统十年的状元。状元所取状元，怎么会全不晓文章呢？故这句话是虚的，它与'吴节只知贪贿赂'相呼应，无非是说孙贤也不干净。"

"孙贤是否收受贿赂呢？"皇帝问。

"那又是实中有虚。"李贤答道。

皇帝笑笑，道："你说实中有虚，并非有顾虑，朕心里有数。但不知你讲解其他两句，是不是也无顾虑。"

"臣当尽言，并无顾虑。"李贤说，"忠国公石亨侄孙石後、内阁大学士许彬子许起，今入闱应试，并登科。许起为二甲第十二名，石後为二甲第五十三名，皆在前列，称其'慷慨''轩昂'，并不过分。"

"朕想知道，二生高中，是凭着真才实学，还是另有蹊跷。"皇帝道。

"皇上'蹊跷'二字说得好！一为国公宗人，一为阁臣之子，同科中试，恐怕本朝开科以来，从未有过。国人因而心生疑窦，特别是落第举子因而愤懑、不服，都在情理之中。不过——"李贤欲言又止。

"并无实据？"皇帝替他把话说完。

"皇上圣明。"李贤颂道。

"朕降旨彻查，如何？"皇帝问。

"今次之错，若全在考官，臣一定劝陛下彻查；但臣以为，今次之错，还半在谤者。"李贤说。

"对了，半在谤者，你还没给朕讲解呢。"皇帝道。

"'至公堂作至私堂'，言过其实，臣已略辩。似此以偏概全者，尚有多处。譬如：钱溥为本科同考，出题或阅卷，或有舛错、不当之处；但他治《春秋》的功夫是到家的，学问是好的，当今之世，应属一流。不可因一题之舛，一卷之误，而一笔抹杀。再如孙贤，无论有无差错，绝非全不晓文章。不过，"李贤话锋一转，"臣最想对陛下说的，是薛瑄。"

"是啊，不议议薛卿，怎么知道主司是不是迷谬呢！"皇帝道。

"臣与薛瑄私交甚笃，陛下可知？"李贤忽问。

"有所闻。"皇帝道。

"陛下可担心，臣议薛瑄有私？"李贤问。

"卿若议薛瑄有私，议同考、房考，议国公、阁臣，早就有私。"皇帝说。

"陛下这么说，臣更不敢以私交而不扬善。"李贤道，"薛瑄人品是好的，学问也是好的。臣先说其人品。薛瑄为御史时，为掌院者所恶，久不得迁；以司礼某公举荐，方得召为大理寺少卿。内阁三杨欲讽其往某公私宅致谢，薛瑄道：拜爵公朝，谢恩私室，吾不为也。其时，在朝在野者，无不以一晤某公为幸为荣，薛瑄独拒之，其人品可知。”

皇帝知道，所谓某公，指的是王振，不由好奇地问：“这件事，李先生怎么知道得如此详尽？”

“奉三杨公差遣游说薛瑄的，正是臣。”李贤说，“臣是游说者，薛是严拒者，使臣更感觉其行为之难，更推崇其人品之高。”

“怪不得，”皇帝点头，“三杨老先生派给卿的，显然不是个好差事。而卿并不讳言，朕看，亦属难得。”

“陛下赞许，臣愧不敢当！”李贤躬身道，“臣再举一事：景泰二年，苏州饥民抢掠富豪家。时薛瑄任南京大理寺卿。王文以阁臣巡视江南，定饥民为叛贼，论死二百余人。薛瑄力辩其诬，王文怒道：真是个倔强到骨子里的老儿！王文之詈，正见其贞。”

“薛卿人品佳，朕十年前即已知晓；李先生赞薛卿人品之佳，却是为何？”皇帝问。

“以薛瑄人品，主持今次春闱，臣不敢担保无苟且之事；但臣可以担保，苟且之事不会泛滥，更不会使至公堂作至私堂。”李贤说。

“李先生的这个担保很郑重呀！”皇帝的话似乎有讥讽的味道，但他随即又说，“李先生担保，朕信得过，那就请再说说薛卿的学问吧。”

“是。”李贤应道，“薛瑄学术，一本程、朱。今次会试，以‘太王配祭’解后稷配天，也是源于宋人之说。他数十年不刻意著述，曾言：自朱晦翁先生以来，儒道已大明，无烦著作，但须躬行。他平日读书心得，汇为《读书录》。臣尝阅之，其文字、内容，无不平易简洁。学子称薛瑄为宗师，臣以为绝非虚妄。昔日推举薛瑄者称，瑄之学之才，宜置之馆阁，也是至公之论。”

“这话是谁说的？”皇帝问。

“逐臣江渊。”李贤说。景泰年间易储，有人说是江渊指使土官黄某上疏奏请，皇帝复位后，江渊因而被逐。李贤并不因此而讳言。

“朕实在没想到，江渊的话，李先生也会引用。”皇帝颇有责备之意。

“至私之论，即便出自显贵之口，臣亦不屑引用；至公之论，出自逐臣之口，臣引用而无愧于心。”李贤说。

“李先生称赏薛卿的学问，是不是想说，今次春闱，出题、阅卷，纵有错处，也不致有大错呀？”皇帝问。

“臣是这个意思，但又不全是这个意思。”李贤说。

“还有什么别的意思？”皇帝问。

“‘圣主开科取俊良’，臣以为，该诗中只有这一句是毋庸置疑的。陛下以薛瑄为今科主考，正可见选取俊良的良苦用心。”李贤说。

“李先生的意思，朕终于听懂。”皇帝道，“朕的确想过，今次春闱的弊端，是否彻查。现在看来，所传种种，有实有不实，难以为据，还是留作后事之鉴吧。”

# 第八十八章

石亨奉旨搜敌于延绥，在朝廷，不过做的是官样文章；在石亨，也不过走个过场。边镇之事，已经引不起他太大的兴趣。

回京师后，石亨与心腹将领聚宴于忠国公府。见石後走进来，他问："秀才，你来作甚？"

"孙儿来凑个热闹。"石後嬉笑着说。

"好啊！凑热闹可以，但和这班豺狼虎豹坐于一室，先得过饮酒一关。"石亨说着，问道，"一口气饮三碗酒，能否？"

"不能。"石後道，并摇晃着脑袋说，"孙儿要是一口气饮三碗，就该老爷和众将军看孙儿的笑话。"

"无此酒力，快去，快去！"石亨挥着手说。

"可孙儿能劝酒，使众将军各饮三杯。"石後说。

"你有这等本事？我倒要见识见识！"石亨不信。

"爵爷，别难为公子，让他一起坐下饮酒吧。"指挥童先替石後说情。

"是啊，後哥儿愿与我等厮混，大帅何必阻拦。"卢旺、颜敬等也说。

"既是众人说情，你只劝我连饮三杯。"石亨说。

"孙儿遵命，"石後应道，"孙儿知道，老爷不欲孙儿留下。伺候老爷饮过酒，孙儿即去。"

"後儿，你把我当傻瓜吧？我才说，你劝我饮酒三杯，即可留下。我若如数饮酒，你就是要走，我也得把你拽回来。"石亨说。

"我得劝老爷饮三杯方可留下，老爷难道连饮一杯的胆量也没有？"石後道。

"和你这娃儿赌酒还要胆量吗？"石亨禁不起激，马上喝一杯，"後儿，我告诉你，饮两杯的胆量我也是有的；但你好歹得说上一句，要不，太便宜你。"

"老爷帐下朱衣三千，蟒袍八百，孙儿一向仰慕。今日斗胆，借众将之名，敬老爷一杯酒。"石後说。

"老童，你等甘愿被他左右？"石亨问。

“公子恳切，爵爷喝吧。”童先说。

“那好，看在老童面子上，我喝！”石亨饮第二杯，等石後再劝。

“老爷今日设的是无名宴，孙儿想给他起个名目。为这，老爷肯不肯饮一杯？”石後问。

“那得看你起的名目切不切题。”石亨说。

“倒阁二字，老爷看使得使不得？”石後道。

石亨皱起眉头，将酒杯拿起又放下，放下又拿起，几经反复，最后把酒杯拿在手上，叹口气。

“聪明未必是好事。我想你远离是非，你却一定要凑过来。他日惹祸上身，你却怪我不得。”说完，他喝第三杯酒。

童先旁边正好有个空位子，他招呼道：“公子，来这里坐。”

石後看着石亨，等他示下。石亨点点头，表示可以。等他坐下，石亨道：“本来想喝个糊涂酒，来个秀才，偏要起个名目，这酒怎么喝？”

“属下看，不如随意。”童先说。

“随意？”石亨没听懂他的意思。

“对，随意。”童先道，“谁也不劝酒，想喝则喝，想停则停。但话不能随意。公子起的名目不错，大家说话，不可离它。”

“这我赞成。”卢旺说着，抓起酒杯就喝。喝完一杯，又给自己斟上一杯。见身边的杜清不动手，他说：“老杜，还没喝呢，就想停？”

杜清努努嘴，让他看其他人，他这才发现，谁也没动手。

“何谓倒阁，你懂吗？”杜清问。

卢旺眨眨眼，还真不懂。他强词夺理：“我不懂，我喝；你懂，你说。”

“我也不懂，所以要请公子讲个清楚。”杜清说。

“对，後哥儿，你给讲讲，什么叫倒阁。”卢旺道，但不等石後开口，他马上又说，“不对，後哥儿的话文绉绉，讲出来，我也不懂。童瞎子既然说後哥儿起的名目好，一定是懂的；童瞎子，不如你讲。”

童先在“夺门”之夜的混乱中伤一只眼，背地里大家都叫他童瞎子；而在众人面前这么叫的，只有石亨及卢旺等一二人。

“倒阁，就是把阁臣们撵走。”童先讲得果然通俗。

“是率军去撵吗？率军去撵，我去！”卢旺道。

“不是你我去撵，是要皇上把他等撵走。”童先说。

“那不是我的事，我喝酒！”卢旺不但自己喝，还邀杜清，“老杜，倒阁的意思既懂，可以喝酒吧？”

“为何要倒阁，你懂吗？”杜清问。

“童瞎子，为何要倒阁？”卢旺转问童先。

“朝廷近日举动，卢兄知道吗？”童先却反问他。

“老杜，近日朝廷有何事？”卢旺又转问杜清。

“你听老童说。”杜清道。

“科、道中有人上疏，弹劾爵爷。”童先说。

“几个秀才，写几篇狗屁文章，也算一回事！”卢旺不当回事。

“卢兄别小看狗屁文章，写者多，将不利爵爷。”童先说。

“给事中不利大帅，就该倒六科呀；御史不利大帅，就该倒十三道呀。怎么倒到内阁头上？”卢旺问。

“老卢，这句话问到点子上。”杜清称赞道。

“要是只有一二御史、给事中兴风作浪，把他们除去就是。但每日有几个御史、给事中上疏，旬日间上疏数十篇，就一定是受人怂恿；怂恿者，就一定身在高位。”童先说。

“阁臣怂恿科、道，将不利大帅。老杜，瞎子这话不错呀！”卢旺说。

“他说的是怂恿者必在高位，你怎知是阁臣？”杜清问。

“这不是——”卢旺想说不是自己说的；但一想，还真是自己说的。他问，“童瞎子，你怎能断定在高位者是阁臣？”

“此事，爵爷比我等更清楚。”童先说着，瞥石亨一眼。

众将领这才发觉，只顾看卢旺、杜清的双簧和童先的独角戏，却忘主人。于是，他们纷纷向石亨看过去。只见石亨眯起眼睛，两只胳膊肘支在桌上，两手玩弄着酒杯，对周围的谈话和扫向他的目光不理不睬。看来，他不准备说什么；但众将领说什么，他也不会怪罪。

“还是卑职说吧。”童先这话既是对石亨说的，也是对众将领说的，“为何在高位者一定是阁臣呢？因为在职的二品堂官都是在皇上复位后新推的，其中七成受惠于爵爷，他们不会也不敢不利于爵爷。而内阁徐某、许某是爵爷发起夺门的同伙。皇上最信赖的两个人，一个是爵爷，另一个即徐某。不利于爵爷，只有他做得到。这是其一。其二,二品堂官多是爵爷所推，而科、道多是徐某党羽。御史、给事中忽然把矛头一起对准爵爷，一定是徐某在作祟。当然，内阁李某是徐某的同年进士，很可能是他的帮凶。其三，徐某封爵之前，对咱们爵爷敬爱有加；封爵之后，对咱们爵爷忽冷忽热，若即若离。我看，他不但要做文臣的领袖，还要取代咱们爵爷，做勋臣的领袖，做朝廷第一大臣。”

“老杜，瞎子讲出三条理由，我看不会错。”卢旺说。

“可他还没说，怎样倒阁呢？”杜清道。

卢旺才要顺着他的话问童先，被石亨止住。

“老卢，你先等等，今日之宴并非为瞎子一人而设。”石亨说。

他一开口，众人的注意力都集中到他身上。

“老杜，你问瞎子不止十句；我也问你几句，如何？”石亨道。

“爵爷请问。”杜清站起来准备回答。

“坐下，坐下！”石亨招呼他，“我问一句，你答一句；不答，则饮一杯酒。”说着，问道，“瞎子说内阁某某在作祟，你以为如何？”

“很是。”杜清只答一句。

“後儿要倒阁，你以为如何？”石亨问。

“很是。”杜清仍答一句。

“你说说，该如何倒阁？”石亨道。

杜清稍一犹豫，说：“爵爷，卑职喝一杯酒吧。”

“怎么，不想说？”石亨问。

“不是不想说，是怕说出来，爵爷生气。”杜清道。

“那就说吧，我不生气。”石亨不让他喝酒。

“卑职想，第一步，爵爷不妨以守为攻。”杜清说。

“以守为攻？这是何意？”石亨问。

“御史、给事中不是弹劾爵爷专擅吗？爵爷不妨上一道奏表，请释兵权。”杜清说。

“什么狗屁主意！”卢旺厉声喝道，“我等皆仰赖大帅呵护。让大帅释兵权，对我有什么好处，对你有什么好处，对大家有什么好处！”

“我没生气，你怎么发起火来？且听老杜说。”石亨压住他。

“爵爷恩宠集于一身，且各营皆听从爵爷号令，皇上是不会准爵爷所请的。”杜卿很有把握地说。

“万一万岁爷准呢？”卢旺问。

“万一皇上准爵爷的奏请，爵爷不请辞，皇上也会夺去爵爷的兵权。卑职以为，那还不如自请释兵权好。”杜清说。

“不对！就算皇上想夺爵爷兵权，一时也不知从何处下手，爵爷干吗要给他这个机会？”卢旺反驳道。

“老卢太急，老杜的话还没说完呢。”石亨示意杜清接着说。

“这道奏表，不妨写得婉转一些，委屈一些，让皇上知道，爵爷是受人迫害。这对倒阁有好处，所以，卑职说是以守为攻。”杜清说。

“老杜的话，没什么不对；第一步，可行！”石亨做结论后，命杜清继续说，“老杜，第二步呢？”

“卑职只想好第一步。”杜清说。

“谁筹划好第二步，说出来听听。”石亨转向卢旺，“老卢，你说！”

“老卢只管喝酒，还管舞枪弄棒，筹划是老童的事。”卢旺推让。

“照卑职看，第二步简单。”童先说。

“怎么个简单法？”石亨问。

“第一步是以守为攻，第二步就该以攻为守。”童先说，“爵爷，咱不妨借助曹公公一臂之力。”

“老曹的算计，比你我加起来还精明，肯借力于你！”石亨道。

“他若是真的精明，防爵爷还在其次，最要防的却是徐某。”童先说，“他防徐某，得天独厚。皇上近侍中，他的心腹甚多，皇上与徐某密议之事，十件有八件被他打探到。而徐某那张嘴也很讨厌，常拿皇帝与他密议之事对人吹嘘。只要把皇上最不愿意被人知道的事情散布出一两件，并咬定出自徐某之口，皇上一定会对他厌恶。”

众人纷然叫好。石亨亦赞许：“此计大妙，第二步，就做这件事。”

“此计虽简易可行，仍有不足。庆父不死，鲁难未已呀！”石後却说。

“後儿有话便说，莫引经据典。”石亨命道。

“徐某有襄赞功，密议外泄，皇帝或厌恶他，但未必会杀他；而不置他于死地，后患无穷。”石後说。

“後儿难道有置他于死地的计策吗？”石亨问。

“孙儿想，这也不难。”石後一副胸有成竹的样子。

“和秀才说话，好不吃力。既不难，你倒说呀！”卢旺不耐烦地说。

“老爷和各位将军记得徐某的爵号吧？”石後仍是不忙。

“武功伯呀，才封不久，谁不记得！”卢旺道。

“诸位可知，武功曾是哪位古人的封号？”石後问，他料定不会有人知道，自己说道，“东汉末年，奸相曹操的最初封邑，就在武功。”

众将领皆惊呼。有的是已理会石後话里的含义；有的虽未理会，但见许多人惊讶，自己也不能不有所表示。

“等等！”石亨整理着头绪，“後儿，你是说，武功曾是曹操封邑？”

“是。”石後应道。

“这倒有文章可做。”石亨自语，“徐某曾对我说过，皇上为示殊宠，命他自择封号；他选择‘武功’，以示虽出身文臣，却以武功名世。谁知却与篡汉老祖宗的封邑相合，真乃天助我也！”

“徐某可杀，不止此一端。”石後补充道，“据孙儿所知，封爵的敕书，也是他自撰的。文中有‘缵禹’等语。典出《诗经》，曰：载缵武功；又曰：缵禹之绪。何谓‘缵禹之绪’？那就是要行禅让之事呀！”

众将领又惊呼一声。他们虽不懂《诗经》，“禅让”的意思却是懂的。

“秀才真不可小觑！”石亨称赞一句。

皇帝到皇太后孙氏宫中请安，皇太后把他留下说话。

“皇上近日又立一妃子，怎不见她来我宫里叩安？”皇太后问。

“并无立妃之事呀，想是谬传。”皇帝说。

“不会吧！”皇太后冷笑一声，道，“人家说的鼻子是鼻子，眼睛是眼睛，还会错？”

“传播此事的，可是母后身边之人？”皇帝问。

“若只是听他们几个说说，我不会问皇上的，免得皇上说我无聊。我是从会昌侯处听到的，他总不会无聊到传布谣言吧！”皇太后道。

会昌侯是皇太后的娘家，原封伯，皇帝复辟后，晋侯。

“母后言重，”皇帝不得不告以实情，“儿臣确因一旧宫人侍奉有劳，欲册立为妃；但因有人力言不可，儿臣即作罢。”

“我说个‘有人’，皇上怎么也说起‘有人’？”皇太后笑问，“皇上说的‘有人’，是宫里的人吗？”

“那倒不是，是内阁大学士徐有贞。”皇帝说。

“内阁大学士不是顾问朝政吗？这位徐先生怎么连宫里册立妃子的事也管起来？”皇太后很不以为然。

“不是他要管，是儿臣拿捏不定，询问于他。”皇帝为徐有贞辩解。

“我说呢！”皇太后的口气缓和下来，“其实，皇上家事即国事，皇上不是不可以和大臣们计议；大臣不是不可以是之否之，力言不可也不是不可以。但宫中之事，不该闹得满城风雨呀！”

“儿臣是与徐先生密议的。”皇帝说。

“虽是密议，皇上不会对人言及吗？”皇太后问。

“儿臣对母后未曾言及，怎会对他人言及！”皇帝道。

“我说呢！”皇太后每当这么说时，不仅是对皇帝的话认可，也是自己还有话说，“密议者，一是皇上，一是那位徐先生。既然皇上没对人言及，一定是徐先生曾对人言及。”

“不会吧。”皇帝欲辩解，又不好力辩。

“那是你君臣二人的话长了腿？”皇太后讥道，复问，“皇上，这位徐先生，是哪里人呀？”

“吴人。”皇帝回答。

“对，我想起来。”皇太后道，“皇上北狩之初，欲国都南迁的，就是他。我当时就对人说过，南人轻薄须防。如徐某人，和皇上议论一件宫里的事，也到外面自夸，皇上还以为他是贤良吗？”

皇帝沉默一会儿，嘴里蹦出一句话来：“儿臣也看出，徐有贞为大臣而不尊，不足以深倚之。”

李贤任吏部侍郎多年，走到吏部衙门附近，生怕被人认出来，几乎是掩面而行。但到衙前，却不能偷偷摸摸闯将进去。他才要与当值的衙役打招呼，见一人往外疾走，忙闪在一旁；等那人走过去，再现出身来。无意中瞥见离去那人的背影，见他衣着甚是破旧，不觉奇怪。

当值的衙役是老人，李贤招呼道：“麻二哥，还没换个衙门呀？”

“哎呀，老大人来了！”衙役忙行礼，“我哪能和老大人相比，想换个衙门就换个衙门。听说老大人这回的衙门换得极远？”

“是。八闽之地，麻二哥听过吗？”李贤告诉他。

六月上旬的一天，在毫无征兆的情况下，皇帝忽降旨，将徐有贞、李贤下锦衣卫狱。在狱里未加讯问，第二天复降旨：徐有贞降为广东布政司右参政，李贤降为福建布政司右参政。

衙役说：“巴掌之地我听过，八闽之地我却没听过。”

李贤深知，他的嘴一张开，话就多，须先拦住。他手指远去的那人问：“那是何许人也？”

“小的不知。”衙役答道。

“不知何人，你就敢让他进？”李贤好生奇怪。

“他说老天官叫他来的，我敢不让他进！”衙役道。

“当真是老天官唤他来的？”李贤实在想不出，贵为吏部尚书的王翱，和这个看上去极贫贱的男子，会有什么关系。

“大老爷知道，小的办事最稳妥。小的生怕有诈，还进去禀报老天官。”衙役说。

“老天官怎说？”李贤问。

“只点点头，一句话没说。”衙役道。

李贤进衙门，办好文书等事宜后，去向王翱辞行。

王翱见他就说：“原德先生来得太早。”

李贤不解其意，张张嘴，说不出话。

“去福建的关防已领取否？”王翱问。

“是，我先办理的此事。”李贤说。

“怕是用不上。”王翱说。

“怎么？”李贤问。

“皇上嫌福建路程太远。”王翱说。

“不是九皋先生嫌福建路程太远吗？”李贤说句笑话。

王翱不苟言笑，板着面孔说：“我知道，原德先生在皇上面前说过我不少好话，是想我以德报德吧？这你可要失望。你降官福建，是我首先提出的。”

“吾公言重。朝廷要外放我，去福建，和去腹里省份，又有多大的不同！”李贤对他的话不太在意。

“若皇上并无意将原德先生外放呢？”王翱问。

李贤一愣，道：“九皋先生此言，李贤不解。”

“我实话对你说吧，皇上的本意，并非嫌福建的路程太远，而是不欲原德先生放外。我明知皇上心意，却仍欲原德先生放外。我对皇上说：不去福建，往南京可也。”王翱直述其事。

这大大出乎李贤的意料。他为吏部佐卿时，与两位天官都相处甚欢，两位天官对他一般器重，他对两位天官一般尊敬。王直致仕，他知无可挽回，只得听任；王翱求去不得，却是他力陈其贤，才被留任的。当然，他请皇帝留下王翱，并非因为私交，而是从大局着想。所以，他从不曾以施惠于人自居。当时他下气力把王翱留在朝廷，今日王翱却下气力把他逐出朝廷，是他想不到的。

另一方面，他绝不相信，王翱是因为对他不满才要把他逐出朝廷。因此他说：“获罪之臣，自然不宜留于朝廷。”

“宜不宜留，我不置评；但我以为，原德先生放外是福。”王翱说。

一个“福”字，让李贤豁然开朗。徐有贞和他外降，举朝皆知是石亨陷害；王翱力主将他放外，是担心石亨继续陷害他。

“这正是九皋先生惜人处，在下心感。”李贤揖道。

“你也别高兴得太早。”王翱说，“我看，皇上多半仍不想你离开，南京你未必去得成。你还是做好留在朝廷的打算，小心应付吧！”

“九皋先生还有什么话叮嘱？”李贤问。

“没有，今日话已然说多。可我实在不想你才在张家湾上船，就被唤下船来；甚至才出朝阳门，又被唤入城来。”王翱说。

“但我手里拿的是去福建的关防，不管后事如何，我还得先做去福建的打算。”李贤一揖，道，“九皋先生，告辞。”

“也好，我送送你。”王翱说。

李贤以为所谓“送送”只是站起来，不想王翱径向屋外走去；他以为只是送到屋门外，不想王翱走到院子里，这使他有机会把自己的疑问提出来。

“九皋先生方才有客吗？”他问。

“你见到他？”王翱反问。

“只见其形，未见其面。”李贤道。

“那你就看不出，他是为何而来的。”王翱说。

“不，我至少还看得出，他不是来谋官的。”话一出口，李贤觉得对王翱有所冒犯，他又说，“废话一句，谋官者早不登吏部之门。”

“不然，”王翱摇着头说，“吏部掌的就是升迁之事，除非天下官吏都成圣贤，才不登吏部之门；除非吏部官员皆为圣贤，才使谋官之人不登吏部之门。”

“九皋先生这话说得深刻！”李贤道。

“不过，原德先生说那人不是来谋官的，也对。他是老夫一位故人之侄，不是来谋官的，是来取财的。”王翱说。

“来取财？向九皋先生取财？”李贤大骇。

“是啊，其亲叔有一笔财物存在我这里，我让他来取走。”王翱说。

“他的叔叔是——”李贤问。

“已故辽东镇守太监某。”王翱说。

李贤先点头，后摇头。王翱曾任辽东巡抚，称该镇守太监故人，说得过去。故李贤点头。但王翱最重名节，对自己的约束近苛，别说和内臣没有私交，和文臣的交往也极有分寸。他怎么可能寄存一名太监的财物呢？故李贤摇头。

王翱看出他的困惑，笑道：“原德先生以为其事不可告人吧？我说财物，可是货真价实的一笔财物。”

“不知是何物？”李贤问。

“一枚夜明珠，是我奉诏还朝时，太监某馈赠的。”王翱告诉他。

“不对呀，我等都知道，九皋先生还朝时，馈赠一概不受。”李贤一下从他的话里听出毛病。

“某之珠，我亦拒之再三。你可知，他最后怎说？”王翱问。

“他怎说？”李贤反问。

“此珠先朝所赐，绝非赃物，公却吾馈，吾有死而已。”王翱重复该太监的话之后，说，“我与他同事多年，不忍心他因我固执而死，才不得不做下这件违心的事。”

“九皋先生的心思，我知之。虽将此珠作为馈赠收下，却是要在太监某过世后，将明珠归还其家人。”李贤道。

“当时是这么想的；今日想想，真是件险事。”王翱说。

“怎的是险事？”李贤问。

“若是我死在他前面，此事怎说得清楚！”王翱道。

“不会，九皋先生是长寿之人，谁都看得出来；退一步说，即便九皋先生逝于前，老夫人也会按照吾公的意思办的。”李贤说。

“她并不知道有此珠。”王翱道。

“居于一室，她竟会不知？”李贤又觉得奇怪。

“是啊，我不想人知道有此珠，只好自己穿针引线，把它缝缀在这里。”王翱说着，指指自己的衣领。

“真难为了九皋先生一片苦心！”李贤叹道，“我曾对人说，皋陶言九德，王公有其五：乱而敬，扰而毅，简而廉，刚而塞，强而义。其实，九皋先生之德，可一言而蔽之：宅心仁厚。”

皇帝果然不准李贤放外，把他留在朝中任吏部侍郎；不久，复入阁。

徐有贞则没有这么好的运气。他不但要去广东上任，而且在行至山东德州时，被锦衣卫官校追上，解回京师，再次投入狱中。如果说，第一次下狱，只是匆匆过客；那么，第二次下狱，他自己也知道，不会那么容易放出去。他自幼信奉北斗，甚是虔诚，在家时，每日向北四十九拜。在狱中，他无所事事，每日面壁，默诵斗母咒不已。

锦衣卫使门达自己搬个凳子，放在牢室外。他一声不响地坐在那里，看徐有贞诵咒，直到他转过身来。

“门大人？”徐有贞看门达的模样，脑海里一下闪过许多念头。

“是否吓着老先生？”门达打趣道，“我来看一看老先生，见老先生专心念咒，没敢打扰。我看，老先生念的咒语还真管用，一遍一遍念下来，终于念到头。”

“门大人是说，我的大限已到？”徐有贞又惊又惧地问。

“老先生也知道，于宫墙之外投下指斥圣上的匿名书，那是一百个死罪、一千个死罪。”门达道。

“可匿名书确实非我所投呀！”徐有贞叫屈。

“老先生身在旅途，匿名书当然不是你投的。可你有亲眷呀，有挚友呀，你可以指使他等投呀！”门达说。

“然门大人明察，知我并未指使人投匿名书，对不对？”徐有贞问。

“对，我知道你并未指使，并禀奏皇上；皇上也知道你并未指使，并传谕法司。”门达说。

“罪臣叩谢皇上隆恩，多谢门大人保全！”徐有贞感激涕零。

“先别谢我，有个事要问问老先生。”门达说着，把凳子向前移了移。

“门大人请问。”徐有贞也把身子向前移了移。

“有个马士权，是老先生的什么人？”门达问。

“布衣之交。”徐有贞回答。

“仅是布衣之交？”门达追问。

“仅是布衣之交。”徐有贞说。

“布衣之交算是什么交情？”门达又问。

徐有贞不相信他连布衣之交的意思都不明白，所以不做解释。

他不解释，门达自己解释：“他无功名，老大人是显贵，而你二人有所交往，是这个意思吧？”

“门大人说的是。”徐有贞应道。

“老先生就没想过，为他谋个官？”门达问。

“授官乃吏部职掌，徐某没这个能力；就算徐某能为他谋得个一官半职，马兄也不会接受。”徐有贞说。

“老先生家室丰饶，就没想过赠他几亩美田，一片宅院？”门达问。

“我倒是想过；但我知道，马兄不取嗟来之食。”徐有贞说。

“这么说，老先生的好处，他一无所得？”门达问。

“他一无所求。”徐有贞改个字。

“改得好！”门达赞道，“你等读书之人常说，君子之交，淡淡如水，指的就是这种布衣之交吧？”

“不一定在布衣与显贵间。显贵与显贵间，布衣与布衣间，皆有君子之交。”徐有贞不知有所感慨，还是有所希图，多说两句。

“还有活人与死囚间。”门达刻薄地加上一句。

徐有贞像被迎头击一棒，低垂下头。

“显贵与显贵间的君子之交，我见到的还真不多。我要对老先生说的是，老先生此次若得不死，别谢我，该谢这位布衣之交。他的嘴稍松一松，老先生这颗人头早就落地。”门达说。

徐有贞浑身一紧，不由拿手去脖颈处摸摸。

“马兄如何救罪臣一命，门大人可否告知？”徐有贞央求。

“时至今日，告知你也无妨。”门达说着，问道，“老先生被从德州追回来，是因为京师盛传你指使门客马士权投匿名书，诋毁圣上。此事老先生知道吗？”

“已知。”徐有贞说。

“马士权早老先生数日下狱，老先生知道吗？”门达问。

“已料到。”徐有贞说。

“但诏狱一日换一种刑具，逼迫马士权招供，老先生恐怕就不知道吧？”门达道。

“确是不知。”徐有贞说。

“老先生的布衣之交被打得体无完肤，却咬紧牙关，一字也不招。老先生也不知道吧？”门达问。

“确是不知。”徐有贞不由肃然而立。

“老先生还要说，和他仅是布衣之交吗？”门达问。

“以前仅是布衣之交，日后或有改变。”徐有贞说。

“怎讲？”门达问。

“马兄有子，尚未娶妻；我有一女，尚未许配。要是今次得以不死，我愿与马兄结为亲家。”徐有贞说。

“那是老先生自家的事。”门达说着，起身要走。

“门大人！”徐有贞叫道。

“怎么，老先生还有事？”门达问。

“门大人方才说罪臣此次若得不死，不知是何意？”徐有贞问。

“意即：投匿名书一事，不再追究。”门达道。

“难道罪臣还有别的事要追究？”徐有贞问。

“这还用说，老先生的案子远未了结呢。”门达道。

他说的远未了结，指的是徐有贞自择武功伯和自撰敕文一事。自择武功伯，和曹操封邑恰合，有意也罢，无意也罢，任法司诠释；而自撰敕文，在溢美之词中，确有“缵禹”等出格的句子。他写的是：才堪华国，道足经邦，资弘毅而秉忠纯，贯天人而通今古。早擢贤科，首登制举，简自先朝，贻于朕用。史馆秉春秋之笔，经国陈仁义之言。作镇北州，已展勤王之伟略；治水东郡，复成缵禹之神功。由是叙长宪台，总司风纪。乃者奸臣谋变，社稷几危，赖尔忠诚，以定大策。遂能拥戴朕躬，光复天位。乃自中丞之职，进兼司马之权。展采论思，升尔宥密，谋猷具善，启沃良多。夫既属以心腹而任之股肱，是宜酬其勋劳而胙之茅土。爰锡西周之世封，用承东海之桑祏。於戏！中外宣力，朕唯用尔以功；左右纳忠，尔唯辅朕以德。居黄阁而兼典戎机，信乃禁中之颇、牧；值紫宸而弥纶国体，允唯王室之甫、申。

皇帝把该敕书交与法司详议，刑部侍郎刘广衡等奏曰：该文语句夸大，无人臣礼，论罪当弃世。皇帝犹豫再三，决定网开一面。

七月二十二日降旨：徐有贞削籍，流放云南金齿卫。

# 第八十九章

皇帝把派去内书堂读书的一名近侍唤入宫中，陪自己说话。

“齷齪胡子被朕赶走，新教官课讲得如何？”皇帝问。

近侍虽知皇帝指的是谁，但佯作不知：“爷恕罪，奴才不识其人。”

“你听过他授课，怎会不知？”皇帝道。

“奴才只听过岳先生授课，并未听过什么齷齪胡子授课。”近侍说。

“他一大把胡子，既脏且乱；在朕面前陈奏，又唾星四射。朕叫他一声齷齪胡子还不成吗！”皇帝道。

“爷叫他成，奴才不敢重复。”近侍说。

“为何不敢？”皇帝问。

“一日为师，终身为父，儿子怎敢骂老子？再说，爷让奴才去内书堂读书时对奴才说，须得礼敬先生，奴才不敢违旨。”近侍说。

“好，算你有良心。”皇帝道。近侍拿圣谕护身，皇帝不好再计较，自己也对岳正改变称呼，“你那个先生被朕赶走，新教官课讲得如何？”

“不如岳先生。”近侍说。

“怎的不如？”皇帝问。

“新讲官讲课，奴才们听得昏昏然，有的还打起瞌睡。”近侍说。

“那是你等没有听惯，慢慢就听惯。”皇帝道。

“新讲官的文章也没岳先生写得好。”近侍又说个理由。

“你才去内书堂多久，也能品出文章好坏？”皇帝觉得好笑。

“岳先生的文章，奴才们都愿意背诵。”近侍说。

“你能当即背诵一篇给朕听听吗？”皇帝问。

“奴才背诵不好，爷将就着听。”近侍说着，朗朗上口，背诵道，“乃者承天门灾，朕心震惊，罔知所措。意者，敬天事神，有未尽欤？祖宗成宪，有不遵欤？善恶不分，用舍乖欤？曲直不辨，刑狱冤欤？征调多方，军旅劳欤？赏赍无度，府库虚欤？请谒不息，官爵滥欤？贿赂公行，政事废欤？朋奸欺罔，附权势欤？群吏弄法，擅威福欤？征敛徭役太重，而致军民不得其所欤？此皆伤和致灾之由，而朕有所未明也。今朕省愆思咎，除惕是存。尔群臣休戚唯均，其洗心改过，无蹈前非，当行者直言无隐。”背诵完，还解释，“此篇奴才最新背诵，也不知有无差错。”

“差错倒没有，但你可知，他为何要写此文？”皇帝问。

“奴才听说，是为承天门灾，爷命他写修省敕书。”近侍答道。

“此文的意思，你懂得吗？”皇帝问。

“是要大臣们洗心改过，直言无隐。”近侍抽出敕书里的两句话。见皇帝冷笑，他问，“爷，奴才解得不对吗？”

“洗心改过、直言无隐是要的，但他首先要朕省愆思咎，怵惕是存！”皇帝恨恨地说，“在龌龊胡子的眼里，朕简直就是个昏君！”

“奴才想，岳先生绝无此意。再说，这话岳先生自家不写，爷也一定要让他写的。”近侍道。

“何以见得？”皇帝问。

“奴才听说，修省诏书都是这么写的。”近侍说。

“你当真有长进，不但分辨得出文章优劣，连诏书怎么写也知道。朕看，你是一门心思要为你那个岳先生开脱。”皇帝说。

“爷恕罪。”听不出皇帝有几分气恼，反倒品味得出话里有几分赞赏，所以近侍并不否认。

“你为何要为他开脱？”皇帝问。

“奴才听说过一件事。”近侍说。

“何事？”皇帝追问。

“岳先生戍肃州，行至涿州、宿于驿所时。解送军卒以拲紧缚岳先生双手，拲窄手粗，岳先生手骨几折，气息几绝。涿州人杨四，素有侠义心肠，乃出钱买酒，请军卒饮，趁其酣醉，为岳先生解拲，挖空拲心，再将岳先生双手纳入。岳先生这才躲过一劫。”近侍述罢该事始末，道，“杨四一贩夫，愿冒死救岳先生一命；奴才奉爷遣派，听岳先生授书，在爷面前替他说几句话，还不应该吗？”

拲指两手并械的刑具。近侍故事讲得生动，皇帝听后多少有点儿心动。

“你想朕把岳胡子召回来再去内书堂授课？”皇帝问。

“奴才怕是没这个福分。”近侍说。

“怎么？”皇帝问。

“岳先生曾入阁办事，爷将他召回，也不会让他再授书。”近侍说。

在徐有贞、李贤下狱不久，薛瑄致仕；又不久，许彬调南京，内阁一空。皇帝选两名资历较浅的翰林，一是吕原，一是岳正，来填补阁臣之缺。岳正是作为阁臣，草拟修省诏书的；同时，他还进言，请复用徐有贞，以弥天变。这招致石亨、曹吉祥的嫉恨，以“卖直谤讪”加以弹劾。他先被打发回内书堂授书，第二天有旨谪戍。

“你是要朕召他再回内阁？”皇帝复问。

“朝廷大政，奴才岂敢妄言。”近侍叩道。

皇帝摇摇头，感慨道：“好个岳正！”

近侍不知皇帝是因为听自己的一番话而发感慨，还是想起岳正的所作所为而发感慨，就在他觉得事情有了转机的时候，皇帝又发句感慨：“只是大胆！”

九月初三日，太常寺少卿兼翰林院侍读彭时奉召至文华殿见驾。文华殿他是来过的，那是在景泰改元之初，他作为阁臣，与其他阁臣一起被宣召议事。那段日子很短，连半年都不到吧；而且，那段日子似乎很遥远，再回朝以后，他又成为一名普通的翰林。今天，他却是一个人被宣召的，这使他觉得，眼前的文华殿和昔日的文华殿不一样。

进殿后，行礼如仪。彭时隐约记得以前所站的位置，又站到该处。

“彭爱卿前来。”皇帝招呼。

彭时稍稍往前移动，他记得，那是当时陈循站的位置。

“再近些。”皇帝又招呼。

这一近，就近到皇帝御榻前。

“朕记得，彭爱卿是正统十三年的进士。”皇帝说。

“臣是。”彭时应道。

“不对，不对！”皇帝忽摆手。

彭时不知该如何应对。他的确是正统十三年进士，不能说自己不是；而坚持自己是正统十三年进士，等于说皇帝不对。

就在他为难之际，皇帝指着他说：“卿是正统十三年的状元。”

“陛下说的是。”彭时松口气，“臣蒙圣恩，拔擢该科一甲第一名，至今感戴不忘。”

“该科一甲，还有岳正，他是第三名。朕听说，其时传言，第一名应该是他的。”皇帝说。

“臣岳正学识胜于臣，若岳正点该科状元，臣心悦诚服。”彭时说。

“爱卿好肚量！颠倒过来，岳正怕是不会这么说。”皇帝道，“六月间，朕使岳正入阁办事，而不使爱卿复入阁，爱卿想是亦无怨言吧？”

“此乃皇上圣明，岳正办事亦较臣得力。”彭时说。

“朕用岳正，可不是为他办事得力。”皇帝说，“再早些，朕曾想用岳正入阁，那是为的他办事得力。但那时有人说，岳正为人偏执。朕六月使他入阁，却是想看看，他到底是不是偏执。办事一月，朕见他果然偏执。看来，不可因人废言呀！”

听皇帝最后一句话，可以猜想得出，说岳正偏执的，一定是徐有贞。要是皇帝不说“朕见他果然偏执”，彭时可以而且多半会批驳一下徐有贞；眼下他却只能说：“岳正偏执，臣亦听人议论过，此乃其性情使然。臣自觉，有时也会偏执。”

“状元的偏执，该不会同于探花的偏执。”皇帝一句笑话把这个话题带过，他复问，“爱卿今年多大年纪？”

“臣犬马齿四十有二。”彭时奏道。

“正好用事呀！”皇帝说，“爱卿今年四十有二，中第那年该是三十有三。在状元中，算得上是年轻的。三十有三，或仍带偏执之性，四十出头，就该老成。”

“臣谨记圣谕。”彭时道。

“好，爱卿出外吃酒饭去吧。”皇帝命道。

即日旨下，彭时以原职入阁办事。

宫中太监刘恒走近司礼监值房，看到值房内外乱哄哄的场面，不由得皱起眉头。他心想，见了曹吉祥得说道说道。

曹吉祥坐在值房内室，不知在想些什么，对外面的动静听若不闻；刘恒进去，他也视若不见。

“曹哥。”刘恒只得先打招呼。

“老刘来了，好！”曹吉祥心不在焉地应着。

“曹哥，当初王公主持司礼监时，可不是这种情形。”刘恒说。

“我能和王公比吗！”曹吉祥道。刘恒以为他要说威望不能与王振比，谁知他说的却是：“王公只领一个司礼监，我除领司礼监，还兼着三大营的总督。我朝自设内使衙门以来，可有这般兼摄者？”

“能者多劳，谁让曹哥有大才呢。”刘恒明赞暗讥。

“老刘别拿甜话哄我，过来坐。”曹吉祥让道，刘恒才要在他前面坐下，他又发话，“等等，先把门关好，我有事与你商议。”

刘恒把门关严实，外面的嘈杂声顿时小许多。

“无为而治，你看，这不是就不乱了！”曹吉祥解嘲道。

“既是无为，曹哥把我叫来做什么？”刘恒问。

“有件事，无为则办不成，所以把你请来。”曹吉祥说。

“曹哥说的何事？”刘恒问。

“我等皆出自王公门下，蒙王公厚恩。王公死难多年，我等该为他老人家做些什么。”曹吉祥道。

“我早有此心。做什么，怎么做，但听曹哥吩咐。”刘恒显得兴奋。

“我把你找来，是要听你说的，不是要你听我说的。”曹吉祥毫不客气地把他驳回，“你既早有此心，且说与我听听。”

“你我聚集一班老人，为王公作一场法事，如何？”刘恒问。

“那只是私祭，不好。”曹吉祥不同意。

“曹哥想要公祭？”刘恒问。

“对！”曹吉祥应道，“你想想，朝廷出面追悼，有哪些事要做？”

“有两件事必不可少：一是赐祭葬，一是建祠堂。”刘恒说。

“那我等就去筹办这两件事。”曹吉祥做出决断，并把这件事交给刘恒去办，“老刘，你看我这里乱成一片，心静不下来，不如你回去写疏。”

“好！”刘恒应虽应，但多个心眼，“曹哥，你看此事办得成否？”

“你放心去办，一定办得成。”曹吉祥说。

“曹哥有十分的把握？”刘恒还不放心。

“有十二分的把握。”曹吉祥说。

“曹哥，我怎么觉得没那么大的把握？”刘恒道。

“那是因为你不知道，爷与我有个约定。”曹吉祥说。

刘恒眼睛瞪得老大，嘴巴张得老大。好不容易缓过劲来，他指指天，指指曹吉祥，问道：“爷与曹哥有个约定？”

曹吉祥转过身去，懒得再理他。

对刘恒来说，这已经足够。他无异于得一道金牌，可以放心大胆地去办事。但腿还没迈出内室的门去，他又退回来，并仔细把门关上。

“曹哥。”他讪笑着，问道，“爷是怎么和你约的？”

“爷与我约：王公的忠，他不得忘；王公的恩，我不得忘。”曹吉祥不怕把皇帝的话如实道出。

“爷念王公的忠，我等念王公的恩，这事就好办。”刘恒这话与其说是回应曹吉祥的，不如说是拿来激励自己的。曹吉祥再胆大妄为，谅他也不敢编造几句皇帝的话。既然皇帝有旌表王振的意思，还有什么可顾虑的！按说，刘恒可以放心离去。但他出内室，未出外室，又转身走回来，一直走到曹吉祥身边。

“老刘，又有何事？”曹吉祥不耐烦地问。

“再问一句，”刘恒道，“爷是几时与曹哥约的？”

“半年前吧。”曹吉祥说。

“半年前？是初夏的事。”刘恒说。

“不，应是春天的事，想来有八个月。”曹吉祥更正。

“那是该办了。”刘恒说着，草草一揖，快步离去，再没回头。

直到皇帝命刘恒前去回话，刘恒一直有些想不通：旌表王振，是曹吉祥的意思，更是皇帝的意思。上这道奏表，是一定能讨得皇帝欢心的事，曹吉祥为什么自己不去办，却要他来办呢？还有，皇帝八个月前，至少也是半年前，就向曹吉祥暗示过，他怎么敢拖着不办呢？

皇帝开始问的，不是这些。

“刘恒，为何有此奏请？”皇帝问时，喜怒不形于色。

“先臣王振于奴才有恩。”刘恒选的是最简易的说法。

“这么说，你是为的私情。”皇帝道。

“也不全是。”刘恒一点一点，慢慢补充。

“还为的什么？”皇帝问。

“奴才想，王先生昔时辅弼圣躬，没有勋绩，也付出辛苦。”刘恒说。

“你断定他并无勋劳吗？”皇帝问。

“有人这么说，奴才却不这么想。”刘恒道。

“你是怎么想的？”皇帝问。

“奴才想，正统朝圣政，王先生功不可没。”刘恒说。

“你直接说不好吗，非要绕个大弯子！”皇帝责备道。

“奴才不敢。”刘恒说。

“为何不敢？”皇帝问。

“前些年廷臣对王先生口诛笔伐，奏章连篇累牍，称他擅权乱政，死有余辜。奴才至今想起来还心有余悸。”刘恒说。

皇帝“哼”一声，把心中的不快尽情吐出：“怕不止口诛笔伐吧！”

“爷说的是，王先生族党尽数诛夷，宅第没官。”刘恒说。

“他的宅第还空在那里吗？”皇帝问。

“早已改作京卫武学。”刘恒说。

“那还说得过去。”皇帝不再问下去，他说，“不管别人怎么责骂，不管有无过错，王先生死于国难，为虏寇所杀，朕亲眼所见。就凭这一事，朝廷就不能亏待他！刘恒，传朕谕旨：王振赐以厚祭，招魂以葬，赐建祠堂，名曰——”低头默想，想出两个字来，“名曰精忠。”

“奴才遵旨。”刘恒叩道。并说，“爷，朝阳门内智化寺，是王先生当年所建，请该寺僧人为王先生招魂，可使得？”

“王先生建智化寺，是为百年之后打算，怎么使不得！就以智化寺为王先生祭祀之所吧。”皇帝道。

“是。”刘恒应道。

“既要招魂，须有所依附。传谕工部，挑选上等香木，为王先生雕塑神像。”皇帝又命道。

“王先生容貌，时常萦回于奴才脑海。塑像一事，奴才愿督之，乞爷恩准！”刘恒请旨。

“这是你有良心，朕为何不准！”皇帝说着，不由得感慨，“可惜呀，有人不像你这么有良心，不然王先生早得祭飨。”感慨后，还要问刘恒，“你可知道朕说的是谁？”

“奴才不知。”刘恒心知肚明，但不敢说。

“这个人呀，位比你尊，权比你重，受王先生的恩比你多，他若肯为王先生奏请，朕岂有不准之理！”皇帝道，“刘恒，你说说看，他为何迄今不肯奏请呢？”

“爷说他位尊权重，或是事务缠身吧？”刘恒胡乱言道。

“不对！”皇帝摇头，“事务再多，写一道奏本、说一句话的工夫总还有吧？你呀，是在替他遮掩。”

“奴才怎会为他遮掩！奴才只是想不出理由来。”刘恒忙说。

“你不是想不出理由，你是不敢得罪他。”皇帝不信刘恒的话，但也不再逼他说，“朕倒是想出三条理由。其一，朕方才说的，他不像你这么有良心，他今日既得荣华富贵，早把王先生的恩情淡忘。其二，他和文臣们打交道多，文臣们不管有没有得王先生的好处，今日哪个肯说他好话？他自然也不愿意在文臣们那里落个不好的名声。其三，朕托付的事，他不太放在心上。他有负朕约呀！”

皇帝在发泄对曹吉祥的不满，刘恒更不敢多嘴。

太监牛玉管的是宫中杂事，忽然到阁中。李贤、吕原、彭时等不知缘由，表情都有些古怪。牛玉看在眼里，冷笑着说：“要不是奉旨，我可不敢前来瞻仰三位先生的风采！”

"牛公公言重。"李贤陪个笑脸，马上询问，"有何圣谕？"

"就这么站着说吗？"牛玉反问他。

"是，是，牛公公请！"李贤让道。

阁中专辟一室，是为内臣来传宣旨意后，歇脚说话的。牛玉自称奉旨，却未捧圣旨，就是说，他奉旨来见阁臣，并不是来内阁传旨。李贤等陪同他走进室中，请他入座。

"这是王老先生当年坐的椅子吧，我也能坐？"牛玉挑剔道。

"是不是那把椅子，我不敢说，但司礼监诸位公公来传旨后，都坐在那里。牛公公不愿坐那把椅子，就坐我这把椅子吧。"李贤说。

"那不成喧宾夺主？原德先生以为可坐，我就坐吧。"牛玉道。

李贤看出，此人喜欢胡搅蛮缠，你随便说一句话，他能挑出一大堆毛病。不如静坐，等他自己说。吕原、彭时是同样的心思，谁也不开口。

牛玉碰个软钉子，只得自己找台阶下。

"有件旧事，万岁爷打发我来问问诸位先生。"他说，等了等，仍没人搭腔，他又往下说，"太皇太后临薨前，西杨先生跪在殿外奏陈三事，万岁爷着我来问，这事可是有的？"

太皇太后薨于正统七年，吕原正好是那一年的进士，不过，他才入翰林，宫闱之事，不可能听到什么。至于彭时，要是有所闻，就更不知是经过多少人的传言。唯一说得出一二的，只有李贤。

"闻得西杨先生欲奏三事，实则只奏二事。"他说。

"原德先生可记得是哪二事？"牛玉问。

"一谓建庶人虽亡，当修实录；一谓太宗文皇帝诏曰，有收方孝孺诸臣遗书者死，宜弛其禁。"李贤记得很清楚。

"原德先生可是亲耳听到的？"牛玉问。

问得多余。李贤当时不过是个普通司官，这么机密的事，他怎可能亲耳听到？但李贤说："我曾亲耳听西杨先生言及此事。"

"却不是亲耳听西杨先生在太皇太后寝殿外奏陈的。"牛玉听出来。

李贤不知是皇帝命牛玉一定要把此事坐实，还是他自己的主张，只得说："不错，不是亲耳听到西杨先生的奏陈。"

"而今朝廷之上，有谁能亲耳听到西杨先生的奏陈？"牛玉问。

李贤表情凝重，看来是在认真思考这个问题。

"想来再无其人。"彭时却以为这个问题根本用不着考虑。

牛玉看吕原。吕原道："纯道先生所言不差。"

他听说，当时被太皇太后召入宫中的只有杨士奇、杨溥，别人怎能亲耳听到杨士奇的奏陈。即便当时有可能听到此事的部、院大臣，硕果仅存的胡濙、王文，也一个致仕，一个被杀。

牛玉等着李贤附和，只要李贤也说再无其人，他就可以回宫复旨。

"纯道先生所言，也不尽然。"李贤却说。

"尚有其人？"牛玉忙问。

"是，"李贤点头，"有一人，虽不在朝了，却近在咫尺。"

"原德先生说的是谁？"牛玉问。

"前司礼太监兴安。"李贤说。

送走牛玉，三个人都觉得，今日之事，有点儿不同寻常。

"皇上怎么差这么个人来问话！"吕原最先表达了对牛玉的不满。

"他再刁钻，恐怕也不敢假传圣意。"李贤说。

"我看，是皇上想到这件事，恰好他在身旁。"彭时说。

"或是如此。"吕原同意他的估计，并问，"皇上怎会想起此事？"

他像是在问自己，所以，李贤、彭时都没接他的话。况且，皇帝怎么差牛玉这么个人问话，随便估计一下不妨；皇帝为什么会想起这件往事，却不是可以随便估计的。

"原德先生，你看呢？"吕原点名问道。

李贤不愿公然拒答，让他难堪，便给他个最抽象、最含糊的答案："天意邃远，难以揣度。"

"就一点线索也没有？"吕原硬是要问。

"线索嘛，应该是西杨先生奏陈的两件事吧。"李贤说。

"我看，多半是第一件事。"吕原估计。

"若所言不差，可真是天意邃远。"彭时说。

"若所言不差，牛公公虽然怪癖，但此行功德无量。"李贤说。

他们都没有把第一件事的内容说出来，但每个人心里都在想：难道皇上当真想修建文朝实录？

皇帝单独召入李贤，关起门来议事。他先告诉李贤一个消息："兴大伴病入脏腹，怕是来日无多。"随即说，"李先生料的极是，西杨先生向太皇太后奏陈时，兴大伴确在殿内。"

“臣不过随口一说，不想竟言中。”李贤说。

“朕皇祖母再延得片刻，西杨先生的三件大事就可以说完；可惜今日只知其二。皇祖母再有几日阳寿，西杨先生说的三件大事或可付诸实施；可惜未得懿旨。”皇帝连说两个“可惜”，看来，的确有些动情，他问李贤，“李先生，你说呢？”

“或是天意如此。”李贤说。

“你是说，上苍仍不欲宽宥建庶人之后？”皇帝问。建庶人是官方对本朝第二位皇帝建文皇帝的正式称呼；私下里，也有人称他建文君。

“天道不在彼便在此。”李贤说。

“李先生，你把朕说糊涂。”皇帝道，“彼是上苍不欲宽宥建庶人，此又是什么？”

“皇上是知道的。”李贤说。

“你是说，上苍欲假手朕来做这件事？”皇帝的确想到。

“皇上圣明！”李贤称颂。

“朕这些日子，神情有些恍惚，一会儿想起皇祖母，一会儿想起西杨先生。想起皇祖母时，许多事情在脑子里翻来覆去；想起西杨先生时，许多事情也在脑子里翻来覆去。朕也不知是什么缘故。”说到这里，皇帝招呼道，“李先生，往前站站。”等李贤走近，皇帝压低声音说，“后来，朕想起皇祖母最后时刻躺在寝殿里的情景，往外一看呢，西杨先生正跪在外面奏事呢。一想到这儿，朕就不恍惚，就觉得有事情要做。或如李先生所言，上苍欲朕来做这件事。”

“皇上说的‘这件事’？”李贤强调。

“对！”皇帝也正要强调这一点，“西杨先生奏陈二事，朕以为，弛方孝孺遗书之禁还在其次，建庶人之事却耽搁不得。”

“皇上是指修建文实录吗？”李贤问。

“不。”皇帝摆手，“那已是五十多年前的事，就算朕想修建庶人实录，找得出修史之人吗？就算有人愿意承担此任，就一定修得出信史吗？再说，我《太宗实录》中附靖难事迹，建庶人所言所行，已尽录其中。《太宗实录》是奉我皇祖考、皇考之旨而修的，朕难道会再修一史，与之做对不成？”

“皇上说的是。”李贤道。想起杨士奇的奏陈，而不欲修史，只有一件事可做。他说：“皇上不欲修建庶人实录，那就是欲处置建庶人后人。”

“知朕者，李卿也！”皇帝甚觉欣慰，具体谈论起这件事，“朕记得，建庶人有二子，对吧？”

“是，长子曰文奎，即伪太子，南京宫中大火，文奎不知所终；次子曰文圭，太宗皇帝登极，将他安置于中都广安宫。”李贤说。

“这个朱文圭，该有六十岁吧？”皇帝问。

“虽然不到，也差不太多。”李贤知皇帝不是随便一问，应该具体计算一下，“臣记得，文圭生于洪武三十五年，今年应是五十七岁。”

洪武三十五年为官史记载，实则那一年颁发的历书记为建文四年。

“洪武三十五年出生，幽禁时只有几个月。五十七年未出高墙一步，朕想到此，心中不由怆然。无论其父有多大的罪孽，上苍也会原宥他。”皇帝说。

“陛下此心，实尧、舜之心。”李贤回应道。自牛玉去阁中问话，他就在琢磨皇帝到底在想什么，并想到释出文圭的可能；但现在皇帝亲口说出自己的想法，还是让他惊喜不已，他的称颂也就格外虔诚。

“朕想好，这件事一定要做！”皇帝道，“李先生，朕要问你的是，开释文圭，会不会出什么意外？”

“皇上指的何事？”李贤问。

“有人对朕说，建庶人曾君临天下，文圭是其亲子，将他释出，恐有异心；奸利之徒，恐有异动。”皇帝道。

“臣以为不会。”李贤说。

“为何不会？”皇帝问。

“皇上可知，朝野如何称呼文圭？”李贤反问一句。

“难道不是直呼其名？”皇帝问。

“直呼其名者固有，称呼他建庶人者亦有。”李贤说。

“他也称建庶人？”皇帝好奇地问。

“是，”李贤应道，“故臣以为，建庶人遗留给后人的，不过是‘建庶人’的称号，其他不复存在。第二代的建庶人，于世事懵懵懂懂，难道还会生出非分之想？再者，自太宗文皇帝以来，已传三世，已历五十余年，大统早定。即便有奸利之徒想打文圭的主意，这和推出别的人来闹事，又有什么区别？”

“李先生剖析得透彻，但朕对他等不是这么说的。”皇帝道，“朕对他等说：若天命在彼，任其为之。”

李贤一愣，随即应道：“皇上胸襟，浩若宇宙，臣自愧不及万一。”

牛玉到凤阳传宣圣谕，将建庶人文圭释出宫墙，婚娶、出入许自便；并在凤阳城里为他建造房屋，给阍者二十人，婢妾十余人，由有司供给柴米、器具，不得有缺。

文圭出宫墙那一天，许多凤阳人聚集在外观望。他们看到的，是一个两眼呆滞、满脸皱纹、须发皆白、衣旧鞋破的老汉。于是，有人为他欢喜，有人为他发愁，却没一个人要打他的主意。

# 第九十章

进入天顺二年，朝中发生的变故之一，是兵部尚书陈汝言犯赃罪下狱。他去年六月接替王骥掌兵部，刚好做半年大司马。对陈汝言案的审理、处分，持续将近一个月才了结。

忠国公石亨、阁臣李贤、吏部尚书王翱等奉召进宫，被带到一个他们都没到过的小院落里。皇帝在院子里踱着慢步，在等他们。等他们行过礼，皇帝吩咐随侍的内臣："把门打开，让各位大人见识见识。"

内臣开一间屋门的锁，把石亨等让进去。

他们出来后，皇帝问："见过那几个箱子吗？"

"臣等见过。"石亨等应道。

"箱中所装何物，卿等可识？"皇帝问。

石亨等被问得瞠目结舌。箱子里装的是一锭一锭码放整齐的纹银，皇帝要是问他们看到什么，他们可以回奏看到白银；皇帝问的却是识不识此物，他们不知该怎样回答。

"大人们不识，你告诉他等。"皇帝命内臣。

"爷，是银子。"内臣说。

"原来是银子，它还有别的叫法吗？"皇帝问。

"奴才听说，古人把铜钱叫作孔方兄。银子比铜钱更贵重，要不叫它孔方之兄吧。"内臣不知从哪儿来的灵感。

皇帝忍不住笑出声，但马上又板起面孔。

"这些都是从陈汝言家抄出来的。"皇帝指着那间屋子说，"朕使人问过，一锭一锭都有出处；朕也使人一锭一锭称过，总计超过一万两。卿等吃的都是皇粮，可记得二品大臣的月禄是多少？"

"是六十一石。"李贤知道，该由他来回答。

"那你算算，年禄是多少？"皇帝命道。

"应是七百余石。"李贤于匆忙之际，无暇细算。

皇帝见内臣欲言，便问：“你也算出？”

“爷，是七百三十二石。”内臣说。

“你给银子起个好名字，还算得出数，真乃可用之材。”皇帝的话，听得出挖苦大过赏识。说罢，他又问李贤：“李先生，粟每石值银若干？”

“按朝廷折率，银六钱五分当米一石。”李贤说。

“朕按照银一两当米一石，卿等不亏吧？”下面的账，皇帝自己在算，“二品大臣，年禄七百三十二石，折银七百三十二两，十年禄米折银七千三百二十两，还得有个三年四年，才能凑够万两。”算完，道，“朕糊涂，也不知这笔账算得对不对？”

皇帝亲自算过，别人自然不会再算。石亨等道：“陛下圣明。”

“这个陈汝言，任兵部尚书多久？”皇帝问。

“他是去岁六月十六日以兵侍晋升的，到他下狱那天，六月有余，七月不足。”王翱不但记得月份，连日子都记得清清楚楚。

“哼，六月有余，七月不足，总计不足二百日吧！”皇帝愈发动气，“于谦做七年多的兵部尚书，在景泰朝恩宠无比。朕听说，他死之日，家无余赀，陈汝言不过做半年的兵部尚书，哪里来的这么多银子！宋人说，文臣不爱钱，武臣不惜命，国家才会好。卿等推举这么个兵部尚书，朝廷还能有好的气象吗！”

皇帝说着，向石亨看过去。石亨脸涨得通红，深深低下头。陈汝言是正统七年进士，初时，官声平平，官运平平。景泰年间，因为依附石亨，骤升为户部侍郎；皇帝复位后，又得力于石亨，升为兵部尚书。皇帝对陈汝言的斥责，有一半冲着石亨来，使得他不知道请罪好，还是辩解好。

“举人不当，吏部之失。”王翱主动把责任揽过去。

“卿等既知过失，且下去吧。”他一句话，让皇帝的火气消除不少。

三人往外走时，石亨不断地用衣袖擦拭额头，看来，是真的害怕。快到内阁时，他低声对李贤说句话，李贤点头。他又转过来邀王翱：“九皋先生，找个地方坐一会儿，说说话吧。”

“爵爷有何指教？”王翱问。

“议议兵部的事。”石亨说。

“兵部何事？是推举尚书吗？”王翱皱着眉头，道，“这不妥吧？”

“我知道，推举兵部尚书，非我职分内的事。但九皋先生看到，皇上因陈汝言旷职无状，大为动怒。我曾对皇上说过，陈某才情可用，他出事，我难辞其咎；不推举出好尚书，我心中不安呀！”石亨说。

王翱听他说得诚恳，不好再拒绝，于是问："我等去何处议？"

"前面是文渊阁，就去阁中吧。"石亨说。

"不好。内阁乃机密之地，外臣不当擅入。"王翱道。和石亨、李贤一起议大臣人选，他已经很不情愿，阁中还有吕原、彭时，再让他们加入，他觉得更不合制度。

"那就多行几步，去朝房吧。"石亨说。

王翱不再反对，李贤也点头赞成。

三人进入朝房，因无主宾之分，各自随意找把椅子，就近而坐。又因并非奉旨议事，不知该由谁来主持，所以哑场片刻。

"九皋先生是大冢宰，此事该拿大主意。"石亨想推王翱主持。

"爵爷倡议的，想是心里已有人。"王翱却说。

"陈汝言下狱，不能再用。这些日子，我一直在琢磨，谁可接掌兵部，竟想不出一个适当的人选。"石亨说。

"虽无人选，但想法是有的。对吧？"李贤问。

"想法也很简单。"石亨说，"本爵奉旨掌三大营事，依照惯例，兵部尚书也要兼摄三大营事。但愿新任尚书，不至于事事与我为难。"

"爵爷欲新尚书事事迎附，难怪没适当人选。"王翱道。

"九皋先生这话虽难听，但道理是不错的。文武间总要和气相处，事情才好办嘛！"石亨说。

王翱见他连这一点也直认不讳，倒不好多说什么。

"原德先生，你的想法呢？"石亨问还李贤。

"我的想法也很简单，"李贤说，"推举大臣，无非二途：一在朝中大臣选，一在南京或地方大员中选。今日推举，亦先要确定取哪一途。"

按照这个思路，议事的节奏可以加快。王翱问："在原德先生看来，宜取哪一途？"

"不如选自朝廷。"李贤道。

"这是为何？"王翱问。

"今之掌部、掌院大臣，都是一年来推举的，这是其一，其二嘛，"李贤看石亨一眼，说，"爵爷，却是和你的举措有关。"

"原德先生指的何事？"石亨问。

"撤除巡抚呀！"李贤道。

"此乃朝廷举措，怎成我的举措！"石亨不会承认。

"但这是爵爷奏请的。"李贤道。

朝廷去年二月命撤除天下所有的文职督、抚，确是石亨提出的。他任过大同总兵，对武官受文臣掣肘深有体会，故有此议。而那时皇帝对石亨信赖有加，凡有奏议，无不听从。这是他不能否认的。

“就算我奏请的，二事又有何关联？”石亨喃喃言道。

“关联是有的。”王翱说，“巡抚一撤，则无资历堪任尚书的地方大员。”他也不管石亨是否同意，把从朝臣中推举兵部尚书当成定论，“以在朝大臣言之，原德先生以为哪位适用？”

“或可在都御史二人中择一人。”李贤说。

这可以说是一个变动最小的方案。如果以他部尚书改任，还需要再推举该部尚书；都察院仅设一掌院都御史是常有的事，而现在恰好有两名都御史，推举一都御史改任兵部尚书，用不着马上增补。

“二都御史中，谁可改兵部？”王翱又问。

“伯颙先生行事平易，堪任大司马一职。”李贤说。

“原德先生荐他？”王翱的语气里充满疑虑。

他们谈到的都御史，姓马，名昂，字伯颙，永乐时以国子监生授御史，曾总督两广军务。

“九皋先生，马都宪行事并不平易吗？”石亨很关注这一点。

“那倒不是，”王翱不说明为什么反对，只是说，“不过，我看以伯颙先生改任，不如以孟仁先生改任。”

赵荣的资历比马昂差得多。他是景泰年间因迎复太上皇帝而骤升的，现官工部尚书。

“恐不妥！”李贤说。

“有何不妥？”王翱、石亨齐问。

“孟仁先生昔时奉旨勘查河道，河南、山东两地官员轻慢，不为礼，孟仁先生怒，多加刑辱。伯颙先生总督两广日，何曾有此情形？二人均非进士出身，属官礼慢不等，固因孟仁先生声威不如伯颙先生；其心胸宽阔，行事合宜，亦有差别。”李贤说。

“即便不用孟仁先生，我仍以为用伯颙先生不妥。”王翱坚持己见。

赵荣于皇帝有旧情，按说石亨应该倾向于他。但这一点他早就不太看重，他更看重的是平易与否。因此，二人中，他现在倾向于马昂。

“伯颙先生有何不妥？”他问。

“爵爷不必问九皋先生，我知有何不妥。”李贤说。

“九皋先生的心思，你会知道？”石亨半信半疑。

“我讲件事，爵爷也会知道。”李贤说。

“何事？”石亨问。

“伯颙先生是沧州人。”李贤说。

“那又怎样？”石亨的第一个反应，是不解其意。

李贤不答，只朝王翱努努嘴。

石亨顿悟。王翱是盐山人，盐山是沧州属县，二人是地地道道的乡党。他想问王翱是否真的为避嫌，但一看王翱的脸色，知道不用再问。

李贤一脸正气地说：“九皋先生，我以为宜用马而不宜用赵，实出至公，此心可对天地鬼神！”

“原德先生既出此言，我无话可说。”王翱道。

散朝后，王翱避开众人，独自往衙门里走。皇帝准以马昂改兵部尚书，使得他多少有些不自在。就私交而言，他与李贤的关系，和与石亨的关系，是绝不可比的，但就公事而言，李贤推马昂，和石亨推陈汝言，在他看来，都不合铨法，都不是真正意义上的廷推。当然，马昂非陈汝言类，不至于像陈汝言那样猖狂敛财；当然，李贤自称出以至公之心，不应该怀疑。可兵部尚书之选，以阁臣一言而决，和以勋臣一言而决，差别又有多大？

他想得专注，以至对身后一声又一声的呼唤毫无反应。当然，这也不全怪他，后面的人呼唤的是“王叔”，朝廷大大小小的官员，谁说得清有多少姓王的？况且，姓王的太监尤其多，“王叔”更符合宦官间的称呼。

那人追到他身边，几乎贴着他耳朵又叫声“王叔”，才使他清醒。

他看看那人。华丽的衣装，高贵的衣补，都没引起他的注意；他只觉得，那人面生得很。

“阁下是谁？”他问。

“小侄张軏。”那人自报姓名。

“超越的越，还是跃跃欲试的跃？”王翱问。

“是輗軏的軏。”那人说。

“大车无輗，小车无軏，其何以行之哉！”王翱随口背诵出《论语》里的一句话，并说，“你是张輗之弟。”

“正是小侄。”张軏见他终于认出自己，雀跃不已。

“你是爵爷呀！尊号是——”王翱问。

“太平侯。”张軏答道。

“对，对，太平侯，食禄两千石的一等侯。”王翱说。

“小侯，不足王叔一哂。”张軏道。

“小爵爷，我有一事不明，欲请教一二。”王翱说。他特意加个小字，来回应张軏自称的“小侄”。

“小侄怎当得请教二字。”张軏更加把“小侄”挂在嘴边。

“听爵爷的口气，似与我有通家之好，我怎全然不知？”王翱问。

“王叔曾与家父同朝为官，小侄理当叔视之。”张軏说。

张軏的父亲张玉，是太宗皇帝夺得天下的第一员武将。不过，他死于“靖难之役”，并没等到太宗登极，和永乐中期会试中第的王翱绝不可能同朝为官。倒是张軏的长兄张辅是在永乐朝封爵的，若说有同僚之谊，也只能从张辅论起。张軏自降一辈，显然是有意讨好王翱。

王翱再率真，也听得出来。他淡淡地说：“爵爷有事，但请直言。”

“并无别事，只想告诉王叔，昨日皇上又召小侄进宫。”张軏说。

“为何要告诉我？是奉圣旨吗？”王翱问。

“皇上召小侄进宫，只为鞠戏，并无圣旨。”张軏说。

“那我倒要说爵爷一句，”王翱道，“虽则偶为鞠戏，于圣政并无大碍；但昔日有个喜宁，因善蹴鞠而有宠。他的作为，爵爷是知道的；他的下场，爵爷也是知道的。爵爷切莫作喜宁第二！”

“王叔教诲，小侄谨记。”张軏揖了揖。他若无其事地说出进宫鞠戏的事，是要让王翱知道，皇帝待他与待别人不同。不想，王翱不买他的账，还教训他两句。要不是有事相求，他早就发作。

“爵爷没有别的事，就此别过吧。”王翱也揖了揖。

“王叔，且等一等。”张軏叫住他。

王翱看他一眼，道：“看来，爵爷当真有事。”

“是，有一升迁之事，要向王叔求个人情。”张軏说。

“爵爷求错人。升迁之事，天官管得，王叔辈管不得。”王翱说。

张軏碰个钉子，愣了愣，说：“是，小侄要向老天官求个人情。”

“求人情要去衙门里求，怎可拦截于途中！”王翱道。

“有些话，在衙门里不好说。”张軏道。

“在衙门里不好说，就是不该说；不该说的话，最好在哪里也不要说。”王翱说着，甩下句“不懂事”，倒背双手而去。

张軏被“不懂事”三字镇住，留在原地，不敢再追上去。

午朝后，皇帝把恭顺侯吴瑾留下来，陪自己走走。吴瑾以为皇帝要往宫里走，结果不是。皇帝没有往里走，而是往外走；也就是说，没有往北走，而是往南走。吴瑾又以为，皇帝要往文华殿走，结果也不是。到左翼门，该往左转；皇帝没左转，而是径往前走。

土木之变时，吴瑾的父亲、伯父，以及他本人，皆扈驾。他的父亲、伯父死难，他侥幸逃回。皇帝对他有一种特别的情感，就像对同样在北征中逃生的李贤一样，这一点他感受得很深切，但今天皇帝留下他要说什么事，他心里一点儿数也没有，只能紧紧地跟在后面。

“吴爱卿，朕原想让你镇守甘肃，你不肯去。你看，而今又有边警。”皇帝一开口，颇有责怪之意。

“臣是为朝廷着想，不敢去，不是不肯去。”吴瑾分辩道。

“你的理由，朕还记得。”皇帝说着，重复他的理由，“你为外人，用你守边，恐外裔轻中国，是不是？”

“那是臣的由衷之言。”吴瑾说。他的祖父吴允诚，原名把都帖木儿，是蒙古人，永乐年间来归，授官，赐以姓名，因功封恭顺伯。至吴瑾的伯父吴克忠，进侯。所以，他称自己是外人。

“朕从未视卿为外人，卿何必以外人自视！”皇帝道，“不过，你的确是为朝廷着想，所以朕不勉强你。只是今日骤闻边警，朕心不安。”

“使大司马在，当不令虏寇至此。”吴瑾说。

“大司马？”皇帝不由得心头一震，脸迅即沉下来，“爱卿所言大司马，不姓陈，也不姓马吧？”

吴瑾心想，真是糟糕，只顾回应皇帝的话，却忘皇帝的大忌。但此话已出口，想用其他的话来遮掩，一时又想不出来。他硬着头皮说：“皇上恕罪，臣说的大司马，是于谦。”

皇帝没有由震而怒。他默默地走一会儿，自己把火气消除。走到翔凤楼下，他说：“吴爱卿，和朕登楼，看看京城的景象。”

“是。”吴瑾应道。没有因出言无状而招惹大祸，对他来说实属万幸。

君臣二人在翔凤楼上走一圈，由北而西，而南，而东。皇帝不时驻足，对宫墙外的景物评说一两句。需要吴瑾应对时，他则说上两句。因方才的无心之失，他再回话时小心得多。

从南面转到东面，皇帝往正前稍南的地方观看许久后，问道：“吴爱卿，你看那里是谁的宅第？”

吴瑾顺着皇帝手指的方向看去。那是个很大的院落，房屋、院墙比周围的房屋、院墙高出一大截，连后花园的石山都看得很清楚。

吴瑾的家离那里并不太远，而且知道，那个院落所在的胡同，被人们称作石大人胡同。但他却说：“臣看，那里必是王府。”

“非也，朝廷何曾在该处建过王府！”皇帝说。

“不是王府，谁敢僭越若此！”吴瑾道。

皇帝微微一笑，招呼道：“走，走，下楼去！”

下楼时，吴瑾想，皇帝带他走这么一个圈子，而不是反过来走一圈，为的就是让他看一看那座宅第。

下楼后，皇帝说：“爱卿一日之内，褒一人，贬一人，好啊！”

“臣出言不慎，并非有心。”吴瑾道。

“你若有心，朕更欣慰。”皇帝说。

这些日子，石亨觉得诸事不顺，心内烦躁，即便最心腹的将领，动不动也会被他无中生有地挑出错处，责骂几句。譬如，以前将领来私宅拜见，叩一个头，他就会示意他们起来。但这次将领们起身后，他问：“尔等这是磕几个头呀？”

将领们面面相觑，不知如何回答。

“本爵的身份，尔等不记得吗！”石亨道。

童先在左边捅卢旺一下，杜清在右边捅卢旺一下，催他快回句话，别让石亨一直发作下去。其实，卢旺比别人更怕石亨的这种无明之火，没有人催，他也要说话。

“大帅是忠国公，末将永不会忘。”他说。

“还有呢？”石亨问。

卢旺答不上来了。杜清回答：“京军三大营总督。”

“还有呢？”石亨又问。

杜清也答不上来。童先生回答：“特进荣禄大夫。”

荣禄大夫是勋阶之一。其实，石亨还曾加太子太师。那是景泰年间所加，皇帝复位后，他已辞去。

“三重身份，就值尔等磕一个头吗？”石亨道。

众将领重新跪倒，规规矩矩地磕三个头。磕完头，因石亨没发话，谁也不敢起来。

“什么一等公的爵位呀，三大营总督的职事呀，荣禄大夫的殊阶呀，今日是我的，明日就不知是尔等谁的！”石亨说。

“大帅何出此言！我等皆赖大帅抬举，做个指挥、都指挥的，已经知足；三公之位，非我等所望。”卢旺说。

众将领都觉得他是个有勇无谋、有口无心的人；但听这话，都在心里暗暗称赞他说的得体。

“大家起来吧！”石亨终于发话，“老卢啊，你说你等不觊觎三公之位，可你想一想，当年宋太祖陈桥之变，哪本史书说他谋反？我这个三公之位，还不是尔等助我取得的？尔等自取其位，只要取到，后人也不会说尔等忘恩负义。”

众将领都被“忘恩负义”四字吓住，连石亨话里的意思都没听明白。

只有童先一人走出来，一揖到地，口称：“爵爷，卑职等这句话，等有一年！”

石亨以及众将领惊诧不已，有的将领私下询问，是不是自己听错。

卢旺不窃窃私语，喝道：“老童，你说的什么话！难道你自己忘恩负义不够，还要陷我等于不义！”

“我说什么，卢兄责我忘恩负义？”童先说。

“大帅怪我等觊觎三公之位，你却说等这话等一年，这还不是忘恩负义吗！”卢旺道。

“我怎没听出爵爷怪我等觊觎三公之位？卢兄，你敢对天发誓，说你对三公之位一无所期吗？”童先问。

“这个——”卢旺不愿对天发誓；可也懂得，有所期即是觊觎。

“各位兄长皆一无所期吗？”童先一个一个将领看过去。

想挺身而出、痛斥他几句的人有；但说到对天发誓，无不犹豫。他们至多对他怒目而视，以示愤慨；而多数人则低下头。

“卢兄，你不说违心的话，是个汉子！”童先称赞卢旺一句，“各位兄长不说违心的话，都是个汉子！”又称赞众将领一句，这才自己来回答自己的提问，“可我说等一年，并不是指这句话。”

“不是这句话，却是哪句话？”卢旺问。

“爵爷还说，当年宋太祖陈桥兵变，哪本史书说他谋反？”童先重复石亨的另一句话，道，“这句话，各位难道都没听见？”

这话大家都听见。但刚才被石亨的怒斥唬住，来不及仔细琢磨；现在童先一提醒，脑筋快的人想到话里的含义，不由大惊失色。

“听见又怎？”卢旺不是脑筋快的人。

童先不理睬他，而从怀里取出一卷书，双手捧着，往前走几步，道：“卑职闲逛书肆，见到此书，特买来进呈爵爷。”

“拿来吧。”石亨吩咐，他从童先手里取过书去，随意翻几页，然后问，“老童，这是本什么书？”

“谶书。”童先回答。

“谶书？你给本爵看谶书作甚！”石亨把书扔还给他。

“爵爷，卑职仔细看过此书，书中许多谶语都曾应验。”童先说。

“应验不应验，关本爵甚事？”石亨不想再听。

“爵爷，请听卑职把话说完。”童先道，“书中有一句话，道是‘唯有石人不动’，卑职以为，此乃天意有在，爵爷当图之。”

“你是说——”石亨沉吟着。

“爵爷又言及陈桥兵变，卑职以为绝非偶合。”童先说。

这么一说，图的是什么，再明确不过。事体重大，众将领，包括石亨本人，都不敢轻出一言。这时正可看出卢旺的好处。

“大帅坐龙廷，我等觊觎三公之位，自然不为过！”他兴奋地说。

“休得胡言！”石亨无关痛痒地斥责他一句，“且听老童说说，欲行此事，到底有多大的机会。”

“爵爷的雄心有多大，机会就有多大。”童先说，“爵爷的本钱在大同，大同人马甲天下。爵爷镇大同日，待部下素厚。今少将军仍在大同，充游击将军；假以时日，不难升任总兵官，挂镇朔将军印。爵爷借机赴大同巡视，号令一下，使一军堵塞紫荆关，一军东出山东，拒官军于临清，决高邮之堤以绝漕运，京城可不战而得。”

少将军指石彪，时封定远伯。

“老童啊，你可真有几分诸葛隆中作对的气象。”石亨道。若说称赞，至多只有三分，七分却是嘲弄。

“卑职这是全心全意为爵爷谋。”童先说。

“我知道，”石亨先是安抚，然后分析，“你说的一军守紫荆，一军出山东，在座的人人都能办成其事。我要问你的是，天下都司有几处是本爵的人呀？我若说两成，你会说不止；我若说三成，你恐怕会说估算得多吧？等八成都司换上本爵的人，再议此事不迟。”

“到那时，恐怕就没机会，”童先道，“时机难得而易失，一失不可复得。爵爷请想，我朝封爵者，有几人充当游击将军？皇帝若把少将军自大同召回，机会则失去一半。”

“眼下不是还要用彪儿协守大同吗？有一天朝廷不容他在大同，我等再商议对策。”石亨仍不肯轻举妄动。

众将领退下，杜清见童先甚是沮丧，安慰道：“童兄莫急，俟机再劝。”

童先叹口气，说：“我算是看透，爵爷干不成此等大事！”

石亨与众将军议事时，屏风后面有个人正在无声地哂笑。众将军退下后，他从屏风后走出来，手摇羽扇，从容地说：“爵爷虽未采纳童瞎子之议，但未必不动心吧？”

此人叫谢昭，是个落魄的秀才，被石亨聘为幕僚。石亨才说童先有点儿诸葛的气象；其实，在心目中，谢昭才是他的“卧龙”。

“瞎子说，雄心有多大，机会就有多大，先生以为如何？”石亨问。

“我为他改两个字，可为箴言。”谢昭说。

“先生要改哪两个字？”石亨问。

“雄心有多大，风险就有多大。”谢昭说。

“怎讲？”石亨问。

“雄心大不大，看的不是机会。雄心不大，不到万无一失，不会轻动；雄心一大，有一成的机会，也不肯放过。一成机会，和玩火自焚有什么不同？”谢昭有点儿夸张地说，“我方才真为爵爷捏把汗。”

他没出汗，石亨却出汗，是冷汗。

“先生以为，当真只有一成机会？”石亨问。

“我怕爵爷沮丧，才这么说的。”谢昭道，“举个例子：天下都司两成是爵爷的人则说少，三成是爵爷的人则说多，这是爵爷自家的估算。爵爷不妨想一想，真有那么多吗？就算都司的人两成多是爵爷举荐的，爵爷举荐的就一定是爵爷的人吗？就算他等是爵爷的人，能唯爵爷之命是从吗？就算他等唯爵爷之命是从，其部各卫、所都唯爵爷之命是从吗？再拿京军三大营来说，爵爷尊贵为总兵官，就能统领三大营数十万官兵反出朝廷吗？内则监军内臣，外则大司马，哪个不掣肘？总之，这里面变数太多，错行一步，即坠深渊。”

“瞎子所议行不得，本爵当如何自处？”石亨问。

“退一步。”谢昭的谋划和武将不同。

“退一步可以，怕的是退无可退。”石亨心事重重地说，“先生也看出来，皇上待我，去岁岁中不似岁初，岁尾不似岁中，今岁岁初又不似去岁岁尾。到今岁岁中，还不知是怎样情景呢。”

“所以，爵爷眼下要做的，只有两句话：一是固皇上之宠，一是收士人之心。至于谶书之类，不看也罢；煽惑之言，不听也罢。”谢昭说着，举臂力挥，好像要把武将们对石亨的影响挥去。

“这两句话，先生早对我说过。空言无益，先生也得教教我固皇上之宠、收士人之心的招数呀！”石亨道。

“去岁秋、冬之际，我请爵爷出面，连同内阁李先生，疏荐江西大儒吴先生，就是一招。”谢昭说，“皇上重文教、重贤士，见爵爷用心于此，而不全在兵戎，皇上一定会对爵爷另眼看待。吴先生到京师，爵爷再着意笼络，借他传播爱贤之名，天下读书人一定会归心。”

“征召吴先生的敕书倒是颁发，迎取吴先生的行人倒是差遣，但不知他是不是奉召，奈何？”石亨道。

“君命不可违，吴先生若连这点道理都不懂，还能称贤者吗？”谢昭对此一点儿也不担心。

# 第九十一章

石亨和谢昭谈论的吴先生，名与弼，字子传，江西崇仁人。他少年时也曾读书求功名，但有两件事使他放弃这条路。其中一件是他的弟子们熟知并乐与人道的：他在十九岁那年，亦即永乐七年，读书时见到《伊洛渊源图》，极是仰慕，从此不再读应试的时文，而一心攻读《四书》《五经》及洛、闽诸书。《伊洛渊源图》附宋朝大儒朱熹所著《伊洛渊源录》，图解洛阳人程颢、程颐学说的传承。朱熹本人则生于福建尤溪。从读书的范围可以看出，吴与弼视程、朱理学为儒学正宗。

至于另一件事，则秘而不宣。吴与弼的父亲吴溥为建文朝国子监司业，燕军攻入南京前夕，吴溥和同是江西籍的儒臣解缙、胡靖、王艮在一起计议，都表示要为建文朝尽忠。结果天下易主，只有王艮一人服毒而死。四人的计议，吴与弼听得真真切切，那年他十二岁。这件事对他的影响，只有他自己知道。

石亨和谢昭议论他时，他正和迎取他的行人曹隆走在来京师的路上。曹隆是湖广兴宁人，景泰五年进士。在六十多岁的吴与弼面前，他以晚辈自居，走在路上，经常会提出一些问题。

“闻得老先生少时读书，不下楼者数载，可有其事？”曹隆问。

“曹大人也看到，老朽家贫，哪得楼居。”吴与弼道。

“晚生若为老先生作传，是不是该改作‘不出庐者数载’呀？”曹隆与其说真有为他作传的意思，不如说是为把谈话继续下去。

“不敢，不敢！”吴与弼揖道，“一介布衣，怎敢烦曹大人作传！”

“在下请教一事。”曹隆换个话题，“老先生当真以为，除闽、洛著述，其他书都不值得读吗？”

“此乃见仁见智之事。曹大人若不读些程式文章，怎换得来皇榜题名呀！”吴与弼道。

前面的话题还说两句，这个话题只说一句，就难以为继。

“晚生再三陈请，愿执弟子礼，‘大人’二字请免。”曹隆又换个最实在的话题来说。

“是，是。”吴与弼嘴里应着，说起话来仍不改称呼，“县里来个县丞、主簿的，我也是称大人。多年来叫惯，曹大人休怪。”

他不改，曹隆也懒得再去纠正。他心想：你愿意叫大人，尽管叫吧。我不和你说话就是，看你去叫谁！他不说话，吴与弼也不主动找话说。走一段路，他又觉得烦闷。

“闻得老先生作诗，无不蕴涵性理，可有其事？”曹隆问。

“诗言志。老夫心里只有性理，所传应不谬吧。”吴与弼道。

“可我读过老先生一诗，似与性理无关。”曹隆说。

“曹大人说的是哪一首诗？”吴与弼问。

“老先生有一首杜鹃诗，情景交融。”曹隆说。

“杜鹃诗？似曾咏过，但老夫已不记得。”吴与弼摇着头说。

“晚生却记得。诵与老先生听听，如何？”曹隆道。

“老朽拙作，怎敢有烦雅吟。”吴与弼又和他客气起来。

“权当老先生考考晚生的记性吧。”曹隆非诵不可。

《杜鹃诗》是一首七言律诗，写的是：

西川如锦自忘归，啼到江南意却悲。
古树淡烟残月晓，落花疏雨暮春时。
空遗蜀帝千年恨，谁续唐人再拜诗。
欲向青山一相问，歌声不尽又何之？

诵罢，曹隆问：“此诗可是老先生所作？”

“空遗蜀帝千年恨，谁续唐人再拜诗，这两句我有印象。”吴与弼回答，并问，“曹大人是说，此诗与性理无关？”

“若言有关，在下愿聆听老先生高论。”曹隆说。

“或是无关吧。”吴与弼自语，又说，“得空时，老朽倒要把几首歪诗整理整理。此诗当归于另类，全赖曹大人慧眼。”

他这话非为解嘲，又非为应付。曹隆听得哭笑不得，对他的迂阔，又有更深的体会。

非止一日，五月中旬，吴与弼到达京城。

李贤陪同吴与弼往文华殿走去，一路上不停地叮嘱：“皇上爱贤，出自真心。待会儿见驾之际，皇上怎问，子传先生怎说；切不可但执一词，有违圣意。”

“这话李大人已嘱咐过好几遍。”吴与弼笑着说，他不明白，堂堂内阁首臣，怎么会这般啰唆，“皇上怎问，便怎说，老朽恐难答应。难道皇上召大臣们议事，也是皇上怎问，李大人便怎说？”

李贤暗自叹口气。自从第一次见面，他就对吴与弼敬若师长，他又何尝愿意对吴与弼啰唆！问题在于，力赞力荐吴与弼的奏疏是他起草的，征召吴与弼的敕书是他起草的；皇帝与他商议时，授以宫僚是他提议的；皇帝决定授吴与弼左春坊左谕德，也是他赞同的。这些事情都与他有关，而吴与弼上疏力辞，不肯接受。这不但扫皇帝的兴头，也无异于给他一记重拳。

今日召吴与弼入对，也是他奏请的。他真心希望，今日召对，可别闹个不欢而散。

当然，他自忖刚才的话，意思太不明确。他想把话再说得明确一点儿，同时又要婉转一点儿：“晚生的意思是，皇上问什么，先生回答什么，不要离题太远。”

“这是自然，老朽面对的是圣天子，又不是众弟子，岂能如野马狂驰，勒不住缰绳！”吴与弼举的例子，正是李贤想说又不便说的，“譬如，皇上若问起留在朝廷之事，我只会奏明为何不能遵旨，绝不会说到其他事情上去。对，李大人还嘱咐不可但执一词。我日前上疏，只说有疾在身，这就是但执一词吧？其实我还另有一词。”

“先生还想怎说？”李贤问。

“我曾对人说：宦官、释氏不除，而欲天下治，不可得。必尽除二者，吾始出。”吴与弼复述道，他丝毫也不觉得，这话是不能随便说的，“皇上今日再问我为何不做官，我先说有疾，再说这条理由，可好？”

“晚生看，这条理由还是不说为好。”李贤道。

“却是为何？”吴与弼问。

“先生想想，天下若是大治，皇上何必苦苦求贤！”李贤道。

“李先生的理由也不差，那就不说吧。”吴与弼一脸无奈地说，“不说这条理由，我只好但执一词。”

李贤没答话，心想：人家常说竖子不可教，岂知夫子也不可教。

进入文华殿的偏殿，吴与弼跟在李贤身侧，行礼如仪。当然，“如仪”二字要打个折扣，按照鸿胪寺官的讲授，他一举手，一投足，只能说勉强符合礼仪。

皇帝看他的动作生硬，口音怪诞，想笑又不好笑。

“卿就是吴与弼吴处士？”皇帝问。

“草民是吴与弼。”吴与弼回答。

“吴处士已被朝廷授以左春坊左谕德，不可再称草民。”皇帝说。

“快谢恩！”李贤在一旁低声提醒。

“草民谢恩！”吴与弼叩道。

“应说‘臣谢恩’。”皇帝亲自纠正他。

“普天之下，莫非王臣，草民亦是皇上臣民。但皇上说，朝廷赐官，草民原本应称臣，臣却宁愿自称草民。”吴与弼跪在那里回话，好像在批评皇帝把草民和臣的关系理解错。

“这么说，吴处士仍不愿留在朝廷做官？”皇帝问。

“草民已拜疏，乞皇上恕罪。”吴与弼再叩头。

“吴处士起来说话吧。”皇帝命道。

“草民谢恩。”这次没人教，吴与弼也知道先叩谢，再起身。

“朕在宫中，久闻吴处士学问渊博，行为高义，特降敕遣使，以行征聘。”皇帝说着，问道，“处士为何不欲居官？”

“草民草茅贱士，既无见识，亦无高行。陛下垂听虚声，使天使造门，草民惭愧惶恐，勉强奔赴，匍匐至京。然臣实有犬马之疾，难胜官任。”吴与弼一丝不苟地重复着奏疏里的书面语言。

“没有别的缘故？”皇帝问。

吴与弼看李贤一眼，道：“没有别的缘故。”

“那朕来告诉你：宫僚者，职在侍太子读书，甚是悠闲。卿大可不必担心劳苦。”皇帝说。

“草民幼事耕稼，并不怕劳苦。”吴与弼欲辩。

“那就更不必担心。”皇帝把他的嘴封住，“朕今日召吴处士进宫，是想听听治国的高论，还望吴处士教之。”

李贤知道，吴与弼对此是有所准备的。他想，只要吴与弼一开口，三事五事也好，十事八事也好，肯定收不住。君臣相处有这么个开端，真可以说好得很。但久久听不到吴与弼陈奏，他偷瞥过去，只见吴与弼眉头紧锁，一脸痛苦状，显是身体不适。

皇帝坐得较远，观察不到细节。他又说：“朕闻你学问渊博，你谦道并无见识。好吧，无见识的话，也不妨说与朕听听。”

吴与弼仍没即刻回奏，他咬紧牙关，强忍着某种折磨。这一情形引起皇帝的注意，他开始相信，吴与弼的“犬马之疾”不轻。

“容草民疏奏。”吴与弼终于从牙缝里挤出几个字来。

石亨对左顺门外的内臣及官校视而不见，长驱直入。因他的特殊身份，官校们不敢阻挡，只能把守宫门的内臣推到前面。

内臣向他一揖，道："爵爷，请留步。"

"何事？"石亨以为他有事和自己说。

"爵爷这是要去哪里呀？"内臣问。

"皇上在文华殿吧？"石亨反问。

"在。"内臣点头。

"本爵要去见驾。"石亨说。

"噢，原来爵爷要去见驾。"内臣拖个长音，向后退两步。石亨以为他有事也不敢说，他却胳膊一伸，把石亨拦住，并问，"爵爷，可是万岁爷宣召？"

石亨一愣，说："皇上并未宣召。"

"若非奉旨，爵爷请回吧。"内臣说。

"你怎说？"石亨一股无名火直升脑顶，如果站在他面前的，不是内臣，而是官校，他说不定一拳就挥打过去。既对内臣多少有些顾忌，石亨又问官校，"他怎说。"

"他说，请爵爷回去。"官校生怕挨打，身子向后一缩。

"好啊，尔等能耐见长，这话也敢说！"石亨明里斥责官校，暗里连内臣也一起斥责。

在内臣看来，除皇帝，别人没资格斥责自己。他说话的语气，瞬间由恭敬改为冷漠："爵爷息怒，我等再有能耐，宫里的规矩是不敢坏的。今晨万岁爷还骂我等连个门都守不好，说：总兵官无故辄入内廷，祖宗时可有这等规矩！"

石亨又是一愣。这话太重，他一心想着怎样才能减轻它的分量。想来想去，他想到一个说法。

"你在编派本爵的不是？"石亨问。

"爵爷太抬举在下。别说编派爵爷的不是，就是爵爷营里一个把总的不是，在下也不敢编派！"内臣说。

"你的意思，皇上在编派我的不是？"石亨问。

"京城总兵官甚多，万岁爷究竟在编派谁的不是，我可不知道，也不敢乱猜。爵爷乃天下第一的总兵官，万岁爷若是说，首席总兵官怎能无故辄入内廷，那是在编派爵爷的不是；今万岁爷只是说，总兵官怎能无故辄入内廷，想来不是编派爵爷的不是。不过，首席总兵官也是总兵官。总兵官不得辄入内廷，首席总兵官也不得辄入内廷不是？"内臣把话绕来绕去说的能耐，堪称一流。

“若有事呢，也不得辄入内廷吗？”石亨想找出破绽。

“爵爷有事，尽可以写疏呀。”内臣处处设防。

“若须得面陈呢？”石亨道。

“在下一定代爵爷禀明。”内臣恭恭敬敬地应许着。

“那就请吧。”石亨道。

“是。”内臣虽应一声，却大摇其头。

“公公这是何意？”石亨奇怪地问。

“万岁爷若传谕，总兵官不得辄入内廷，爵爷不会丢什么面子；若奏请面陈，万岁爷不宣，爵爷的面子可就丢得太大了！”内臣说。

“你是说，即便我奏请面陈，皇上也不让我进去？”石亨问。

“在下是这么想的。”内臣说。

“是何缘故？”石亨问。

“万岁爷在和内阁李先生、硕儒吴先生说话呢。爵爷想，谁愿意话才说一半，被打断？”内臣道。

“唉！”石亨叹口气，忽然变得很可怜，“吴先生是我和原德先生奏请征辟的，皇上召入吴先生，让原德先生陪着，却不让我陪着。传出去，我这面子才丢得大呢！”

官校看不过去，安慰他说：“爵爷多虑。吴某声望再高，也只是一个布衣。皇上召入，命内阁大学士陪同，已经很给他面子了。卑职想，皇上不让爵爷陪同，不是要丢爵爷的面子，而是怕给吴某的面子太大，有失朝廷体统。再者，皇上每次单独召入李先生，我看爵爷都心事重重，忐忑不安，十次中有八次会来这里走一遭，恨不得闯入宫去。其实有什么呀，有些事皇上是必须和爵爷议的，有些事皇上只要和李先生等议议即可。未见得皇上召入李先生的次数多，对他的宠信就超过爵爷。不管兼着什么职衔，他也只是个大学士；爵爷可是公爵呀！”

“但愿你的话不差。”石亨道。

话说到这种程度，再停留在宫门外纠缠，面子丢尽。可就此离去，石亨又不甘心。他向外走出几十步，在两棵大树间踱来踱去，两眼则盯紧左顺门方向。会不会被守宫门的内臣和官校看到，他并不在乎；要紧的是不能放过李贤、吴与弼。一见二人身影，他马上迎过去。

“爵爷怎在这里？”李贤出于常情地问一句，却并不意外。类似的情形他碰到过好几次。

“原德先生还说呢！入宫之事，怎不告我一声！”石亨责备道。

尽管责备得没有道理，李贤还是很平静地答复他：“奉召入宫，从不曾知会爵爷呀！”

“今日不同，今日是召入吴先生。举荐吴先生，是我和原德先生一起计议的，原德先生难道不记得！”石亨道。

“怎会忘！我一再对子传先生说，朝廷此次征召，实出于爵爷之议。我可不敢把爵爷的功德据为己有。”李贤说。

“吴先生。”石亨这才同吴与弼见礼。

“石大人。”吴与弼回礼道。

“原德先生所谓功德云云，是在取笑本爵。征辟吴先生，实是我皇上圣德。”石亨对吴与弼说。

“在下深知。”吴与弼道，并说，“不过，今日面圣，石大人不在也好；不然，石大人一定感到失望。”

石亨忙把李贤拉到一边，问：“怎么，皇上不满吴先生的应对？”

李贤苦笑一声，道：“子传先生何等品德，何等学问，若有应对，皇上怎会不满！”

“是皇上没要他应对？”石亨又问。

“皇上召他入宫，就是要听他宏论，怎会不让他应对！”李贤道。

“非此非彼，难道是皇上出的题目，他竟不作？”石亨惊呼。

“爵爷还是问问他自己吧。”李贤道。

石亨遂回到吴与弼面前，问：“吴先生，方才在殿上是怎样情形？”

“亦无大事，在下只是忽觉头上疼痛难忍。”吴与弼说。

“可是感染风寒？”石亨问。

“不是自内向外疼痛，而是自外而内疼痛。”吴与弼说。

“为何不取下帽子看看。”石亨说着，伸手去摘他的帽子。

“在下自己来。”吴与弼说。

他把帽子拿在手里，往里一看，脸上呈现怪异的表情。石亨、李贤探过头去看，也不禁愕然。原来帽子里蜷伏着一只个头不小的蝎子。再看吴与弼的头顶，稀疏的发间，露出红肿的皮肉。

“真乃天意也！”李贤叹道。

石亨设酒宴款待吴与弼。因为皇帝召入吴与弼时让李贤陪同，而不让他陪同，他赌气不请李贤，只让谢昭坐陪。

酒过数巡，石亨说：“吴先生多饮几盅，我有些事，去去就来。”

说罢，起身离席。

谢昭为吴与弼斟上酒，邀道：“老先生，再饮一杯。”

“秀才自便，老朽已不胜酒力。”吴与弼说。

谢昭慢慢饮一盅，问：“老先生怎知晚生是个秀才？”

“秀才若中进士，来勋贵府上做宾客，在本朝绝无第二人，那倒是要称一个‘奇’字；举人而下，在我看来，皆为秀才。”吴与弼说。

谢昭细品他的话，虽有些刺耳，但只是在述说理由，并无嘲讽之意。于是，他再饮一盅，问：“老先生轻蔑秀才否？”

“老朽连童子试都没应过，怎敢轻蔑秀才！”吴与弼道。童子试是唐、宋时设立的科目，本朝并没有。他这么说，是表示自己从未应试。

“既无轻蔑之意，”谢昭饮第三盅后，说，“秀才自饮三盅，但请老先生饮一盅，这点儿薄面，不能不给吧？”

吴与弼拗不过他，只得再饮一盅。谢昭再斟酒时，他用手遮住酒盅，说：“读书人要讲个诚信。”

“晚生怎么不讲诚信？”谢昭问。

“你方才说，自饮三盅，我饮一盅。”吴与弼道。

“是，以下还是这规矩。”谢昭说。

“不，不，下不为例。”吴与弼道。

“老先生的意思，自饮一盅，我只陪一盅？”谢昭问。

“老夫的意思，着实不能再饮。”吴与弼道。

“那是老先生不讲诚信。”谢昭说。

“怎成我不讲诚信？”吴与弼问。

“晚生饮三盅，老先生饮一盅，老先生是首肯的。你看！”谢昭不忙给吴与弼斟酒，自斟自饮，又饮三盅。

吴与弼没想到，同样一句话，他可以用来束缚谢昭，谢昭也可以用来束缚他。不等谢昭饮完第三盅，他已把酒盅往前推去。于是，谢昭一口气饮九盅，吴与弼饮三盅。

“秀才好酒量！”吴与弼不得不佩服。

“主人发话，要老先生多饮，晚生不敢不舍命相劝。”谢昭说。

“秀才真乃忠心可嘉。”吴与弼道。

“老先生这是发自内心之赞，还是应付晚生？”谢昭抓住时机问。

“老朽要是善于应付，就不是今日光景。”吴与弼说。

“既非应付，就请老先生看在‘忠心’二字上，帮晚生个忙；其实，也是帮晚生主人个忙。”谢昭道。

“我能帮秀才什么忙，又能帮石大人什么忙？”吴与弼隐隐觉得，又要落到一个圈套里。

“晚生约几个秀才，是老先生眼里的秀才，编本《石氏族谱》。老先生正好大驾到京，敬请斧正，也好让晚生的主人有一本像模像样的族谱留在世间。”谢昭说着起身，道，“老先生先受晚生一拜。”

“秀才不忙着拜，”吴与弼拦住他，“你的意思，要我帮着改一改石大人的族谱；可我对其人其家其族一无所知，却怎么改？”

“老先生赴朝，缘自我家主举荐，老先生不能说对他老人家一无所知吧？”谢昭道。

“那是他知我；你说，我又知他何事？”吴与弼问。

“老先生不愿修订，润色一二，也是好的。”谢昭退一步。

“老朽行文，讲究的是古朴，不知何谓润色。”吴与弼道。

“此乃老先生本色，我家主人举荐老先生，朝廷征辟老先生，正是为此。这样吧。”谢昭又退一步，“琐碎之事，晚生不敢再絮言，只请老先生为《石氏族谱》写篇跋，可使得？”

“这你可把我难住，我从不为人写跋。”吴与弼说。

“从不写吗？”谢昭不相信，他这么大的名气，会没人请他作跋；更不相信，对所有请求的人，他都不给面子。

“写跋，就要读书。书只读孔、孟、程、朱，这是老朽的本色。秀才说，怎么为人写跋？”吴与弼道。

“些许小事，不劳老先生亲自动手。”谢昭说着，从衣袖里抽出一张纸来，“这篇跋，晚生已代老先生写好，老先生若是看着还将就可用，只须署个名字。”

跋文不长，吴与弼心不在焉地读一遍，目光停留在最后三个字上。

“门下士，指的是谁？”他问。

“读书人都有个谦称。”谢昭从侧面回答。

“不入皇家之门，却作某大人门下客，不过分吗！”吴与弼道。

“老先生不喜欢这几个字，晚生把他涂去。”谢昭说。

“算了。通篇文字没有一句像是老朽写的，倒不在乎涂不涂去这几个字。”吴与弼道，“老朽贱名本来也不值什么，但这篇文字，老朽是不会亲笔署名的；别人要代署，老朽奈何不得。看在秀才劝酒三盅的份上，在京城一天，我就装聋作哑一天。”

“老先生厚爱，晚生感激不尽，晚生主人感激不尽。”谢昭揖道。

吴与弼前脚才走进李贤书房，翰林院编修尹直后脚跟进来。李贤本来应该先向吴与弼介绍尹直，但他和吴与弼已经打过招呼，现在要和尹直打招呼，顺便就向他介绍吴与弼。

“正言来得正好，见过当世第一大儒吴公子传先生。”他说。

尹直口称“久仰”，向吴与弼一揖，倒也中规中矩。

“子传先生，这位是贵省的才俊，尹直，尹正言，景泰五年的进士，现在翰林院供职。”李贤对吴与弼说。

吴与弼不善虚词，一开口就问实在的：“尹大人是哪一县人？”

“晚生乡贯泰和。”尹直回答。

“那可是个大人频出的地方。”吴与弼说。

“来，来，坐下说话。”李贤招呼二人。

他请吴与弼坐于上座，他在下相陪，尹直只能坐在侧席。如果在场的是李贤和其他大臣，这样的坐法不成问题；但不是其他大臣，尹直有点儿不甘心。他希望吴与弼谦让一下，和李贤分主宾而坐，那么，他也是宾，至少和吴与弼是对等的；当然，吴与弼再谦让一下，让他坐在前，那就更好。谁知吴与弼在这件事上唯大人之命是从，李贤让他坐在哪里，他就坐在哪里。这使尹直坐到尴尬的位置上。

李贤只顾和吴与弼说话，根本没注意尹直情绪的变化。

“子传先生所言之事，我已转奏皇上。”李贤说。

“皇上可准？”吴与弼问。

“先生自己想呢？”李贤要吊一吊他的胃口，不马上回答。

“老朽想，皇上是会恩准的；但听李大人口气，皇上是不准。”吴与弼道，从他的话里，竟听不出一丝一毫的失望。

“听先生口气，我是只会报忧的。”李贤笑着说，“实言相告，皇上准是准了，但去得成去不成，要看先生自家。”

“李大人是说，我只要迈腿，就去得成；我稍一懒惰，就去不成？”吴与弼在官员面前，难得地表现出他诙谐的一面。

“不是这个意思。”李贤由微笑而大笑，止住笑后说，“皇上所谕是八个字：欲观秘书，勉受其职。”

“这不是难为老朽吗！”吴与弼道。

“晚生传圣谕而已，不敢难为老先生。”李贤说。

“不是李大人难为老朽，是老朽自家难为自家。”吴与弼说，“身为布衣，欲入馆阁阅读秘书，这不是自家难为自家吗？既欲入馆阁阅读秘书，却先辞朝廷授官，这不是自家难为自家吗？不过，入馆阁阅读秘书，是老朽一大心愿，还望李大人成全。”

他向李贤揖了揖，表达自己恳请之忱。

“好吧，待有机会，我再为老先生奏请。”李贤应承下来。

吴与弼征聘至京及辞官不受，尹直都是知道的。二人方才的谈话，他也听出来龙去脉。等谈话告一段落，他插嘴说：“欲观馆阁秘书并不难呀，如晚生不过一编修耳，每日也在秘书堆里度过。”

“在尹大人不难，在老朽却是千难万难。”吴与弼说。

“子传先生没听出来吗，正言也在劝说你接受朝廷所授官职呢。”李贤道，他对尹直说，“我劝说子传先生不知有多少次，他都不肯松口；正言，你与老先生同乡，你的劝说，他或会动心。”

“原德先生办不成的事，晚生岂敢望成！再者，原德先生劝说是因为奉旨；晚生未曾奉旨，为何要耗费精力！”尹直道。

李贤听出他话里的另一层意思：他若劝说，吴与弼是不能拒绝的。于是说：“正言，若是我请你勉力而为呢？”

“那我也不会劝说，且劝原德先生不必劝说。”尹直道。

李贤没想到他会这么答复，好奇地问：“是何缘故？”

“我深知吴先生坚拒授官是何缘故呀！”尹直道。

李贤想到，那天进宫时吴与弼对他说的不欲居官的另一个理由，不管尹直是直接听到的，还是间接听到的，在他看来，都不便议论。

“子传先生辞官，自有他的道理；正言劝我不必劝说，实则我已不再劝说。正言也不必勉强了。”李贤说。

“吴先生也不愿我说说吗？”尹直却不肯就此罢休。

“尹大人愿说则说，何必问我！”吴与弼无所谓。

“原德先生，容晚生请教吴先生几件事。”尹直说罢，不等李贤表示，径问，“世传吴先生一幅《伊洛渊源图》藏于胸臆，可有其事？”

“伊洛渊源，老朽略知一二。”吴与弼说。

“那么，程门四先生指的是哪几位呢？”尹直问。

“杨、游、吕、谢四氏。”吴与弼随口答道。

杨指杨时，游指游酢，吕指吕大临，谢指谢良佐。四人皆程学传人。

“杨氏即世称龟山先生者乎？”尹直只问杨氏。

“不错，《龟山集》《龟山先生语录》俱必读之书。”吴与弼说。

“不知龟山先生是怎样入朝的？”尹直问。

"他是进士出身。"吴与弼说。

"我是问，他调官不赴，就学于二程兄弟，后来是怎样入朝的？"尹直问得更具体。

"太师蔡京举荐，朝廷召之。"吴与弼说。

"蔡京的名声可不太好。"尹直道。

"岂止不好，后人皆视他为奸相；所以，龟山先生才指斥他蠹国害民。"吴与弼把他特意留下的话全都说出来。

"原德先生，此乃吴先生不肯受官于朝的原委。"尹直得出结论。

从他一开始发问，李贤就觉得他别有用心，现在他把吴与弼不肯受官的原因，归结为蔡京召杨时的典故，用意就更明显。吴与弼即今日之杨龟山，举荐他的石亨、李贤，则是今日之蔡京；吴与弼辞官，表明他把石亨、李贤视为权奸。唯一还不能断定的是，尹直打这么个比喻，是想刺激吴与弼改变主意呢，还是想激起石亨、李贤对吴与弼的怨恨。无论尹直的初衷是什么，都不能让他再说下去。

"正言扯得太远。"李贤道。

"原德先生别忙。你看，吴先生已经动心。"尹直却说。

吴与弼并非动心，而是在苦苦思索。他想不通，古时朝廷召入杨龟山，和今日朝廷召入他，有什么可比之处；杨时指斥蔡京，怎成自己辞官的原因？自己辞官是因为宦官、释氏未尽除，难道龟山先生不愿居官也是为此？难道尹直对龟山先生所知，比自己还要深刻？

"正言，是不是子传先生指斥忠国公和我蠹国害民，你心里才痛快？"李贤已经忍无可忍。

"原德先生息怒。吴先生虽以蔡京召杨时为鉴，却绝不会指斥原德先生和忠国公的。"尹直说。

"你怎见的？"李贤仍带着一股怒气。

"龟山先生并未以蔡京门下士自居呀！"尹直说。

此言一出，吴与弼一脸的不自在。

李贤看在眼里，问尹直："你是说，子传先生以门下士自居？"

"晚生偶有耳闻而已。"尹直说。

"他以谁人门下士自居？是我吗？"李贤问。

"他欲以原德先生门下士自居，原德先生也不许呀！"尹直说。

"那是以忠国公门下士自居？"李贤又问。

"原德先生不妨问问吴先生本人。"尹直道。

"我听得有点儿糊涂，子传先生呢？"李贤问吴与弼。

“老朽早就糊涂。”吴与弼道。

李贤知道，他说的糊涂和自己说的糊涂不是一回事，需要问个明白：“正言称先生以忠国公门下士居，是怎么回事呀？”

“此事是有的，但老朽不便细说。”吴与弼既不隐瞒，也不觉有愧。

李贤相信，他真的于心无愧。遂叮嘱尹直：“子传先生不便说，正言，此事你也不要到处去传播。”

“晚生心里有数，但恶事传千里，只怕不经晚生之口，此事也会不胫而走。”尹直说。

等吴与弼告辞后，他把不知从何处得到的《石氏族谱》的跋交给李贤看，看得李贤频频皱眉。

# 第九十二章

让李贤到哪个衙门去都不合适，王翱、马昂和他相约，把议事地点定在左顺门朝房。王翱走进朝房时，李贤和马昂都已就座。他伸出三指，向二人摇了摇。

“九皋先生是不是说，今日初三？”马昂话一出口，想想不对，今日分明初十已过。

“今日初三？差矣，今日乃六月十一日。”王翱一本正经地纠正。

“那么，”马昂伸出三指摇了摇，问道，“这是何意？”

“九皋先生是说，第三次。”李贤说。

王翱向他点点头，表示他说得对。

三人聚议，四月一次，五月一次，这一次当真是第三次。马昂想。

“九皋先生是不是觉得一月一议太繁琐，不如一次议罢？”他问。

“此等大事，急不得。自原德先生传宣圣谕，至今日，不过两个月的工夫，敕旨已频出，这事可谓办得相当快。”王翱仍然一本正经地纠正。

“那九皋先生为何留意今次是第三次？”马昂问。

“九皋先生是要我等忆一忆，自圣上决心重新设置巡抚以来，已经差出几人？”李贤说。

王翱用同样的动作，表示他又说对。

“那好，我等就忆一忆吧。”马昂也觉得，有必要忆一忆，他先招呼王翱，“九皋先生，你不坐吗？”

王翱见李贤、马昂各坐一边，把当中的位置空出来，不客气地坐上去。虽是李贤传谕，差往各地巡抚由他三人议定，主持者还应是吏部尚书。制度使然，他不能因谦让而坏制度。

“第一位被差出的，应是年大有先生吧。”马昂道。

年大有名富，举人出身，宣德年间以最不被人看中的训导，而为天下课最，因而获得重用，他曾在朝廷任给事中，也曾在地方任参政、布政使等。天顺元年罢设天下巡抚官，身为大同巡抚的他，不仅免官，还因石彪纠劾而下狱。后被证实无辜，致仕。

马昂说他是第一个被差出的巡抚，王翱摇头，不同意。

“我记得，大有先生是四月十三日奉旨赴任的，不是第一个？”马昂自己也有点儿含糊。

“不管他是不是第一个，既要忆一忆，不该从他忆起。”王翱说。

“九皋先生的意思，是要从皇上传谕原德先生忆起吗？”马昂问，并对李贤说，“原德先生，那得你来说。”

“大家都知道，谁说还不一样？”李贤虽称谁说都一样，还是自己把当时的情形述说一遍，“四月中，皇上召我进宫，宣谕：朕初复位，奉迎之人纷纷变更，以为各边设巡抚不便，朕只得依从。如今各边革去文臣，十分狼狈；军官纵肆贪暴，士卒疲惫。朕乃知其谬。卿为朕举进才能者用之。我奏道：辽东、宣府、大同、延绥、宁夏、甘肃六处边镇，要人最急。皇上宣谕：卿与王翱、马昂商议推选，务在得人。”

马昂记得，当初李贤宣示圣谕，就是这么几句话；今日重复，一个字也不差。他问：“九皋先生看，从这里忆起，可否？”

“其后呢？”王翱反问道。

“其后，就该忆到大有先生巡抚山东。”马昂道。

“不错，大有先生是皇上宣谕后，我等议的第一个巡抚。”王翱说，原来，他并不是以为，在差派年富前，朝廷还推举过其他巡抚，“提起大有先生，我得说一句，大有先生得以重用，实属不易。”

“九皋先生是说，有人与他宿怨极深吧？”马昂问。

所谓宿怨，就不简单是石彪和年富之间的怨恨。年富巡抚大同时，该镇军饷都是招募民众，领取官银，籴米转运。因有利可图，石亨及其他一些勋臣指使家人认募，多领银两，少运粮草，中饱私囊。年富查明此事，奏请严惩。鉴于景泰初边镇的严峻形势，不可能对石亨等治罪；但他还是受到朝廷的斥责，生财之道也被断绝。此外，年富又弹劾石亨其他不法事。二人间的宿怨由此而结，石彪欲置年富于死地，是为报他叔侄二人的私仇。

“伯颙先生称‘宿怨极深’，并不过分。”王翱道。

“所幸皇上深谙大有先生冤情。”李贤插话。

“那还不是多亏原道先生敢于直言！”马昂道。

他指的是，年富下狱后，皇帝问李贤孰是孰非，李贤回答：年富能兴利除弊。皇帝听后自语：那一定是石彪为年富抑制，不得逞其私。于是，年富不仅保住一条命，还避免了牢狱之灾。

“不然，我的奏言其实很含糊，是皇上圣明。”李贤说。他原以为，和皇帝私下里的谈话秘而不宣，不想早已传开。

“九皋先生，可以忆及第二人吗？”马昂问王翱。

“不忙，”王翱道，“原德先生禀明皇上，有六处要人最急，其中不包括山东。但最先差派巡抚的却是山东，伯颙先生还记得缘故吗？”

“因山东蝗虫闹得厉害。”马昂说。

“由此亦可见皇上圣明。”王翱说，“皇上命我等推选六处人选，我记得，我等共推十二人，请皇上圈定。结果，皇上在十二人之外，点的年富，去的也不是原德先生提到的六个边镇。如此措置，一来嘛，为的是应急；这二来嘛——”他故意留下半句话。

“二来也试探一下迎奉之人。”马昂道。

“不仅是试探，皇上是留有余地，不为已甚。”王翱说。

“对，对，还是九皋先生看得透彻！”马昂附和道。

“而大有先生人在途中，即上治蝗策，亦不负皇上任用。”王翱又说。

“所以，言及大有先生，老天官要多说几句。”马昂道，见李贤在一旁微笑，他说，“原德先生别只顾听，也发表一番高论。”

“话都让二位说尽，我还能有什么高论！”李贤说。

“原德先生是在嘲笑我等以涓涓细流，测河海之深呢。伯颙先生，还不快往下说！”王翱道。

“以大有先生为山东巡抚的第二日，朝廷命白宗玉为副都御史，赞理湖广、贵州军务，可作为第二例吗？”马昂问。

白宗玉名圭，北直隶南宫人，正统七年进士，受命前为浙江布政使。

“请原德先生说吧！要不，他又在一旁看笑话。”王翱道。

“我看，在两可之间。”李贤说，“巡抚在去年裁革之前，已是常设；而赞理军务，则是因事而设，事罢则撤。二者不尽相同。但巡抚虽属常设，在宗玉先生之前，大有先生巡抚山东，在宗玉先生之后，与中先生巡抚两广，亦是因事而差。这又是相同之处。”

他一提叶盛，王翱、马昂二人同时想起他的谑称。

“与中先生统兵岭南，不仅有少保之名，亦有少保之实。”马昂说。

“只能说有少保之望，离少保之实还远呢！”王翱纠正道。

“巧得很，二位都曾在两广用事。”李贤忽然发现，王翱、马昂竟是两广先后的总督。他问：“两广之任不易吧？”

“可不是嘛！若非棘手，昔时大司马怎会自请前往。”王翱道。

他说的大司马即于谦。景泰三年，于谦议奏：广西、广东两处总兵，不相统摄，不肯互援，乞令臣谦或臣金濂、王翱内遣一人往。时金濂为户部尚书，王翱为掌院都御史，朝廷以王翱为两广总督。

“岭南蛮夷杂处，山民依山而叛，海寇沿海出没，由粤而桂，由桂而粤，难分彼此。故朝廷设总督一员，协调两处用兵。”王翱又说。

“九皋先生在两广一年，还只是协调；待我接任，朝廷又命兼广西巡抚。广西的政事、钱物、刑事，都不得不过问。既过问广西的政事、钱物、刑事，广东的政事、钱物、刑事也不能不过问吧？一广的事务都难办，更不要说两广的事务合在一起。”马昂诉苦道。

“伯颙先生能者多劳嘛！”李贤奉承他一句，边思忖边说，“以情势而言，两广总督恐怕也要常设。”

他这么说，是因为叶盛用的是两广巡抚的名目。

“总督常设，宜慎，还是先用巡抚的名目好；况与中先生以右佥都御史差出，不便挂以总督之名。”王翱说。

李贤摇着头说：“以巡抚名目，难兼两地，最终还得想个法子。”

法子要想，但不急在一时；况且，今日并非专议两广之事。马昂道：“四月差出的巡抚，只有这二三位，九皋先生，是否该忆至五月？”

“不对，除此二三位，还有两位。”王翱说。

“还有两位？”马昂煞费苦心地想，却怎么也想不出来，他问李贤，“四月里，浙抚别有差派吗？”

李贤摇头。

“可差派赣抚？没有呀。可差派闽抚？没有呀。可差派川抚？没有呀。云南巡抚呢？也没差派呀！”马昂不停地自问自答，还责怪李贤，“原德先生，你也帮着想呀！”

“不是我不想，是伯颙先生想错。”李贤说。

“我怎的想错？”马昂问。

“伯颙先生只顾往南省想，却不知九皋先生说的是北地。”李贤道。

“北地？”马昂果然换个思路，“北地大省，莫过河南、陕西。我记得，和我一同致仕的河南巡抚是马守礼，陕西巡抚是耿禹范，耿禹范不久被召为右都御史。原德先生若说，河南、陕西一定要设巡抚，我信。但二省自裁革后并未差派过巡抚呀！”

马守礼名谨，北直隶新乐人，宣德二年进士。耿禹范名九畴，河南卢氏人，永乐二十二年进士。

“二省再大，北地也不止二省。”李贤说。

“是啊，再有就是原德先生提到的六个边镇，六镇差派巡抚是五月里的事。”马昂说。

“是吗？”王翱问。

这一问，使马昂猛然醒悟。他拍着脑门说：“哎呀，我真糊涂！原德先生向皇上讲到六处，我只想着六处是同时差派的巡抚，实则不然，有一处，不，有两处，是先差派的巡抚。”

“辽东。”王翱说出一处。

“延绥。”李贤说出另一处。

“辽东巡抚程彦实先生，和宗玉先生似是同年，曾以山东右参政，督饷辽东。这个巡抚选得好！”马昂说。

程彦实名信，南直隶休宁人，正统七年进士。

“彦实先生督饷辽东之日，曾与巡抚某公有一场争执，你恐怕还不知道吧？”王翱道。他本人也曾任辽东巡抚，提到该巡抚时，称“某公”而不道姓名，想来也是位资深的大臣。

“确是不知，请九皋先生讲述。”马昂说。

“某公用法严峻，奏于朝廷，盗粮一石以上者死；又立新斛，大于旧斛。彦实先生说：奈何以此斛纳人于死！乃击碎新斛。”王翱述道。

“不严，不足以治事；然关乎人命，切不可草率。”马昂对某公和程信都有所肯定，而以肯定程信为主。自己评论不够，还要李贤评论，“原德先生，你说呢？”

“诚是。”李贤应道。

“九皋先生记得辽东差派巡抚，并讲述程彦实先生的一个故事；原德先生记得延绥差派巡抚，是不是也要讲徐子敬先生的一个故事？”马昂立刻转到另一名巡抚。

徐子敬名瑄，南直隶嘉定人，和叶盛同年，是正统十年进士。

“没故事要讲。”李贤说。

“那是不是就可以忆到五月？”马昂似乎还不敢相信这样的进展，“天哪，我以为忆及四月，不过一两句话，至多两三句话，谁知断断续续地说了有一个时辰！”

“是断断续续吗？”王翱不同意他的说法。

“应是续而不断。”李贤道。

“那好，我等是喋喋不休地说了有一个时辰。”马昂换个贬义的词。

“伯颙先生别不耐烦。到五月，或许没那么多话可说。”李贤说。

“不见得。原德先生所奏要紧六处，有四处的巡抚还没说到呢。一人一个故事，也得讲好一阵子。”马昂道。

“伯颙先生怕我话多，我可三缄其口。”李贤说。

“那怎么成！都三缄其口，还叫忆一忆吗！”马昂道。

“原来我出的题目不好，大家就不忆吧。”王翱说。

“那怎么成！老天官出的题目再好不过，忆一忆这件事的始末，正可体会圣意，怎能半途而废！”马昂道。

“既不是怕原德先生话多，又不是怪我题目出得不好，伯颙先生究竟何意？”王翱问。

“是我的话多，且言辄得咎。下面二位多说，我少说。”马昂道。

“那怎么成！”王翱、李贤同时呼道。

“两个月来，巡抚的差派都在伯颙先生脑子里。你不说，可真要断断续续，断而不续。”李贤说。

“伯颙先生体会圣意最深，须得多启迪愚昧。”王翱说。

“好，好，我说。”马昂招架不住二人打趣，只得再收拾起话题，“五月差派的四处巡抚，皆以副都御史赴任，我从近处往远处说。宣府巡抚王仲宏，以山东右布政使选任；在前，任抚州知府。由知府而布政使，一蹴而就，可谓难得。”

王仲宏名宇，河南祥符人，正统四年进士。马昂还知道，王宇当年被于谦视为奇才，但这一点不便说。他灵机一动，把话题推给李贤：“他是原德先生同乡后进，原德先生一定要说几句。”

“仲宏先生只比我晚两科，应属同辈之人。”李贤说着，忆及往事，“我进京赴试之前，就听乡老议论，开封城里有个神童，可日记万言。我那时也尝试多背诵几页书，却万万不能。”

“再无可述？”马昂似未听够。

“再无可述。”李贤说。

“原德先生真会应付差事。”马昂甚是无奈。

“伯颙先生，往下该是哪位？”王翱问。

“依我的顺序，该着大同巡抚李执中；九皋先生若要先说他人，亦无不可。”马昂道。

李执中名秉，山东曹县人，正统元年进士。王翱说：“不，不，就依着伯颙先生的顺序。提起执中先生，我正好有个故事要讲。”

“好极了，王仲宏为乡人，原德先生并无故事可讲；执中先生非亲非故，九皋先生倒有故事要讲。”马昂大加称赞。

“景泰初年，执中先生以右佥都御史，兼理宣府巡抚事。时在大战之后，尸骨遍野，执中先生乃先拢集土木堡、鹞儿岭暴露骨骸掩埋，然后奏请朝廷，推行于他处。我曾想，若无此举，不免大疫，死难者不知几何！执中先生仁者之心，由此可见一斑。”王翱说。

“说起执中先生仁者之心，还有一例。”李贤回应道。

“老天官不讲故事，原德先生也无故事可讲；老天官一讲故事，原德先生肚子里也有故事。”马昂挖苦道。

“伯颙先生不许讲，我就不讲。”李贤把故事咽回肚子里。

“谁不许讲，我是要原德先生讲得踊跃一些。”马昂说。

“且等一等，”王翱揣测李贤要讲的故事，“原德先生要讲的，也是他在宣府的故事吗？”

“是。”李贤应道。

“可是以米易虏一事？”王翱问。

“老天官记得此事，还由老天官讲。”李贤道。

“原德先生讲故事需踊跃一些。”王翱学舌。

李贤笑笑，讲述道：“执中先生巡抚宣抚时，瓦剌诸部频繁扰我边地，掳我边民、牲畜，旋即以所掳边民为质，向官府易米。官府奏于朝廷，朝廷议，成丁者以米一石易之，幼者半之。瓦剌诸部不应，乞概以一石。边镇文武官员，以朝命拒之，独执中先生曰：是轻人重粟也。遂如其言换回所掳边民。仁者爱人，执中先生可以说做到。”

“慈不掌兵；但讲仁术，未必宜守边镇。”马昂说。

“这一点，伯颙先生大可放心。”王翱道，“我记得，执中先生前次在宣抚时，相继纠劾贪纵武臣、内官，不下十余人，多被治罪。他有仁爱之心，但对奸恶之辈，并不心慈手软。”

“九皋先生对他放心，我自然也放心。”马昂说着，问道，“宁夏巡抚陈冲霄，和李执中是同年进士，二位也有那么多故事吗？”

陈冲霄名翌，南直隶虹县人。王翱说：“没有。”

李贤也说：“没有。”

“二位没有，我却有个小故事。”马昂道，“也先南侵时，冲霄先生奉旨往永平等处筹饷。他善加区划，民不扰而粮足，并以此而升郎中。”见王翱、李贤没表示，他担心地问，“我讲的是不是太空泛？”

“不，伯颙先生讲得很好。”李贤说。

“不管好不好，下面只有一位，不讲再无机会，”马昂自我解嘲，“甘肃巡抚芮宗远，据我想来，也没什么故事可讲。”

芮宗远名钊，顺天府宝坻人，正统七年进士。

王翱、李贤的眼神表明，他估计得不错。

“九皋先生，五月里的事情还有要忆的吗？”马昂问。

“还有一件。”王翱说。

“还有一件？也是关乎差派巡抚？”马昂问。

“这是自然。不将此事忆一忆，今日之忆则无聊。”王翱说。

他说得如此重大，马昂干脆连想都不想，转过来问李贤：“原德先生可知其事？”

“九皋先生说的，或是朝廷颁与王、陈、芮三人的敕书。”李贤道。五月委任四名巡抚，但敕书只颁与三人，是因为李秉原即为巡抚，而三人新由布政使选任。

“对，对，这篇敕书的确不同一般，”马昂随声附和，“该敕是原德先生代皇上拟的吧？便请原德先生背诵与我等听听，如何？”

“虽非我拟，却还记得。”李贤说着，看王翱一眼。见王翱微微点头，他背诵道：“今特命尔等巡抚各边地方，训练军马，整饬边务，抚恤士卒，防御贼寇。务令衣甲齐备，器械锋利，城、堡、台修治坚完，屯田粮草督理充足。且禁约管军头目，不许贪图财物，克扣下人，及役军余，私营家产。违者轻则量情发落，重则奏闻区处。凡一应边务事情，军马词讼及利有当兴、弊有当除者，悉听便宜处置。该与镇守、总兵等官会同者，须从长计议而行。朝廷以尔等材堪委托，兹特简用，尔等宜劳心殚虑，输诚效忠，严明赏罚，振举兵威。遇有警急，尔与各官同心协力，相机行事，俾丑虏詟服，地方宁静，庶称任使。毋得乖方误事，自取罪愆。”

“巡抚之设的方方面面，敕旨中都提到。这不但对王、陈、芮三人是个告诫，亦应成为此后巡抚的座右铭。难怪老天官要说，此事不忆，他事之忆无聊。”马昂颇多感慨。

“是啊！皇上与原德先生议及再设巡抚事，原德先生提出六处要人最急，皇上未即刻差派，而是在陆陆续续差派几处巡抚之后才差派六处巡抚，正是为郑重其事。”王翱也很感慨。

“九皋先生，须忆者都忆，是不是该议今日之事？”马昂问。

“伯颙先生为何问我？”王翱反问。

马昂被问住。他等三人，在不同衙门，互不辖治。议事如何进行，干吗要问王翱呢？如果说巡抚的选定需要吏、兵二部协调，那协调者也应该是李贤，而不是王翱呀。

“忆一忆，不是九皋先生说的吗？”要说理由，马昂只有这个理由。

“伯颙先生再想想，是我说的吗？”王翱却不承认。

“怎么不是？”马昂话一出口，忽然想起，这三个字还真不是出自王翱之口，“不错，话是原德先生说的，他说的却是九皋先生的意思。”

“就不是伯颙先生的意思？”王翱问，并说，“若不是伯颙先生的意思，怎么原德先生一说‘忆一忆’，伯颙先生没当作议一议呢？”

这个理由可比马昂的理由充分得多。马昂苦笑着说：“好吧，忆一忆是我三人的意思；是不是该议今日之事，也由我三人定吧。”

李贤从容地一笑，权当该议今日之事已定下来。他说：“今日之事甚是简易，皇上传谕：南京为祖宗根本之地，南直隶巡抚宜早定。我等今日要议的，只是该巡抚人选。”

“原德先生称简易，我看不那么简易，”王翱道，“南直隶巡抚或称应天巡抚，或称苏、松巡抚，这还不要紧；无非是苏、松事急，则称苏、松巡抚，苏、松事不急，则称应天巡抚。但南直隶巡抚还兼着督理粮储。裁革巡抚之际，督理粮储一职并未裁革，如执中先生在召回朝廷之前，一直还办着这件差事。他是今年闰二月入朝的，实际上，南直隶只有四个月无巡抚官。故我以为，议南直隶巡抚，和议其他巡抚不同。”

“一则复设南直隶巡抚，二则议定人选，并无太大区别呀！”马昂说。

“九皋先生或许不是这个意思。”李贤思忖着说。

“是吗？”每次都是李贤听懂王翱的意思，自己却没听懂，让马昂多少有点懊恼，“那你说说，老天官是什么意思！”

“还是先议定人选，再说。”李贤道。

“宣府、宁夏、甘肃三处的巡抚都是从布政使中选的，南直隶巡抚不妨也照此办理。”马昂的懊恼挥之即去，抢先说道。当然，他是想尽快把人员定下来，好听听李贤的解释。

“我看使得。”李贤表示赞同，并补充道，“南直隶巡抚仍兼督理粮储，其人最好是南省布政使，且在户部办过差事。”

“克让先生，其人如何？”王翱提出一个人选。

崔恭字克让，北直隶广宗人，正统元年进士，现官江西左布政使。

“就是他！”马昂叫好。随即觉得自己拍板不合适，他解释说，“崔克让任过户部主事，督理过延绥仓储，先后任湖广、江西方伯。原德先生，你提的那些条件，他都具备。”

“克让先生甚好。”李贤也点头。

议得如此顺利，符合李贤说的简易，但马昂更想知道的是，王翱为什么要说不那么简易。

“原德先生就这么一句话？”他问。

“九皋先生提名，你我赞同，还要说很多吗？”李贤道。

“但承诺过的，总要说一说吧？”马昂朝王翱努了努嘴。

“噢，你说的是这件事呀！”李贤道，“九皋先生的意思，复设巡抚的大计既已确定，应依照程式由吏部拟定人选，不必我三人专议。”

“九皋先生是此意吗？”马昂不等王翱回答，先说自己看法，“也是，今日若非九皋先生提议‘忆一忆’，我三人还没坐稳，就该散去。”

“皇上初命我等专议巡抚之事，是因情势特别；设置巡抚一旦纳入正轨，确实无须再专议。九皋先生提议忆一忆，正是要我等体会情势已从特别进入正轨。”李贤说。

“那么，是不是我三人向皇上奏明？”马昂问。

“我看，宜由九皋先生奏明，我二人附议。”李贤说。

王翱不表态，倒好像这件事和他无关。

七月的两广，潮湿闷热。官军的大营里，叶盛身着短褂，手摇芭蕉扇，在帐外就着树荫而坐，仍觉得暑气难耐。

当然，让他难耐的，不仅是天气，还有心情。

他和广东总兵官颜彪率官军剿灭山贼，一直打到两广交界处。颜彪仍在前方作战，他在大营里等候广西总兵官刘深率广西官军及土兵前来会合。在广西军加入战事之前，他无论如何也要嘱咐刘深几句。

刘深到时，天正黑下来。二人见礼，应酬的话都很简短。

“刘将军辛苦！”叶盛说。

“都堂，战事如何？”刘深问。

“还顺利吧。”叶盛答道。

然后就座。刘深说：“观都堂大人神情，战事似有麻烦。”

“麻烦是有，战事也很顺利。”叶盛说着，专门解释“顺利”二字，“一路过来，破贼寨七百处，镇帅能说不顺利吗？”

“那还有什么麻烦？”刘深不解地问。

“破寨虽多，杀戮却太重。”叶盛道，“我叮嘱颜帅几次，要他多俘贼，少杀贼；而每破一寨，他报上的首功，仍是有增无减。”

“这倒无须忧虑，既是剿贼，该杀的就要杀。”刘深说。

“镇帅的说法得改改：不得不杀的才杀，能不杀的则不杀。”叶盛说。

“贼寇之命，轻若草芥，都堂为何这般爱惜？”刘深不以为然。

“滥杀的名声，我背负不起呀！”叶盛道，“山民为寇，多非自愿，与其多杀，不如收服其心。但逞匹夫之勇，适足以坏天下之事！”叶盛说着起身，向刘深一揖，“此乃我欲请于镇帅的，还望镇帅留意。”

“都堂之命，不敢不从；不过，都堂以为，天下之事坏于匹夫之勇，本镇却不能苟同。”刘深说。

“愿闻高见。”叶盛揖道。

“谲诈之心，更坏天下大事。”刘深说。

“这是毋庸置疑的，却不知镇帅何意？”叶盛问。

“郕王薨日，谥以戾，都堂以为当否？”刘深问。

“镇帅难道以为——”叶盛只说半句话，就惊得把嘴捂住。他本想说，“镇帅难道以为皇上谲诈”，但这话不但不能说，连想也不能想。好不容易镇定下来，他正色言道：“镇帅，此事岂得议论！”

“别人议论不得，我却议得。”刘深却坦然自若。

“何故？”叶盛问。

“我不言之，真相不能白于天下。”刘深问。

“真相？是何真相？”叶盛问。

“皇上对郕王的友爱之情呀！”刘深说。

叶盛越听越惊愕，问都问不下去。

好在刘深既然想说，用不着他问。

“我告诉都堂大人一件事，”刘深道，“皇上复位之初，文武首功之臣于文华殿侍驾，某不才，也忝居其中。但见皇上坐于御榻，眉宇间充溢喜色，对诸臣说：朕有佳讯欲卿等知，弟弟好矣，可以吃粥矣。但群臣默然，无一贺者。这件事，都堂不知道吧？”

“闻所未闻。”叶盛说。

“都堂说，这件事该不该载于史册，传之后世？”刘深并不是真心询问，而是要表露自己的得意。

“此乃知情者之事。”叶盛说。

“今日都堂大人亦知情。”刘深遂大发议论，好像要把自己的议论也载于史册，传之后事，“所以，郕王谥戾，绝非皇上本意。某固为一匹夫，但群臣中不乏公卿大夫，如徐元玉辈。某居于班末，纯属附骥，但我得承认，谲诈之心是有一点的。至于居于班首者，谲诈之心更多。就小者而言，郕王得一恶谥，就大者而言，我皇上友爱之心不得彰显，皆此辈所为。所以我说，天下事更坏于谲诈之心。”

叶盛拿定主张，对他的议论不迎合，也不反驳，只是暗中在想，这件事一定要记在自己的笔记里。

等刘深议论完，他问：“镇帅还有话说否？”

“无。”刘深道。

“本堂还是那句话：所请之事，请镇帅留意。”叶盛说。

# 第九十三章

皇帝在纸上写个“大”字，看着不顺眼。他把这张纸推到一边，在另一张纸上再写。第一个“大”字是上面一横看着不顺眼，第二个“大”字变成一撇不顺眼，第三个“大”字变成一捺不顺眼。写了好几张纸，放在一起比较，总有不顺眼的地方，这让皇帝很是苦恼。

近侍们看在眼里，都觉得有责任不让皇帝苦恼。

“爷把这些赏赐给奴才们吧。”一近侍说。

“你要他作甚？”皇帝问。

“奴才在内书堂听先生讲，比画越少的字越难写。爷写的这些个‘大’字，字字有神韵，奴才想拿回去做个法帖。”该近侍说。

“你等呢？”皇帝问其他近侍。

“他读过内书堂，懂得神韵；奴才不懂，只是仰慕爷的字。”其他近侍推出一人来答话。

“那好吧，朕出个题目，谁答上来，朕的字就给谁。”皇帝说。

“是，请爷出题。”近侍们要哄皇帝开心，哪顾得上答得出答不出题。

“何谓大？”皇帝问。

“屋舍没有大过皇宫的，我说皇宫为大。”一近侍说。

“井底之蛙。”皇帝批道。

“皇宫再大，也在京城里，我说京城为大。”第二个近侍说。

“坐井观天。”皇帝批道。

京城在顺天府境内，顺天府为北直隶一府，北直隶为我大明境内一区，这么一层一层说下去，皇上不知要说出多难听的批语。一近侍机灵，跳过好几层，说：“奴才以为，天下为大。”

“有点儿意思。”皇帝略示赞许，紧接着又置疑，“那我问你，天下再大，能比天大吗？”

该近侍哪里知道，天下还要和天比！他答不上来。

“爷圣明，应是天为大。”另一近侍忙说。

“朕就是要你等想想，有没有比天还大的。”皇帝说。

这可把近侍们彻底难住。他们生活在宫里，抬头看天，低头看地，别的什么也见不到，怎么会知道有没有比天更大的！

那个在内书堂读过书的近侍最先改变思路。他想，前面所有东西的比较，都是以大小而言，何不改为以尊卑而言？

“爷，奴才等在内书堂，皆以先生为大。”他说。

“这又是一说。”皇帝道。

“奴才以为，先生不如父母亲，应以父母为大。”另一近侍见皇帝并不全盘否定这个思路，又说下去。

“不对，”又一近侍说，“父母再亲，先生再尊，莫非王臣，奴才以为，应以天子为大。”

“天子乃天之子，再大，大得过天吗？”皇帝又归结到这一点。

近侍们你看看我，我看看你，然后都向在内书堂读过书的近侍看去。该近侍谁都不看，对任何人的注视也不搭理。于是，大家知道，这个话题没法再继续下去。

“奴才们无知，乞爷教诲。”一近侍说。

皇帝把所有写着“大”字的纸张推到一边，在一张白纸上写两个字，问：“此二字，识得否？”

该近侍大摇其头。第一个字笔画太多，第二个字笔画虽然不多，但并不多见，他都不认得。除在内书堂读过书的近侍，其他人也摇头。

“爷写的二字是寰宇。”在内书堂读过书的近侍回皇帝的话，也是说给其他人听。

“知道这二字的意思吗？”皇帝问。

“是普天之下的意思吧？”该近侍估摸着说。

“你这么讲解，没什么不对；但拆开来看呢，又似有不足。”皇帝道，“何谓宇？宇宙也。何谓宇宙，天地之合也。寰宇，把天和地都囊括在里边，亦即把天和天下都囊括在里边。”

“爷，那不是比天还大吗？”一近侍终于找到答案。

“不错，寰宇比天还大，至少是一样大。”但皇帝要找的，并不是这个答案，“那么，有没有比寰宇还大的呢？朕想好几天，想找一个比寰宇还大的东西。朕没找到，尔等帮朕想一想。”

近侍们技穷。一方面，皇帝和他们谈天说地，让他们感到无上荣耀；另一方面，他们既不知道皇帝为什么一门心思用在“大”字上，更不知道还有什么比天、比寰字更大的东西。

“爷，内书堂的先生有学识，奴才跑一趟，去问问他等吧？”又是在内书堂读过书的近侍换个思路。

这个思路一开，近侍们的话又多。

“内书堂先生不过是普通翰林，学问未见得好到哪里去，不如去咨询翰林院学士。”一近侍说。

“内阁大学士才是学士中的精粹，找一般的学士，不如找大学士。”又一近侍说。

“爷有疑惑不是总找李先生吗？这次不如还找李先生。”又一近侍说。

皇帝心一动，看来，真得和李贤议一议这个“大”字。尽管他没想好怎样向李贤表明自己的心迹，但皇帝愿意对之表露心迹的，再也没有第二个人。

深秋时节，李贤在文渊阁外的小花园里设宴，与宴者，除内阁大学士吕原、彭时外，还有翰林院学士刘定之、倪谦、林文、李绍、黄谏。

倪谦字克让，南直隶上元人，正统四年进士，和刘定之以通政司参议兼。

黄谏字廷臣，南直隶高邮人，正统七年探花，以太常少卿兼。

林文字恒简，福建莆田人，宣德五年进士。李绍字克述，江西安福人，宣德八年进士。二人以尚宝寺卿兼。

作为翰林官，特别是翰林院学士，入文渊阁并不是件多么了不得的事；但吃阁老的酒宴，就非同寻常。李绍和李贤同姓，又是同年进士，众学士心中的疑虑由他来问最合适。几人赴宴，他心里无数。见李贤点过他等人头，说了句“人已到齐”，知道不会再有旁人，他才问：“原德先生，今日之宴有何名目？”

“克述兄，今日聚会，大家都改个称呼如何？”李贤先提议。

“怎样改个称呼？”李绍问。

“众人相互之间，都称学士。”李贤道。

“我倒没什么，但学士有高下之别呀！”李绍说。

“都称学士，即无高下之分。”李贤说。

“还有个好处，”林文插话道，“今日之宴，可以称作学士宴。”

听他这个名称，众人，包括吕原、彭时在内，哄然叫好。

“如此之妙的立意，怎么被恒简先生抢先说出！”李贤道。

“咦，这是原德学士的提议，原德先生怎么自己违规？”倪谦话不多，说一句则击中要害。

“不错，等一会儿，是要罚酒的。”李贤笑着说。

“不知学士宴缘何而举？”李绍又问。

“赏花。”李贤说。

“在文渊阁前赏花？”黄谏的问话里，大有讥讽之意。

李贤怎会听不出来！他说：“廷臣学士的意思，文渊阁无花可赏？”

“那倒不是。谁不知道，文渊阁的园子里种些花草。”黄谏说。

“那就是说，无名花可赏。”李贤换个说法。

“或有名花，某孤陋寡闻。”黄谏说。

“廷臣学士，让你说对！”李贤道。

“原德学士是说，克述兄，不，克述学士，孤陋寡闻？”吕原问。

“不，我是说，文渊阁确无名花可赏。”李贤说。

众人不由得失笑。以赏花举宴，却无名花可赏，怎么说得过去！

“文渊阁的园子里有三株芍药，并非名贵品种，但日前开花，甚是有趣，故邀众学士共赏之。”李贤说。

“那不如先去赏花，再回来饮酒。”刘定之说。

无人反对，众人三两结伴，走去观花。所谓小花园，本来就不以种花为主；种的一些，这个季节也谢得差不多。只有那三株芍药开得正盛，所以谁也不会走错方向，很快就聚在芍药花前。

芍药开得不仅有趣，简直可以说是奇特。三株花色不同：当中一株，花纯白；左边一株，花深红；右边一株，花淡红。

“真是曲弥高而和弥寡矣！”黄谏有感而发。

“廷臣学士说的是——”林文问。

“你看。”黄谏手指开白花的芍药。

“扬州芍药，名闻天下。廷臣学士恰是知花之人。”高邮州隶属扬州府，所以林文这么说，接着他又问，“芍药当真以白色为尊吗？”

“那倒不见得。”黄谏说。

“但廷臣学士说的，曲高和寡呀！”林文质疑。

“恒简学士不见，它只开一花？”黄谏道。

该株芍药的确只开一花，一支白花在众多红花中的确醒目。但林文觉得，这一点不足为凭：“或是势单力孤呢？”

“花开在文渊阁，也会势单力孤？”黄谏觉得，一句话可把他驳倒。

他二人的对话吸引众学士，大家的目光都集中在白芍药花上。

“我等皆知，此乃文渊阁之芍药；但廷臣学士所谓花开在文渊阁，定是有深意吧？”李绍道。

“意之深浅，在于个人揣摩；在我看来，是深不可测。”黄谏说。

“怎么讲？”有两三个人在问。

“诸位想想，我等身上，何物为白？”黄谏启发大家。

“本学士须发半白。”林文说。

一句话，引发一片笑声，黄谏也忍不住笑。

“不是长在身上的，是穿戴在身上的。”他说，见众学士都开始在身上摸索，他又说，“今时诸位身上还没有，早晚有人会有。”

在别人还暗自琢磨时，倪谦脱口而出两个字：“玉带。”

众学士都相信他说对，但还是看向黄谏求证。

“克让学士说得对，是玉带，”黄谏道，“我以为该花绽开是个征兆，文渊阁里有人将佩玉带。”

对他的说法，其实大家不应该有什么疑义：内阁大学士官至一品，在此之前已不止一人。林文是另一种疑义。

“依廷臣学士所言，仅一玉带？”他问。

“该本芍药，未见得不再开花。”黄谏说。

“再开花时，再说；此花却只应在一人身上。”刘定之说。

不用说，这是指李贤。他不仅是今日内阁第一人，也是最得皇帝信任的人，加以宫保之衔是迟早的事。彭时担心一旦指名道姓，让李贤难堪。他说：“点到为止，诸位学士何不看看其他两本芍药！”

“且慢，先给这白芍药取个名称吧。”李绍提议。

众学士叫好。花以白色，普通人张口也能起出一大堆名字来，如傲雪、赛玉等等。但这些名字太俗，学士们是说不出口的。而用起心来，才发觉给它起个好名字太不容易。

“天降雪花一片，叫它天降吧。”林文说。

“不好！”吕原摇头，认为大而不当，“浊雨也是天降，冰雹也是天降，谁能体会降的就是雪花一片？”

“那就改一个字，曰天成，”林文道，“天成玉质，总不能说天成痈疽、天成毒脓吧？”

大家都被他逗笑，但没一人说他起的名字好。

“其实有个现成的名字。”彭时道。

“纯道学士说出来听听。”众人催促。

“廷臣学士说它是玉带的征兆，咱们且不管是不是征兆，只取玉带之名，叫它玉带白。”彭时说。

“似俗而不俗，我看可用。”吕原首先赞成。

“照着这个路子，其他芍药的名称也不难取。”李绍说。

“怎么，克述学士已有佳名？”刘定之问。

“主静学士请看深红者，和纯白者恰成一联。”李绍说。

“克述学士不忙说，让我等猜猜。”林文道，

“不用猜。与玉带成对者，宫锦也。”倪谦说。

“不错。深红者花开数朵，如同锦簇，宫锦红取得好！”林文道。

“深红者把好名字占据，浅红者可不能再用红字。”李绍说。

“不仅不能用红字，连粉字也不能用。”吕原更苛刻。

“题目太难，我等作不出，你还是自作吧。”刘定之说。

“那岂不成作茧自缚？”吕原道。众学士哄笑之际，他把名字想好，“饮酒微酡，如入仙境，叫他醉仙颜如何？”

众学士称好，于是，三株芍药都有名称。

“廷臣学士，红花亦是征兆吗？”林文戏谑地问。

“是。”黄谏却不似言笑。

“是何征兆？”林文继续问。

“学士们或有宫锦之赐。”黄谏说。

“既赐学士，怎的有深红、浅红之别？”林文问。

“恒简学士不明缘故吗？”黄谏解说，“学士中有翰林学士，有内阁学士，高下不等嘛。”

“原来如此，”林文好像信服他的解说，但数了数深红色的芍药花，他又提出疑问，“不对，花数和人数不符！”

他二人的问答，别人虽在听，但都觉的是说笑，没有在意。直到林文大惊小怪地提问，才有人加入他们的谈话。

“怎么不符？”刘定之问。

“深红色花有三枚。”林文说。

“至多是曲不高和者众而已，不足为怪。”李绍说。

“克述学士没听清吗，此乃内阁学士征兆？”林文道。

“我只听廷臣学士言，学士有宫锦之赐。”李绍说。

“对呀，学士有内阁学士、翰林学士之别，故花色不同。”林文道，“可花之深红

者应有两枚，这里却有三枚。”

“为何应有两枚？”彭时问。

“内阁仅二学士呀！”林文道。

“那是你不对，内阁明明是三学士。”吕原说。

“内阁三学士不假，不是有一位在那里嘛！”林文说着，指指开白花的那株芍药。

“或是得玉带之赐的学士，又得宫锦之赐呢。”黄谏为自己辩。

“这是个说法。”林文点头。

“又或翰林学士中尚有一人将被简选入阁。”黄谏说。

“这也是个说法。”林文说着，问道，“此人是谁？”

“恒简学士先看出破绽，自然是恒简学士。”黄谏说。

众学士都忍住笑。不知谁说声“恭喜恒简学士”，其他人相继附和，恭贺声一声接着一声。大家再也忍不住，笑得前仰后合。

“荒哉谬也，我只等着告老还乡，哪有这个念头！”林文道，见李贤也在笑，他说，“原德学士，今日你是主人，不该讪笑。”

“我并非讪笑呀！”李贤说。

“原德先生并非讪笑，但原德先生的笑，和我等不同。”倪谦说。

“克让学士为何这么说？”李贤问。

“我等无论言之多寡，都在议论；原德学士却未出一言。”倪谦道。

听他一说，众学士忽然都想起，一直没听到李贤的声音。

“原德学士有何高见？”李绍问。

“你是问恒简学士入阁？”李贤反问。

“不，我是问廷臣学士的解说。”李绍道。

“恒简先生入阁，也不妨评说一番呀！”刘定之却说。

“在我看来，任何一学士简选入阁，都在情理之中；恒简学士入阁，也在情理之中。”李贤言简而意赅。

“众人之笑，非此意；原德学士之笑，好似亦非此意。”刘定之说。

“对。我是在想，诸位为何要笑恒简学士。”李贤道。

“我等笑得糊涂，独原德学士笑得清醒。这倒要听听。”李绍说。

“不敢，”李贤揖道，“廷臣先生解说，深红之花有三，是翰林学士中一人入阁的征兆。诸位皆以为荒诞，而恒简学士却信以为真，故报以一笑。恒简先生怪我讪笑，其实诸位才是讪笑。”

“原德学士难道不是为此而笑？”李绍问。

“至少不全是。”李贤道。

“换言之，原德先生对廷臣学士的解说也信以为真？”李绍又问。

“至少不全疑。”李贤道。

他的回答一下子引起众学士的关注。虽然方才取笑林文，笑得很开心；但他们心里都清楚，翰林学士入阁，和他们每一个人都可能有关系。有人在想，皇上是不是和李贤谈论过增补阁员的事？有人甚至在想，会不会已经确定入阁人员？当然，他们也会想，这个人会不会是自己？

李贤好像看透他们的心思，说：“各位只看眼前，莫往远处去想。”

眼前只有开放的几株芍药，以及不分高下的学士们。还有什么好看？

“原德学士一开口，等于主角登场。请带着众人入戏吧！”吕原说。

众学士都称是，连林文也说：“是啊，看来我等真是笑得糊涂，还请原德学士解疑。”

“恒简学士请数数，第三本芍药开几花？”李贤道。

林文如其言，数着淡红的芍药花。数过之后，看看在场的众人。似乎担心把花数错，他又回过头去数。确定所数无误，他点着头说：“原德先生的意思，我已懂得。”

刘定之好奇，也探头欲数，被他张开双臂遮住。

“恒简学士不让别人看，总得给别人讲吧。”刘定之说。

“醉仙颜有四，我等翰林学士五，可见有一人是要入宫锦红之列的。”林文说着，问李贤，“原德学士，是此意吧？”

李贤笑而不答。林文闪过一边，让众人看那株芍药。它果然开四花。

“既有佐证，原德学士为何要说不全疑？”彭时问。

“玉带、宫锦云云，太过牵强。若说征兆，我倒是觉着，这三本芍药齐放，只应在一件事上。”李贤说。

“应在何事上？”众学士问。

“今日学士宴。”李贤道。

有人“呀”地惊叫起来。文渊阁的芍药开八朵花，朝廷连兼职带本职的翰林学士有八人，真让人难以置信，这只是一个巧合！

回到席上，酒、菜已经准备停当。

林文手执酒盅说：“既是天赐学士宴，须得痛饮。”

“恒简学士且听主人安排，再饮不迟。”黄谏拦住他说。

大臣相邀饮酒，或要占韵赋诗，或要出题行令，黄谏的意思，是要李贤说明，今天的酒怎么个喝法。

“今日不行酒令。”李贤先删除一项。

“主人高明！”有人叫好。学士都称得上大文人，但行起酒令，特别是行出一些刁钻古怪的令来，他们中有些人也很头疼。

“亦不纪以诗赋。”李贤又删除一项。

“那才痛快！”有人叫好。饮酒之间，想着作文，想着赋诗，想着文不能抄袭前人，诗不能类似同僚，亦很难尽兴。

“如此一来，学士宴岂不成愚夫宴？”也有人反对。

“学士宴仍是学士宴。”李贤说着，一挥手，一名衙役捧上一匣。他恭恭敬敬把匣子打开，取出一张纸来。他让众人看纸的正面，上面写着一个“大”字。他说：“今日饮酒，有个题目，请学士们都说说这个字。”

有认得皇帝手迹的学士，不禁愕然。这字若是在别人手里，还可能模仿；在李贤手里，一定是皇帝亲笔所写。那么，题目一定也是皇帝出的。

“恒简学士不是急着尝酒吗，那就先作题吧！”黄谏说。

“这会儿你倒催着我饮酒！”林文虽然不理会他的催促，还是问李贤，“原德学士，可有什么限制？”

“并无限制，不过，宇宙间以天地为大，人伦中以君亲师为大，都有人说过；若要再说，得有点儿新意才成。”李贤说。

“我说个最简单的，讨口酒喝。”林文道，“一人为大，这没有人说过吧？原德先生看，可否为一解？”

“确是一解。”李贤道，并对众学士说，“恒简先生这个头开得好，大家都陪他饮一盅吧。”

众人饮酒，虽是宫中御酿，却品不出滋味。

“廷臣学士，你占个便宜，也得说一句，还回我吧？”林文道。

“说一个就说一个，我说江山为大，比你的‘一人为大’如何？”黄谏说着，也不管李贤认可不认可，和林文碰盏饮酒。

“江山为大，不如社稷为大。”刘定之说。

“江山社稷总是合在一起说，二者有何不同？”吕原道。

“不同还是有的。江山有实形，社稷无实形。”彭时说。

“既曰不同，是江山大，还是社稷大？”吕原问。

“我看江山大。”李绍说。

“怎见得？”吕原问。

“若无江山，会有社稷吗？”李绍道。

“不然，应以社稷为大。”林文说。

“理由呢？”吕原问。

“心中不存社稷，难保江山。”林文说。

众学士在字义上争来争去，气氛活跃起来，酒饮得多起来。本来江山一解，社稷一解，该饮两盅，有人却连饮七八盅。

“原德学士，当真没限制吗？”没加入争论的倪谦问。

“克让学士是否想有个限制？”李贤听出他的意思。

“是啊，”倪谦应道，“江山社稷的区别，平日想也不会想的，已然争论不休；再多说出几样来，怎得收场？”

“拿出个限制不难；只怕拿出限制，众人没这等雀跃。”李贤说。

“但早晚得有个限制，不是吗？”倪谦道。

“也是。”李贤仍没有马上答应，而是问另一个没有参加争论的学士，“廷臣学士，你说呢？”

“我说？”黄谏仍沉浸在三种花色里，根本没听见大家的争论，以及他二人的对话，“原德学士问的何事？”

“克让学士所议呀！”李贤道。

“克让学士所议甚是。”黄谏含含糊糊地说。

“那好吧。”李贤答应二人，实则答应倪谦一人。等其他人都把酒盅放下，他说：“‘大’字这个题目，说限制没有限制，说没限制却也有个限制。”他招招手，把捧着匣子里的衙役唤来，并从匣子里拿出第二张纸，让大家看纸上的字，“所谓限制，即此二字。”

纸上写的是“寰宇”，熟悉皇帝手迹的人更加确定，这两个字是皇帝写的；不熟悉皇帝手迹的人，在前面听人窃议“大”字是皇帝所书，这会儿也可以看出，“寰宇”二字是皇帝所书。把“大”字和“寰宇”二字联系在一起，意思明白无误，皇帝想找一个比寰宇还大的词。而寰宇二字虽非怪僻，但看到这两个字，几乎在场的每个人都会联想到一件事，那就是《寰宇通志》这部书。因而，皇帝想找一个比寰宇更大的词的用意，也就明白无误。

“皇上欲重修《寰宇通志》？”吕原率先发问。

每个人都想到这一点，都想从李贤那里得到证实。

“是。皇上读该书，认为有缺漏不实之处，欲重修。”李贤先肯定此事，然后说，“但有两个前提：其一，书的名称要改，连寰宇二字也不能用；其二，改过的书名，要有比寰宇更广大的涵义。”

这一限制，果如李贤所料，席间立刻沉寂下来。他一手端起酒盅，另一手向众人一让，意思是边饮酒边琢磨，并带头啜口酒。

“一个‘大’字，不难议论；但要和‘寰宇’一比大小，还要大过‘寰宇’，着实不易呀！”林文感慨地说。

“恒简学士所言，只对一半。”彭时说。

“怎讲？”林文问。

“难的不是和‘寰宇’一比大小，还要大过‘寰宇’。”彭时说。

“那是何事？”林文问。

“是只有一个‘大’字；若再加一字，或就不难。”彭时说。

这个题目李贤比别人都想得久，因而对彭时的话也体会得最快。

“纯道学士之言，耐人寻味。但不知纯道学士欲加何字？”他问。

“加个气字，如何？”彭时道。

加上这个字，大成大气。和“寰宇”比大小，难之又难；和“寰宇”比大气，词句就不那么难觅。不但李贤，其他人也顿觉开朗。只不过让大家开窍的是彭时，谁也不好意思抢着作题。

“纯道学士看看，用哪个字比‘寰宇’还要大气？”李贤问。

“‘寰宇’是两个字，一个字怎么也比不过。初时，恒简学士解为‘一人为大’，在下以为，一字可以用一用。”彭时说。

“一字加以另一字，或许真要比寰宇大气。”李贤思忖道。

“不知原德学士欲加何字？”林文学着他的口气问。

“加个统字。”李贤道。

“一统？此二字怎解？”李绍问。

“昔骆宾王草讨武曌檄，以‘请看今日之域中，竟是谁家之天下’，气势何其大也！天下虽大，如若四分五裂，各立一廷，还算得大吗？所以我想，一统比寰宇更为大气。”李贤说。

“名曰一统志？听似不错，却比《寰宇通志》少个字。”刘定之说。

“自然不能只叫一统志。”李贤道，“骆宾王喝问‘谁家之天下’，听起来有点儿虚张声势；今日天下之归属，却连问也不必问的。”

“明一统志。”刘定之加上一个字，连念两遍，不由皱起眉头，“怎么听着仍不舒服？”

“主静学士呀，谁说一定要和《寰宇通志》字数想当？你就不能再多加一字吗！”林文道。

“再多加一字？”刘定之有点儿发蒙。

“今日的题目，是个‘大’字呀！”林文道。

“对，对！”刘定之连声称道，“再加上大字，就真的很大气！”

这个名称在众学士心目中都已明确，但谁也不肯说出来，好像只有由李贤说出来，才能算数。

李贤也不肯说。他心中暗自思量，《大明一统志》，不但比《寰宇通志》大气，而且比《寰宇通志》更为明确。这个名称，皇上是会满意的；接下来，是要降诏修书。

九月下旬，皇帝降诏，开馆修《大明一统志》，以李贤、彭时、吕原为总裁官，林文、刘定之及翰林院侍讲学士钱溥为副总裁官，以翰林院侍讲万安、李泰等若干名为纂修官，以太常寺卿夏衡、顺天府丞余谦及翰林院秀才姜立纲等若干名为誊录官。

# 第九十四章

十月初三日，刑部尚书刘广衡致仕。

李贤被召入文华殿，以为皇帝会问他谁宜接任。但皇帝先问起修书事宜："李先生，开馆以来，动静如何？"

"已动起来，尚未大动。"李贤回奏。

"这是为何？"皇帝问。

"臣等在拟凡例；臣以为，凡例拟出之前，不宜大动。"李贤说。

"凡例不就是几个条条框框吗，近十日还拟不出来？"皇帝不解。

"若无歧见，一两日便可拟出；若有歧见，总得听任众人争辩出个眉目来，再请旨定夺。"李贤说。

"该当如此。"皇帝点了点头，好像不准备再问下去。但稍停片刻，他问的仍是修书之事，"李先生说到歧见，不知卿等有何歧见？"

"譬如户口之数。"李贤举一例。

"户口是定数，还会有争议吗？"皇帝愈发不解。

"正因是定数，有人以为，户口之数户部已存档，《大明一统志》志之则繁，不若省却；有人则以为，民数朝廷所重，有其数则当志，不必虑其繁。若以为户部有数而不志，则内外文职衙门之设，吏部有数；内外武职衙门之设，兵部有数；天下学校寺观，礼部有数，本书都不必志。"李贤有简有详地介绍两种对立的见解。

"李先生大概以为当志吧？"皇帝从他介绍的详简判断。

"不，臣以为无须志。"李贤说。

这是皇帝没想到的。他问："卿即以为无须志，为何不详加阐述？"

"臣以为，户口志之则繁，无须多论。"李贤答道。

"恐怕不只是无须多论，你是担心，朕若批以'户口毋志'，是偏袒于你吧！"皇帝道出他的心思。

"臣确有此虑。"李贤道。

"哪位总裁官力主民数当志？"皇帝又问。

“是副总裁官钱溥。”李贤回答。

“彭、吕二先生呢？”皇帝问。

“他二人未置可否；然其宗旨，皆主张就简。”李贤说。

“既如此，这凡例可定。”皇帝道，“多数者可，少数者否，朕从多数者；总裁官可，副总裁官否，朕从总裁官。”

“是，容臣与各官再议。”李贤并不回应皇帝的裁定。

“你务求慎重，是好的；但要记住，不可再延挨时日。”皇帝叮嘱。

“臣遵旨。”李贤应道。

“好，此事卿等自去处置，朕不过问。朕今日召你来，是要和你议另一件事。”皇帝终于转到李贤先前料想到的话题，“朕已准刑书刘广衡致仕，李先生知道吧？”

“臣已得知。”李贤回答。

“卿有何话说？”皇帝问。

“臣广衡清修简朴，用法平恕，有古人风范。”李贤明知这话会让皇帝误会，还是说半句停下来。

“卿之意，朕不该准其休致？”皇帝果然误会。

“不是，”李贤补充上另外半句话，“广衡以病乞退；臣亦闻得，他病情甚重，难当繁剧之任。臣的意思是，接任刑书者，宜如广衡。”

“好，朕正想你举荐这样一个人。”皇帝说。

“臣以为，山东左布政使陆瑜堪任。”李贤道。

皇帝不问陆瑜其人如何，先有一个疑问：“朕记得，前次兵书空缺，卿主张在朝廷众臣中推选；今次刑书空缺，卿怎又主张选用外臣？”

“臣非反复，皆因时势不同。”李贤奏道。

“朕知道，你主张廷臣中推选兵书，是因为彼时未设巡抚？”皇帝说。

“是，”李贤应道，“臣以为，任大司马者，最好有过任巡抚或总督的历练，方可考较其是否知兵。彼时不设巡抚，只得从旧任巡抚或总督中推选，实则马昂曾任两广总督。任大司寇者，最好有过布、按二司的历练，方可考较其是否知刑。臣荐陆瑜，正以此为依据。”

“如卿所言，布政使不如按察使。”皇帝说。

“也不尽然，还要看他以前的经历。”李贤道。

“好吧，你就给朕讲讲陆瑜以前的经历。”皇帝这才问到陆瑜本人。

“是。”李贤应道，“陆瑜和臣同年，是宣德八年进士。臣任吏部主事时，他任刑部主事，故臣深知，他潜究律例条格，用心甚殷。他虽未任过按察司官，但曾奉旨巡视南直隶淮安、扬州、苏州、松江等十七郡，审录狱囚。臣闻知，他所到之处，反复鞫讯，务合实情，故狱多平反，得释者竟至三百余人。”

“此事我也有些印象，是在——”具体年份，皇帝记不起来了。

“正统九年。”李贤道。

“不错。”皇帝点头，“朕还记得，因数百人得释，朕心甚慰。”

“陆瑜既深谙律例条格，又能用刑平恕，故臣举荐。”李贤道，他觉得，有必要对推举马昂和陆瑜之事再做个总结，又说，“总而言之，推马昂为兵书，是臣以为，外臣无过马昂者；推陆瑜为刑书，是臣以为，廷臣无过陆瑜者。”

“卿举人唯贤，朕是信得过的。”皇帝也做个总结，意即推举刑部尚书一事，暂议到这里。接下来的问话，则不具体针对某事：“李先生每次见朕，都能陈奏一二于政事不便者，今日可有？”

“有一弊端，臣以为亟宜除之。”李贤说。

“何事？”皇帝问。

“锦衣卫官校出入逮拿罪人，动辄抄没人家，凌辱眷属及邻舍；逮一人，数家立破。以至四方奸民诈称校尉，横行乡里，无所忌惮。此事须得严禁。”李贤说。

“李先生是说，擅自出入逮人？”皇帝问。

“逮人或是奉旨，抄没等则是擅行。”李贤说。

“逮人或是奉旨，也就是说，未奉旨意，擅自逮人之事也是有的。”皇帝听出他的话外之音，“此事朕定要查问。若有擅行抄没及滋扰者，尤其是擅自逮人者，严惩不贷！”

锦衣卫指挥使门达垂头丧气地回到衙门。被皇帝训斥一顿，他觉得实在冤枉。锦衣卫是朝廷走狗，他觉得，自己这条走狗并不随便咬人。如徐有贞，入狱时生死悬于一线，自己也没拿他怎么样。皇帝为什么骂自己是狂犬呢？

锦衣卫里咬人的狂犬是有的，那就是指挥佥事逯杲。但逯杲侦伺大臣，侦伺豪门，是得到皇帝准允，甚至是得到皇帝授意的呀！逯杲乱咬人，主人为什么却拿他这个规规矩矩的狗出气！

不管怎样，解铃还须系铃人，此事得和逯杲说道说道。

逯杲进来时一脸的同情，显然已知他被训斥的事。

“大人唤我？”逯杲问。

“坐吧。”门达指指椅子。

“卑职先站着，等大人气顺再坐。”逯杲嬉笑着说。话虽很谦卑，但他对门达绝无畏惧之色。

“老逯啊！”门达因他的态度而愈发恼怒，顾不上自己的话中听不中听，“你可知道，你我二人是何物？”

“卑职不知。”逯杲应道。

“你我是两条狗！”门达冷酷地说。

“卑职想，大人说错。”逯杲却很冷静。

“你以为呢？”门达问。

“大人是条狗。”逯杲道。

“你呢？”门达问。

“卑职是狗崽。”逯杲道。

门达想发火也发不出来。他指点着逯杲说：“老逯呀，你别自贬身份。告诉你，你我就是两条狗！一条狗咬人，另一条狗却挨主人的鞭子；一条狗挨鞭子，另一条狗也得把尾巴夹起来。”

“多谢大人教诲！”逯杲躬身道。

“谢倒用不着谢，只是以后别让我替你挨鞭子，成吗？”门达这句话可谓说得十分诚恳。

“大人的话，卑职听不明白。”逯杲却说。

“那好，我来问问你。”门达并不和他怄气，而是说起具体的事情，“上个月里，你差校尉一共逮拿几人？”

“差往各地吗？”逯杲问。

“远的不说，只说顺天府吧。”门达道。

逯杲掰着指头计算：“宛平一起，通州一起，丰润一起，共计三起。”并说，“每次罪人解到，我都向大人禀报过的。”

“罪人解到，你是禀报；别的事情，你却一概不禀报！”门达道。

“大人指的何事？”逯杲问。

“怎还问我？你自己说，三家中有几家被抄得干干净净！”门达道。

“大人恕罪！”逯杲深作一揖，心安理得地说，“这事卑职不是不禀报，是卑职也不知道。”

“你不知道？”门达不可能相信。

“是。卑职只留意罪人是否抓到，别的一概不曾留意。”逯杲说。

“你不曾留意，好，好！”门达气得无话可说。

逯杲更气人的话还在后面。他说：“卑职劝大人也不必留意。”

“我是不想留意，但主人留意，怎办？”门达道。

“主人留意，大人也不必留意。”逯杲说。

“这话太出格吧！”门达道，“主人留意，要用鞭子抽打，要用链子把狗拴起来。狗再恶，还能去咬人吗？”

“主人把狗拴起来，若是给人看的呢？”逯杲问。

门达还有许多牢骚话，一下都被噎回去。自打被皇帝训斥，他还没从这个角度想过。

“老逯，你再说！”门达想听他进一步的解释。

“大人请想，主人养狗，为的何事？”逯杲的解释更有条理，“狗咬人咬得多，咬得狠，主人至多是用鞭子抽打，用链子拴起。但狗要是怕鞭子抽打，怕链子拴起，从此不再咬人，主人还会养它吗？主人恐怕会一棍子把它打死！卑职斗胆，和大人一起当一回狗。为大人计，卑职以为，与其怕被鞭子抽打，怕被链子拴起，而被一棍子打死；不如做条恶狗，该咬人时，便猛扑过去。故卑职说，只留意逮人，不留意其他。”

门达边听边琢磨，觉得他这一番话不是没有道理。不过，被鞭打的人，被拴起的人，不是他，所以他说得轻松。轮到他时，他会怎么说？

“老逯啊，一旦被拴起来，你还扑得出去吗？”他问。

“这事，卑职也想过。”逯杲说。

“怎想的？”门达问。

“有个法子，不妨一试。”逯杲放出钓饵。

“你说！”门达道。

“找出那个把鞭子交给主人的人，狠狠咬上一口。”逯杲说。

“你是说，有人在主人面前说我等的坏话？”门达问。

“一定有这样一个人。”逯杲十分肯定地说。

“你可知是谁人？”门达问。

“略有所闻。”逯杲不直接说出其人，让门达去想，“大人也知道，不是主人最信用的人，无法使主人抽打大人。”

“你是说忠国公？”门达首先想到石亨。

“他没这个机会，也没这个心思。”逯杲轻蔑地说。

“那就是李阁老。”门达道，见逯杲没任何表示，他知道自己说对了，“咬他一口，并不容易。”

“但机会还是有的。”逯杲似乎捏住李贤的把柄。

“你说！”门达道。

“日前，他在主人面前推举山东布政使陆瑜掌刑部；有人举报，陆瑜是往相府送过大礼的。”逯杲说。

“你是说，举报？”门达特别留意这两个字。

“或曰：传言。”逯杲改用两个字。

“老逯啊，举报和传言，可是大不相同的。”门达说。

“在我看来，无甚不同。举报是到大人这里决断，传言也是到大人这里决断。”逯杲若无其事地说。

“传言到老逯这里，自然是老逯决断。”门达将逯杲一军。

“可主人抽打的是大人呀！”逯杲轻而易举地化解。

门达想，可以试一试。李贤当面对他还算客气，谁知背后却拆锦衣卫的台；要是不还以颜色，以后锦衣卫的差事不好办。管他举报还是传言，反正有来处，皇上若追问，不妨把逯杲推出去。

十月二十四日，皇帝巡幸南海子。南海子是京城以南约二十里处的一片水泽，方圆约有一百六十里，是皇家行猎的场所。

皇帝立马于晾鹰台下，搭箭弯弓之际，想到正统初自己年幼时阅武的情形，想到亲率六师北征的情形，想到北狩一年风餐露宿的情形，感慨万分。这一箭射出去，颇有力道，正射中一只獐子。

于是，从猎者齐声欢呼吾皇万岁。

晾鹰台上架起幄帐，皇帝端坐于帐中，命勋戚、武将驰射，扈驾文臣则于台下观阵。

石亨猎得一雉，率先献于驾前。皇帝命赐酒馔，并召石亨上台说话。

“穿颈而过，石爱卿好箭法。”皇帝手提他的猎物，称赞道。

“此乃皇上洪福，非臣之力。”石亨道。

皇帝把死的野鸡交给一名近侍，另一名近侍连忙呈上一方黄帕。皇帝擦去手上沾的血，问石亨：“定远伯与卿相比，如何？”

问到石彪，石亨忙应道：“石彪善力，不善射。”

“爱卿这么说，朕倒不信。朕先与爱卿说一会儿话，再专门去看他的箭法。”皇帝说。

“石彪在家中养病，并未随驾。”石亨禀奏。

“对，他是告病从延绥回京的。少年壮志，理当效力于疆场，不必徘徊于猎场。”

皇帝说。

“皇上的勉励，臣转示家侄。”石亨道。

“但让他好生养病，别以为朕催着他赴边。”皇帝又说。

“皇上的关怀，臣更要转达。”石亨道。

“石爱卿。”皇帝唤一声，招手示意。等石亨往前走两步，皇帝小声说：“有件事，朕要问问你，却不欲别人知道。”

“是。”石亨也小声应着。他心里纳闷：这个“别人”是不是也包括近侍呢？要是不包括近侍，台上说话，台下是很难听到的；要是包括近侍，为什么不让他等退后？看来，皇帝只是做出一种姿态。

“近传李卿因贿荐人，爱卿可知？”皇帝问。

石亨且喜且警。喜的是，皇上有好久不和他谈论大臣的是非，特别是谈论亲信文臣的是非。皇帝多次召亲信文臣入宫议事，特别是单独召李贤入宫议事，而把他摈弃在外，让他感到失落、彷徨和气愤。他深知，这种状况对他是很不利的；他想插入皇帝和亲信的文臣之间，加以离间，却苦于找不到机会。今日，机会却从天而降。警觉的是，关于李贤得陆瑜贿赂而相荐的传言已经渐渐平息，皇帝怎么才想到问自己。

“皇上指的是——”他故意问一句，以延长思考的时间。

“内阁大学士李贤。”皇帝懂得他的心思，并不逼迫他说。

“噢，此事臣听说过。”石亨道。

“只是听说过？”皇帝又问。

“偶尔也与别人议论几句。”石亨说。

“爱卿是如何议论的？”皇帝问。

“臣李贤从未传出秽闻，臣为他可惜。”石亨说。

“这么说，李卿受贿一事，爱卿深信不疑？”皇帝问。

“在信、疑之间。”石亨不敢把话说死。

“终归是信在前边，对吧？”皇帝问，“爱卿先信其事，为何？”

“缘于数端。”石亨边回话，边打着腹稿。

“那好，爱卿一一道来。”皇帝命道。

“其一，推举大臣，非内阁之职，他理当回避。”石亨说。

“其二呢？”皇帝问。

“前者推兵部尚书，他提出宜于廷臣中选；今次推刑部尚书，他却推举方面官。十三布政司、按察司正职四五十人，他若推举二三人，供皇帝择用，那还好说；他却只认准陆瑜一人，不由人不疑。”石亨说。

“其三？”皇帝问。

“陆瑜恰好又与他同年。”石亨说。

“还有吗？”皇帝问。

“臣想到的，只有这三事。”石亨答道。

“那朕再问你一事，贿荐之言纷传，朕为何仍取用陆瑜？”皇帝问。

陆瑜升任刑部尚书是十几天前颁旨的。这个问题石亨早想过，不然，谈论此事不会含蓄、隐讳。他说：“臣想，皇上定有深意。”

“朕也没什么深意。”皇帝摇着头说，“朕用陆瑜，原因很简单：朕对李卿，信而不疑；贿荐之言，朕疑而不信。”

“皇上鉴人，自然比臣等精准；不过——”石亨欲言又止，没说出口的话是：对我讲的三事，总得有个说法吧。

“爱卿所言三事，并非无稽之谈，朕要有个交代。”皇帝说，“其一，于用人一事回避。大臣职责之一，是为国举荐贤才，推举五府都督，各营提督，各镇总兵，石爱卿不是也不回避吗？这一点，朕不多说。朕要说的是，李卿每次荐人，都是朕询问于他。他还屡对朕言，推用文臣，宜询于吏部尚书王翱；推用武臣，宜询于兵部尚书马昂。他越是这样说，朕对他所荐的人越是放心。石爱卿，你说呢？”

“皇上说的是。”石亨应道。他感到脸上有汗，但不敢用手去擦。

“其二，推举方面官为七卿。”皇帝接着说，“此事朕也曾有疑惑，问过李卿缘由。他说：推马昂为兵书，是因为外臣无过马昂者；推陆瑜为刑书，是因为廷臣无过陆瑜者。朕想，臣不在内外，要紧的是胜任。李卿说这话，是抓住根本。当然，李卿的话里也有弊病，应改曰：推马昂为兵书，是因为内外臣加在一起，无过马昂者；推陆瑜为刑书，是因为内外臣加在一起，无过陆瑜者。不过，这也怪不得他，因为朕问的是，为何兵书推内臣，刑书推外臣。石爱卿质疑此事，甚是要紧，只可惜没抓住根本。”

“臣见识浅薄，聆听皇上详析，受益匪浅。”石亨喃喃地说。

“其三，推陆瑜有私。”皇帝道，“朕想，与其分辩李卿是否因贿而荐，不如看看他是否因私而荐。或曰：陆瑜与李卿同年，可见他因私而荐。”说着，问道，“石爱卿可知，最早告诉朕，陆瑜与李卿同年的是谁？”

“臣不知。”石亨答道。

“恰是李卿自家，”皇帝道，“李卿告诉朕陆瑜与他同年，若是为标榜外举不避仇、内举不避亲，朕还有所顾虑。但他不是。他是为说明因为同年，故深知陆瑜的长处。石爱卿，你倒是说说看，朕还有理由怀疑他荐人有私吗？”

“微臣也不该疑其有私。”石亨道。

皇帝看他一眼，问：“朕觉得有些冷，爱卿怎却出汗？”

“臣误信传言，深自愧疚。”石亨刚好有句话可以解释自己的窘迫。

“好，擦擦汗吧。”皇帝道，“朕与爱卿说这些话，也是期盼你文武之间和衷共济，不负朝廷倚重。”

“臣牢记圣谕。”石亨叩谢皇帝的教诲。

逯杲怎么也没想到，皇帝会把自己叫到晾鹰台上去说话。他自然欣喜非常，至于是福是祸，则顾不上多想。

“逯杲，朕复位之初，你官何职？”皇帝闲聊一般地问他。

“微臣无职，只是个校尉。”逯杲说。

“不到两年，竟升至指挥佥事，且是锦衣卫指挥佥事。逯杲，你的本事不小呀！”皇帝不动声色，听不出是褒是贬。

“微臣并无本事，全是陛下恩眷。”逯杲说。

“不，你本事还是有的。”皇帝道，“远的不说，近者接连查出英国公张辅、太平侯张瑾、会昌侯孙继宗等侵夺官田一事，你不仅有本事，而且也有胆量呀！”

张瑾是张軏之子，张軏死，袭爵。

“若非陛下英明，微臣有再大的胆量，也不敢查访此事。”逯杲说。

“不过，你办成这么大的事，朕未赏赐，有点儿对不住你。”皇帝说到这里，口气稍变。

逯杲一惊，知道这话非同小可，自己一定办错什么事情。

“微臣只求效犬马之劳，不求恩赏。”他说。

“不求恩赏？不对吧！”皇帝哼一声，“不求恩赏，你为何查出勋臣违禁事，仍不知足，又去查访内阁？”

逯杲已知皇帝为的哪件事；也知道与门达计议的那件事，已被皇帝问出。他稍稍辩道：“微臣不敢刻意查访内阁。”

“不是刻意查访，怎么十个人中有九个说，此事传播自锦衣卫；十个锦衣卫官员中有九个说，此事传播自你？”皇帝喝问。

“微臣最初仅禀报卫使。”逯杲想把责任推到门达身上。

“你别牵扯他，只说你自家！”皇帝把他堵回去。

“是。”逯杲应道，“微臣最初听得此事，想起平日陛下对李先生何等信任，不由得义愤填膺，故而和别人说起。”

“这么说，你是为朕抱屈？”皇帝又堵住他嘴，“你用心是好的，不过，别把朕牵连进来。”

逯杲知道不能再找借口。他说：“微臣知错。”

“当真知错？”皇帝问。

“微臣不敢欺君。”逯杲道。

“错在哪里？”皇帝问。

“微臣为朝廷理刑，不是言官；言官可以风闻奏事，微臣行事只可依真凭实据。”逯杲说。

皇帝看逯杲好一会儿，没有说话。

“微臣说错？”逯杲更加担心。

“说得好呀！”皇帝却大加称赞，“这番话，朕看不但言官说不出来，法司官多半也说不出来。”复问，“你几时知错的？”

“陆大人到刑部，微臣即知错。”逯杲说。

“那你比某些位尊爵高者聪明，他等明知朕不信传言，还要在朕面前说说道道。”皇帝冷笑着说。

说位尊爵高，而不说位尊官高，指的无非是那么一二人。

逯杲本可以趁机说那么一二人几句坏话，以博得皇帝欢心。但他却说：“总之此事由微臣而起，微臣愿领罪。”

“你既知错，且愿领罪，朕就给你个机会。正好这里有个差事，你去办吧。”皇帝说。

“微臣叩谢隆恩。”逯杲说着跪倒，三叩首，然后起身。

“这可是个外差。”皇帝说。

“天涯海角，微臣愿往。”逯杲道。

“天涯海角倒不至于，却可能是个火坑。”皇帝说。

“水深火热，微臣不辞。”逯杲道。

“好！”皇帝满意地点点头，吩咐近侍，“你等退下。”

不但逯杲顿时感觉到殊荣，近侍们也感觉到事体重大。就在同一地点，皇帝与忠国公密议，不过放低话音；而与逯杲密议，却要他等回避。

等近侍们退到台下，皇帝招手，命逯杲近前。这回他不是做个姿态，而是真不想让第三个人听到他们的谈话。

“你去过大同吗？”皇帝问。

“微臣不曾去过。”逯杲答道。

“可你曾差人去大同。”皇帝说。

“是，微臣奉陛下旨意，三次差人去大同。”逯杲回答。

“这次你亲去，从去过大同的人中挑选三五精干者同行。”皇帝吩咐。

“微臣遵旨。”逯杲应罢，微微抬头，向皇帝望过去，似乎在问：陛下差微臣去做什么？

皇帝的回应是提问：“你曾告朕，大同指挥石庆，多结党人，行事不法。还记得此事吧？”

“微臣记得。”逯杲回奏。

“你可知石庆为定远伯之弟？”皇帝问。

“微臣知道。”逯杲回奏。

“在禀奏其不法事时就知吗？”皇帝问。

“那时尚不知。”逯杲回奏。

“那时若知，你还会如实禀奏吗？”皇帝问。

逯杲认真想了想，至少样子像认真想了想，然后说：“莫道石庆不是定远伯，就是定远伯，他总不如英国公吧？英国公有不法事，微臣也会如实禀奏，何况是他！臣眼里只有陛下，只有朝廷，没有其他。”

“好！”皇帝这是第二次为他叫好，“朕找你办这个差，看来找对人。逯杲，朕要你去大同，第一件事，就是将石庆诸不法事坐实。”

“微臣前者所奏，足以治他罪。”逯杲说出己见。

“但不足以治他死罪。”原来皇帝不是要一般治他个罪，皇帝又说，“而且，你前者所奏，并非真凭实据。”

“微臣知道。”逯杲应道。

“再有，你前者所奏，石庆多结党人，究竟有谁？”皇帝问。

“微臣记得，有都指挥朱谅。”逯杲回奏。

“结一人，不能说是多结党人。”皇帝道。

“其他还有数十人。”逯杲道。

“这也要坐实；数十人，亦非真凭实据。”皇帝说。

"是，微臣一人一人坐实。"逯杲道。

"此事须办得缜密。朕降旨处置之前，不可在大同外泄，尤其不可泄于京里。"皇帝嘱咐。

"是，微臣在锦衣卫里也不张扬。"逯杲应道。

圣驾田猎，武臣献射艺，文臣献诗赋。翰林学士刘定之以七律诗纪之，诗云：

圣明天子中兴年，大阅军容故卜畋。
射雁得书卑汉武，贯鱼入咏迈周宣。
追风玉勒从晨出，吹月金茄及暮旋。
有获应为王者佐，属车命载着先鞭。

他只看到军伍浩荡，猎物丰阜，要是得知皇帝与石亨、逯杲的两番谈话，他一定会为诗写得太平淡而后悔。

# 第九十五章

天顺三年四月初一日，赐内阁大学士李贤、彭时、吕原，吏部尚书王翱、户部尚书沈固、兵部尚书马昂等游西苑。游苑之事原本少不得礼部尚书，但礼部尚书、兴济伯杨善去年五月病逝，从那时至今将近一年，未推举新的礼部尚书。

王翱行走迟缓，怕误时辰，提前来到西华门。

第二个到的是彭时。与王翱对揖行礼。寒暄两句后，他问："九皋先生还记得曹主事否？"

"吏部曹主事吗？"王翱反问一句，见彭时点头，他说，"我不但记得他，还记得他是去冬回籍养病的，还记得他与彭学士是同年。"说着，问道，"怎么，他近日有书信与纯道先生吗？"

"并无书信。"彭时道。

"那纯道先生为何问他？"王翱觉得奇怪。

"有人从河南来，提到曹兄近况。"彭时说。

曹主事名恂，是河南光州人。和彭时同年，算起来为官十年，却只做到主事，尽管是吏部主事，可谓宦途坎坷。

"纯道先生不必再说。"王翱有点儿怕提到曹恂，"曹主事一息尚存，一定是切齿骂老夫。"

"老天官为何这么想？"彭时问。

"他以为是我耽误他的前程。"王翱道，过去差不多半年，想起此事，他心里仍有些郁闷，"说起来，我虽不是有意耽误他的前程，他被迫回籍，却与我有些干系。"

"老天官莫多心，曹兄无论说起此王老天官，还是彼王老天官，一直是敬佩的。再者，主事外迁参议，也是优擢呀。他要去的，正好是敝乡。我记得，为他送行时，我还和他讲过不少江西的风土人情呢。"彭时说几句宽慰的话。曹恂升迁江西布政司参议，是去年十一月间的事。

另一个王老天官，自然是王直。要是说曹恂在主事任上滞留太久，王直的责任应该比王翱更大。

“是啊，参议之迁，优于知府。我和本部其他堂官计议时，都以为他在吏部多年，勤勉于职事，宜有此迁。谁知，谁知才行至通州，就因昏厥，不得不返京。”王翱说着，问道，“纯道先生，他平日可有此疾？”

“我向几位与他交好的同年打听过，都不曾听说过他有昏厥之症。大家还叹息，此乃天意吧。”彭时道。

“我奏于朝廷，准他以主事回家养病，实是无奈，且悯他久任于吏部。他怎么反而责我使奸，骂我老贼呢？”王翱实在想不通。

也难怪他想不通，那日他走到端门外，不意被曹恂当胸揪住，边掴其脸，边向在场的锦衣卫官员呼叫：“此奸诈老贼，当擒之！”属吏与堂官发生纠纷，时或有之，但当众殴打辱骂，可是极为严重的事件。王翱被皇帝视为朝廷重臣，被朝廷上下视为前辈，怎么也想不到这类事件会发生在自己身上。

既是事件，王翱本人必须奏闻；不过，他的言词可能会缓和一些。但此事正好被石亨撞到，一是为在文官中树威，二是为向王翱示好，他的陈奏比事件本身还要严重。皇帝本来要重治曹恂之罪，倒是由于王翱说情，只是将他逐回家乡，由有司看管，不再录用。

“我回去后静下心想想，一则大病之后，二则失去机会，曹主事有狂暴之举，有情可原。说实话，我虽婉言于朝，还是觉得对他的处分稍重。这绝不是我本意。”王翱说。

“老天官爱惜士人，即曹兄本人，也是心感的。”彭时道。

“你是说，他欲向我表达歉意？”尽管曹恂不可能再被起用，王翱还是希望他心里的怨恨能够消除。

“他若到得京城，或会当面向老天官致歉。但从河南来的人并没说他的这番心意，而只说一件事。”彭时道。

“何事？”王翱问。

“他说，曹兄一回到光州，病即大愈。”彭时说。

“果如纯道先生所言，此乃天意。”王翱叹息不已。

在二人说话之间，其他人陆续来到。

司礼太监怀恩很少在其他衙门走动，因此，认得他的只有内阁几位大臣。见他从西华门内走出来，李贤迎过去，与他招呼。

“怀公公，哪里去？”李贤问。

“奉旨，侍老先生们游西苑。”怀恩说。

“有怀公公引导，真是好极。”李贤说着，朝他一揖，并和他一同来到众大臣面前，“怀公公今日与我等同行，若以司礼监为内翰，这位怀公公可是当之无愧呀！”

“不过略识几字，怎当此称！有愧，有愧！”怀恩揖道。

“有劳怀公公！”众大臣皆揖道。

“各位大人请。”怀恩让了让，引众大臣向西走。

奉旨游苑，走快走慢，可从心所欲，无须排班。但众大臣都不会和李贤、王翱二人抢行，于是，怀恩陪着他二人走在最前，其他人或行于侧，或行于后。怀恩讲解苑中各景，面对的是李贤、王翱，其他人都听得到；其他人询问，他也都会回答。

西华门往西，过护城河上小桥，直接面对的是西上中门。进门后，两侧都是内监衙门，没什么好看的。等到再进一门，西苑的景色忽展现在眼前。这座门被称作西苑门，是西苑的东门。

“各位大人，此即太液池。”怀恩指着眼前的湖面说。

大臣们从长安街上走过，或是从西安门、北安门外走过，都知道里面是太液池。但被皇城一堵高墙阻隔，他们只能在心里揣摩它的大小，今日终得见太液池真面目，无不惊叹其大、其瘦。说大，是因为把被河桥分割开的几大块连接起来，无疑有数百顷。说瘦，是因为由南至北，长六百余步，以一里二百四十步计，有两里多；而由东西至，阔不过百步，中间一段，尤显得纤细。

怀恩引众大臣走到池边，任各人漫步。

沿着池岸长着一片蒲苇，马昂探身去摸。

“伯颙先生，当心！”怀恩忙叫。

马昂受惊，往后退两步。他问：“怎么？”

“那是个陷阱。”怀恩说，“蒲苇在岸在水，分辨不清。你以为在岸，其实在水，一不小心，会跌落水里。”

“怀公公上过它的当吧？”马昂问。

“我走路小心，不曾落入它彀中。不过，却有人错走一步，跌落下去，饱饮池水的。”怀恩说。

马昂不敢再冒险，但仍盯着蒲苇看。看一会儿，他问吕原：“逢原先生，你看这片蒲苇似何物？”

“似水草。”吕原随口一答。

“怎叫似水草，它本身就是水草。”工部尚书赵荣说。

“伯颙先生问我似何物，我看不出来，只好说似水草。”吕原辩道，并诘问，“孟仁先生，你看得出它似何物吗？”

"要我看，他只似蒲苇，不似其他。"赵荣说。

众人皆笑。似蒲苇，比似水草更加荒唐。

"怎不似其他？难道不似剑戟丛立？"马昂不服气地说。

众大臣从不同的方向看去，果然有几分像。

"大司马就是大司马，不忘本职。"赵荣道。

"不过，只能似仪仗剑戟。不然，它生的就不是地方。"彭时说。

"纯道先生说的是。"众人都同意。

怀恩引众大臣沿池边北行。一路上，草色铺岸，花香怡人，各种树木好似武士，或在比较其粗壮，或在比较其高大。

"怀公公，这是杏树吧？"吕原指着一棵果树问。

"似是桃树。"沈固驳道。

"错。桃三杏四，而今可是四月。"吕原又驳。

"四月朔日，该树花已零落，只是未落尽而已。"沈固又驳。

"沈尚书说的是。"怀恩笑着裁判，为避免二人再争论，他指着一处树木说，"此柳乃辽代之物。"指着另一处树木说，"此榆年代更久远。"

众人见那柳树被枝条压弯，有如老态龙钟；那榆树苍劲，确有古风。他等无不啧啧称奇。

约行百余步，到得一个去处，如园中之园。

"此处为椒园。"怀恩向众人介绍。

"怀公公，是草头蕉，还是木边椒？"赵荣问。

怀恩被问住。他挠着头皮，不好意思地说："我等平日椒园、蕉园地叫惯；至于是草头，抑或木边，未曾探究。"

"此处并无蕉叶，自是椒园。"赵荣说。

"没有蕉叶，难道就有椒类？"吕原驳道。

"木边椒者，不一定是花椒、胡椒。如椒丘者，难道一定要生满椒类？"赵荣又驳。

"椒丘者，即便未生满椒类，亦取其形。你上下左右看看，此处可有椒形？"吕原又驳。

他二人由椒园争到椒丘。椒丘，出于屈子《离骚》，其辞曰：步余马于兰皋兮，驰椒丘且焉止息。前人注释，一称"土高四堕曰椒丘"，一称"丘多椒也"。吕原、赵荣各取一义。

二人争执不下，还想找怀恩裁决，怀恩早躲到一边去。

“原德先生，你来裁之。”赵荣拉住李贤说。

“我裁不了。”李贤连连摆手。

“一词而已，有何裁不了？”沈固问。

“你想啊，”李贤道，“一边是大学士，一边是大司空。我若依孟仁先生，却没有逢原先生学问大；我若依逢原先生，日后孟仁先生修缮此地，加以一匾，偏用木边，我这脸岂不丢大！”李贤说。

众人笑成一团，都以为这可以算作今日游苑中的一个典故。

“原德先生既不能裁，只得存疑。”王翱说。

“我却有一法子。”沈固说。

“有何妙法，快说！”赵荣催促。

“不如请圣上提个匾额。提的是草头，即为‘蕉园’；提为木边，即为‘椒园’。”沈固说。

“此法不妙，圣上若是垂询，我等不还是要争论不休。”赵荣说。

“我说的是法子，又没说妙法，妙字是你加上去的。你说不是妙法，只好到修缮之时，自家去想妙法。”沈固嘲笑道。

“诸位大人莫要争论蕉、椒二字，还是来看看园中的景物吧。”怀恩不忘自己引导的责任，适时出面招呼。

园中的树木。与前面看到的不同，以松柏为主，枝叶苍翠。园中一殿，为圆形，殿顶金碧掩映，四面空旷，想来殿内一定豁亮。

“该殿圆形，名崇智殿。万岁至西苑观灯，常在里面小憩，故内臣们称其为行殿。”怀恩介绍。

有的大臣因崇智殿形状特别，本来想进殿里看看；但既有行殿之称，不管是不是真的行殿，也不好进去。

“殿南小池名金鱼池，内养金鱼不下数十尾；殿西临水小亭，名翫芳亭，外绕芳木。”怀恩接着介绍。

大臣们有的往西去，有的往南去。

马昂本来是随李贤、王翱等去看小亭的，在绕着芳木寻找入亭的路径时，赵荣在金鱼池畔叫道：“大司马，速来！”

马昂见他和沈固看着池中，谈论甚是激烈，遂快步走去，边走便问：“孟仁先生看到什么好东西了？”

“金鱼池里，自然是看金鱼。”赵荣说。

“早知是看金鱼，先去亭上，再来池边，也不为迟。”马昂怪道。

“不必等到那时，眼下你已然来晚；仲威先生与我看到的景象，不复再见。”赵荣说。沈固字仲威，南直隶丹阳人，永乐年间乡举出身。

“我看，仲威先生未必似你大惊小怪。”马昂说着，走到池边。

“不然，池中景象，着实奇特。”沈固却说。

马昂向池里看去，只见池水清澈可见，水底是一簇簇水草，一块块卵石。池里数十尾金鱼，缓缓游动，转弯时动作齐整。向左转时，左侧的金鱼游在前面；向右转时，右侧的金鱼游在前面；向后转时，后面的金鱼游在前面。

“伯颙先生见此景象，不陌生吧？”赵荣问。

“我又不养金鱼，怎见得到此种景象！”马昂道。

“我指的是队阵。”赵荣说。

“你是说，这些鱼儿曾经训练？”马昂仔细观看金鱼游弋，也不由得惊叹，“此时的水池，确似一演兵场。”

“你不再说我大惊小怪吧？”赵荣颇为得意，“方才队阵与此时不同，我说是一字长蛇阵，仲威先生说是两仪四象阵。这会儿若让你裁之，是难为你了；你只说说，此时鱼儿演的是何阵。”

“当然是八卦阵。”马昂胡乱说一个。

“连八卦阵都演练得出来，你说奇特不奇特！”赵荣道。

“优哉游哉，有条不紊。我看，倒像是受皇家气派熏染。”马昂说。

“伯颙先生此喻，更为传神。”沈固赞道。

“伯颙先生，翫芳亭中，有无可玩者？”赵荣问。

“尚未入亭，已觉奥妙无穷。你看，原德先生、九皋先生等身在亭中，不知有几得意！”马昂的话，几分是真情，几分是夸大。

“有何奥妙？”赵荣问。

“你可知翫芳二字缘何而来？”马昂反问道。

“怀公公不是说，绕匝之树名曰芳木吗？”赵荣道。

“该树貌不惊人，为何称作芳木呢？”马昂又问。

“因其环绕翫芳亭呀，还有别的缘故不成？”赵荣道。

“孟仁先生真能纠缠，究竟亭以木名，还是木以亭名？”马昂问。

“自然木以亭名。”赵荣说。

“不然，或亭以木名。”沈固驳道。

“既以名亭，怎会亭以木名呢？”赵荣又驳。

“于亭赏木，怎么不会以木名？”沈固又驳。

“仲威先生的毛病，就是分不出主客。请教，亭者，木者，何为主，何为客？”赵荣又驳。

“反客为主，也是有的。”沈固说。

“反客为主，主终为主，客终为客。”赵荣说。

“孟仁先生的长处，就是善辩。”马昂插话。

“伯颙先生，芳木因何而得名？”沈固问。

“仲威先生走近该木便知。”马昂看赵荣一眼，开玩笑地说，“孟仁先生就不必去，留在这里观赏金鱼队阵吧。”

“我为何不去？我不去，岂不任他说东即东，说西即西？”赵荣道。

他拉着沈固，一起往翫芳亭走去。马昂笑着跟在后面。

走到半途，一阵香风，扑鼻而来。正好多位大臣等从亭中出来，赵荣拦住李贤问：“原德先生，芬芳之气来自该亭，抑或来自该木？”

“木名芳木，孟仁先生说自何而来？”李贤道。

“如此说来，该木因自身芬芳而得名？”赵荣问。

“不然，还会因何而得名？”李贤道。

赵荣本想说，还会因亭名“翫芳”而得名。但面前的事实，分明是该树有一股奇香，他自己也知道，再辩此事定被视为无聊。于是，他向着沈固一笑。沈固以为他要认错，不料他却问：“仲威先生既知此木为芳木，可知芳木来自何处？”

“不知。”沈固回答。

“原德先生可知？”赵荣又问李贤。

“不知。”李贤也回答。

“何不问问怀公公？”赵荣终于有件事想在前面，很是高兴。

“我等皆可不问，孟仁先生却不可不问。”李贤道。

“为何？”赵荣问。

“修缮翫芳亭，若有木不寿，好去产处搬取呀！”李贤说。

众人都知道这是说笑，赵荣却皱着眉，四处寻找怀恩，嘴里还念叨：“不错，此事不可不预为备。”

“孟仁先生不必找，我问过怀公公。”李贤说。

“他怎么说？”赵荣忙问。

“他亦不知。”李贤道。

怀恩已经继续往北走。他回过头，笑着说：“前去奇花异树更多，孟仁先生不可只留恋此一处芳木。”

果然，往前走一段，又是一番天地。前临一桥，怀恩介绍说，此桥俗称玉河桥。过玉河桥，即一小山，上以砖石围出一城。怀恩介绍说，此城俗称云城。城门看守内臣，已得消息，知道众大臣来游。远远看见怀恩在指指画画，大开城门迎迓。

众人拾阶而登，到城上，迎面看到三株古树。树干参天，苍劲无比；枝杈探伸，如龙奋爪。城中又有一圆殿，巍然耸立。怀恩介绍说，此殿名承光殿。

众人立于城上，四面眺望。北面于池水环抱之中，有一岛。不用怀恩介绍，众大臣都知道，该岛名琼华岛。岛中一山，比云城高大得多。不用怀恩介绍，众大臣也都知道，该山名万岁山。

“正月十五日，万岁则奉皇太后至此观灯。”怀恩说。

“据云城，不仅可见宫中灯火，即京城景象，亦尽收眼底，正可谓与民同乐。”王翱发一句感慨。

“万岁听到九皋先生这句话，定然欢欣鼓舞。”怀恩说。

“怀公公，我看偌大西苑，当以琼华岛景色最佳吧？”吕原问。

“逢原先生这山望着那山高。已过各处，有哪一处景色不佳！”赵荣又想和他争辩。

吕原却不想争辩，顾左右而言他：“怀公公，是由那座长桥进岛吧？”

向西望去，有一石桥，由城下直达琼华岛。

“是，”怀恩应道，“逢原先生请先行，我陪着九皋先生慢慢下城。”

“孟仁先生也陪陪老天官吧。”吕原想把赵荣留在后面。

“不，我要先行。”赵荣不答应。

“那我陪着九皋先生。”吕原说。

“不，逢原先生与我同行。”赵荣仍不答应。

“同行可以，但你我这次只赛腿，不赛嘴。”吕原说。

“有何不可，赛腿我就输与你吗！”赵荣道。

于是，众大臣有的先走，有的后走，有的快走，有的慢走。赵荣与吕原有约，率先下城，率先过桥，来到琼华岛上，万岁山下。

万岁山南麓有三门，二人不敢擅入，边等其他人，边说闲话。

“逢原先生，你我谁赢？”赵荣问。

“分不出输赢。”吕原说。

“既曰赛，总有一赢，怎会分不出！”赵荣道。

“孟仁先生说自家赢，我也一定说自家赢。又无旁证，怎会分得出输赢！”吕原说。

“我若偏说逢原先生赢呢？”赵荣问。

“那我也只好说孟仁先生赢，仍分不出输赢。”吕原道。

怀恩陪同王翱最后走到。他说：“各位大人请随意入内登山。”

虽说随意，但众大臣都知道，正中一门是御道，走不得。他们或从东门入，或从西门入，在内流连片刻，随怀恩登山。

山路虽不陡峭，然蜿蜒崎岖，折转向上。路阶以石板铺出，走不多远，见一峰突起，乃以石块叠成。放眼望去，处处可见奇石。而垒石之间，又处处可见岩洞。

“此山岩洞甚多，通往各处。”怀恩说。

“可否达山顶？”赵荣问。

“或达山腰，或达山顶，或行一小段则碰壁。孟仁先生有兴致，不妨找一个洞试试。”怀恩道。

赵荣兴致是有，却又担心。

“洞里可有火烛？”他问。

“火烛未备，伴侣却是有的。”怀恩说。

“是何等伴侣？”赵荣问。

“不外乎蛇蝎之类。”怀恩道。

“不去，不去，还是走在光天化日之下吧！”赵荣忙收心。

道旁一洞较大，怀恩介绍说，此洞名吕公洞；一峰甚奇，怀恩介绍说，此峰名翠云峰；一庵孤立，怀恩介绍说，此庵名仙人庵。左转右折，忽现一平台，有三殿并列。怀恩介绍道，当中一殿名仁智，左首一殿名介福，右首一殿名延和。

稍事歇息，怀恩引领众大臣从平台东端走至西端，然后沿西坡一径登至山顶。山顶甚是空旷，当中一殿，栋宇宏伟，如插于云霄之上。怀恩介绍说，此殿名广寒。左右各峰，分布四亭，怀恩一一介绍，名曰方壶、瀛洲、玉虹、金露。

“名曰广寒，确有置身月宫之感。”沈固赞道。

“仲威先生若从殿内走一遭，更觉殿若其名。”怀恩说。

众大人相伴进入殿内，有如身在清虚之中，寒气逼人。即便在初夏之日，也凉爽如深秋，感觉不到一丝暑气。众大臣无不称奇。

“于四亭观景，情趣又不同。”怀恩说。

他引众人沿山径行走，忽上忽下，来到一峰。峰间小亭，是他先前介绍的方壶亭。其亭前方，即临悬崖；后身，却是石壁。石壁间有四孔，怀恩介绍说，该孔为观景而凿。众大臣各据一孔，往下望去，只见宫阙峥嵘，宛若图画。

“其他三亭，大处同小处异，诸位大人不必一一亲临吧？”怀恩征求众大臣的意见。

众人都说好，他们中的大多数，的确感到累不可支。

循径而下，先是往东，转而往北。怀恩手指位于北坡的一殿宇，介绍说，此殿名凝和。凝和殿两侧各有一亭，怀恩介绍说，一亭名拥翠，一亭名飞香。

拥翠、飞香，不仅对得工整，且极是典雅。文人雅士本该议论几句，但下山之际，步履颇艰，众大臣只顾得看清脚下。连喜欢饶舌的赵荣，也没心思与人拌嘴。

直到下至万岁山的东南脚，众大臣才松一口气。

“听公公们说，万岁山俗称萧太后梳妆楼。”赵荣眼望身后之山，问吕原，“逢原先生，你说她在哪一殿梳妆？”

“孟仁先生又有气力赛嘴。”吕原笑他。

“我存心请教，怎是赛嘴！”赵荣道。

“那我告诉你，山上殿宇皆本朝建，没一处她曾在内梳妆。”吕原说。

“那为何有梳妆楼之称？”赵荣问。

“或因此山为辽人堆积。”吕原说。

“那该称作梳妆山呀！”赵荣道，他推测，“既称梳妆楼，总有一处应是昔时萧太后梳妆楼的遗址。”

“那我再告诉你，某一处或为梳妆楼遗址。”吕原说。

“逢原先生‘某一处’大妙，要将‘某一处’坐实为‘彼一处’，全赖孟仁先生。”沈固道。

“为何费力之事全要我去办？”赵荣不乐意。

“你是大司空嘛！”沈固道。

“你还是大司徒呢，就无考古之责？”赵荣心知户部尚书确实没有考古之责，忙把话岔开，“逢原先生还不快走，你我已落后多矣。”

他二人在太液池的西北角赶上众人，李贤正指着一处水闸问：“怀公公，太液池的水是从此处流入的吧？”

“原德先生说的是，”怀恩应道，“闸口设于桥下，桥的对面是后湖，太液池的水正是从后湖流入。”

赵荣才喘匀气，立刻加入他们的谈话：“怀公公知道太液池水自后湖而入，可知后湖的水自何而来？”

“这要请教孟仁先生。”怀恩笑着说。

“是来自玉泉山。”赵荣说，“玉泉山水沿渠东来，经西直门外高梁桥，一分为二，一绕外城，一自德胜水闸流入后湖。”见众人脸上都带着笑，他有点儿含糊，“我说得不对吗？”

不仅怀恩，众人无不称“承教”。

“三岁小儿皆知，京城内河源于玉泉山，你当怀公公真的不知道吗？”沈固提醒他说。

“亦知德胜闸否？”赵荣问。

“那却未必。”沈固说。

“故古人云：智者虽智，有不知者，愚者虽愚，有所知也。”赵荣道。

众人哄笑，赞他这句话改得好。

沿太液池北岸西行，到得西苑西北角。角落里一殿，甚是质朴，以草覆顶。殿前、殿后各有一亭，亦以草覆顶。

怀恩给众大臣介绍，此殿名太素，前亭名会景，后亭名岁寒。并说：“我等将沿西岸返回。途中仅翼然殿、水帘洞等一二景，不会耽搁许久。诸位大人不妨在这里多歇息一会儿。”

“孟仁先生听到吗，前面景致不多。”吕原说。

“那又怎样？”赵荣问。

“再不品评，则无机会。”吕原说。

“不瞒逢原先生，我还真有几句话说，”赵荣道，“后亭名曰岁寒，逢原先生不觉得有些蹊跷？”

“有什么蹊跷，无非亭中绘有松、竹、梅等。”吕原说。

“既曰岁寒，就不能是冰雪吗？”赵荣驳道。

“与其临渊羡鱼，不若退而结网，何不过去观看？”吕原不想争辩。

“过去观看是进，非退。”赵荣仍多说一句。

因二人争论，众大臣一同先去后亭观赏。亭顶及四面，绘的果然是松、竹、梅等。

“孟仁先生，你是行家，看看字、画如何？”马昂问。

“我仍觉亭的称谓要改，”赵荣不忘与吕原的争辩，“既然绘的松、竹、梅，不若名之曰三友；或多二字，名之曰岁寒三友亭。”

“普天之下的亭子，恐怕还没有以四字名之者吧。”吕原道。

“此非普天之下的亭子，只是皇家的亭子。”赵荣驳道。

“孟仁先生，可否听老夫一言？”一路上很少说话的王翱忽然开口。

“老天官请。”赵荣立刻住口。

“诸位可知，今日谁人功不可没？”王翱问。

其他人不解其意，都在考虑。李贤却说：“自是孟仁先生。”

“原德先生怎知我的心思？”王翱问。

“若无孟仁先生一路高谈阔论，不但九皋先生早要歇脚，我等多数人也走不到这里。”李贤说。

众大臣再次哄笑，齐向赵荣道谢。

因在太素殿附近歇久，到翼然殿、水帘洞，只能草草一观，难以领略其妙处。时间紧迫，众大臣还要赶往南台昭和殿去赴赐宴呢。

# 第九十六章

一个多月之后，皇帝才抽空阅读李贤呈进的《游西苑记》；或者是，才想谈论一下这篇文章。

“李先生的《游西苑记》，朕已读过。”皇帝说。

“皇恩浩荡，一篇小文，不足以记万一。”李贤道。

“西苑那些朕昔日奉太皇太后、近日奉皇太后游戏之处，应是很熟悉的；但要不是读该记，许多地名朕都叫不出来。”皇帝说。

“这就是古人所云‘不识庐山真面目，只缘身在此山中’。”李贤道。

“这两句是宋人的诗句吧？”皇帝问。

“是苏东坡的咏庐山诗；前两句是：横看成岭侧成峰，远近高低各不同。”李贤答道。

“李白似乎也曾写过咏庐山诗。”皇帝说。

“亦是传世之作。”李贤应道。

“李先生还记得吗？”皇帝问。

“日照香炉生紫烟，遥看瀑布挂前川。飞流直下三千尺，疑是银河落九天。”李贤诵道。

“李诗与苏诗，风格迥异呀！”皇帝评论一句。

“唐人吟诗，重的是景、情交融；宋人吟诗，重的是景、理交融。”李贤也评论一句。

“李先生说得好！朕看，李先生之文，二者兼有之。”皇帝说着，佐以实证，“游西苑记，前面所述，皆景、情交融，结尾处曰‘夫一张一弛，文武之道，赐游西苑，有弛之意焉。然张可久而弛不可多，以岁计之，弛才一日，则又未尝不致谨也’，又为景、理交融。”

“皇上谬奖，拙作焉得与前代锦绣文章并提。”李贤道。

“无论如何，取景、理交融之意，是不差的。”皇帝说，“朕读文至此，自然会想起处置政事。朕每日五更起，首则斋戒拜天；拜天毕，则阅读章奏；时辰到，则谒奉先殿；出，则上朝；朝散，方就膳；膳后，复阅读章奏。凡易决断者，朕命即下有司；难以决断者，朕则命送先生等处参详，务至当乃出。左右常对朕说，陛下自劳，非养生道。又说，内阁不必送，送有司处置即可。此外，朕或每日，或间日，须朝拜母后，即隆冬盛暑，亦五日一朝；稍暇，则须听处内政。凡此种种，亦可谓张矣。然朕荷天下重，不敢有丝毫懈怠。”

“皇上孝母、敬天、精思、勤事，古之贤君，无以复加，愿皇上持此数端，毋得稍衰。”李贤道。

“是啊，一旦安逸，怠荒必至，君如此，臣亦如此。”皇帝说。

听到这里，李贤知道，皇帝要说别的事。

果然，皇帝问道：“李先生曾任过侍郎吧？”

“是，臣先后任过兵部、户部、吏部侍郎。”李贤答道。

“在卿看来，哪部侍郎责任最重大？”皇帝问。

“朝廷设置六部，各有职掌。设置侍郎，以佐正卿；所事不同，难分高下。臣想，如用兵之际，兵侍责任应较其他侍郎重大；治河治漕之际，工侍责任应较其他侍郎重大。”李贤尽量说得委婉。

“一般而言呢？”皇帝一定要他给个直截了当的回答。

“一般而言，吏侍责任应较其他侍郎重大。”李贤说。

“对，吏侍关乎天下人物权衡，非他部侍郎可比。”皇帝点头称是，又说，“朕从未与李先生议过侍郎人选，今日要议一议。”

“是，臣恭聆圣谕。”李贤应道。

“吏部左侍郎孙弘，卿看他胜任否？”皇帝并非真问李贤，问过后，他自己评说一句，“既无识人之长，品行又不足道，朕看他难以胜任。”

孙弘，陕西渭南人，乡举出身，原本是外官，景泰末年赴京朝觐，以乡里情面，让石亨为他谋个京官。皇帝复位之初，又因奉迎有功，升为工部侍郎，不久改吏部。他的升任，既和石亨有关，又和皇帝有关，李贤当然不好明确回答。

“诚如圣谕。”李贤自己不便说，回应皇帝的话，却不难。

“他近日奏丧，朕想，不如趁此机会，速速推一胜任吏侍。”皇帝说。

“既已准其守制，另推吏侍，似不急于一时。”李贤道。

“李先生有所不知，这个孙弘很是无赖。有人称他迎复夺门有功，升到吏侍。为保其位，他说不定会私谋夺情；朕碍于别人的面子，又不好驳他。不如即命新侍郎，堵住他的嘴。”皇帝说。

“皇上虑的是。”李贤应道。

“在卿看来，谁堪其任？”皇帝问。

“以臣观之，宜于礼部二侍郎中择一人。”李贤说。

“二人优劣如何？”皇帝问。

“右侍郎邹幹，为人端庄严谨，然心胸稍狭；左侍郎姚夔，表里如一，有大臣容量。”李贤说。

“那就用姚夔。”皇帝确定下来，随即议道，“朕于夺门复位之际，用过许多人，有些实出于无奈。这几年来处分一批，但冒功占位者，仍不在少数。李先生为朕想个法子，将他等清除。”

“皇上既有此心，不愁天下职官不得人。臣以为，欲天下职官得人，须先正名。”李贤奏道。

“正名？卿此言何意？”皇帝问。

“譬如，皇上方才言及迎复，又言及夺门。臣以为，言迎复则可，言夺门则不可。”李贤说。

“迎复与夺门不是一事吗？”皇帝问。

“于事或为一，于理则为二。”李贤说。

话似浅显易懂，但其中道理却不是一时可以琢磨透的。皇帝命道：“究是何意，卿详析之。”

“天位乃皇上所固有，景泰果不起，若率文武群臣，请出皇上复位，安用如此骚扰！老臣耆旧依然在职，岂有杀戮、放逐等事，致干天象？而群小计无所施，岂得招权纳贿？再者，彼时幸而成功，万一事机泄露，起事臣子不足惜，却置皇上于何地！”李贤道。

这个道理，皇帝自己从来没想过，也没人对皇帝说过。今日听李贤一说，真有振聋发聩的感觉。

当然，疑惑也是有的。皇帝问：“卿彼时为吏侍，亦是重臣。在卿看来，群臣请出朕复位，朝廷能准吗？”

“群臣请于外，太后主于内，未尝不得。”李贤说，“彼时，亦有邀臣共谋此举者，臣有虑于此，拒而未从。”

“依卿所言，该日之举全错？”皇帝问。

“臣只能说，天佑吾皇，助其成功。”李贤道，“即便举事有功，臣以为，也只能称迎复，不能称夺门。言夺，则有犯顺之嫌；‘夺门’二字，岂可示于后人？”

皇帝默想片刻，道：“李先生说的是。”

即日降诏，命内外官员章奏不得再用“夺门”字样；又命吏部、兵部等衙门，议革“夺门”冒功者。

石亨府上的喜酒没喝过几天，就感觉情势不对。

喝喜酒，是为庆贺石彪进侯。去年底今年初，北虏犯榆林镇以西的安边营，石彪与彰武伯杨信率边军御之，转战六十里，斩其平章鬼力赤等以下五百余人，擒四十余人，夺回牲畜两万余。有赞之者称，此乃永乐朝以来西北第一战功。石彪因而由定远伯进定远侯。

这是四月间的事。转至五月，石亨及部属经常挂在嘴边的“夺门”二字却不许说，因“夺门”功而加官晋级的部属纷纷落职。

老谢的话，听不得！四顾无人时，石亨终于说句心里话。

但不听谢昭的话，却听谁的话？童先曾想当他的军师，却被他视为一般的指挥；曾给他出过些大主意，却未被采纳。而今在石亨召集部属喝酒或议事时，他已经很少说话；即便开口，也只说些无关痛痒的话。卢旺性子最直，胆子最大。议事时，他若不在场，气氛就会显得沉闷。但现在，他关心的却是，他的指挥之职能不能保得住。是能不能保得住，而不是能不能升迁，可见也是心如死灰。

谢昭的心气也不高，不再谈论收天下士人之心，不再谈论玩弄朝廷文武大臣于掌上。但不管怎么说，和他还可以议事。从他嘴里，还听得到对情势的判断；而且，不是完全消沉的判断。

“老谢，事尚可为乎？”不知从几时起，对谢昭充满礼敬之意的称呼改变。石亨与其说想与他议事，不如说穷极无聊。

“尚可为。”谢昭却是认真议事的样子。

“这倒有趣。”石亨想笑，而笑不出来，“众将劝本爵振臂而起、大展宏图时，你但以固宠二字告诫；今日众将都在打退堂鼓，你却道可为。怎的可为？仍是固宠吗？”

“固宠显见不可为。”谢昭说。

“固宠都不可为，还有什么可为？”石亨问。

“仍是二字：固势。”谢昭道。

“固势？”石亨不再单纯地艾怨，而是开始思索，“可是权势之势？”

“是权势，又不单单是权势。”谢昭道。

“总不会指裆下之物吧？”石亨说句粗话。

谢昭一笑，引了句《孟子》的话：“古圣贤者曰：虽有智慧，不若乘势。”并说，“晚生所谓势，即此势也。”

“我还是不懂。”石亨摇着头说。

“爵爷容晚生举例言之：爵爷，公也；英国公，亦公也。爵爷与英国公，可同日而语乎？”谢昭问。

“不可。”石亨道。

“爵爷，京营总兵也；安远侯，亦曾为京营总兵。爵爷与安远侯可同日而语乎？”谢昭又问。

“不可。”石亨道。

“爵爷与英国公、与安远侯所不同者，即为势也。”谢昭说。

“那，”石亨也问一句，“昨日之本爵，公也，京营总兵也；今日之本爵，公也，京营总兵也。今日之本爵，与昨日之本爵，可同日而语乎？”

“不可。”谢昭道。

“昨日之本爵，尚有势可恃；今日之本爵，已无势可恃？”石亨问。

“不然。”谢昭道。

“昨日本爵有势可恃不然，或今日本爵无势可恃不然？”石亨问。

“二者皆不然。”谢昭说。

他若说其一不然，无论是哪一事不然，石亨都可以和他争论一番；他说二者皆不然，实大大出乎石亨所料。

“愿听高论。”石亨道。

“今日之爵爷与昨日之爵爷比较，但少些擐甲之士而已。”谢昭说。

“少些？”石亨叫道，“老谢可知，那是多少！”

“数以千计吧。”谢昭说。

“岂止千数！”石亨道，“自朝廷颁旨，延至今日，不过半月，议革所谓冒功者四千余人，其中半数出我门下。”

“那么，是两千余人。”谢昭说。

“失却两千可用之士，老谢就一点儿也不为本爵可惜？”石亨嗔道。

“我为爵爷可惜。”谢昭说。

“岂止可惜！”石亨又吼道，“以两千门下士遍布朝野，只有这一个机会；此后，再也不会有人为我所用！无两千可用之人，我和英国公有何不同，和安远侯有何不同！”

“这就是我要对爵爷说的，两千门下士并不足恃。”谢昭道。

石亨一下子泄气，想吼也吼不出来。

“失却两千门下士，换得一识，值得。”谢昭又说。

“老谢，不再说他等，”石亨打断他，“你且说说，今日本爵无势可恃，又有什么不对？”

“尚有二人可恃。”谢昭道。

“你是说，此二人可抵两千人？”石亨不相信自己听到的。

“可胜过两千人。”谢昭说的又进一层。

“哪两个人这等重要，你说与本爵听！”石亨道。

“第一个，司礼监曹公公。”谢昭说。

“老曹？”石亨不由哂笑，“老曹的能耐我知道，老谢呀，你别把他看得太重了。他和昔日司礼监王公，是不能同日而语的。”

“晚生晓得，他若能够和昔日司礼监王公同日而语，会有昨日的爵爷和今日的爵爷吗？”谢昭道。

这话有深度，有水平，耐人寻味。

“老谢，你再说！”石亨道。

“晚生掂量过，若朝廷裁革者，半数出于爵爷门下，另外一半，又有半数是出于曹氏门下。故曹公公之势，虽不能与昔日王公同日而语，却也不是兴公公、金公公辈所能攀比的。爵爷不能与王公辈结，因他容不下爵爷；爵爷亦不能与兴公公、金公公辈结，因结而无益。以爵爷之势与曹公公之势相结，就不是两个爵爷，或两个曹公公，而是十倍之。得此势，可立于不败之地。”谢昭一气呵成，让人觉得，眼前再有一图，他就是隆中陈言的诸葛孔明。

“所谓固势，就是与老曹交结？”石亨问。

“此乃其一。”谢昭道。

“这倒不用老谢教我，自夺门以来，”石亨说到这里，“呸”一声，好像在强迫自己把这个含有特殊意义的词句忘掉，“自迎复以来，我和老曹虽各据一位，却联系不断。宫闱之事，他有所知，必告于我；军营之事，我有所知，必告于他。”

“互通消息，还不足以固势。还须深相交结。”谢昭说。

“怎样才算深相交结？”石亨问。

“得让他明白个道理：爵爷与他，生死相依，荣辱与共。”谢昭说。

“那么，本爵也得明白这个道理？”石亨讥道。

“是，爵爷也得明白这个道理。”谢昭点头。

“说起生死相依，荣辱与共，他可占个大便宜。”石亨不平。

“他占个大便宜，爵爷却得以固势。”谢昭道。

“好吧，咱们且试试看。”石亨不再追究得失，他问，“老谢说的第二个人，又是哪一路神仙？”

“侯爷。”谢昭道。

“哪个侯爷？”石亨问。

“咱石府的侯爷。”谢昭道。

“你是说彪儿？”石亨边思忖，边说，“彪儿不用明白任何道理，也会与我生死相依，荣辱与共。不过我想，他得有今日，八成倒是依我之势，他也有势可恃吗？”

“有，他有爵爷不可得之势。”谢昭道。

“怎讲？”石亨问。

“爵爷想想，今日若自请镇边，朝廷会准吗？”谢昭给他个提示。

“勋臣领袖，自然不会出守一镇。”石亨道。

“但侯爷自请镇边，朝廷却会准予。”谢昭说。

“你是说，使彪儿出外守边？”石亨问。

“在内而危，在外而安，这等故事，古已有之。”谢昭说。

“我知道，你说的是诸葛孔明给公子刘琦出的主意。”石亨对他的用意有一部分已理解，有一部分仍不理解，“可彪儿延绥总兵当得好好的，是你老谢让他诈病还朝的。”

“延绥路途遥远，不足以固势。”谢昭说。

“你是说，要他自请守一近京师的边镇？”石亨的理解深了一层。

“对。”谢昭点头。

“譬如？”石亨问。

“大同。”谢昭道，“大同镇兵精将勇，粮足草丰。侯爷若得镇大同，与爵爷表里相依，内外呼应，乃固势之第一良策。”

石亨听他一番分析，脸上呈现喜色，但旋即转忧。

“此事恐不易成。”他说。

“爵爷担心朝廷不准？”谢昭问。

“是啊，正因大同为北边第一要镇，朝廷恐有顾虑。”石亨说。

“侯爷自请，或爵爷为其请之，朝廷或有疑虑；若使大同各卫将领奏请，不怕朝廷不准。此事已在筹划之中，爵爷大可放心。”谢昭说着，得出结论，“宫内有曹公公，宫外有爵爷；朝中有爵爷，近边有侯爷。一环扣以一环，爵爷之势必固。”

东城黄华坊干面胡同口，有两个卖饼的老汉，各开一间极小的铺面。一老汉姓贺，人称贺三老；一老汉姓年，人称年七老。二人都是天不亮就起身开门，生火和面。天亮后有人来买饼，有的买一斤，有的买两斤，买到三五斤的，就称得上大主顾。一个上午，两家饼卖出去的差不多；但一到临近午时，情形却不一样。

一中年汉子匆匆来到贺老汉的铺子前，叫道："老爹，买饼！"

年老汉也叫："三老，快迎接天下第一的大主顾！"

本来要出来招呼买主的贺老汉，听出年老汉话里冷嘲热讽的味道，懒懒地坐在那里不动。他手指一勾，把买主叫进铺子里说话。

买主还真听话，随他手指一动，走进去。

"又是你？"贺老汉问。

"是，又是我。"买主应道。

"今日要买多少呀？"贺老汉问。

"仍是老规矩，老爹卖几多，在下买几多。"买主说。

"买卖，买卖，买字在前。历来是买家怎么买，卖家怎么卖，为何到你这儿就改规矩？"贺老汉问。

"既然历来买家怎么买，卖家怎么卖，老爹又何必多问！"买主道。

"小老儿一世清白，不做来路不明的买卖，客官若不以实相告，这饼小老儿不卖！"贺老汉说。

买主无奈，只得说个理由："并无别情，只是主人爱吃老爹的饼。"

贺老汉看看他一身光亮整齐的衣着，问道："你家主人想来也是富贵人家，怎会知道干面胡同口有个卖饼的贺老汉？"

"主人偶尔尝过老爹的饼，爱不释口，故常使在下来买，却并不知老爹贵姓。"买主说。

"那可否告知你家主人贵姓？"贺老汉问。

"姓曹。"买主说。

"不会恰是昭武伯曹家吧？"贺老汉问。

"老爹何必问得如此仔细？"买主不愿再说。

"昭武伯与我有亲。卖给别人，可少收几个钱；卖给他家，一文钱也不能少收。"贺老汉说。

"在下不做吃亏的买卖，老爹权当别个曹家吧。"买主道。

"也好。"贺老汉不再追问此事，却又问起别事，"你道你家主人爱吃小老儿的饼，说的是你家老爷，还是你家奶奶？"

"老爷在衙门里吃饭。"买主说。

"那是奶奶了，奶奶一人，怎吃得下十斤八斤的饼？"贺老汉道。

“奶奶是个大善人，买回家的饼，常赏给下人们吃。”买主说。

“原来她只是用来赏给下人，并非自家爱吃贺家的饼。”贺老汉道。

“不，奶奶吃不下的，才赏给下人，”买主连忙分辩，“奶奶还会对下人们说，此乃京城里第一精致面饼，你等好生品尝。”

“每次都会说吗？”贺老汉问。

“每次都会说。”买主道。

“你等一定取笑她口味低下。”贺老汉说。

“不会的，老爹的饼确属一流。”买主奉承道。

“可惜，可惜！”贺老汉连连摇头。

“啥事可惜？”买主问。

“贺家饼的好处，你家奶奶及你等下人均未品尝出来。”贺老汉说。

“老爹这话怎讲？”买主问。

“单独吃贺家饼，只能吃出一半的好处；须得和另一家的饼一起吃，才知其风味无穷。”贺老汉说。

“另一家，是哪一家？”买主请教。

贺老汉拉他走出铺子，指着对面的铺子问：“识得字吗？”

“年家饼，这三个字在下识得。”买主说。

“若将小老儿铺号和他那铺号合在一起呢？”贺老汉问。

“是贺家饼年家饼。”买主说。

“客官何不删繁就简？”贺老汉偶尔也会记得几个与烙饼毫无关系的言词，“我两家的饼合在一起，乃是贺年饼。客官想想，贺年饼也是随便叫的吗？两家的饼定要合在一起吃，才知其妙处。”

“老爹所言，饶有趣味，在下主母亦不曾讲过。”买主说。

“她在深宅大院，怎会晓得！你不妨把两家的饼一起买去，拿给她细细品尝。”贺老汉说。

“今日仍只买老爹的吧；待禀过奶奶，再一起买回。”卖主说。

“择时不如撞时。今日小老儿兴致好，给你讲故事。你不一起买，是不信小老儿；不信小老儿，贺家的饼也不必买。”贺老汉甚是固执。

买主犟不过他，无奈地说：“在下今日一起买回就是。”

“你先去买他的，再来买我的。”贺老汉怕他说话不算数。

等买主把两家余下的饼都买走，年老汉走过来，向贺老汉揖了揖，道：“三老，多谢帮衬。”

“好说！”贺老汉没当回事。等年老汉往回走时，他在后面说，“七老，下次大主顾再来，可否不叫？”

且说买饼的人往北走两条巷口，在第三条巷口停下来，前后看看没人，一头钻进去。巷里几无行人，只停个小轿。

“奶奶，今日又多买邻家一份饼。”买饼的人对轿子里禀报。

“为何要多买？”奶奶问。

“老爹吩咐的。”买饼的人说。

“那就买吧。”奶奶无可无不可地说。并问，“爹爹可好？”

“比往日更健谈。”买饼的人说。

奶奶没再问话，显然是在体会“健谈”二字的含义。沉静一会儿，她低声吩咐：“回府吧。”

曹吉祥的养子曹钦，侄子曹铉、曹铎等共聚于曹吉祥私宅。除曹钦晋封昭武伯外，曹铉等皆官至都督。他们知道，一切荣华富贵都是牺牲自己身体的叔父带来的，平日在曹吉祥面前就很恭顺，在此议革“夺门”功、清理冒功者之际，又更多份小心。

见到曹吉祥，他们有的口称“给三叔叩头”，有的口称“给三伯叩头”。这在平日只是句虚言，今日则当真要下跪。

“好了，好了，今日这是怎了？”曹吉祥把大家拦住，“钦儿，议革‘夺门’功，是不是革到你头上？”

“没有。”曹钦回答。

“革到你都督头上吗？”曹吉祥又问曹铉。

“尚未。”曹铉觉得，换两个字，更能表明今日形势。

“你等呢？”曹吉祥问其他都督。

“待革。”其他都督又换两个字。

“越说越不像话！我看你等精神，也一个不如一个！朝廷裁革冒功，与你等何干？朝廷要裁革的，是那些无用之人，譬如，”曹吉祥想举个例子，“钦儿，你那岳丈姓什么？”

“姓贺。”曹钦回答。

“一年见不上一次面，连亲家翁的姓氏都不记得。”曹吉祥颇有几分歉意，“他若封个指挥之类，说实话，钦儿也曾让我为他讨个官，今日裁革，他那个指挥恐怕就要裁革掉。可贺老丈聪明呀，讨的官他不要，宁愿支起个炉灶烙饼卖。故他今日用不着担心。你等也用不着担心，朝廷要裁革的不是你等。”

“万一朝廷要裁革孩儿们呢？”曹铎问。

“今日朝廷裁革你等中哪一个，明日我就为他讨个更大的官。”曹吉祥拍着胸膛说。

“有三叔这句话，孩儿们才可以放心。”曹铉说。

“可你等也要让我放心。”曹吉祥给他们打过气后，口气忽变，“我保你等有官做，有大官做；可你等也要知道收敛，切莫让科、道抓住把柄。”

“爹爹与科、道较量过两次，占尽风头，今日怎怕起来？”曹钦问。

他说的两次较量，一次在皇帝复位之初，曹吉祥和石亨共奏于朝廷，命吏部察核六科十三道，年三十五岁以上者留用，不足三十五岁者调用。结果，十三人改州判，二十三人改知县。一次稍后，在与徐有贞争斗中，将一批弹劾曹、石的御史、给事中下诏狱。

“那是你爹爹神勇之时，未费吹灰之力，已过五关、斩六将。”曹吉祥说，“今时情势与彼时大不相同，第三次较量，难保不走麦城。再者，那两次较量，都是与老石联手；今日嘛——”

他留下后面的话，让曹钦等自个儿去琢磨。

“皇上与忠国公疏远，孩儿也看出来。爹爹的意思，是不是从今以后，孩儿等也要与他叔侄疏远？”曹钦问。

“钦儿看得出皇上亲谁疏谁，我就放心。”曹吉祥先夸奖他一句，然后说，“至于是否疏远他，你自个儿心里有数就成，别让他看出来，也别让别人看出来。落井下石的事，咱曹家的人不做。”

“孩儿懂了。”曹钦应道。

“你还没全懂，”曹吉祥大摇其头，“你方才说到两次较量。第一次较量，科道官并没怎么惹着我和老石，只因我二人讨厌言官，所以狠狠折腾他等一下；第二次较量，却是御史、给事中多人，上疏弹劾我和老石。你知他等为何敢在老虎嘴里拔牙吗？”

“孩儿不知。”曹钦道。

“因为前一阵子，老石和我闹些意见。”曹吉祥说，“可见，曹、石，曹、石，斗则两伤，合则两利。”

“是，和忠国公、定远侯叔侄，仍须联手。”曹钦说。

“也是心里有数就成，别让别人看出来，更不能让朝廷看出来。搬起石头砸脚面的事，咱曹家的人同样不做。”曹吉祥说。

“孩儿懂了。”曹钦应道。

“你懂什么？”曹吉祥问。

“曹、石两家，须在暗中联手。”曹钦说。

“有些事，却是暗中也不能联手的。”曹吉祥道，“譬如，近日石彪谋求大同总兵一事，可谓愚蠢之极，我曹家的人只在旁边看看热闹就成，却一句话也不要说。”

“三叔，是大同官校奏保定远侯镇守大同。”曹铉说。石彪得昔日部将如此拥戴，让他很是羡慕。

“你千万不可觊觎大同总兵官之位！”曹吉祥警告他，“痴儿都看得出，大同官校奏保石彪，是石氏叔侄唆使。他等就不想一想，皇上既疏远其叔，能放心把大同交与其侄吗！”

“孩儿懂了。”曹钦应道。

“孩儿等懂了！”曹铉等齐声应道。

# 第九十七章

出入大同城里各酒馆的，基本上是官校，偶到一民，十分扎眼。在门外招揽生意的小二会迎上去问："客官，约了人吗？"

"约了。"来人回答。

"约的何人？"小二问。

"两位将爷。"来人回答。

"客官贵姓？"小二又问。

"姓高。"来人回答。

"原来是京城来的高贵人高爷，恕小的眼拙。朱爷、杨爷已恭候多时。"小二说着，殷勤地掀开帘子，往屋里让。

角落的一桌旁，坐着两名军官，一人坐在下席，另一人打横坐。见姓高的客官进屋，一人站起身来相迎，一人道："听说老高明日要回京，我兄弟备一杯薄酒送行。"

"酒是我兄弟备的，银子却要贵人兄付。"另一人说。

原来贵人并非尊称，而是姓高的名讳。

"好说。"高贵人笑着，在空着的上席就座。

坐下席的是姓朱的将爷，名谅，官大同左卫都指挥。打横坐的是姓杨的将爷，名斌，是该卫的一个千户。

"贵人兄说此次出外，为的是一二珍奇猎物，可已寻得？"朱谅问。

"若未寻得，怎敢言回！"高贵人道。

"究竟是何猎物？"朱谅问。

"几张狼皮。"高贵人告诉他。

"几时狼皮在京城也值钱？几张狼皮，也值得贵人兄在大同一住就是大半年？"朱谅好不奇怪。

"有人肯出大价钱，自然就值钱。"高贵人道。

"不会是南方来的某尚书，没见过北边的狼吧？"杨斌说着笑话。

"买家为尚书，杨兄这是抬举小弟吗？"高贵人冷笑。

“贵人兄不与秀才来往，想必买家是某都督？”朱谅说。

“都督中未必有人出得起好价钱。”高贵人道。又说，“出得起好价钱的买家，肯定能办事。二兄不是有事要托我活动吗？我所以敢以贵人为名，肯定是有贵人相助。”

“是啊，朱大人，你我的事，只要活动得成，管他找的是哪一位贵人呢！”杨斌随声附和。

“这可不是件小事。”朱谅尚在踌躇。

高贵人察言观色，道：“二兄若担心我大言误事，或担心我泄露事机，不说也罢。我等三人今晚只是饮酒，酒酣之后，各奔东西。”

“贵人兄说的是哪里话！我二人的前程，寄托在贵人兄身上，有什么事是说不得的！”杨斌边说，边向朱谅使眼色。

“好吧，你出面做的事，你都不怕说出去，我有什么好怕的！”朱谅道，“贵人兄，实话告诉你，前些日子，老杨不是立件天大的功劳，就是惹件天大的麻烦。”

“什么事呀，竟有天大？”高贵人问。

“他联络一干将领，给朝廷上疏，奏保定远侯为大同总兵官；他想让贵人兄在京城里活动的，就是这件事。”朱谅说。

“朱大人，容我问问。”高贵人表面上要问朱谅，实际上问的却是杨斌，“我这个人，未必有多大的面子，但谋个总兵官之类，应该不太难。不过，办此类事我得心里有数。谋大同总兵官，究竟是定远侯本人的意思呢，还是你老杨一厢情愿？”

“你想呢？”杨斌反问道。弦外之音，这样简单的问题还用问！

“在我想来，杨兄你没有胆量调度定远侯。”高贵人道。

“这不结了！”杨斌颇为得意，因为办这件事是他出面，而不是由别人出面，可见他的重要性。

“但我想不明白呀，”高贵人道，“忠国公，一等公；定远侯，一等侯。他两位在朝廷要风得风，要雨得雨，定远侯为何想来大同这鬼地方受罪？”

“贵人兄这话不中听，”朱谅有点儿不高兴，“大同是个鬼地方，我和老杨不是得老死在这个鬼地方吗？贵人兄为猎取奇货，不是在这个鬼地方一住多日？石府老少两代爵爷想谋求大同总兵，总是有道理的。”

“对，对，总有道理！”高贵人发现，深问下去，效果不好，不如且把话岔开，“咦，坐许久，怎的不上酒？”

“付银子的不发话，谁知吃啥喝啥呀！”杨斌道。

“这倒是我的不是，”高贵人一揖，表示歉意，“我寄存在他这里一坛好酒，才喝一半，今日就喝另一半。吃的嘛，二位兄台随便要几样吧。此处简陋，以后兄台们有机会到京城，我再请吃大菜。”

主要的是好酒，高贵人从京城带来的酒，既醇且烈，是边镇的普通将领们从来也没尝过的。几口酒下肚，早把不中听的话忘个干干净净。

“我心里还是有些不踏实，二位兄台别怪我啰唆。”高贵人说。

“你说！”杨斌愈加豪爽，“是我等请贵人兄帮忙，又不是贵人兄请我等帮忙，总得贵人兄心里踏实，才帮得上忙。”自己的态度表明，他还帮着高贵人问朱谅，“朱大人，你说呢？”

“那是自然。”朱谅当然不能说不对。

“其实，定远侯愿否出任大同总兵官，我并不在意；我只是想知道，二位兄台是真愿定远侯来大同掌帅印，还是假愿定远侯来大同掌帅印？”高贵人把他方才提的问题改了改。

“我以匹夫之勇，冒死上疏，怎会是假的！”杨斌道。

“原来杨兄也知道，此事有风险？”高贵人说着，又问，“那么，杨兄，还有朱兄，为何愿意定远侯来大同掌帅印？”

“定远侯为我等旧主，自然愿在他帐下效力。”杨斌说得很直白。

“定远侯所到之处，无不战功显赫。我等身为战将，谁不愿立功疆场，生而加官，死而得朝廷祭葬！”朱谅道。

“二兄的话都很实在，他人所想也如是吗？”高贵人问。

“愿定远侯回镇者，不下百人。”杨斌说。

“不下百人？杨兄夸大其词吧？”高贵人道。

“贵人兄若不信，我给你数数。”杨斌掰起手指要数。

“杨兄等等，容我记下来，回京城活动时，也好有个凭证。”高贵人说着，招呼店家笔墨伺候。

杨斌指挥某、佥事某地数着，他数一个，高贵人记一个，遇到一音多字时，还停下来，追问是哪个字。有的字，杨斌能说清楚；有的字，他也说不清楚。记到最后，包括朱谅、杨斌在内，共有七十六人。

“奏保定远侯为大同总兵官，我并未署名，这些人里还有一些没署名。”朱谅做一更正。

“但这七十六人皆愿定远侯回镇掌印，对不对？”高贵人问。

“那是绝不会错的。”杨斌抢着回答。

“我原以为定远侯不过是个贵胄子弟而已，一升再升，是沾忠国公的光。想不到，他竟如此得部下爱戴！朝廷若以他总镇大同，一定把大同守得铁桶一般。”高贵人似有感触。

“不瞒你贵人兄，老爵爷的长处，定远侯无不具备；定远侯的长处，老爵爷却未必能兼备。”杨斌说。

“老杨，这话出格！”朱谅闻言不满，“不管怎么说，定远侯是忠国公带出来的；无老爵爷，哪儿来的少爵爷！”

“朱大人，我知你随老爵爷征战过，老爵爷在你心目中如神一般。但我告诉你，少爵爷真有超过老爵爷的地方。”杨斌说。

“你只见过少爵爷打仗，未见过老爵爷用兵，怎能比较！”朱谅道。

他二人争执起来，高贵人乐得多听，只在一旁劝酒助兴。

“两代爵爷俱起自军伍，升自战事，用兵各有所长，那也不必说。我只给你讲个定远侯做文章的故事听听。”杨斌说着，喝一大口酒。在高贵人为他斟酒时，他发觉把人家做东的冷落，于是问：“年富年大人，贵人兄听说过此人吗？”

“听说过，他是定远侯的冤家对头。”高贵人道。

“贵人兄可曾听过定远侯与年某行酒令的故事？”杨斌问。

“这却没听过。”高贵人道。

“那时，年某以右副都御史巡抚大同，定远侯以右参将协守大同，至于区区在下，只是定远侯一名贴身护卫，而朱大人远在威远卫。所以，行酒令之事，我一字一句听得真真的，而朱大人并无所闻。”杨斌原本是和朱谅争论，现在变成主要向高贵人讲述来龙去脉，“大人们年节饮酒时，年某出个酒令，很是刁钻。说的是：天上有天河，地下有萧何。萧何手里持一本律，口称：犯法之事莫做，发病之物莫吃。”

“不仅刁钻，且有所指吧？”高贵人道。

“听出来了？贵人兄可比我高明得多。”杨斌说，“我当时只以为有趣。再看将爷们，包括镇帅李大人，人人面红耳赤，我才隐约觉出，该酒令是有所指的。都堂出令，接下来该镇帅行令，但李大人哼哼叽叽，一个字也说不出来。贵人兄想，关键时刻，是谁出来力挽狂澜？”

“定是定远侯。”高贵人道。

“不错，是昔日少将军、今日定远侯。”杨斌说，“只见少将军镇定地饮口酒，行令道：天上有太阳，地下有张良。张良手里持一把剑，口称：钢打之刀虽利，无罪之人不斩。”

“以张良抵挡萧何，确是奇思妙想！”连朱谅也不由赞赏。

“我看，以张良之剑，招架萧何之律。更妙！”杨斌说。

“错了！定远侯并无以剑招架律的意思；他只是说，以律裁之若误，就当剑下留人。”朱谅说。

“那又有何不同！”杨斌道。

眼看二人又要争吵，被高贵人岔开。

“此令一出，多半会剑拔弩张，该如何收场？”他问。

“亏得镇守太监公公再行一令。”杨斌道，“他说的是：天山有云山，地下有寒山。寒山手里持一把扫帚，口称：各人自扫门前雪，莫管他人瓦上霜。少将军与年某人听罢，一笑了之。”

朱谅、高贵人听罢，也一笑了之。

“我大同镇官校真心拥戴定远侯，贵人兄尽可放心了吧？”杨斌道。

“仍是只放下一半心。”高贵人说。

“另一半心呢？”杨斌问。

“还是旧话：杨兄等真心拥戴定远侯，再无可疑；却不知定远侯愿出镇大同，是否真心？”高贵人道。

“我也旧话重提：定远侯不愿出镇，我等怎敢轻举妄动。”杨斌说。

“那杨兄也得给我个凭证呀！”高贵人道。

酒喝多，话说多，杨斌原来还有的一丝警觉也消除。他说：“日前，都督某自京师返大同，交代我等如此如此行事。”

“都督某也与杨兄等同心？”高贵人问。

“贵人兄是自家人，说亦无妨。他即定远侯的亲弟。”杨斌说。

“是石庆石将军？”高贵人惊问。

“除他，哪个的交代我等会听！”杨斌道。

“他是接替定远侯为大同参将的，未闻朝廷召他入京呀！”高贵人说。

“贵人兄于朝廷的事还真是无所不知；但边镇之事，就未必事事皆知。都督要还京就还京，用得着朝廷宣召吗？”杨斌道。

“那倒也是。大同不远，去一趟京师，十天八天足够。”高贵人同意他的说法，并问，“石都督带来的是定远侯的口信？”

“不仅是少爵爷的口信，还有老爵爷的口信。要不，朱大人怎么也会掺和到这件事里面呢。”杨斌说。

“这话又出格。定远侯招呼一声，我能不动？”朱谅道。

石亨、石彪叔侄谋取大同总兵官一职，石庆传令，杨斌等遵照行事，这条线索已经摸清楚。高贵人不再提问，而一心劝酒；朱谅、杨斌也不再提进京活动之事，而一心饮酒。直到酒坛喝个底朝天，三人方散。

高贵人即逯杲。因为逯姓太偏，若是姓逯，又从京城来，难免让人起疑。他于是用名字的同音字作姓。名字用的两字，原来是桂仁，与朱谅、杨斌等交往几次，被他们叫成“贵人”，他也懒得纠正。

八月初一日，门达率锦衣卫官校若干人，来到定远侯府。正好侯府管家在门外，命某家仆去某处，办某事，某家仆去某处，办某事。门达见分派得有条不紊，在一旁赞道：“可惜未有天下第一管家的称号；若有的话，一定属老兄你。”

管家扭头，报以一笑，又转过去继续分派。在他心目中，自己不说高门达一头，也是能与之平起平坐的；不管门达为何事而来，不妨等自己的事办完，再去应酬。

门达不与他应酬，径往府里闯。

管家这才发慌。他丢开众家人，上前阻拦。

“门大人何往？”他问。

门达不回答，只冲着府里一点头，好像在说：这还看不出来吗？

“来看望我家爵爷？”管家不管是不是，絮叨着说，“我家爵爷在家，我不能说他不在，挡门大人的驾。门大人与我家爵爷交厚，我一挡驾，准保挨一顿责骂。不过呢，定远侯府既称侯府，总得有点儿规矩，我若不禀报一声，也得挨一顿责骂。有时我还真拿不准，是挨前一顿责骂好呢，还是挨后一顿责骂好？”

“不挨一顿责骂，岂不更好？我保证，管家今日是不会挨一顿责骂的。”门达说着，一伸手，把管家推开。

管家转个圈，又拦在门达身前。他已感觉出来，今日情形有些不对；正因为感觉出来不对，他更不能让门达就这样进去。

“门大人来，是有公事吧？”他也是公事公办的口气。

“管家知道就好。”门达说着，又把他推开。

管家第三次拦在门达面前，道：“有何公事，还请告知，在下好进去禀报一声。”

“你一定要知道，我就告诉你，禀报却不必。”门达说着，头一仰，两眼看着天，“本官别无他事，但逮人而已。”

管家浑身一颤，不敢再拦在前面，但仍跟随在一旁。

“大人是奉旨逮人吗？”他自问自答道，“不错，若不是奉旨，大人也不会到本府来逮人。”又问，“大人要逮哪个不懂事的狗才？”并自话自说，“既是奉旨逮人，那是用不着告诉我的，也用不着我禀报爵爷的。不过，我若禀报一声，阖府上下，不是可以一起动手，防止该人逃窜吗？”

“阖府上下？”门达冷笑，“管家这是在恫吓吗？”

“不敢，不敢，是诚心效力。”管家道。

“既是诚心，也罢！”门达吩咐随行的官校，“你等告诉他，我等要逮的是哪个狗才！”

“奉旨逮拿石彪。”一官校道。

管家脸色煞白，六神无主。他结结巴巴地说：“难道京城有第二个石彪，躲入本府？”

“你看，你说得不详尽，人家起疑心吧？”门达责怪该官校。

该官校也不分辩，一板一眼地重说一遍：“奉旨逮拿定远侯石彪。”

当真确定主人出事，管家反而镇定下来。他问门达：“逮拿我家爵爷，老爵爷知否？”

这回反应强烈的，轮到门达。他问随行官校：“他怎么说？”

“他问，逮拿定远侯，老爵爷知否。”一官校回答。

“老爵爷是谁呀？”门达问。

“他不曾说明。”该官校回答。

“真是蠢材，你不会问一句吗！”门达道。

“不必问，卑职想，他说的是忠国公。”该官校说。

“忠国公？你没对他说清，我等是奉旨逮拿定远侯，并非奉忠国公将令逮拿定远侯？”门达问。

“卑职说清，或是他没听清。”方才宣布来逮拿石彪的官校说。

“或是他听清，却没有想清。”另一官校说。

“或是他听清，却以为，即便奉旨逮拿定远侯石彪，亦须得知会忠国公。”最后一个官校说得更加难听。

“他等絮叨，‘或是’‘或是’地说个没完。其实，你老兄用不着怕，此事和你无关。”门达想安慰管家。

但他安慰得太晚，管家一头栽倒。

石彪即日被逮下诏狱。

午时稍晚一点儿，石後匆匆赶到忠国公府。门者想拦又不敢拦，转弯抹角地说：“公子，老爷这时歇着呢！”

“我知道。”石後甩下几个字，人已进大门。

门者责任尽到，不再管。

石後走到石亨书房外，遇到管家。管家问：“公子怎这时来？”

"要见老爷。"石後说。

"老爷歇着呢，我可不敢惊醒他老人家好梦。"管家说。

"谁的好梦也做不成，还用你惊醒吗！"石後道。

管家留在原处发呆，不知公子爷哪儿来的邪火。

石後推门走进书房，出于习惯，脚步声不由放轻。

"你既不怕惊醒我的好梦，又何必束缚手脚！"石亨道。他并没睡着，或在朦胧睡意中被惊扰，正半躺在藤椅上，两眼盯住门口。

放在往常，石後会加倍小心地说几句道歉的话，然后再说事。但今天他却顾不上礼节，三步变两步地走到藤椅边，连腰都没弯下去，就紧张地说："老爷，出了大事！"

"谁出大事？"石亨问。

"我彪叔。"石後说。

"彪儿！"石亨猛地坐直身子。

"被门大人请去锦衣卫。"石後说。

"咳，我以为是什么了不得的事呢！"石亨松一口气，又半躺下去，"你彪叔与几位锦衣卫堂官关系都不错，去锦衣卫饮酒是常事。"

"今次不是去饮酒。"石後道。

"不饮酒，却去作甚？"石亨问。

"去过堂。"石後道。

"过堂？"石亨又坐直身子，"谁去过堂？"

"彪叔！"石後道。

"你是说，你彪叔下狱？"石亨终于听明白

"是。"石後应道。

石亨再也躺不下去。他猛地起身，因为心慌意乱，没有站稳。眼看要跌回藤椅上，幸亏被石後扶住。他甩开石後，想在屋里走一走，同样因为心慌意乱，第一步迈出去就打个趔趄。石後又把他扶住。这次，他让石後稍微扶一会儿，才用力甩开。

"秀才不分轻重！你说你彪叔犯事不好？偏要说他出事；你说你彪叔被逮下狱不好？偏要说他被请去锦衣卫！"石亨明着在责备石後，实则要使自己定下神来。

"我不是怕老爷着急嘛！"石後分辩。

"你是说，我年迈，经不住事？"石亨问。

"不是老爷经不住事，是孙儿经不住事。"石後说，"孙儿一得知——"

"好了！"石亨不耐烦地止住他下面的话，"你彪叔为何下狱，你可打探出一二？”

“孙儿听说，是谋取大同总兵官事发。”石後说。

“此事进行得极是机密，朝廷怎的知道？”石亨思忖。

“不仅知道，而且锦衣卫姓逯的已率人去大同提拿证人。”石後说。

“休矣！”石亨长叹一声，见石後有话要说，他摆摆手，“老谢来之前，任何话也不要说。”说着，向外面吩咐，“速将老谢找来！”

“是，小的这就去。”管家在外面应道。

在等谢昭的工夫，叔祖、侄孙二人不仅一句话不说，相互间连看也不看一眼。他们都在心里算计着，管家这会儿该找到谢昭，谢昭这会儿该出门，该走在院子里，该走到书房。算计的时间差不多，脚步声也传进屋里，但来的没有谢昭，只有管家。

“老爷！”管家的声调已经变得几乎听不出来。

“叫他进来！”石亨命道。

“小的该死，未寻到老谢。”管家说。

“那接着去找呀！”石亨道。

“小的留意一下老谢的房间，他珍爱的几本书不见，几件像样的衣物也不见。”管家说。

“那命人去追呀！”石亨吼道，但随即沮丧地说，“算了，由他去吧。”

他与石後这才相互看一眼。叔祖、侄孙二人心里都想到一句话：这才是树倒猢狲散呢。不，应该说：大树还没倒，猢狲已经在各寻出路。但谁也不愿把这话说出来。

石亨又坐回藤椅上时，抱头说一句：“怪只怪无知人之明呀！”

“不，老爷早说过，老谢的话不能再听。”石後想安慰他。

“说有鸟用，不是还依他的主意去做！正是他的最后一个主意，彻底毁我石家！”石亨道。

“老爷做何打算？”石後问。

“走一步看一步，过一日是一日，还能有什么打算！倒是後儿，”石亨看石後一眼，目光中难得地充满怜惜，“我一直不想你和部将们厮混，就是想给你留一条后路，谁知你自家非要把后路堵死。”

“老爷不必多想，就算我听老爷的话，把这条后路留着，朝廷能让我走吗？”石後道。

不管他的话对与错，石亨都没有心思多想。

两名长随在一间小屋里，摸着黑饮酒。二人中，一个在御马监当差，一个在宫里当差，难得有机会碰到一起；既碰上，话自然会多。

“老哥见过比彪大爷更可笑的人吗？”一名长随问。

“你且说他怎的可笑？”另一长随道。

“京城爵爷上百，你见谁放着舒适安逸的日子不过，却争着抢着要去边镇舞枪弄棒！”前一长随说。

“老弟呀，我看你比彪大爷更可笑！”后一长随评论说。

“我怎的可笑？”前一长随问。

“你以为，他争着去边镇，朝廷就会治他的罪吗？”后一长随道。

“我自然知道，要命的是他唆使大同官校保奏。内外武将串通结党，乃朝廷大忌。”前一长随说。

“你懂得这一点，我不能再说你比彪大爷更可笑；但你仍与彪大爷一样可笑。”后一长随说。

“难道将彪大爷下狱，也不是因他结党？”前一长随问。

“结党只是一个原因；另一个原因，连爷在内，只有三个人知。其中一人即我。”后一长随好不得意。

“老哥告诉我，就是四个人知。”前一长随道。

“我为何要告诉你？”后一长随轻易是不会告诉别人的。

“今晚的酒是我弄来的；老哥说过，饮了这酒，无话不说。”前一长随有很充分的理由。

“好吧。”后一长随不愿落下言出即悔的话柄，准备告诉他；但他有个条件，“我告诉你，你却不得告诉第五个人。”

“我答应老哥。”前一长随道。

“喝别个的酒，也不得说。”后一长随仍不放心。

“吃别个的肉也不得说，拿别个的钗饰也不得说，使别个的银子也不得说。”前一长随又加上好几条。

“那你听好，”后一长随采取的是一种特别的讲故事手法，他说，“话说一年前，或两年前，或三年前，或四年前——”

“四年前爷还在南宫受难呢。”前一长随打断他的话。

“我就是不让你瞎猜，此事究竟出在爷居南宫之日，或是出在爷再坐龙廷之日。”后一长随道，“彼时，彪大爷坐镇大同。一日，来一队贡使，在大同候旨入京。彪大爷见贡使队伍中有一达人女子，颇有姿色，欲纳为小妾。贡使不允，声称该女子是也先之妹；也先与太上皇有婚约，他这次来，就是送佳人入宫的。”

“这个女子，可强娶不得。”前一长随插话。

“但咱这位彪大爷，偏偏强娶。”后一长随道。

“他就不怕得罪万岁爷？”前一长随想起时间上的不确定，说，“或是得罪太上皇，这个胆量他是有的。”

“他不仅强娶达人女子，还杀瓦刺贡使。”后一长随说。

“那爷怎会得知此事？”前一长随问。

“贡使被杀，却有逃回去的随从呀！”后一长随接着往下讲述，在时间上仍然模糊，“一年之后，或两年之后，或三年之后——”

“老哥打住，我不乱猜就是。”前一长随道。

“彼时，又有一贡使入京。”后一长随述道，“爷北狩时，该贡使多有照应。故爷差一内臣去馆驿探望，并责问也先为何毁约。于是，贡使说起前事。老弟你想，彪大爷干出这么一件冒犯天颜的事，爷还能容他吗！”

“此事若属实，他死有余辜。”前一长随道。

“你这话是何意？难道我敢编造？”后一长随问。

“老哥误会，我只想问，去见贡使的内臣是你吗？”前一长随道。

“不是我，是一位小哥，亦即知道此事的第三个人。”后一长随说。

“我信得过老哥，却信不过他；除非他敢当我面再讲述一遍，并辨析此事中的诸多疑点。”前一长随说。

“有何疑点，我也可为你辨析。”后一长随说。

“听老哥讲述，彪大爷强娶也先妹，应是爷在南宫之时；爷问出实情，应是爷再坐龙廷之后；也先死于景泰六年，爷有什么理由再命人去责问贡使？”前一长随举一例。

“此事在某时，彼事在某时，都是你的猜测。”后一长随辩道，“爷在南宫时，就不能差人去馆驿探视？再者，爷再坐龙廷后，差内臣责问贡使，就不能是对此事有所怀疑？”

“老哥说的是，我也仅是怀疑而已。”前一长随道。

八月十日晨，文武群臣聚于左顺门外等候上朝时，改任司礼太监的牛玉从宫里出来，咳嗽一声，口称“有旨”。于是，文臣以李贤、王翱为首，武臣以石亨、张懋为首，跪伏于两旁。

牛玉宣旨：“我太祖高皇帝立纲陈纪，照临天下；谆谆告诫，董正百官；制铁榜以谕功臣，臣下凛凛。近来勋戚、府、部、院、寺等大臣及近侍官，多不遵礼禁，私相交往，甚且阿势泄事，因而结构百端。如定远侯石彪，图谋镇守，令指挥等官假进奏词。事发被劾，辄有近侍潜报消息。官之不正，无此为甚。今后尔文武大臣，无故不许往来，给事中、御史，亦不许私谒大臣。敢有阿附泄露，轻则发戍，重则处死。锦衣卫指挥、亲军近侍，尤不合与诸臣交通。他卫指挥以下，非出征时，毋辄候公侯门。违者如铁榜处置。钦此。”

九月，石亨告病，奉旨闲住。次年正月，逯杲奏石亨、石後等怨谤，皆下诏狱，并抄没家赀。二月，石亨瘐死狱中，石彪、石後等被杀。

# 第九十八章

天顺四年又是春闱之年。三月初一日，长安门张榜，取中的一百五十余名进士排定名次。列名一甲的三人是：第一名，江西新建举子王一夔；第二名，四川长宁举子李永通；第三名，浙江仁和举子郑环。

王一夔即授翰林院修撰，李永通、郑环即授翰林院编修。

他三人的前程确定，其他中第举子则翘首以待地等着吏部宣布授官的名单。外授官员多是知县，极少数可能会授以知州。知州、知县，当然也包括府推官、州判官等，一般是实授。在京授职的官员有各部主事、三品衙门的经历及御史、给事中、行人等。主事、经历、御史、给事中等，特别是主事，一般是试职，亦即任职半年乃至一年，评语好的转实授，不称职的另行改官。即便如此，中第举子们也宁愿被授以京官，宁愿在朝中任个试职官员。

不过，眼下他们关注的第一件事，还不是授官，而是考选庶吉士。选庶吉士，俗称开馆；庶吉士肄业，俗称散馆。馆者，史馆也，亦即翰林院。可见，选庶吉士与翰林院有极大的关系。实际上，除每科一甲三人肯定授以翰林官外，庶吉士散馆后有相当一部分会授以编修，可以说，被选庶吉士是授以翰林官的最大机会。

福建仙游举子郑纪，名列三甲第十五名。选庶吉士，并非依殿试的名次而定，但不能说完全没有关系。对殿试名次起作用最大的，有内阁大学士、礼部尚书等；选庶吉士时，也是他们起的作用最大。在殿试中名次排列在前，说明文章得到他们的赏识。有先入为主的印象，对选庶吉士怎么会没有影响?

郑纪盘算：本科取士，二甲五十名，三甲一百零三名，三甲第十五名。按照总体来说，属于中等，也就是说，选中庶吉士的机会不会超过一半；而名在三甲，中等名次也变成次等名次，机会就更小。

今年还不如不选庶吉士，有时他会这样想。但就此而听任吏部发落，他又不甘心。抱着这样矛盾的心理，他比其他人更加关注今年到底选不选庶吉士。

在街上，与江西南昌举子张元祯、浙江仁和举子汪谐走个对面，他心里一动，上前与二人寒暄。

“即将馆选，二兄还有心在外面闲逛！”他说。

“廷纲兄从哪里得来的消息，确切否？”汪谐呼着郑纪的字问。

“确切不确切，我亦不知；不过，我是宁信其有的。”郑纪说。

“我则宁信其无。”张元祯说。

“廷祥兄有何依据？”郑纪问。廷祥是张元祯的字。

“每日惦念馆选之事，岂不要意乱情迷！”张元祯并无依据，只是不想劳心费神。

“此言差矣！”郑纪道，“馆选之事，他人可以不惦念，廷祥兄，还有伯谐兄，”他呼着二人的别字，说，“却不可不惦念。”

“我二人为何不可不惦念？”张元祯、汪谐齐问。

“廷祥兄高中二甲第九，伯谐兄亦在二甲第二十九名。以二兄大才，入选庶吉士不在话下。实言相告，我惦念馆选之事，不是为我，而是为二位仁兄。”郑纪说。

“承廷纲兄好意，就请帮着打探一二吧！”汪谐道。

“此事弟不便打探。”郑纪道。

“依你之见，倒是我二人便于打探？”汪谐问。

“二兄更不便打探。”郑纪道。

“原以为廷纲兄想我二人帮着打探，看来是理会错。不过，”张元祯口风一转，问，“既是都不便打探，廷纲兄为何提及此事？”

“有人可以托付呀！”郑纪道。

“廷纲兄指的谁人？”汪谐问。

“我等皆在选人之列，今科馆选否，不便打探，免得被人指为夹私；有人置身事外，打探打探，又有何妨！”郑纪道。

“廷纲兄是说——”汪谐还在寻摸。

“他是说本科一甲三人。”张元祯心直口快地说。

“可不！”汪谐从他的话里得到启发，问道，“廷祥兄对朝廷是否馆选当真不放在心上？”

“谁说的，我做梦都在想，今科选不选庶吉士。”张元祯说。

“那何不循廷纲兄的法子一试？”汪谐道。

“伯谐兄说，怎么个试法？”张元祯问。

“我呢，与瑶夫兄同邑、同学，我去请他出面打探，谅他不至于回绝；你呢，与大韶兄皆来自江西，好像还是同一年应的乡试，你去请他出面打探，这点儿面子，他还是会给的。”汪谐说。

瑶夫是郑环的字，大韶是王一夔的字。

“伯谐兄真是实在！”张元祯冷笑道。

“这话怎讲？”汪谐关切地问。

“不给廷纲兄找点儿事做，由得我二人奔忙，伯谐兄是不是真以为，馆选与他无关呀？”张元祯道。

“怎会！主意不是人家出的嘛；再者，今科一甲若得闽人，廷纲兄根本不必与你我计议，自家就去奔忙。”汪谐满是与人为善的腔调。

“多谢伯谐兄体谅！”郑纪一揖，笑道，“伯谐兄请探花郎出面，廷祥兄请状元郎出面，再好不过。不过，弟又有一议。”

“你说！”汪谐道。

“状元寻状元，探花寻榜眼。”郑纪说。

“两句话、三等次、四个人，廷纲兄打的是何哑谜？”汪谐问。

“他是提议，大韶兄去向纯道先生打探，瑶夫兄去向逢原先生打探。”张元祯猜出谜底。

当真？汪谐才要问，已琢磨出张元祯的话不错。彭时和王一夔，不仅都是状元，且都是江西籍；身为榜眼的吕原，则与郑环是浙江的同乡。

“廷纲兄思之巧，计之精，好不令人赞叹！”他说。

“廷纲兄若将巧思精计用于学问，何愁不成一大家。”张元祯的话里，有赞叹，更多的是规劝。

“要做学问，须得留在翰苑才好。”郑纪说。

“以廷纲兄巧思精计，何愁不选庶吉士！”汪谐道。

“欲留翰苑，须得先知有无馆选。”郑纪说。

“不错，为廷纲兄，你我也得奔忙一番。”汪谐诚邀张元祯。

“奔忙一番不在话下，可是你看，说是为我二人惦念，一下却变成我二人为他惦念。”张元祯道。

三人一笑，各奔东西。

吕原走进内阁值房，见只有彭时一人，问道：“原德先生不在？”

“才被召入宫中。”彭时说。

“此刻召入，不知所为何事？”吕原问。。

在李贤回来之前，谁也不可能知道召他入宫的缘由；即便李贤回来，也要看皇帝与他所议之事说得说不得。吕原本是漫无目的地问一句，彭时可答，也可不答。

但他仍然把话接过去。

“或与逢原先生有些干系。”他说。

“纯道先生是说，与今次春闱有些干系吧？”吕原道。他是今年会试的主考官，所以自然而然地联想到这一层。

“确如所言。”彭时说。

“已张榜，怎还会是春闱事？”吕原问。

“因为尚有一环，不曾交代。”彭时说。

“纯道先生说的是馆选？今科若不选庶吉士呢？”吕原道。

“那不也得有个交代？”彭时说。

“是啊，此事该当有个交代。”吕原自言自语，他在屋里踱上几步，忽问，“在纯道先生看来，今次馆选否？”

“逢原先生是主考啊，怎么反而问我！”彭时道。

“馆选与否，不是主考官定得下来的。”吕原说。

“更不是非主考官定得下来的。”彭时说，“不过，逢原先生既问我，我就斗胆说一句：今科或会选庶吉士。”

“纯道先生与我想的一样。”吕原说。

“或不会选庶吉士。”彭时又补充一句。

吕原知道他在和自己开玩笑，笑了笑。

“逢原先生为何也惦念馆选之事？”彭时问。

“如纯道先生所言，我是主考官呀！”吕原回报一句笑话，然后关切地问，“怎么，还有旁人在惦念？”

“确有其人，”彭时道，“今日早朝之前，我到得早一点儿，竟被王大韶从朝房里拉出去，悄声问起此事。”

“新科状元问你？”吕原问。

彭时没答话，只是点点头。

吕原看着厅外，显然是在想一件事。想到后来，或是因为蹊跷，或是因为有趣，不禁摇摇头，笑着说：“实在是巧！”

“何事实在是巧？”彭时问。

“我今日一早也被问及此事，且是一出门就被问及。”吕原说。

“向逢原先生询问的，却是何人？”彭时问。

“郑瑶夫。”吕原道。

“新科探花问你？”彭时问，见吕原点头，他说，“这可真是巧得很！”他也笑，却是冷笑，“王大韶与我同省，他来问的我；郑瑶夫与逢原先生同省，他去问的逢原先生。逢原先生，你说他等在搞什么名堂？”

“名堂自然有一些，但不会是王大韶、郑瑶夫辈搞的。”吕原说。

“逢原先生怎能断定？”彭时问。

“我且问你，正统乙丑科选吉士否？”吕原问起彭时那一科的情形。

彭时要认真想一想，才答得上来：“不曾馆选。”

“纯道先生印象模糊，可见其时径授修撰，对馆选与否，及何人选入，不曾留意。”吕原说着，问道，“纯道先生说是不是？”

“逢原先生说的是。”彭时承认。

“我也一样。”吕原道，“初入翰林，有许多事情要想，唯独不会想的，恐怕就是馆选之事。而今日王大韶亦径授修撰，郑瑶夫亦径授编修，他二人为何对馆选之事如此留意？”

“你是说，他等或受人之托？”彭时问。

“肯定受人之托。”吕原道。

“那么，受谁人之托呢？”彭时开始往下想。

“多半是那些自以为会被选入的新科进士。”吕原道。

“那我知道，托请王大韶的是谁。”彭时说，“张廷祥五岁能诗，被方面大员目为神童，应是他急于钻营。”

“钻营二字，纯道先生言重。”吕原说。

“不说钻营，却该怎说？”彭时问。

“无非是关切而已。”吕原换一个正面的词句，“朝廷既定科举，若有一次停科，天下士子理当关切；朝廷既定馆选，若有一科停选，中第士子理当关切。天顺元年，春闱未停，却不曾馆选。今次进士关切选举庶吉士，在情理之中。”

“钻营也罢，关切也罢，朝廷大计，岂得四处刺探！果是张廷祥托请王大韶来刺探，一旦有旨遴选，我一定要刁难刁难他！”彭时道。

“那我岂不要刁难托请郑瑶夫的士子？”吕原笑言相劝，“跃入龙门，何等艰难，我辈即便不能开方便之门，也不要另设障碍吧。”

他当然不会想到，今年选举庶吉士，还当真另设障碍。

皇帝憋着一肚子的话，等李贤一到，立刻说出来：“今科殿试，一甲第一名，王一夔，江西籍；第二名，李永通，四川籍；第三名，郑环，浙江籍。朕记得不错吧？”

“皇上记得不错。”李贤应道。

“一甲三人，为何全出在南省？”皇帝好似对自己的结论有点儿拿不准，复问，“江西、四川、浙江，皆为南省吧？”

“其中稍有区别。”李贤道。

“对，正统初年，除南卷北卷外，还有个中卷。朕那时年幼，不曾留意。”皇帝想起这件旧事。

“是，臣乃宣德八年进士，时只分南卷、北卷，尚无中卷。”李贤说。

“再早，恐怕连南卷、北卷之分也没有。”皇帝说。

“诚如圣谕。本朝取士，初不分南北。仁宗皇帝洪熙元年，方定南北取士比例，南省取十之六，北省取十之四。后分南、北、中卷，以百名为率，南卷五十五名，北卷三十五名，中卷十名。”李贤说。

“四川属中卷吧？”皇帝道。

“皇上说的是。”李贤应道。

“一甲三人，好歹有个中卷的，不然，皆为南人。”皇帝道。他本来对一甲三人皆为南人有很大情绪，把其中一人划归中卷，使他的心态稍微平和一点儿。

“一甲三人，及二甲前数名，皆以文章，从公论而定，臣等并无异议。”李贤想加以解释。

“卿等出以公心，朕丝毫不疑。朕只是奇怪，怎么今科的状元又是南人，又是江西籍？”皇帝说。

自正统元年算起，迄今共开九科，除景泰五年的状元孙贤是河南人，其他都是南人；皇帝还清楚记得，正统七年的状元刘俨和正统十三年的状元彭时是江西人。难怪他会提出这样的问题。

“状元中南人多，或因南省文风之盛超过北省；至于江西人中多有中高第者，臣曾闻一说。”李贤道。

“是怎样一说？”皇帝问。

“江西地窄且薄，不足以务农；人无巧计，不足以为工；家无余赀，不足以务商。”李贤说。

“士农工商四件事，倒有三件做不成；只好来考科举、来吃皇粮。是不是？”皇帝笑着问。

“正是此意。”李贤应道。

“这话李先生是听谁说的？”皇帝问。

“前大学士、罪臣陈循。”李贤说。他本来可以随便应付一句的，但觉得没必要隐瞒。

“对，他也是状元，也是江西人。”皇帝道，谈论一番一甲，憋在肚子里的话倒出一大半，皇帝想，该说另一小半，“李先生，朕在想，今次春闱，当选士开馆。”

“皇上圣明，臣等私下亦有此议。”李贤说。

“都是怎议的？”皇帝问。

“正统年间，共计五科，倒有三科未选庶吉士；天顺元年，又未选庶吉士。此典不宜多旷。”李贤说。

“卿还有一半没说。”皇帝补充另一半，“景泰二科，虽选士开馆，充翰林者不少，却不足用。”

“恕臣直言。”李贤躬身进言，“景泰年间补入翰林者，亦是朝廷所选之士，不宜有亲疏之分。”

皇帝偶尔说句心里话，即被批驳，实在有点儿不舒服。但他很快就认识到，那句心里话确实说错，而且错得严重。李贤若不批驳，不用等到明日，自己会对他有看法的。

“卿言甚是，朕从未将他等视为另类。”皇帝说。

“为人君者，正当有此博大胸怀。”李贤道。

“不过，今次选举庶吉士，朕仍欲加限制。”皇帝说着，伸出两指来，“有二说，李先生为我择一。”

李贤不知皇帝会提出什么条件，只能应道：“是，臣恭聆圣谕。”

“其一，今次庶吉士只选北人，不选南人；其二，亦选南人，须得如彭时者方可。”皇帝说。

李贤感到为难。皇帝提出这样两个限制，肯定和今科一甲三人二为南卷、一为中卷有关系，肯定和状元多为南人有关系。不希望满朝皆南人，满翰林院皆南人，你不能说这个想法是错的；但限制南人入选庶吉士，却肯定是错的。皇帝提出这样的限制，是皇帝错；自己作为大臣，若是赞成这样的限制，错误更大。而不赞成，又该怎样说呢？

“臣以为，庶吉士只选北人，不妥。”李贤先否定二说中一说。

“不妥，也要对诸学士说明朕意，”皇帝道，“至少，南人须如彭时者方选这一条，要定下来。”

“这话臣不方便讲。”李贤说。

“有何不方便？”皇帝问。

“臣亦是北人。”李贤说。

“是朕的意思，又不是卿的意思，讲讲何妨！”皇帝不准他推辞。

李贤料到，吕原、彭时二人中，彭时的反应会比较强烈；却没料到，会强烈到一点调和的余地也没有。

“原德先生，这话你不该讲。”彭时说。

“原德先生是在宣示圣谕。”吕原为李贤辩解。

“是圣谕，也不该讲。”彭时毫不让步。

“我不讲，是欺君。”李贤道。

“讲，则是误君；不在皇上面前辩明此事，原德先生不该出宫。”彭时针锋相对地说。

“照纯道先生的意思，我该怎辩？”李贤问。

“古人云：立贤无方。本朝科举，从无地域之禁，至多是确定南、北取士比例。至于选庶吉士，南人、北人的比例都不曾有过。”彭时的道理很简单。说过后，他问，“这话总可以奏明吧？”

“或因不曾有过取士比例，翰林院中南人偏多而北人偏少，皇上欲有所厘正呢？”李贤找个理由反驳。

“这是皇上说到的，抑或原德先生想到的？”彭时问。

“是我想到的。”李贤说。

“既是原德先生想到的，不说也罢。”彭时道。

“原德先生是在假设；纯道先生若不赞同，加以批驳何妨？一旦圣意已决，内阁总得有个说法。”吕原在一旁说合。

“好，那我就问一句。”彭时道，“翰林院中南人偏多，多到尽是南人吗？北人偏少，少到不见北人吗？”

“没到这等地步。”李贤说。

“选庶吉士，是南人一类题目，北人一类题目吗？”彭时又问。

“不是。”李贤道。

“是南人一种标准，北人一种标准吗？”彭时问。

“不是。”李贤道。

“此亦不是，彼亦不是，朝廷选庶吉士，公道之至；既曰公道之至，朝廷不该另加限制。”彭时说。

“这一番议论，原德先生以为如何？”吕原问。

“甚是！”李贤道。

“那么，原德先生也愿以此论进言？”吕原问。

李贤沉思一刻，摇了摇头。

“却是为何？”吕原问。

“此番议论，未能改变翰林院南人偏多、北人偏少情形。多者少之，少者多之，治术也。”李贤说着，举一例，“即如江南官田赋重，民田赋轻，遂有种种变通之法，无非为的是减官田赋，增民田赋。逢原先生能说这有什么不对吗？”

吕原答不上来，彭时一时也找不出辩词。就在谈论暂歇之际，外面有人赞道：“原德先生这个比方用得好！”

随着话音，牛玉迈步而入。三人把争辩且搁置，一起相迎。

“牛公公几时来的？”李贤问。

“在外面听了一阵，”牛玉道，“原德先生一走，皇上觉着，有些话先生的确不好说，故差我来帮着说说。不过，听得出，皇上口谕，原德先生已原封不动地向纯道先生、逢原先生宣示。”

“是。”李贤应道。并问，“皇上另有谕旨吗？”

“仍是那两句话外，我再重复一遍。”牛玉复述皇帝的话，和李贤前者所宣，一字不差。他又说，“此外，皇上谕道：李先生仍以为朕所言不妥，且与吏部选来看。”

彭时、吕原这才相信，庶吉士不选南人，只选北人，的确是皇帝的想法；这才了解，李贤并不是未向皇帝陈言。

王翱与侍郎姚夔把内阁三臣迎进吏部大堂，揖道：“本当会于朝房，却劳三位先生屈尊驾临本部。”

三人还礼。李贤道：“皇上谕曰，吏部王尚书年迈，你三人可去吏部议之。若非奉旨，我等也不敢进入吏部大堂。”

五人围绕一长案，依次就座，每人面前一杯清茶。桌案上放着一摞试卷，看上去有四五十份，是从一百五十份试卷中挑选出来的。

“选吉士应以礼卿为主，今次怎么转到吏部？”王翱不解地问。

“一则，礼部尚书上任伊始，难任其事；二则，于今次开馆，皇上尤为看重，务要选举得人。”李贤代皇帝解释说。

“那么，如何议呢？”王翱问。

“不如我等先将精选出来的文章读过，再一一议之。”姚夔提议。

这是最麻烦也最规范的做法，谁也不反对。于是，将试卷分成五份，每人面前放一份，各人读完面前的一份，再与他人交换。

一个多时辰过去，文章读完，每人心里都觉有底。

姚夔从他最后看的几份试卷里抽出一份，说："此文如出自大家。"

"大章先生拿的是谁人的文章？"王翱问。

姚夔字大章，浙江桐庐人，正统七年进士。他边把手里的试卷推给王翱，边说："洛阳举子刘健。"

"我与大章兄所见略同，刘生堪列庶吉士之首。"吕原说。

王翱对该文也有印象。他有个担心，问道："会不会年纪太大？"

"九皋先生说谁的年纪大？"李贤问。

"我的年纪大，这还用说吗？"王翱手抚白须，又抚白发，惹得众人都笑起来。王翱指着试卷说："我是问他等议的刘生。"

"刘健年纪只有二十七八。"李贤说。

"是吗，我还以为是个耆儒呢。"王翱道。

"该文质朴老成，无懈可击；可惜少些灵气。"李贤说。因刘健是河南人，他觉得有必要挑挑文章的毛病。

"选庶吉士，看的是功力，并非灵气。"彭时道。

于是，殿试中列于二甲第三十九名的刘健，被置于庶吉士第一。

"此生名字有点古怪。"王翱指着另一篇文章说。

"有何古怪？"彭时问。

"他姓张，单名一个赈字。"王翱说。

"对，我看后也觉得奇怪，怎有以赈济的赈为名的！"姚夔道。

"或是出生之日，适逢朝廷赈灾。"吕原给出一个听似合理的解释。

"他名字虽有点儿古怪，文章却是好的。暂列第二，如何？"姚夔道。

张赈，河南祥符人，被置于庶吉士第二。

"诸位看看，此文可否列在第三？"吕原紧接着又议下一份试卷。

"张元祯？此生小有名气呀！"姚夔说。

"大章兄怎知道他？"吕原问。

"永熙兄昔日巡抚江西，器重一诸生，姓张，名元徵，他亲自为之易名曰元祯。永熙兄曾言，此人瑞也。我留意一下，他殿试列二甲第九，在这些试卷里，没有比他名次更靠前的。"姚夔说。

韩雍字永熙，南直隶长洲人，和吕原、姚夔同是正统七年进士。

"如此说来，列庶吉士第三，还有些委屈他。"王翱道。

眼看张元祯的试卷就要放在张赈试卷的上面，彭时忽道："此生容后再议，如何？"

“这是为何？”姚夔问。

“此人或为玉，然有瑕疵。”彭时含糊地说。

吕原想起他二人在内阁的谈话，低声道：“纯道先生真要刁难他？”

第一次有人提出异议，大家不知如何处置才好。李贤出面打破僵局，说：“纯道先生既提出再议，自有他的道理，我等且往下议吧。”

“有个叫李温的，试卷在哪里？”吕原提出另一人。

“在我这里。”姚夔应道。

“大章兄看他的文章如何？”吕原问。

“中规中矩，应得一席之地。”姚夔道。

“我也看中李生文章，二位都以为好，可见没看走眼。”王翱说。

李温，顺天府漷县人，列庶吉士第三。

随后，又议出山东肥城人张谨、河南夏邑人杨德、南直隶江都人张颐排在第四至第六。

“后一张生乃南人，可使得？”姚夔问。他也得知，皇帝有今次庶吉士不选南人的旨意。

“我看不妨，”王翱道，“张颐乡贯虽是江都，却是山西太原左卫籍；再者，皇上不也让我等选来看吗？今日所议试卷，南人者不止一份。可见并非南人一概斥去。”

“原德先生，你看呢？”吕原问。

“姓名都写上了，还能抹去不成？”李贤道。

“南人既不一概斥去——”姚夔沉吟着，显然是准备推出南人。

“大章兄欲荐汪生乎？”吕原问。

“是啊，汪生落笔雄浑，文章耐读。”姚夔评论道。

“汪生也容再议吧。”吕原却说。

“逢原兄何不就文论文，说说他文章的阙陋！”姚夔大为不满。

“他与南昌张生，属于一类。”吕原简单地说。

彭时拿起一篇试卷，在手里掂掂，说：“此文与前所议者比较，绝不逊色分毫，诸公可细心一读。”

姚夔念着试卷前的签署：周经，山西阳曲，军籍。读罢，问道，“此周生是少司寇廷玉先生的公子吧？”

周经确是刑部侍郎周瑄的儿子。彭时应道：“对，是他。”

“纯道先生是否以为，周生名次宜列于前？”姚夔问。

“在我看来，应在前三名之内。”彭时说。

“既如此，变动变动亦不妨。”王翱说。

“变动不必，遗漏却不可。”彭时道。

于是，将周经列在第七。众人并议出北直隶开州人王范、典武卫籍蔡霖列第八、第九。

在有人提出南直隶江都人张溥后，姚夔说：“这可是名实皆符的江都人，无甚可以遮掩。”

“九皋先生说得很清楚，无须遮掩。”吕原道。

众人一致将张溥列在第十。

王翱觉得有点儿累。他问：“还要再选吗？”

“皇上既决意开馆，仅选十人，似少。”李贤道。

“不止十人，还有二生待议呢。”姚夔说。

“也还是少。”李贤道。

“好，那就再选！”王翱打起精神，“我也提一个南人吧：福建莆田的举子杨瑛，诸位看如何？”

“杨生文章，有东杨先生之风。”吕原说。

“同是闽人，我看，仙游郑生还胜莆田杨生一筹。”姚夔说。

“以文辞论，郑胜于杨；以文义论，杨胜于郑。”彭时说。

结果，杨瑛列在第十一，郑纪列在第十二。

“其他文章，我看都在可选可不选之间，是不是该再议议张生、汪生？”姚夔早就想提出这一建议。

“不然，童生应属当选之列。”彭时说。

“好吧，他算一个。”姚夔简直像在敷衍。

浙江永康人童璲被列在第十三。

“逢原兄，你看如何？”姚夔问。

吕原明知他问的什么，却故意说：“童生嘛，我并无异议。”

“我问的是汪生。”姚夔道。

吕原对他一笑，却对彭时说：“纯道先生，此事我不得不说。”

然后，把张元祯托王一夔向彭时打探、汪谐托郑环向自己打探之事，及彭时对此事的回应，讲述一番。

“关切馆选，并非大错呀！”姚夔的想法和吕原相同。

“他托别个可以，不该托王大韶；问别个可以，不该问我。”彭时道。

“纯道先生因此欲将他摈弃？”姚夔问。

“还要诸公斟酌。”彭时道。

“我看，张生落选，恐怕还不在此事。”姚夔说。

“他还做过别的错事？”彭时问。

“原德先生，”姚夔转过去问李贤，“皇上称南人必如彭时方选，可曾具体论及哪些方面如纯道先生？”

“未曾论及。我想，无非身材如纯道先生魁伟，举止如纯道先生端庄，学问如纯道先生精粹，谈吐如纯道先生清脆。”李贤说。

“纯道先生看，张生身材短小，其貌不扬，不合格呀！”姚夔道。

一句话，反而促使彭时拿定主意。他说：“汪生列于十四，张生列于十五，诸位以为如何？”

阁臣们走后，姚夔问王翱：“原德先生但听不说，今日怎不似往日？”

“你就别再烦他，”王翱说，“庶吉士只选北人，是皇上亲口对他说的；后虽命选了来看，又不曾废止前言。选出南人，他怎好说！”

所幸内阁会吏部选出的十五名庶吉士，皇帝一个也没除名。

# 第九十九章

四月初六日辰时，早朝早已散去，距午朝还有两个时辰，牛玉至内阁，宣李贤、彭时、吕原见驾。李贤等与牛玉一起走出内阁，本欲同行，牛玉却说："三位先行，我还要去宣王、马二尚书。"

说罢，他径向南转，而三阁臣往北转。牛玉以为李贤等就在身后，招呼一声"原德先生"。他想的是，李贤见他有话要说，一定会赶上两步，不料，身后毫无声息。回头一看，李贤等正往另一方向走去。他不由一愣，连忙回身追过去。

将追上时，气息已经不匀。李贤等闻得身后有异，都回头张望。

"牛公公，又有何事？"李贤问。

"三位何往？"他喘着气问。

"皇上不是宣召我等吗？"李贤道。

"忘告知原德先生等，皇上不在文华殿。"牛玉说。

"不在文华殿，却在何处？"李贤忙问。

"在南薰殿。"牛玉说。

李贤等三人都是一愣。南薰殿几乎和内阁对应，内阁在大内东南隅，南薰殿则在大内西南隅。路途远出一大截，这倒没什么，关键是皇帝从未在南薰殿召见大臣。

为慎重起见，李贤多问一句："牛公公，不会错吧？"

"皇上亲口交代，怎会有错！"牛玉道。并问，"三位识路否？"

反正往西走就是，错也错不到哪儿去。李贤等点头。

他等在宫墙内，走的差不多是一条直路。牛玉出东华门，找到王翱、马昂后，沿着护城河，绕着圈子，大约多一倍路程。但在宫墙外，两位尚书乘轿，牛玉乘马，所以两拨人到达南薰殿的时间，相差无几。

殿内，皇帝面南而坐。因不常来，御座是临时设置的。御座对面，一排放三个琴架，每个琴架上面安放一柄古琴。三名小宦者，年龄约在十五六岁，各跪于一古琴前。

众大臣行过礼，皇帝说："卿等辛劳。他等练习一曲，今借以飨卿等。"

李贤、王翱等叩首谢恩。皇帝吩咐："操琴吧。"

三名小宦者一起拨动琴弦，第一个音阶砰然而出。然后，是一段高亢、急促的旋律，并不时出现短暂的间歇。每当间歇时，小宦者便轻抚琴弦，使琴音渐缓渐低。几经转折，终于趋于平和。最后，余音袅袅，势如绕梁。

"卿等听来如何？"皇帝问。

"有张有弛，若张若弛，似得高人传授。"李贤说。

"说得对！"皇帝高兴地笑起来。他问，"李先生可知，宫中曾有一名与你同姓的太监，最精于琴？"

"陛下说的是李永昌吗？"李贤想到一个人。

"就是他。"皇帝点头，复问，"卿既知其名，可曾听其抚琴？"

"臣恨福薄，无缘见识其技。"李贤道。

"老王，你呢？"皇帝指着王翱问。

一声呼叫，不仅使王翱愣住，其他大臣也听着新鲜。不错，因王翱是耆旧，皇帝对他礼敬有加，平日不是唤他"王尚书"，就是唤他"王天官"，连"王爱卿"的称呼都很少用。今日却唤声"老王"，是谁也没想到的。或是因为君臣同赏雅乐，心情格外放松吧。

王翱静下心来，回奏道："臣在朝日少，在外日多，更无缘。"

"那好，卿等今日总算可以见识到。"皇帝指着面前跪的小宦者说，"这几个抚琴者，都是李师傅的再传弟子。"

"臣等叩谢陛下赏听。"李贤、王翱等道。

"皇上称他等是李师傅的再传弟子，却不知面授他等琴技的，是哪位师傅？"李贤问。

"李先生不知吗？"皇帝带着顽皮的心境，反问一句。

"臣不知。"李贤应道。

"卿等呢？"皇帝问其他大臣。

"臣等亦不知。"王翱等应道。

"他等业师，就是朕呀！"皇帝指着自己说，"朕为太子时，皇考屡使李师傅到东宫，讲解音律，授以指法。朕其时年幼，喜爱蹴鞠之戏，于抚琴之术并不上心。后来，朕自漠北还，居住南宫，寂寞抑郁。因忆李师傅昔日所传一二曲目，加以抚弄。不想，琴音一起，百忧不侵，宠辱皆忘，朕之性情竟为之而变。近日朕将一二曲目传于他等，所以说他等是李师傅的再传弟子。只可惜时日尚短，别说比不上李师傅神技，连朕昔日之意境也达不到。"

“他等操练不辍，必得精进。琴音平和，足以养性，诚如圣谕。臣等愿陛下常歌《南风》之词，以解民愠，则天下幸甚。”李贤奏道。

第二日，皇帝与入朝觐见的襄王瞻墡在南薰殿相见，赏听的是同一阕乐曲。抚琴的小宦者退下后，叔侄二人说起家常。

“叔叔今日往天寿山谒陵？”皇帝问。

“是。”襄王应道。

“心情如何？”皇帝问。

“拜谒三陵，臣心时时念之，而口不敢言之。今日终得如愿，皆蒙陛下之赐，臣不胜感激。”襄王道。

“叔与朕至亲，客套话就不必说；朕是问叔叔，天寿山气象如何，长陵、献陵、景陵气象如何？”皇帝说。

长陵是太宗皇帝陵寝，献陵是仁宗皇帝陵寝，景陵是宣宗皇帝陵寝。

“天寿山蜿蜒而开阔，确为吉壤；祖宗三陵无不气势恢宏。臣谒陵之际，心怀景仰，亦心怀畏惧。”襄王道。

“畏惧二字，从何说起？”皇帝问。

“谒陵如见祖宗，臣战战兢兢，反省言行有无违悖。”襄王道。

“叔叔此言虽微，而存大义，朕受祖宗江山之寄，且身在陵侧，更该时时反省。”皇帝说。

“陛下两度临朝，泽润天下，实社稷之福，万民之愿。”襄王道。

“朕知道，这也是叔叔心愿。”皇帝说。反省的话，只能在前面说两句；皇帝再说的话，仍没离开谒陵，但已是别的主题：“朕复位以来，叔叔这是第二次入朝。前次入朝，朕为叔叔做两件事：一是复设襄王府护卫，一是命有司为叔叔营寿藏。今次入朝，朕还要为叔叔做两件事：一是使叔叔谒陵，二是命百官朝拜。叔叔明日可于京邸见过他等。如内阁李卿贤，朕以为不让昔时三杨；如吏书王卿翱，朕以为可敌昔时蹇义。此皆朕的股肱大臣。”

“臣遵旨。李先生、王尚书名声在外，臣亦有所闻。”襄王道。

“叔叔在外，还曾听过别的贤臣吗？”皇帝问。

“臣孤陋寡闻，不识天下人才。不过，”襄王语气一转，说，“臣过开封时，汴城父老曾拦于臣车马前，诉说按察使王槩之贤。”

“他等欲留王槩，抑或欲升王槩？”皇帝问。

“他等欲为王槩请命。”襄王说。

“堂堂按察使要百姓为他请命，是怎么一回事？”皇帝问。

“他因被诬，已下诏狱。”襄王说。

“百姓称其贤，叔叔称其被诬，朕亦相信，抓他抓错。”皇帝略一思忖，说，“朕先将他释出，至于贤否，一问李卿、王卿便知。”

“考察是吏部的事，陛下为何还要问李先生？”襄王问。

“李先生最善识人，且最知朕心。”皇帝道，“朕给叔叔讲个故事：户部尚书沈固今年二月致仕，朝廷推选新尚书。其时，恰逢天下官员赴京朝觐。吏部称，云南知府贾铨治行第一，堪大用。或谓，可以贾铨掌户部。朕亦有此念头，但拿不定主意。于是，朕咨于李卿。李卿道：闻其名则可，但臣未见其人。待贾铨到京，朕使李卿观之。李卿回奏，观贾铨之貌，谨慎有余，而气度不足。”

“仅观其貌？”襄王觉得奇怪。

“不错，仅观其貌。”皇帝说，“李卿从不妄言臣僚优劣；除非朕有命，方言之。既言之，则由表及里，中肯不虚。故他敢说，观贾铨之貌，则如何如何；朕听其言，则信贾铨气度不足。不过，”皇帝笑笑，接着说，“那次不用贾铨，却是因为朕与李卿心目中都另有他人。”

“恕臣愚钝，掌会计者，不该以谨慎为主吗？”襄王又有疑惑。

“谨慎是要的，但为大臣者，须得遇事敢言，执法不挠，方得承担重寄。”皇帝道。

“原来这就是李先生所谓气度。”襄王说。

“叔叔说的是。”皇帝道，“朕着前尚书沈固致仕，不仅因为他是石亨所荐，也是因为觉得他气度不足。谓贾铨堪任户书者，不知朕心，李卿却是知朕心的。贾铨既不能任，朕问李卿，谁人可用。他向朕举荐一臣，正是朕想了很久的。该臣即现任户部尚书年富。”说到这里，皇帝问，“叔叔听说过此人事迹吗？”

“臣不曾闻。”襄王道。

“襄藩若在陕西、河南或大同，叔叔对他会略知一二。”皇帝说着，不知想起什么，忍不住露出笑容。

“陛下为何这么说？”襄王问。

皇帝不往下说，只给他留下一个话题：“明日百官参谒后，叔叔把李卿留下，让他讲与你听。”

襄王在京期间，住在东华门外旧日王府中的一处，不仅京师百姓，连朝中文武官员，也不知该称作某王府。

百官参谒，襄王说几句勉励的话后，请各官退出，只把李贤留下。

“看座。”襄王吩咐。

“殿下面前，无臣座席。”李贤推辞。

“李先生是皇上近臣，本王亦久闻贤名，坐下方好说话。”襄王道。

李贤告罪，坐在襄王下首。

“有件事，皇上要我向李先生请教。”襄王说。

“臣已奉圣谕。”李贤道。

“皇上与本王言及户部年尚书，说襄藩若在陕西、河南及大同，本王会对他略有所知。是否这位年尚书曾任职于陕西、河南及大同？”襄王问。

“此为其一。”李贤道。

“其二呢？”襄王问。

“他每到一处，都会得罪许多人。”李贤道。

“皇上与本王谈及这几处地方，甚是欢愉，不会是因为该臣到处得罪人吧？”襄王问。

“臣想，或是为此。”李贤却说。

“这倒是个典故，烦请李先生说与本王听听。”襄王道。

“是。”李贤应道，“臣先说陕西。年富曾任陕西参政，并总理粮储。其时，边镇膏腴屯田多为将校占垦。年富奏于朝，每顷输赋十二石于官。”

“这是要将校们以私财充公帑，将校们自然不肯。”襄王说。

“殿下说的是，”李贤应道，“第一个上疏与之争的，是总兵官王祯。他不仅奏言输赋十二石过重，且请朝廷治年富妄议之罪。”

“朝廷如何议处？”襄王问。

“赋较年富之议减三分之二。”李贤道。

“有未处分年富？”襄王问。

“未处分。”李贤道。

“但他与将校们的怨恨则结下。”襄王说。

“诚如殿下所言；不过，殿下大概没想到，年富后来屡遭诬谤，陕西将帅却与文职一起保奏，使他得以留任。”李贤道。

“怎会如此？”襄王的确没想到。

“陕西守边，有赖战马。马匹远途输送，军民皆疲。年富量地之远近，慎加钩考，革除宿弊，不仅民困大苏，亦解军困。失年富，如失马匹，镇将焉得不惧！”李贤道。

“这可真是既恨之，又爱之。”襄王说。

“其后得罪，就没这么好的运气。”李贤道。

“接下来，是不是该说河南？”襄王问。

“是。”李贤应道，“年富以右布政使迁官河南，他在河南究竟得罪哪些人，我一直不得其详，只知朝廷欲以苛虐治他的罪，还要追究推举他的朝廷大臣。”

“举主不会是李先生吧？”襄王问。

“我那时人微言轻，至多推举知府之类；推举方伯，轮不到我。不过，反而言之，若真是我推举的年富，获罪怕是免不了的。”李贤说。

“这么说，推举他的大臣不便治罪？”襄王听出话里另一层意思。

“是，推举他的是南杨先生。”李贤说。

“那可是天大的面子，想来年富仍得保全？”襄王问。

“朝廷使他戴罪立功，他也建立一件天大的功劳。”李贤说。

“是何功劳？”襄王问。

“当年，数省大灾，河南有流民二十万，公然剽掠。巡抚某以抚缉之事委年富，年富一处一处安抚，无不平定。”李贤说。

巡抚某，大概是指于谦，襄王心想。李贤谈论年富事迹，知无不言，问无不言，一定是皇帝对他有过交代。而提到这个巡抚时，却以“某”带过，显然有不便言者。其实，于谦被杀，传闻和襄王颇有干系，他很想问问李贤，到底有没有这回事。但人家连姓名都略过，怎么好问？

“安抚流民二十万，果是件天大的功劳。”襄王能说的只有这句话。

“在河南，年富还能戴罪办事，巡抚大同，他却未能逃脱牢狱之灾。”

李贤顺势转到皇帝提及的第三个地方。

“听说是因得罪石亨而下狱，确否？”襄王问。

“应该说，先得罪的是石亨；后把他送入牢中的，是石彪。”李贤说着，将年富与石亨、石彪争斗的情形大致讲述一番。

“石氏叔侄在大同的权势如日中天，年富碰到这两个对头，却能保住一条命，亦可谓奇事。”襄王说。

“皆因在前有当道大臣维护，在后有圣明天子维护。”李贤道。

当道大臣指的仍是于谦，襄王不问前者，只问后者。

“年富善得罪，已略见一二；不过，李先生，我还是不懂，皇上说到年富善得罪，为何会笑？”襄王道。

“皇上知年富，乃因他善得罪；皇上与臣议年富，也由他善得罪而始，善得罪而终。”李贤知无不言地说，“年富逮下诏狱，在皇上复位之初。其时，石氏权势炙手可热。皇上与臣谈论年富之狱，臣奏年富能兴利祛弊。皇上则一语道破天机：此必石彪为年富抑制，不得逞其私。因而释年富出狱。今春选户部尚书，臣奏年富执法不扰，可居此职。左右之人对臣说，皇上不喜此人，不可再举。臣知左右之人不喜年富，却不知左右之人是否使得皇上亦不喜年富，故不曾再举。一日，皇上谕臣：户部之职，恐非年富不可。臣奏：此人不悦者众。皇上谕曰：此愈见其贤。执法正，国计所系，宜用此等人，岂得顾私情不悦者！”

“于是，以年富为户部尚书？”襄王问。

“正是，年富虽臣所荐，实皇上选用。”李贤道。

“此事尤可见皇上圣明，难怪皇上不愿自述，却要李先生为本王叙述。”襄王总算揣摩出皇帝的心思，他略一沉思，对李贤说，“李先生，本王还有句话，不知当不当问？”

“臣奉圣谕，有问必答。”李贤道。

“皇上告诉本王，吏部以贾铨名重，欲荐为户部尚书，被李先生所驳；李先生又举年富，会不会和吏部闹出意见？”襄王问。

“都是为朝廷，不会闹出意见；再者，臣虽举年富，皇上必要咨于吏部，不会因臣一言而定。”李贤说。

“皇上如此处置，甚是稳妥！”襄王赞道。

牛玉见襄王，装模作样地要跪，口称：“奴才给千岁爷叩头。”

“不可！”襄王忙把他搀住，并问，“老牛今日要陪本王去何处？”

“爷赐千岁宫宴一席，命奴才送来王邸。”牛玉说，襄王要叩拜谢恩，他又说，“爷发话了：不必谢恩。叔叔吃好，牛玉好生伺候着。”

“多谢，多谢！”襄王道。见牛玉带来的人和自己的随从一起忙活着，从大号的食盒里一盘一盘取出菜来，在桌上摆好，他邀道：“老牛，你我一同拜领赐宴吧。”

“使不得，奴才是奉旨来侍宴的，不是赴宴的。”牛玉推辞。

“这话没道理。公公在宫中侍宴，是站立着；在王邸侍宴，理当坐着。再者，皇上将赐宴送至王邸，而没宣本王入宫吃酒，不明摆着要公公陪本王同饮吗？”襄王不容分说，拉牛玉到桌旁。

牛玉半推半就，让襄王坐于上首，自己坐在下首。

给襄王斟上酒后，他说：“千岁爷此番入朝，风光无限。奴才先伺候千岁爷饮一盅，以示庆贺。”

"同饮。"襄王说着，举起酒盅。

"千岁爷先饮几盅，再赏奴才。"牛玉道。

"你不给自家斟酒，我来给你斟酒。"襄王边说，边抓酒壶。

"不劳千岁爷动手，奴才自斟。"牛玉道。

饮一盅，费几句话，二人一连饮三盅。

"老牛啊，你说本王此番入朝，风光无限，却不知本王高处不胜寒；朝廷每有一恩典，本王就要战栗几日呀！"襄王有感而发。

"千岁爷乃多福之人，还怕福气多得消受不了？"牛玉问。

"可不是嘛！"襄王随便举两件事，"前些日子，皇上赐书：前叙亲情，乃知世子妃病，未有所出，而庶长子已十岁，向学上进。朕甚喜之，特立为襄世孙，以遂叔父裕后之怀。这等荣宠，是别的藩府都不曾有过的，本王且喜且惊。不过两日，又得皇上赐书：叔父，国家至亲，雅有贤誉，宜享优游之乐，每岁秋、冬间，可出城游赏三五次，或世子、郡王伴从。亦可玩览山川，猎取禽兽，以畅怀怡情。这等荣宠，更是别的藩府想都不敢想的，本王愈喜愈惊。"

他虽把喜说在前头，但所受之惊更超过所得之喜，两件事情说罢，连饮酒的兴致似乎都没有了。

"千岁爷，饮酒！"牛玉不忘职责，殷勤劝酒。看襄王只勉强饮一半，他问，"千岁爷想知道缘何得朝廷独宠吗？"

"这还用说！"襄王又惊又喜，这回是喜胜于惊。

"此盅饮尽，我说与千岁爷听。"牛玉道。

襄王举盅欲饮，想了想，自己把酒盅斟满，一饮而尽。

"千岁爷，你说皇上最敬重的是谁？"牛玉问。

"这要看你问的人是古是今，是内是外。"襄王说。

"亦古亦今，虽内犹外。"牛玉道。

"老牛说的是昭皇后？"襄王问。

"不错，爷最敬重的，便是皇祖母；而千岁爷是昭皇后最喜爱的皇子，这就叫'爱屋及乌'吧。"牛玉道。

"或是吧，"襄王半信半疑，"皇上既然敬重昭皇后，本王怎么听说，有一年昭皇后圣诞，欲召本王入贺，皇上却不准呢？"

"并非爷不准，是大臣们进言谏止，昭皇后改了主意。"牛玉说。

"老牛啊，这盅酒本王喝得有点儿冤。"襄王有上当之感。

"千岁爷再饮一盅，一定不冤。"牛玉借机劝酒，等襄王饮过后，他说，"千岁爷饮前一盅酒，为的是‘爱屋及乌’；饮这一盅酒，为的则是‘自祈多福’。”

“此四字怎讲？”襄王问。

“还是我先问千岁爷，”牛玉道，“爷北狩之初，千岁爷是否上书朝廷，请立皇长子为帝，以郕王监国，并招募勇士北迎车驾？”

“不错，写过。”襄王道。

“后闻郕王立，爷还京师，居于大内，千岁爷是否又上一书，言郕王宜旦夕省膳问安？”牛玉问。

“这书也上过。”襄王道。

“要不我说，千岁爷乃多福之人呢！”牛玉说着竖起拇指。

“老牛是说，幸亏本王上此二书？”襄王问。

“也幸亏从宫里找出来此二书，又幸亏从皇太后娘娘宫里找出来襄藩金符，不然的话——”牛玉的话刚一转折，戛然而止。

“老牛，不然便怎样？”襄王问。

“彼时流言四起，千岁爷何必多问。”牛玉道。

他越不肯说，襄王越是想听。一直是牛玉在为襄王斟酒，偶尔襄王自斟，这回襄王为牛玉满满地斟一盅酒。

“老牛，我敬你的。”襄王郑重地说。

“爷赐宴，奴才侍宴，怎当得起！”牛玉道。

他不怎么慌张，襄王知道有希望。

“牛公公侍宴，其他人知趣，早已远远退下；一墙之内，唯有你我。”襄王举着酒盅说。

“好，好，千岁爷所赐之酒，我饮就是。”牛玉接过酒盅，饮下，然后眼睛左右转动着，问，“当真无人听得到？”

“放心，老牛无所忌惮，我还怕出事呢！”襄王道。

“千岁爷，我说你是多福之人，还不在爷恩宠屡加，而在你两度身涉险境而无恙。”牛玉说。

“本王两度身涉险境？”襄王大惊。

“千岁爷竟一无所知？”牛玉也感意外，“宣宗老皇爷宾天时，京师盛传昭皇后欲立长君，召千岁爷登极。那是千岁爷第一次身涉险境。”

“老牛说的是这件事呀！”襄王全不在意，“我远在襄阳，闻得此事，还与儿辈说笑，不知这是谁穷极无聊编造出来的。”

“若不是编造出来呢？”牛玉道。

“不是编造出来？”襄王瞪大眼睛。

“老牛我当时在宫里，知道不是编造出来。”牛玉说。

“那，可是险得很。”襄王喃喃自语。

“但与下一次相比，这次涉险还不算什么。”牛玉道，“郕王病重不起，又是流言四起。复立今东宫为太子，是一说。另一说，则是王文、于谦辈欲迎立襄王。千岁爷想想，要是自家没上过二书，或上过二书却找不到，或找到二书却找不到襄府金符，将是怎样的结局！”

襄王惊出一身冷汗。如果说，前者数惊，只是担心，这次却是真的被惊吓着。昭皇后欲立自己，无论真伪，不过是和太皇太后牵连在一起；夺门之变前后的流言，却是和乱臣贼子牵连在一起。

皇帝对自己的警戒猜疑，襄王有所耳闻；今日得到证实，而且得知皇帝对自己格外恩宠的缘由，他不能不在心里对自己说一声侥幸。

四月二十九日，襄王入奉天门陛辞。

行礼毕，襄王起身欲去。一近侍匆匆赶来，躬身道：“襄王殿下稍驻，万岁爷亲来送行。”

不多时，皇帝在众近侍簇拥下，行至奉天门。

“叔叔今日要回襄阳？”皇帝问。

“臣在京师已二十余日，见陛下龙体康泰，朝廷群贤毕集，臣心荡漾，唯恭祝皇上万寿无疆。”襄王说。

“那好，过一两年，叔叔再来；来了，再去谒陵。”皇帝说。

“臣遵旨。”襄王应道。

“朕再送送叔叔。”皇帝说着，往承天门外走去。

“前次陛下送出端门，礼遇过隆，令臣惴惴不安。今日臣行，恳乞陛下至午门而止。”襄王边走边说。

“叔叔自襄阳来见朕，不辞辛苦，路途何止数千里，叔叔也要容朕表表离别之情。”皇帝说。

奉天门离午门不太远，不多时走到。眼看无法劝阻皇帝留在午门以内，襄王想，无论如何，不能再让皇帝送出端门。

离端门还有挺长一段路，襄王在皇帝身后呼声：“陛下！”

“叔叔有何话说？”皇帝放慢脚步，但没有停下。

“端门既至，容臣叩别。”襄王说着，跪下去，而且伏地不起。

皇帝不得不停下来，目示左右将他搀扶起来。

“朕知道，叔叔的肩舆在端门外。”皇帝说，并问，“叔叔车在何处？”

“在宛平城。”襄王答道。

“那朕还可以送叔叔一段。”皇帝说。

襄王心想，要糟糕！自己只想着不能再让皇帝送出端门，岂料皇帝送出端门还不肯罢休！

一出端门，他就发现，自己乘坐的轿子被挤到角落里去，而停在当中显眼处的，是皇帝出行使用的銮驾。

“陛下欲何往？”襄王惊问。

“与叔叔一同去看看卢沟桥。”皇帝说。

“陛下岂可轻出！若有意外，臣万死难辞。”襄王急得又跪伏在地。

“人称京城为天子脚下，天子自去一遭天子脚下，会出甚意外？”皇帝一边命近侍将襄王搀扶起来，一边说，“朕已安排好。叔叔的肩舆来到，就请在前面走吧。”

“不可，以臣先君，大乱之道也。”襄王说。

“朕今日不是以君送臣，是以侄送叔，何乱之有！”皇帝道。

见到皇帝一个手势，几名近侍扶掖襄王，几乎是塞进轿里。轿夫们抬起轿子要走，急得襄王在轿子里叫道：“尔等敢行一步，罪在不赦！”轿夫们被震慑住，又把轿子放下来。

襄王从轿里探出头来，吩咐：“尔等将轿子掉转过来抬。”

轿夫们抬起轿子转半周，脸对着端门，背对着承天门。

“愚不可及，如此怎走得了路？还不转过身来！”襄王道。

轿夫们转过身子，倒抬起轿子。

皇帝登舆前，奇怪地问：“叔叔这是何意？”

“臣不敢以背向君。”襄王说。

于是，他的肩舆在前，皇帝銮驾在后，銮驾前后分布天子仪仗。一行出端门，出正阳门，走上通往宛平城的官道。

王府的车驾已在宛平城外迎候。因皇帝说过要一同看卢沟桥，襄王没换车，而是命轿夫穿过宛平城，一直抬到卢沟桥边。

皇帝与襄王站立桥头，看着桑干河，看着卢沟桥，各说几句别离的话。襄王道：“臣恭请陛下回銮。”

“是啊，再走的话，真的离开京师。朕不能再送。”皇帝说着，问身边的侍者，“朕为叔叔准备的礼物呢？”

一名近侍捧着一名贵紫檀木匣盒，外以黄缎包裹，跪呈皇帝。皇帝径至襄王身前，亲手授与。襄王跪拜而受。

“这是朕据叔叔所述，亲制的岘山、汉水赋，及襄阳四时歌，送与叔叔保存。”皇帝握着襄王的手说。

襄王叩拜。近侍将他搀扶起来，送他去王府车驾。他走两步，转身，又拜下去。复起，复拜，如是者三。

“叔叔尚欲何言？”皇帝问。

“天下望治，如饥似渴，愿陛下省刑薄赋！”襄王声音呜咽地说。

“敬受教！”皇帝拱手道。

他看着襄王的车队走出很远，才命銮驾返回。

# 第一百章

皇帝宣召李贤，并要他带一部《诗经》过去。这让李贤颇为意外。但他也没有多想，从文渊阁藏书里随便抽部《诗经》，赶往文华殿。

东偏殿内，左侧设个座位，有凳有几，距御榻不太远。李贤一进殿，就发现这一变化。

皇帝不让李贤行礼，并吩咐近侍："你等还不快把书接过！"又对李贤说，"朕今日请李先生讲书，不行君臣礼。"

近侍从李贤手里接过书去，恭恭敬敬地放在几上。李贤不敢废礼，虽皇帝交代，仍行礼如仪。

"李先生，坐下说话。"皇帝命道。

李贤谢恩，坐于凳上。皇帝在文华殿偏殿赐座，有两种情况：一是为皇帝讲解经典；二是议事，或闲谈。因为二者都会延续很长的时间。今天看来，两种情况是兼而有之。

"李先生曾进言，要朕常读《南风》之词，还记得吗？"皇帝问。

"臣记得，那是在四月。"李贤应道。

"其时方入夏，却燥热，不忍劳卿。今已仲秋时分，就请李先生为朕讲一段《诗》吧。"皇帝说。

"早知陛下欲读《诗》，臣就带毛诗或《诗集传》来。"李贤后悔只带来本普通的《诗经》。毛诗指汉朝人毛亨、毛苌注传的《诗经》，《诗集传》则是宋儒朱熹所编辑。

"前人的注释，朕自个也可以读。李先生既要朕常读《南风》，一定颇有心得。朕想听李先生的心得。"皇帝说。

"陛下要臣讲哪一篇？"李贤问。

"李先生所称的《南风》，应分为《周南》《召南》。《周南》十一篇，《召南》十四篇，除《周南》第一篇，卿任选一篇吧。"皇帝说。看来，为今日谈话，皇帝颇做一番准备。而且，第一篇"关关雎鸠"几乎是任何讲《诗》者都要讲到的，最易落入俗套，所以皇帝不要听。

“臣遵旨。”李贤应过后，翻开书。

让他选择篇目，是对他的关照，也是给他出的难题。选择的篇目，既要自己不会被难住，又要寓意比较容易理解，所以不能太草率。而皇帝就坐在上面，等他选择，又不能不尽快定下来。《周南》《召南》在《诗经》最前面，他把篇目很快浏览一遍，从中选出一篇。然后，翻到那首诗，很快读一遍，以确定没有解读不了的字词和难以理解的句子。

“臣请为陛下读‘江有汜’。”他说。

“这是第几篇？”皇帝问。

“《召南》第十一篇。”李贤道。

“好。”皇帝不反对。

《诗经》里的诗，以三段为多，每段或三句，或四句，或五句，也有多至六句的，每句或三字，或四字，也有多至五字、六字的。“江有汜”，也是三段，每段五句，其中有一句重复，每句三字，每段最后一句四字，也就是说，每段只有十六个字。李贤确定讲解的方式：每次诵读一段，再加以讲解。

第一段：江有汜，之子归，不我以。不我以，其后也悔。

李贤讲解道：“古人云江，一般是指长江。汜，支叉也。第一句说的是长江有支叉。之子归，《诗》里还有雷同的句子，曰：之子于归。之，与‘其’字用法相似；子，一般指女子。之子，即他的佳人。为何定要说佳人呢？因为《诗》里的‘归’，有特别的含义，指女子出嫁，归于男家。故第二句说的是：他携佳人归来。”

“佳人是其妻吗？”皇帝问。

“将上一句和下一句联系起来看，应该不是。”李贤道，“不我以，应掉转过来，读作不以我。这种句子在《诗》里也是很多的。‘我’，即吟诗者，和前面的‘子’，不是同一个人。不以我为何者？不以我为妻也。故‘我’才是妻，‘子’，是丈夫的新欢。前一句‘江有汜’，以‘子’比作‘汜’，亦可印证‘我’才是妻。”

“嗯，李先生的推断，理由很充分。”皇帝说。

“既不以我为妻，丈夫以后一定会后悔的。”李贤接着讲解后两句。这两句很直白，无须多费言词。

第二段：江有渚，之子归，不我与。不我与，其后也处。

“渚者，今谓江中之洲，古时也是此意吗？”皇帝问。

“也是此意，”李贤应道，“不过，此处以‘渚’之小，喻丈夫的新欢。不我与，即不与我。丈夫携新妇归来，不与‘我’生活在一起。但眼下他不与我生活在一起，早晚还要回到我身边。‘处’指住处，与前面的‘渚’相呼应。‘渚’是‘子’的住处，‘处’是‘我’的住处，丈夫应该好好加以选择。”

“诗里的‘我’，当真相信丈夫会回来？”皇帝说。

“与其说相信，不如说期待。”李贤把方才的讲解稍稍改动。

“朕也这么想。”皇帝道。

第三段：江有沱，之子归，不我过。不我过，其啸也歌。

“沱者，曲折也。”李贤讲解道，“长江有支叉，有沙洲，也有曲折。过，途经。丈夫携新人而归，连到我住的地方看一眼都不肯。啸，多指哀叹；歌，多指悲歌。但这不是‘我’的哀叹，‘我’的悲歌，而是丈夫的哀叹，丈夫的悲歌。‘我’在预言，丈夫虽结新欢，早晚会后悔的，他和新欢相处，如长江有曲折一样，不会走到尽头。”

“这篇‘江有汜’，李先生讲解得很生动，很清晰，朕没什么要问的。以朕之见，咏诗者，亦即诗里的‘我’是名怨妇，不知对否？”皇帝是在谈印象，而不是发问。

“陛下说的是。”李贤应道。

“李先生为何会选择一篇怨妇的诗？”皇帝这是在问；不过，问的是诗的内容以外的问题。

“一则，‘诗’中各篇，尤其是‘国风’，尤其是‘南风’，多以妇人的口吻吟诵。陛下命朕讲解‘南风’，臣不选择此妇，则选择彼妇。二则，《诗》中常以怨妇喻怨民，以冤妇遭遇之艰涩苦难，喻冤民遭遇之艰涩苦难。故臣进言，愿陛下常读《南风》之词，以解民愠。”李贤回奏。

“对，李先生说的，是‘常读《南风》之词，以解民愠’；不过，朕在想，李先生说这句话时，其意是不是以解士大夫之愠？”皇帝这个问题提得比较尖锐。

李贤愣了愣，字斟句酌地说：“民愠，亦含士大夫之愠。”

“李先生对朕讲这句话的前一日，恰翰林学士倪谦下锦衣卫狱，李先生说的是不是倪学士之愠呢？”皇帝问得更具体。

李贤自问，今日选讲《江有汜》，只是因为这一篇好讲解，绝无为倪谦鸣不平的意思。当然，当初听罢琴韵，对皇帝进言时，脑海中似乎曾浮现过倪谦下狱一事。常读《南风》，以解民愠，说不定真的是为此而发。皇帝把昔日进言和今日讲诗这两件事联系起来，而且联系得天衣无缝，真让李贤感到惊惧。

另一方面，皇帝对自己的进言这么重视，也让李贤欢欣鼓舞。两三个月来，皇帝未必读过《南风》，但一定在琢磨“民愠”二字，一定在琢磨，读《南风》怎的就能解民愠？李贤想，与其下功夫把进言和讲诗两件事分拨清楚，不如把那天没有完成的谈话继续下去。

“陛下明察。臣进言时，确曾联想到倪谦下狱之事。”他说。

“朕正想与李先生谈论此事。”皇帝说着，问道，“彼时倪学士为何下狱，李先生还记得吧？”

“臣记得，倪谦论罪，牵涉辽府。”李贤应道。

“那么，有几件事，不知李先生查问过没有？”皇帝说着，一一问道，“其一，辽府庶人贵燮一案，是否有冤情？”

辽藩封于洪武年间，贵燮是第一代辽王之子，封远安王。他曾密告其父有异谋，辽王病故，他又不去奔丧，因此，被废为庶人。算起来，这已是三十多年前的事。

“贵燮是仁宗皇帝所废，据臣所知，并无冤情。”李贤说。

“贵燮之母为武定侯郭英之女，朕知道，这是不会错的；倪谦之妻，亦郭氏之后，李先生知其确否？”皇帝问第二个问题。

“据臣所知，倪谦确娶于武定侯府。”李贤说。

“最后有一事，”皇帝道，“贵燮馈倪谦，谋复郡王，事确否？”

“臣不知，不敢妄言。”李贤说。

“不敢妄言其有？”皇帝问。

“亦不敢妄言其无。”李贤说。

“不敢妄言其有，朕不问；不敢妄言其无，李先生为朕说上一两句。”皇帝道。

“贵燮婿魏玉武馈倪谦，谋复仪宾，二人均已承认；奏表也是倪谦代魏玉武草拟的。臣想，魏玉武馈赠一事既实，贵燮馈赠一事未必没有；谋复仪宾一事既实，谋复郡王一事，未必没有。”李贤的推测不失缜密。

“或是谋复仪宾易，故先谋之；谋复郡王难，待谋复仪宾成，再谋之。今谋复仪宾已获朝廷恩准，若未及时处置，下一步，倪谦将为贵燮谋复郡王。”皇帝的推测更进一步。

“或如陛下所言。”李贤应道。

“那么，卿仍以为倪谦不当处置，不当下狱吗？”皇帝问。

“倪谦当处置，但不宜似今者处置；当下狱，但不宜下锦衣卫狱。”李贤道。如果说，在皇帝把进言和讲诗联系起来的一刻，他的处境比较被动，那么，现在他已经恢复自信。

“李先生这话怎讲？”皇帝问。

“倪谦有罪，当下刑部狱或都察院狱，不宜下锦衣卫狱。”李贤说。

“但倪谦的罪过是由锦衣卫侦缉出来的呀！”皇帝并不觉得将倪谦下锦衣卫狱，有什么不宜。

“这正是臣接下来要说的。”李贤道，“倪谦狱案，牵涉辽府，牵涉贵燮、魏玉武，但还牵涉另外一人，乃顺天举子章黼。去岁，倪谦主顺天试，章黼因落第，怀恨在心。倪谦为魏玉武草拟奏表，谋得仪宾，其中情节，实由章黼侦得，告于锦衣卫。此事京师人人皆知，为倪谦抱屈者，多是为此；臣以为此事不宜似今者处置，也是为此。”

“但章黼所告，乃实情呀！既为实情，则不能称作讦告。”皇帝说。

“既为实情，则不能称作讦告，诚如圣谕。但章黼所言，并非全为实情。”李贤道，“实情是，倪谦得魏玉武馈赠，为其草拟奏表，谋复仪宾；章黼说的是，倪谦得贵燮馈赠，为其谋复郡王。”想到皇帝推论，倪谦以谋复仪宾为第一步，下一步可能是谋复郡王，他说，“虽则，倪谦接下来或会为贵燮谋复郡王，然章黼首告时，并未实施。讦告者从来不是有一说一，而是有一说二，说三。他以为，仅有一，朝廷不会处置倪谦；须得有二，有三，才得以售其奸。”

“其实，有一已足以治罪。”皇帝说。

“但不足以治重罪，更不足以置于死地。”李贤道。

“朝廷并无将倪谦论死之意呀！”皇帝说。

“此正可见陛下慎重；但讦告之风绝不可长。”李贤道，“章黼为落第而讦告，乡民便可为争田而讦告，市民便可为争舍而讦告，商民便可为争财而讦告。人人以讦告为事，世道怎能祥和，天下怎能安宁，官府怎能勤政，百姓怎能安居！”

“禁止讦告，祖宗以来多有诏令；李先生称讦告之风不可长，朕自会留意。不过，”皇帝把话题一转，说，“倪谦下狱，虽有章黼讦告在其中，但锦衣卫多方侦伺，始得其奸，却非属讦告。李先生尚未辩明，倪谦不宜下锦衣卫狱呢。”

其实，一个落第举子，不值得李贤费如此多的口舌，由章黼而连及锦衣卫，才是他要说的主题。

“臣曾奏言，锦衣卫官校出入逮拿罪人，恣意妄为。”李贤说。

“是。卿说的是，锦衣卫出入逮拿罪人，动辄抄没人家，凌辱眷属及邻舍；逮一人，数家立破。”皇帝不仅记得此事，而且清楚记得李贤的原话，也记得自己当时的处置，“朕亦严斥卫使门达，不得放纵官校恣意妄为，否则，必治以重罪。不过，李先生大概不知道，石亨、石彪等罪状，却是锦衣卫官冒死察访出来的。”

“朝廷设锦衣卫，正是为防巨奸大蠹。”李贤道。

“李先生的意思，治理官民用不着锦衣卫？”皇帝问。

“普通百姓过失，以官府治之即可；内外官员过失，以御史监之即可。譬如倪谦得魏玉武馈赠，为草拟奏表，谋复仪宾；或日后得贵燮馈赠，为草拟奏表，谋复郡王。此等作奸犯科，一定会为御史纠察弹劾。”李贤说。

“若御史犯有过失呢？”皇帝问。

“御史可互纠，内外官员亦得弹劾。”李贤说着，把他的思路清理一遍，“百姓过失，官府治之；官员过失，御史纠之；御史过失，彼此互纠，或他官劾之；非罪大恶极者，无须动用锦衣卫。譬如陛下前者赏臣等聆听琴曲，其音砰然而出，悄然而收，由高亢渐趋于平和。臣以为，陛下治理天下，亦当循此道。”

“朕何尝不欲垂衣裳而天下治，奈何事端迭出，是非纠缠！”皇帝叹道。他曾对李贤等谈论琴音使他性情发生变化；贤今日又谈琴音，他意识得到其中的含义，思绪也由空泛的谈论转入具体。

“李先生，锦衣卫出入逮人，果会招致戾气吗？”皇帝问。

“陛下不妨密查其事。”李贤道。皇帝提到严斥门达，却忽略，他曾答应李贤，定要查问此事。正如皇帝没有忘记李贤当日的话，李贤也没有忘记皇帝当日的话。

一名二十多岁的宦者，穿一身百姓的衣服，进宫以后，每到一处，都会被拦截下来盘问；等认出他来，盘问者又会取笑两句放行。

到得乾清宫内门，当然更要把他拦住。认出他后，守门的太监笑着问：“小子，几日不见，怎么打扮成这副模样？”

“被爷差出办事。”宦者说。

按照规矩，守门太监不能询问差出办什么事；但循常例而想，知道差出宫外办事，一定收获颇丰。

“你小子发财，别忘请叔喝酒。”他说。

“发财？”宦者一脸苦相，“爷要治的，就是发不义之财；别说没人送银子，就是有人把银子送到手里，小的也不敢拿呀！”

“得，我原本也没指望你孝敬，算我没说。你小子进去吧，爷从昨日起就在问你回来没有。”守门太监说。

进内门，再无人问，因为大家都知道，不是皇帝即刻要见的人，根本进不了内门。

在宦者跪下磕头的工夫，皇帝问：“怎的才回来？”

“奴才去了霸州。”宦者道。

“亏的只去霸州，若是去沧州，再有三五日怕也回不来。”皇帝虽在取笑，但称赞他办事认真的成分居多，“说说吧，私下查访得如何。”

“锦衣卫官校拿人之际，勒索钱财的事是有的。”宦者说。

“多不多？”皇帝问。

“并非人人勒索。”宦者答非所问。

“并非人人勒索，是多还是少呀？”皇帝问。

“不在少数。”宦者说。

“举例来说。”皇帝命道。

“有指挥二人，外出逮拿罪人，都在十次以上。”宦者举二人为例，“刘某十三次，强行勒索十次；赵某十五次，强行勒索三次。”

“其余各次均秋毫无犯吗？”皇帝问。

“顺手牵羊之事，多或有之。”宦者说。

“强行勒索与顺手牵羊怎分得清？”皇帝听出问题，但无心细究，他说，“好吧，就算二者有别。刘某逮人十三次，强行勒索十次；赵某逮人十五次，却仅强行勒索三次。两相比较，赵某比刘某有节制得多。”

“但刘某勒索十次，得银不足两千；赵某仅在霸州勒索一次，就得银三千余两。”宦者说。

“故而你去趟霸州？”皇帝问。

“是，奴才想去查访那家如今的情形。”宦者说。

“那家情形如何？”皇帝问。

“宅院尚在，宅主已易。”宦者说，“奴才询于新宅主，他对那次逮人经过知之甚详。据他说，赵某向旧宅主索银两千，否则逮其全家，锒铛赴京。旧宅主倾其所有，仅得银一千四百，无奈之中，将宅院作价三百，过户于新宅主。”

“作价三百两银子，算得上大宅院吧？拿得出一千七百两银子，算得上殷实人家吧？”皇帝道。

“是，”宦者应道，“赵某夸口，哪趟差使最肥，他竭尽全力，也要抢到手里。故他家的日子，比别个指挥都过得好。”

“碰到你，他的好日子算过到头！”皇帝又称赞宦者一句。复言道，“你说他霸州一次得银三千余两，这才一千七百两呀！”

“除勒索本家，他还勒索别家。”宦者说，“被逮之人，在那一区最为殷实，其左邻有三户，右邻有一户，较为殷实。赵某指左邻三户为本家同宗，右邻一户为本家姻亲，责令四家各出银五百，买个平安。”

“这两千两他也得到？”皇帝问。

“奴才一一查访过四家。得知：其中两家倾其所有，并售出宅院，凑得五百两；另外两家，一家凑得四百两，一家仅凑得三百两。算下来，赵某霸州之行，共勒索得银三千四百两。”宦者说。

“逮一人，数家立破，看来，此言并非虚妄。”皇帝想起李贤另一句话，他吩咐，“朕写一手谕，你拿与门达，着他将刘、赵二人下狱。”

“要传唤门大人吗？”宦者因差事办得好，被皇帝称赞，才敢多问。

“要传唤时，朕自会传唤，今次你只去送朕的手谕。”皇帝说。

“是，奴才遵旨！”宦者应道。

曹钦走近司礼监值房，把值房门外的大小宦官撵到远处；走进值房外室，把里面的大小宦官撵到门外。他这才推门而入内室，并随手把室门带上，叫一声“爹爹”。

曹吉祥听到他在门外的吆喝，问道：“你有何事，搞出这大动静？”

“老门已应承！”曹钦的话音里充满喜悦。

“应承何事？”曹吉祥问。

“来拜谒爹爹。”曹钦说。

曹吉祥内心也充满喜悦，但话语间和表情上都没表现出来。

“内忧外患，竖子不得不来。”他说。

“爹爹是说朝廷内忧外患？”曹钦没听明白。

“朝廷内忧外患与他何干！我说的是他自家内忧外患。”曹吉祥道。

“皇上虽不时将他唤入，严加训饬；但一有事情，仍交与锦衣卫办。孩儿没看出他的内忧外患。”曹钦说。

“你呀，比一般人略强；言老谋深算，还差得远！”曹吉祥道。

“尚乞爹爹教诲。”曹钦躬身道。他封爵之后，仍对曹吉祥如此恭顺，应该说很是难得。

“在一般人看来，皇上对老门严加训饬，是老门失宠；你却看出，皇上对他训饬是训饬，使用是使用，这是你胜过一般人的地方。但你没看出来，皇上越使用锦衣卫，老门处境越危险。”曹吉祥说。

“是因为皇上越使用锦衣卫，他越容易犯错吗？”曹钦问。

“错！使用锦衣卫，要老门亲自出马的并不多，有一半事是由姓逯的小子去办的。皇上有时还向老门交代一声，有时则越过老门直接向姓逯的小子交代。”曹吉祥说。

“原来爹爹说的内忧，是姓逯的小子！”曹钦终于领悟到，不由兴奋地叫出来。

“你怕姓逯的小子听不到吗！”曹吉祥责备道。

“爹爹不必担心，我已把孩儿们都撵走。”曹钦说。因为曹吉祥管司礼监上下都叫孩儿们，他也这么叫。

“你以为叫一声孩儿们，就都是你的人？再者，你与我说话，任他等去听，其中可能只有一个人泄露给姓逯的小子；你把他等撵走，有十个人听到，就有十个人泄露给姓逯的小子。因为你不曾叮嘱他等，所言之事不得泄露。”曹吉祥指出他在自作聪明。

“孩儿懂了。”曹钦并不觉得错，但嘴上仍然认错。

“再来说老门吧。”曹吉祥道，“而今老门既害怕皇上不把事情交与锦衣卫办，又害怕皇上不停地把事情交与锦衣卫办，可谓狼狈之极。姓逯的小子每办一件事，等于打老门一巴掌，可谓得意之极。”

“老门内患，爹爹讲得透彻；他的外忧又是哪个？”曹钦问。

“你且想想，皇上眼下最宠的是哪个？”曹吉祥诱导他多思。

“先前还有老石叔侄，这一公一侯不在，皇上所宠，唯有爹爹。”曹钦随口而答，就是不肯多思。

“你呀，日日于朝中走动，大局仍看不清楚。”曹吉祥道，“皇上宠我不假，却不是最宠。一月之内，皇上召我议事不过一两次；而有人，旬日之内被召入数次。”

“爹爹说的是内阁李先生？”曹钦听出眉目。

“不错！”曹吉祥点点头，“皇上几日不与他面议，则若有所失。我看，皇上对他的宠信，已超过宣宗老皇爷对三杨先生的宠信。”

“那么，李先生是老门的外忧？”曹钦问。

“锦衣卫官校出入逮人不便，李先生在皇上面前说了一年；皇上训饬老门，有好几次是为此事。李先生进言一次，老门就会有几日不舒坦。你说二人是不是冤家对头？”曹吉祥道。

“爹爹这般说，孩儿倒有个计较。”曹钦自觉聪明起来。

“你说！”曹吉祥道。

“帮一个，打一个。”曹钦说。

“说说你的想法！”曹吉祥让他继续往下说。

“皇上最宠李、门二人。爹爹欲得独宠，一定要去掉此二人。但同时与二人争锋，力有不逮。不如帮一个，打一个，借一人之力，除去一人，然后再算计另一人。”曹钦说得头头是道。

“想法不错。依你看，该帮哪一个，打哪一个？”曹吉祥问。

“自然是——”话一出口，曹钦忽然发现，根本没什么“自然”，他改口说，“爹爹拿大主意。”

“帮一个，打一个，我也曾想过，结果是哪个也不能帮。”曹吉祥说。

“却是为何？”曹钦问。

“先看帮李先生、打老门，结果会怎样。”曹吉祥道，“李先生与我辈非一路人，你帮他除去老门，他绝不会感激你。你想着借他之力除去老门，说不定他也想着借你之力除去老门；你想着除去老门之后再算计他，说不定他也想着除去老门之后再算计你。最后究竟谁能算计谁，只有天知道！”

“帮老门，打李先生呢？”曹钦问。

“我劝你想也不要想！”曹吉祥道，“姓门的得有今日，靠的是谁？第一个荐他的是兴济伯，他报兴济伯的恩吗？他一升迁就把老杨忘得干干净净。第二个荐他的是老石，他倒没忘老石，他的报恩是狠命咬上一口。第三个荐他的就是我，他对我可曾有一丁点儿念及旧情？我常想到以前的锦衣卫使，对有恩于他的人是何等恭顺，何等忠心，今日怎么就找不出这样的卫使呢！”

“爹爹说的是马顺马大人吧？”曹钦问。

“你也见过马大人，见过马大人在王公面前是什么模样。你说，今日锦衣卫里，还有一个像马大人的官校吗！”曹吉祥道。

“爹爹一日如王公，锦衣卫自然不乏马大人。”曹钦说。

曹吉祥初听此言，有点儿不舒服，但很快品出味道。他拍着曹钦的肩膀说：“你随我多年，唯独这句话说到点子上。不过，在成为王公之前，切不可养虎遗患。喂饱姓逯的小子，他会咬你一口；喂饱老门，也是同样的结果。帮老门，打李先生，不可取。”

“既如此，爹爹为何还要邀见老门？”曹钦又不懂。

“老门不可帮，却要笼络。帮一个，打一个，并非上策；上策是隔岸观火，坐收渔利。当然，能适时放放火，更佳！”曹吉祥道。

门达晚上去的曹吉祥私宅，曹吉祥怪道：“我才与钦儿饮过酒，门大人为何不早些来，同饮几盅！”

“在下是来请罪，怎敢搅曹公与昭武伯雅兴！曹公赏杯清茶就好。”门达揖道。

“请罪？这话从何说起呀？”曹吉祥边问，边招呼门达坐下，边吩咐小宦者奉上香茗。

“忙于公事，疏于拜谒呀！”门达说。

“门大人若只说‘疏于拜谒’，你我哈哈一笑，就可过去；既说到‘忙于公事’，我还真要责怪你几句。”曹吉祥道。

“在下公事没办好？”门达紧张起来。

“不是门大人差事没办好，是锦衣卫差事没办好。”曹吉祥说。

“公指何事？”门达忙问。

“该查的奸人不查，却查起我和钦儿！”曹吉祥道。

“查曹公和爵爷？绝无此事！”门达矢口否认。

“我心里有数，这不干门大人事，寻衅的另有其人。我敢说，向我曹氏寻衅的，绝没好下场，门大人不信，且拭目以待。”曹吉祥道。他的目的不在于威胁门达，而是要门达把这些威胁的话传出去。

“在下信，在下信！”门达连声应道，且诉苦，“曹公是知道的，锦衣卫不能不做事。有的事是皇上交代的，在下绝不敢不做；有的事皇上并未交代，人家偏要做，在下也无奈。”

“锦衣卫不能不做事，这话很实在；不过，”曹吉祥喝口茶水，向门达示意，下面的话很重要，“怎样去做，却大有讲究。有的事，费气力做，不一定讨好；有的事，轻而易举就能拔得头筹。”

“是，是，在下听曹公吩咐。”门达道。

“查我和钦儿，绝难讨好。”曹吉祥说过这句话，口气转为亲切，“门大人，我可不是说难讨我的好，我是说难讨皇上的好。为什么呢？皇上圣明呀！皇上知道，外臣再怎么忠诚，再怎么能干，也比不了家奴。所以，夺门元勋，徐学士发去云南了，石爵爷死在狱里，唯独咱这个不起眼的司礼监太监，岿然不动。锦衣卫不管谁在查我父子，皇上最终总得交代门大人办。要是有一天，皇上吩咐：老曹的事你去与他说，让他自行处置。老门，到那时你我如何见面呀！”

“是，是，在下也怕有这一天。”门达说。

“办事还得办能拔得头筹之事。”曹吉祥又说。

“请教曹公，何事能拔得头筹？”门达问。

“多抓几个秀才呀！”曹吉祥道，见门达皱眉，他说，“我知道，有人进谗言，说锦衣卫官校如何如何，引得皇上责怪。可门大人想过没有，皇上责怪是责怪，那个倪学士还不是远戍？倪学士远戍，门大人即拔得头筹。言错行差的秀才不在少数，门大人抓得越多，差事就办得越好。抓来抓去，早晚有一天，会抓到门大人最想抓的人。”

“多谢曹公点拨。”门达应道。他隐约觉察，曹吉祥没安好心；但须得不断侦伺、检举内外官员的过失，锦衣卫的日子才好过，这话不会错。

# 第一百零一章

徐有贞掐指一算，对童儿说："今日宜远行。"

"老爷要去何处？"童儿问。

"你说。"徐有贞故意让他来决定。

"老爷想出游，怎么倒让我说。"童儿才不上他的当。

"老马识途，让我的坐骑来定，如何？"徐有贞突发奇想。

"它若是出城呢？"童儿问。

"那就让你的驴儿也跟随出城。"徐有贞道。

"老爷别忘记，每次出城回来，都要听一番训诫。"童儿说。

"不过问问是否劳累，有无遇险，有何妨碍！"徐有贞道。

二人的话都颇为夸张。

金齿卫设立不久，改为金齿军民指挥使司，即由流官设置改为土官设置；但无论官府还是军民人等，仍习惯地把它称作金齿卫。金齿卫治所在原永昌府；无论官府还是军民人等，习惯地把它称作永昌城。它不仅远离京城，而且距云南府城也有一千多里，可说是个天高皇帝远的地方。

因此，戍金齿卫虽是罚到极边之地，可谓重罚；被罚的官员却落得个自在，只要不闹事，不逃亡，就没有人管。加之，当地土官得知徐有贞是朝中宰相，更不会动辄训诫。当然，劝诫是有的，譬如告诉徐有贞，出城须禀明官府等等。劝诫就是劝诫，不会变成问候。

徐有贞一如既往，不向军民府衙禀明。他有他的理由：老马引路，谁知道它会引到哪里去？

说是老马引路，实际上决定马行方向的还是主人。徐有贞趁童儿没看见时，一会儿勒勒缰绳，一会儿踢踢马肚，把马引出永昌城北门。或许童儿并非没看见，只是佯作不见，给老爷留点面子。他骑的驴子跟老马走惯，老马拐向哪里，它就跟到哪里。

前面有两条路，一条向正北，一条向东北。

“走哪一条路？”徐有贞问童儿。

“不是老马识途吗？”童儿道。

“好，这是你说的。”徐有贞说着，左脚不经意地踢踢马肚子，老马扬起头，拐向东北方向的路。

“糟了，不知此路通向何方？”徐有贞说。

“老爷想去黄龙寺，就去黄龙寺，何必扭捏作态！”童儿说。

“怎么，此路通向博南山？这可是天意呀！”徐有贞偏要扭捏作态，“我多次和你计议，往黄龙寺一游，都被你挡驾。夏日未至，你说深山之中恐寒；夏日一到，你又说一路之上恐热。秋日过半，你仍说暑气未尽；冬日才临，你又说风雨交加。总之，你下定决心，不让我游黄龙寺。”

博南山在隶属军民府的永平县地界，黄龙寺位于博南山深处，不是什么名刹。徐有贞不知听什么人介绍过黄龙寺，早有游寺之念。

“我下定决心不让老爷游寺，恰如老爷下定决心游寺。”童儿说，“小的打听过，博南山道路迂折，黄龙寺地处幽僻，本地人都很少到达。我不让老爷去，是有道理的。”

“今日又如何？”徐有贞问。

“老爷说是天意，我还能说什么！”童儿道。

“既有天意，亦有己意。”徐有贞说着，问道，“博南山有一别名，童儿知否？”

“好似有个金字，别的记不得。”童儿说。

“叫金浪巅山。”徐有贞告诉他。

“老爷是冲着这个名字去的？”童儿问。

“是啊，”徐有贞道，“本老爷的别字元玉中，有个玉字。人常说金玉良缘，我与此寺是有缘的。”

“老爷有缘，去也值得；小的辛苦一趟却是为何？”童儿埋怨。

“还有金童玉女呀！你辛苦一趟，摇身一变而成金童，岂不大妙。”徐有贞拿他开心。

“我可不信，大雄宝殿里寻得到玉女。”童儿回讥一句。

主仆二人有说有笑，不觉疲劳，到得山脚下。

他们走过的那条路不是官道，既不宽敞，也不平坦。而上山的路径，比那条路更狭窄，两个人并排走还可以，一马一驴并行，不是撞到路旁的山石，就是被挤到路旁丛生的杂草里。

徐有贞的老马不肯上山，无论他勒缰绳，踢马肚，都不起作用。

“当真是老马识途呀！”童儿嘲讽道。

“仅此一途，它不屑在头前引领，你的驴儿可行于前。”徐有贞说。

“只怕走不出百步，驴儿也要退后。”童儿说。

果然，老马、驴儿不久就合伙淘起气来。驴儿横过去吃路旁的青草，老马就势去吃路另一旁的青草，闻着稍远的青草更香，更具诱惑，还试着要往外走走，吓得骑者紧紧勒住缰绳。二人无奈，只得下来，一牵马，一牵驴，步行而上。

走不多久，徐有贞出汗。他无限向往地说：“怎的能得杯龙井！”

“老爷盼的是金玉良缘，小的盼的是金童玉女，千万别为一杯茶走上邪路！”童儿说。

再行一段，童儿也渴得不成，道：“真是荒山，连一家住户也不见。”

一句话，引得徐有贞直咽唾液。他用舌头泯泯干渴的嘴唇，说：“你不曾去找，未见得没有。”

“一路上并无岔路，若有住户，难道飞上飞下不成？”童儿说着，忽然有意外发现，“老爷，确有住户！”

徐有贞也看到。不过不是住户，只是路旁大树下坐着一个人。这个发现让二人暂时忘记饥渴，他们步履仍然艰难，但步伐加快许多。待得走近，更可以确定，只有人，没有住户。因为坐在大树下的，是个看不出具体年龄但年龄一定很高的和尚。

童儿抢先赶到树下，喘着粗气问：“大和尚，有水吗？”

老和尚指指身旁，没开口。

童儿见地上放着个瓦罐，旁边还有一粗瓷大碗。他抱起瓦罐，摇了摇，里面至少有半罐水。他大喜过望，歪过罐口向碗里倒，倒得过急，洒出碗外不少，他也没心疼。

第一碗水，他端给徐有贞。徐有贞一口气喝大半碗，递还给他。他把剩下的水喝干净，又倒一碗，也喝干净。清水入肚，主仆二人立刻精神。

“请教大师，此处去黄龙寺，还有多少路？”徐有贞问。

“一舍。”老和尚说。

“天哪！”童儿不由叫出来。徐有贞喜欢对他说今论古，尤其喜欢说战事。他记得，一舍是三十里。

“二位施主去敝寺吗？”老和尚问。

听他口气，是黄龙寺的僧人，徐有贞合十道：“落难之人，去贵寺进香。敢问大师何往？”

“在此恭迎施主。”老和尚道。

“迎我？”徐有贞大惊，“今日去贵寺，我本人事先都没想到。一路上，除疲童羸马，再无他人，是谁告知大师的？”

“有客来寺，老僧自知，无须通报。”老和尚说。

“无须通报，大师莫非真是神僧？”徐有贞道。

“天下哪里有什么神僧！”老和尚笑着说，“我知施主来，只因敝寺有一灵物，有客来时，则吠；有贵客来时，则连吠数声。昨夜它吠而不止，故老僧知今有贵客到来。”

“惭愧，在下一配军耳，与贵人有何相干！”徐有贞颇为感慨。

“是否贵人，天知，地知，灵物知，凡人怎知！”老和尚道。

“大和尚说灵物能吠，是犬吧？”童儿问。

“小施主无须多问，见到即知。”老和尚说着，站起身来，拍拍袈裟上的尘土。看来要走，但他还不忘问一句问，“二位还饮水吗？”

“已够，不再饮。”徐有贞与童儿都说。

老和尚把瓦罐里的剩水倒掉，一手拿罐，一手拿碗，说：“二位施主与我一起走这最后一舍路程吧。”

“既喝大和尚的水，我为大和尚捧罐。”童儿知趣地说。

“不用，这是老僧迎客的家伙，不放心交给别人拿。”老和尚说。

“各管各的，倒也合理。”童儿唠叨着，去牵自己的驴儿。

“牵上它是个累赘，小施主不如把它拴在此处。”老和尚说道。

童儿想想不错，把驴拴在大树上，顺便也把老马拴住。

徐有贞边随着老和尚走，边和他说着闲话。

“大师曾在军吗？”徐有贞问。

“施主怎知？”老和尚虽心情平静，也有些诧异。

“别说我家老爷知道，我也看出来。”童儿在后边插话。

“小施主说说看。”老和尚道。

“大和尚行走，颇似经过操练的。”童儿说。

“还有呢？”老和尚问。

“有一件事像，还不够吗？”童儿道。

老和尚笑笑，不与他争辩。

“我问大师路程，大师答以一舍，亦是一证。”徐有贞说，“大司马王公曾三征麓川，我听他说，西南各卫，多以舍计程。”

“施主说得对，老僧确是当过半辈子兵，才皈依佛门的。”老和尚坦然承认，并说，“施主既看出老僧出处，老僧也看看施主出处吧。”

“大和尚笼统地说是贵人，算不得数。”童儿在后边插话。

“我若说落难贵人，可使得？”老和尚笑问。

“落难二字，是我主人自家说的，更算不得数。”童儿说。

“我若说施主劫难已尽，算不算数？”老和尚问。

徐有贞心一动，道：“我不求大师言我出处，欲请大师言我去处。”

“施主自何处来？”老和尚问。

“永昌城。”徐有贞说。

“那么，出城后是往东北走的。”老和尚沉吟着说，“施主的去处，当是东南吴、越之地。”

“应在几时？”徐有贞问。

“不出本年。”老和尚说。

“不可能再北吗？”徐有贞怀着一线希望问。

“路不对，应不可能。”老和尚说。

童儿不知他二人说的是什么意思，胡乱打岔道：“如何，路走差吧？看老爷还说不说老马识途！”

黄昏时分，才到黄龙寺。未进寺院，童儿吵要看灵物。老和尚指着门外道旁一棵半截的树木，问：“小施主看，它似何物？”

童儿左看右看，道：“似犬。”

“就是它。”老和尚说。

黄龙寺没有正式的客房，老和尚腾出一间僧房，让徐有贞主仆歇息。童儿劳累，吃过斋饭后，倒头就睡。徐有贞却翻来倒去，无法入眠。

老和尚说的劫难已尽，以及去处是东南吴、越之地，让他充满希望；同时，他又感到惆怅。希望的是：流放极边的日子快快结束吧；惆怅的是：得到的只是释还，而不是再起。

果然被老和尚说中，这一年未过，钦使传旨，许徐有贞回乡。他后来听说，皇帝在石亨、石彪叔侄败后，对李贤、王翱说：徐有贞有何大罪，为石亨辈所陷耳。其释归田里。

天顺五年清明节后不久，苏州城里，一年龄在五六十岁之间的儒生，向一老翁打听徐先生的住处。老翁问：“可是才高八斗的徐先生？”

“不！”儒生摇着头说，“是才高八升的徐先生。”

老翁大怒，道：“哪里来的狂生，竟小觑我姑苏人才！”

“小生不敢！”儒生见他年纪比自己高许多，话说得很客气，“才高八升乃徐先生自诩，在小生看来，颇有些欺天下人。”

“才高八升而欺天下人，这话是怎么说的？”老翁不明就里。

“古时有位谢先生称，天下之才共计一石，曹子建独得八斗。”儒生说到这里，问，“老丈可知曹子建为何人？”

“不是曹公子吗？姑苏三岁小儿亦吟其诗，吟其赋。”老翁睃视儒生，“我看，不是徐先生欺天下人，是你欺我姑苏人。”

“小生不敢！”儒生一揖，接着说，“谢先生说，天下之才一石，曹子建独得八斗，他得一斗，余下一斗，天下人共分之。老丈请想，天下人仅余才一斗，徐先生独得八升，这还不是欺天下人吗？”

“依你的说法，称徐先生才高八升，倒成恭维？”老翁仍不放心，又问，“书生自恃己才若干？”

“以毫、末计。”儒生道。

“我看也是！”老翁这才把徐有贞家的地址告诉他。

儒生走到徐宅前，见大门紧闭。犹豫一会儿，他上前拍门。

出来应门的是徐家老眼昏花的仆人，他看着儒生，问句一般人家都不会问的话：“阁下没敲错门吗？”

“没敲错门。”儒生给他一个肯定的答复，并往前凑凑，道，“老人家，不认得京师老马吗？”

“哎呀，是马先生！”老仆欢喜异常，“老爷日前还说过，不知马先生在不在家，该去探望探望呢。”

“元玉先生外出不便，还是我来探望的好。”儒生说。

“马先生，请随我进去吧。”老仆让道。

“不，老人家先进去禀报。得元玉先生之命，我才好进去。”儒生说。

“你看我家白日里大门也是关着的，哪里还有这多规矩！”老仆道。

“在京师时，我去看望元玉先生，但入而已；而今不同，过去无须在意的规矩却须遵守。”儒生说。

老仆只得进去禀报。徐有贞不及多想，急促迎出来，边呼“老哥，想煞我也”，边扑上前，与儒生相拥而泣。

“元玉先生回来就好！”儒生说。他正是徐有贞的布衣之交马士权。

徐有贞吩咐杀鸡宰鹅，由夫人亲自在厨房打理，他自己则和马士权在书房坐定，相互诉说分离后的情形。

“马兄从家乡来？”徐有贞问。

“是，昨晚渡江，今晓赶路，此刻见到元玉先生。”马士权说。

“马兄在京师无法立足，皆受我牵累。”徐有贞叹息。

“元玉先生何出此言！”马士权嗔道，“京师没元玉先生，我留在那里还有什么趣味！其实，我从狱里出来，有一两位东翁还执意挽留；是我厌倦已极，不想再留下。”

“回乡也好，享天伦之乐。山水之乐，未必不是大好人生。”徐有贞顺着他的话意说。

“元玉先生当真这么想？”马士权问。

“是啊，在你老哥面前，我还用说违心的话吗？”徐有贞道。

“好，看来是我多心。”马士权说着，脸上的愁云扫除一空。

“马兄为何事而虑？”徐有贞问。

“虑元玉先生仍存出山之心。”马士权说。

“不会，不会！”徐有贞连连摆手，“马兄不过在狱里住上几天，便厌倦已极；我不仅在狱里住上几天，还在荒蛮之地住上几年，我能不厌倦吗？除寄情山水，我别无他想。”

“元玉先生不必多言，我已知是多虑。”马士权道。

他越不让徐有贞多说，徐有贞越急于表白：“我回吴县后的第一件事，是游灵岩寺及其他几寺，这是我在金齿许下的大愿。游罢，作词一阕，尚未示人，马兄要不要读？”

“求之不得！”马士权道，“在下多年没拜读元玉先生的诗文，真是翘首以盼呀！”

徐有贞取来的词稿，字迹潦草，还有几处涂改，但不妨碍阅读。马士权见第一句写的是“佳丽地，是吾乡”，不由欣喜地说：“看来，元玉先生真的是情系家乡！”

“尚请凿正！”徐有贞道。

他的游灵岩等寺的词赋写道：

佳丽地，是吾乡，曲山更比东山好。有庵画楼台、金碧岩扉，仿佛十洲三岛。却也有风流安石，清真逸少。向西施洞口望，湖亭畔天光，云影上下，相涵相照。似宝镜里，翠娥妆晓，且登临，且谈笑。眼前事，几多堪吊？香径踪消，屏廊声杳，麋鹿还游未了，也莫管吴、越兴亡，为他烦恼。是非颠倒，古与今一般难料。笑宦海风波，几人归早，得在家中老？遇酒美花新，歌清舞妙，尽开怀抱；何须较短量长，此生心愿，自有天知道。醉呼童仙进余杯，便掩得到三更，乘月回仙棹。

徐有贞见马士权沉吟，问："朽句陈词，不堪再读吧？"

"不是不堪再读，而是耐人寻味。"马士权说。

"咏景而已，怎会耐人寻味？"徐有贞道。

"咏景是咏景，却不是咏景而已。这一阕词，可分为三，咏景得二，抒怀得一；咏景分为三，借以抒怀得二，单纯咏景仅得其一。"马士权说。

"触景而生情，亦是常事。"徐有贞道。

"元玉先生情怀，并不在山水之间。"马士权说着。

"不在山水之间，难道还在山水之外？"徐有贞问。

"不错，正在山水之外。"马士权说着，指出其中一句，"元玉先生看，此句是否超越山水之间？这一句是：却也有风流安石，清真逸少。"

"我读遍史书，一向景仰王荆公，以为他乃千古一相，这也没什么羞于承认的。王荆公又曾于江、浙为官，我游吴景而忆及他，不足为怪吧？"徐有贞道。

"不足为怪，恰见人之情怀难以遮掩。"马士权说。

"风流二字亦不能遮掩？"徐有贞问。

"亦不能遮掩。"马士铨道，"他人咏荆公，风流归风流，政绩归政绩；元玉先生咏荆公，风流亦是政绩。"

"看来，此句非改不可。"徐有贞闭起眼睛，作苦思冥想状，他忽睁眼道，"改为风流太白，如何？"

"李太白又没有在江、浙为官。"马士权说。

"罢，罢！"徐有贞认输，"这话算是情怀在山水之外吧。马兄看，词中可还有别句？"

"心系兴亡，纵横古今，是在山水之外吧？"马士权道。

"马兄再品味品味，我写的是'古与今一般难料'。"徐有贞说。

"元玉先生是说，在发怀古之幽思？管它以今喻古，或以古喻今，总是在山水之外。况且又是吴越兴亡，又是是非颠倒，游一遍灵岩寺，几个人会有这般感慨！"马士权道。

"马兄再说！"徐有贞又认输。

“再读这一句，此生心愿，是何心愿？”马士权指着另一句问。

这一句是：此生心愿，自有天知道。

“前面说了呀：宦海风波，几人归早，得在家中老。”徐有贞道。

“元玉先生是盼此，还是怨此呀？”马士权问。

“应是，应是盼此。”徐有贞说着，问道，“马兄以为是怨此？”

“读过的人大约都以为是怨此；若是盼此，而今心愿已了，为何要说‘自有天知道’？”马士权析道。

“让马兄一说，还真是斯人情怀难以遮掩。”徐有贞苦笑着说，“出示这阕词，本想让马兄安心，谁知反惹马兄烦心。”

“烦心说不上，我早已想开。元玉先生满腹经纶，若得出山，于公于私，未尝不是件好事。元玉先生若再度召入庙堂，说不定我也会追随而去，再度游学京师。”马士权说。

徐有贞一阕词，引得二人谈论许久，直到家人来请示在哪里开饭。

“马兄，你我先在此间饮酒吧？”徐有贞征询马士权的意见。

“客随主便，元玉先生说在哪里，就在哪里。”马士权道。

趁着家人摆菜斟酒的工夫，徐有贞问：“马兄此来，可有他事？”

“除探望元玉先生，别无他事。”马士权道。

“闻得马兄家境不很宽裕？”徐有贞问。

“在泰州也是教授几个童子，还过得去。”马士权道。

“拮据之时，可来找我。”徐有贞说。

“这是自然，不劳嘱咐。”马士权道。

二人说着，走向酒桌。

夜深，徐有贞一人在书房里踱步。

夫人进来问：“老爷还不睡吗？”

“睡不着，你先去睡。”徐有贞说。

“那我去给老爷热盏银耳汤？”夫人问。

徐有贞点头。夫人要出去，却被他叫住。

“马兄歇息得如何？”他问。

“我关照童儿去客房看看，他回来说的是四个字。”夫人道。

“辗转反侧吗？”徐有贞问。

“老爷怎的也知道？”夫人大为奇怪。

徐有贞叹了口气，说：“马兄有心思呀！”

“老爷没看出来吗，马先生是想做彻夜之谈的，老爷却一定要他去歇息。这下可好，二人都不能入睡。”夫人道。

“他赶两三天的路，我是怕累着他。”徐有贞说。

“我看老爷不是怕累着他。”夫人却说。

“那是为何？”徐有贞问。

“你二人话不投机。”夫人说。

“话不投机？你是怎知道的？”这回是徐有贞大为奇怪。

“我偶尔听到一句，马先生劝你休得再作出山之想，我知这是你最不愿听的话。”夫人道。

“此乃诤言，我就那么没有容人之量？”徐有贞不以为然，“再说我自家也知道，朝廷若有意用我，何不直接召赴我京师？朝廷没让我赴京师，却让我回江南，那是不会再用我。”

“老爷心里有数，就犯不上再为此烦恼，更犯不上为此而与马先生闹气。他毕竟有恩于你。”夫人劝解道。

“我不是为此事烦恼，也不是为此事与马兄闹气。”徐有贞说。

“老爷敢说，不是为马先生烦恼？”夫人进一步问。

徐有贞不敢说，或不能说。他说的是：“烦恼确是有的，也确有点儿牵涉我这位老哥。不然，我早就去睡，或——”

“或与马先生做彻夜之谈？”夫人插入一句。

“对，或与马兄做彻夜之谈。”徐有贞道，“不过，我之烦恼，不是因马先生说出的话而起，却是因马兄未说出的话而起。”

“马先生未说出的话？”夫人没听懂。

“马兄想说而未说的话。”徐有贞又加两个字。

“那是什么话？”夫人问。

“夫人也该记得。”徐有贞道，“夫人回东南前，去狱里探我，我曾与夫人讲过的。”

“老爷是说——”夫人显然不是一直记得，而是猛然想起的，“不错，我总在想，今日老爷与马先生相见，有件事不对头；但一直理不出头绪。想来就是这件事。”并问，“老爷可曾向马先生提起过？”

徐有贞摇了摇头，不愿把“不曾”二字说出口。

“为何不提？”夫人问。

“我在等马兄提起。”徐有贞说。

“老爷希望马先生提起？”夫人问。

“我曾问他，此番来，可有他事？”徐有贞道。

“他怎么说？”夫人问。

“他说没有。”徐有贞说。

“情同手足，马先生为何扭捏起来？”夫人很快得出结论，“不能怪马先生，以女儿许其子，是老爷当初对马先生说的，对不对？”

“先对锦衣卫使门某说的；门某后来告诉我，他已把我的意思转达与马兄。所以，离京前，这话我也亲口对马兄说过。”徐有贞道。

“所以，今日该老爷对马先生提；老爷不提的话，马先生自家是不好提的。”夫人说。

“马兄不好提，我就好提？”徐有贞问。

“老爷这是何意？”夫人感到困惑。

“我那是在危难之中，出于感激之情，说的一句话，谁知马兄当真没有？他仅有一子，若已娶妻室，我岂不是自讨没趣？难道你愿意让女儿嫁去做妾？”徐有贞一连提出几个问题来。

“其子若娶妻室，那是他负约。我看，马先生是重义之人，老爷既与他有约，他绝不会相负。”夫人说。

“那我就更不好提。”徐有贞话音轻得像在自语。

“为何更不好提？”夫人由不懂而懂，她问，“老爷是否后悔这事？”

“夫人舍得女儿嫁过江去吗？”徐有贞反问她。

“自然舍不得。”夫人道。

“我亦愿女儿嫁在近旁。”徐有贞马上说。

“但与马先生有约的，不是我，是老爷。”夫人觉得，一句“舍不得”不应成为负约的理由，“再说，虽隔大江，相距其实并不太远。”

“那么，夫人舍得女儿嫁一穷汉？”徐有贞有问。

“自然舍不得。”夫人道。

“我亦愿女儿衣食无忧。”徐有贞马上说。

“但与马先生有约的，不是我，是老爷。”夫人还是那句话，“老爷可以帮衬女婿，也应该帮衬女婿。”

“那么，夫人舍得女儿嫁一布衣？”徐有贞又问。

“自然舍不得。”夫人道。

“我亦愿女儿能得诰封。”徐有贞马上说。

“但与马先生有约的，不是我，是老爷。”夫人执着地重复同一句话，“再说，老爷乃一代匡复大臣，官至内阁大学士，爵曾封伯，我最终未得一纸诰封。”

“不关夫人事，就由我来做负约之人吧。”徐有贞最后道。

天快亮时，坐在椅子上小睡一小觉的徐有贞被惊醒，是童儿端着一盆洗脸水进来。

徐有贞草草擦把脸，问道：“马兄起身否？”

“马先生已走。”童儿说。

这似乎有点儿意外，又似乎在意料之中。徐有贞问：“可是回江北？”

“是。小的把他送出去的。”童儿应道。

“他可留下话？”徐有贞问。

“他说，老爷的词写得其实很好，他抄写一份，带去收藏。”童儿道。

“还有呢？”徐有贞问。

“他说，过一两个月，还要来探望老爷。”童儿道。

“再没说别的？没说说他的公子？没问问咱家小姐？”徐有贞问。

“没说，没问。”童儿道。

徐有贞长吁一口气，觉得难题已经解决。

# 第一百零二章

《大明一统志》九十卷编辑完成，一边组织人力缮写，李贤、彭时、吕原一边在为进书奏表打着腹稿。他仨人是总裁官，奏表一定要由他仨人商量着写出来，或由一人拟出初稿，三人裁定。

李贤比别人想得更多。如果彭、吕二人同意一起商量着写，他也得先列出个提纲来；如果有一人说，初稿须得原德先生拟，他也无可推托。

他想到了这么几层含意：

诠释“一统”二字的含义；

略述历代地理志之不足；

皇上赐修一统志的初衷；

一统志编纂的宗旨；

一统志包括的内容，等等。

他把提纲给彭时、吕原看，二人都说很好。

“当初拟定书名时，皇上但求大气磅礴，今日拟进表，亦须有大气，才可与书名相呼应。”李贤说。

“知皇上之心者，莫若原德先生，拟表须得原德先生执笔。”吕原的话很灵活，可以理解为三人一起写，由李贤执笔；也可以理解为，先由李贤拟出个初稿。

李贤不管是哪一种理解，总得推让一番：“纯道先生下笔如有神，还是请纯道先生执笔吧。”

“好啊，二位口述，我录。”彭时应承一句，算是确定撰写方式。

“不能仅录，还须润色、联络。”吕原说。

“我尽力吧！”彭时道。

说拟就拟，彭时取来纸、笔、砚、墨，迫不及待地写个开头：臣李贤、彭时、吕原，伏蒙皇帝陛下命臣等充总裁官，修天下一统志。今编辑已成，凡九十卷，谨用缮写，装潢进呈。

他把草稿推给李贤、吕原看，并问：“如此起篇，可否？”

“须书职衔。”吕原提醒他。

“是，待誊缮时再加上。”彭时说着，问李贤，“原德先生最想说的是哪句话？”

“诚惶诚恐。”李贤说。

“对，这一感受，须得加上。”彭时道。他写道：臣贤等诚惶诚恐，稽首顿首上言。

“稽首不足，复以顿首，确诚惶诚恐状。”吕原笑着说。

“逢原先生别只顾说风凉话，也口述一两句正文吧。”彭时道。

“第一层意思要诠释一统二字，我倒拟出两句。”吕原说着，咳嗽一声，表示下面是正文，“日月照临，诞启圣朝之运；乾坤覆载，咸归一统之尊。二位看如何？”

“有此二句，筋骨已有，再稍加血肉即可。”李贤说。

“原德先生说说，怎样加血肉？”彭时问。

“譬如，民物阜康之类。”李贤说。

“好，我来加上试试。”彭时说着，把这一段形成文字：伏以日月照临，诞启圣朝之运；乾坤覆载，咸归一统之尊。民物阜康，人文宣朗，匪表章于今日，曷垂示于将来。

“筋骨牢而不赘，血肉充而不溢，以下亦当如此行文。”李贤说。

“此当归功第一联起得好，下一段仍请逢原先生起句。”彭时说。

“挑剔古人，我有所不忍。”吕原说。

“但总得挑剔，是不是？若古人的地理志十全十美，今日又何必编纂新志！”彭时道。

“挑剔古人地理志书，无非二事。”李贤说。

“哪二事？”吕原问。

“一是泛而弗切。”李贤说。

“那么，另一便是略而未明。”彭时说。

“以此二句概括甚佳；不过，”吕原想到的是另一个问题，“古人地理志，该由哪一部算起？”

“自是《禹贡》。”李贤道。

“粤昔虞代幅员，备存《禹贡》。”彭时拟出一句，问，“可使得？”

“极是切题。”吕原道。

“可对以：周家疆域，悉著《职方》。”李贤说。

彭时在下面又加上两句：唯敷土经野之详，故享国历年之久。

“纯道先生，须停一停。”吕原说。

“怎么？”彭时问。

“你看原德先生所列纲目，应是述其不足呀！”吕原说。

“先列举一二典范，亦无不妥。”李贤道。

“好，下文转言不足。”彭时说转就转，但只写“降至秦、汉”，就停笔，看着这四个字发呆。

“转得不错，怎不写下去？”吕原问。

“我懂纯道先生之意：暴秦短促，不足一书。”李贤说。

“那就改为‘炎汉’吧！”吕原道。

“高明！”彭时飞快地把这一段写完：降至炎汉，下逮有元，志地理者数百家，纪方舆者累千卷。若非泛而弗切，则或略而未明。

“句句天然合成，这一段我读犹爱。”吕原说。

“逢原先生，第三层意思，请赐句吧。”彭时道。

“依原德先生拟的纲目，该述皇上赐修本书的初衷。”吕原边说，边向李贤那端努嘴，意思是：这层意思须得让他先说。

“原德先生，逢原先生推给了你。”彭时说得很直率。

“这一层，我确曾想得较多。”李贤的答复也很直率，“我想，有两个意思不可少：其一，编纂此书，实承继祖宗遗愿；其二，编纂此书，唯我皇上得成其事。”

“先说第一个意思吧。”彭时道。

李贤、吕原以为他有想法，等着他说。等了一会儿，不见他开口。

“纯道先生怎的不说？”吕原问。

“我等着恭录二位的佳句呢。”彭时指着手里的笔说。

“嗨，我以为你想好第一句，故只去想第二句。”吕原道。

“一定要说第一句，我抛砖引玉亦可。”彭时的确想好第一句，但不知是否恰当，一直在心里琢磨。“廑圣祖之圣情，可否？”

“极佳！”李贤道。

这一句通过，彭时将吕原的军：“逢原先生的第二句呢？”

“和第一句相比，有点儿小气。”吕原说。

“不妨说来听听。”李贤道。

“念舆图之重事。”吕原自己评论，“这纯是以事论事。”

“不以事论事，怎知命修的是地理志？”彭时的看法却不一样。

“纯道先生说的是。”李贤也肯定吕原拟的句子，并说，“还须一两句，略述前朝亦曾以修书命儒臣。”

彭时行文如下：于是，廑圣祖之至情，念舆图之事重，爰命儒以纂集，冀成书以铺张。博采虽周，全功未究；时如有待，事岂偶然。

“时如有待，事岂偶然。”吕原把后两句重复一遍，说，“有这两句铺垫，述圣天子意向，大可奔流而下。”

“不过，这一段乃本文精髓，须得用心推敲。”李贤说。

三人遂逐字逐句，反复斟酌。如颂扬皇帝的文韬武略，用的是八个字：刚健钦文，聪明英武。颂扬皇帝的志向，乃是：志兼隆于千古。颂扬皇帝的勤勉，用的是：勤独断于万几。

议论多时，这一段终于敲定：

> 恭唯皇帝陛下刚健钦文，聪明英武。重华协帝，已臻盛治于前；申命自天，复缵洪图于后。志兼隆于千古，勤独断于万几。凡圣贤经世之图，咸留睿览；于祖宗待成之志，尤轸渊衷。肆宵旰之靡遑，益继述之是务。顾唯重熙累洽，千载一时，自天命之有归，祚皇明之抚运。德与地而兼广，化与天而同流。尊亲无间于华夷，功烈独超乎先后。必有盛制，以阐丕休。特简文学之臣，付以纂修之任，而皇猷高远，圣学渊微焕发纶音，豫为指授。于凡经书所载，咸在网罗；至若子史所传，举当收采。宜加参考，以正信疑是非；必有据依，以立义类凡例。

“我看，这已经把编纂的宗旨囊括无遗。”吕原说。

“是吗？”彭时读一遍，发现“于凡经书所载”以后的几句，的确写的是编纂的宗旨。他自我解嘲，“原德先生纲目拟得好，竟在不知不觉之中，文字已转过去。”

“经史子集之载，信疑是非之辩，义类凡例之立，有此三者，编纂宗旨可谓无遗。”李贤说。

“纯道先生不仅在不知不觉之中将文字转过去，而且在不知不觉之中完成下一段，奇哉，奇哉！”吕原开起玩笑。

“这一段与逢原先生‘我读犹爱’的那一段比较起来，却又如何？”彭时也开玩笑地问。

“那一段是撰写出来的，这一段是推敲出来的，不可比较。”吕原说着，提议，“最难的部分拟就，要不要歇歇？”

“不如一气呵成。”彭时说。

“那就请纯道先生先忙一阵。”吕原道。

“为何我一人先忙？”彭时问。

“纯道先生想想我开始的话。”吕原道。

“逢远先生开始说的什么？”彭时想不起来。

“他说，纯道先生不能仅录，还须润色、联络。”李贤提醒他。

“亦即：最后一部分，其实仅是润色、联络？”彭时当然不肯自己一个人忙，他说，“凡例如何润色，我还没想好。”

“卷首为京师，下为布政司，看看能不能这样写：表京师为四方之极，列方岳为诸郡之纲。”李贤举一例。

“妙哉，我效原德先生，亦拟一句。”吕原道，“于职官、人才，写作：述宦迹，备举夫诸司；取人才，不遗于一善。”

彭时把二人的话记在一旁，口中称道：“再者，再者！”

“再者不复。”吕原说。

“九十卷涵括方方面面，二位这才举出几项！”彭时道。

“纯道先生不肯歇，我却一定要歇歇。纯道先生写不出的，再请原德先生帮忙，或找我帮忙。”吕原说着，闭目养神。

“若是我一事也写不出来呢？”彭时问。

“那便是无一事写不出来。”吕原说。

“原德先生也要歇歇？”彭时问李贤。

“歇是不敢歇的，纯道先生的小楷赏心悦目，愿在旁一观。”李贤道。

彭时笑笑，提笔而写。

在李贤口拟的两句后，他又加上两句：疆域必系于九州，分野悉稽乎列宿。而吕原口拟的四句，他照录。

另外，他自拟多种排比：

以形胜、风俗对应物产、山川：形胜、风俗，录奚远迩之分；物产、山川，载靡小大之间。

以藩封对应公署：藩封著维城之固，公署严御侮之威。

以书院、学校对应宫室、关梁：书院、学校，以重育贤；宫室、关梁，以昭资世。

以寺观、祀庙对应陵墓、古迹：信方来，则寺观、祠庙之兼录；鉴以往，则陵墓、古迹之并存。

以宦迹对应于人才：述宦迹，备举夫诸司；取人才，不遗于一善。

以列女对应于仙释：列女彰节行之异，仙释见方技之奇。

虽然有的对应并不恰当，也顾不上了。

看彭时写完这一段，李贤叹道："最难写者，却被纯道先生一人写出来，足见状元公风采！"

"原德先生此言有失公允，各卷述略只不过繁杂而已，并不需要敷演大义，有何难哉！"彭时说。

"敷演大义在我辈并不难，难的是述事简明。纯道先生以这段文字概述本志，称得上异军突起。"吕原也对彭时的文字工夫大加称赏。

"原德先生、逢原先生休得让我汗颜。我倒在想，进书奏表止于此，似乎不妥。"彭时说。

"与最初一段呼应，不妨加几句谦词。"李贤说。

"最难写者，偏劳纯道先生；这几句，我凑凑看。"吕原自告奋勇。

彭时把他口述的几句记录下来。

"道配天，德配地，八荒咸囿于生成；车同轨，书同文，一统永传于悠久。此真神来之笔！"李贤赞道。

再无内容需要增加，彭时在问实后写上：天顺五年四月十六日，资政大夫、吏部尚书兼翰林院学士、臣李贤等谨上表。

端午节，早朝散后，内阁大学士李贤、彭时、吕原，吏部尚书王翱、兵部尚书马昂，及英国公张懋、定国公徐永宁，还有锦衣卫使门达，共八人，被留在左顺门朝房候旨。不多时，司礼太监牛玉笑盈盈地朝他们走过来，他身后跟着一名宦者，手托金盘。

"各位大人，喜从天降。"牛玉说。

大臣们肃然而立。不听牛玉下文，他们不知该怎样回应。

"皇上降恩，大人们各赐扇一柄。"牛玉道。

大臣们跪拜，口称："谢皇上恩典！"

牛玉从金盘取扇，一一分发与众大臣。大臣们得扇后称谢，等扇子分发完毕，准备离去。

"大人们不打开看看吗？"牛玉问。

众大臣这才想起，应该把折扇打开来看。皇帝在端午节赐扇，一定不会是柄白扇，上面不是题诗，就是作画。

是诗。八人都见过皇帝的手迹，看出是皇帝所书。

"牛公公，"门达惊喜地唤道，"是御制诗！"

“门大人看错，是御书，不是御制。”牛玉说。

二者的差别是：皇帝所作诗文，称御制；字是皇帝的，诗文却不是皇帝的，称御书。诗后面果是“御书”二字。

扇面上的小楷有几十个字，门达反复试读几遍，把句子断开。原来是首七律，他读道：

河声流月漏声残，咫尺西山雾里看。
远树依稀云影淡，疏星寥落曙光寒。
石桥马迹霜初滑，茅屋鸡鸣夜欲阑。
北上已看京阙近，五云深处是金銮。

句子断开，诗读出来，门达还看得出，这是首写景的诗。至于谁写的，写的什么景，他却不知。

“牛公公，是七言律诗。”他与牛玉搭话。

“听出来。”牛玉道。

“似是咏景。”门达说。

“着哇，句句是景。”牛玉道。

门达“嘿嘿”干笑两声，问：“牛公公，咏的是何处呀？”

“我怎知道，你得问学士们！”听牛玉的口气，并非真的不知道，而是想给几位阁臣出个难题。

三名学士中，李贤不难打交道，但门达暗中与他较着劲，不愿找他；彭时太过认真，门达有点儿怕找他；适于问的，只有吕原。

“逢原先生。”门达招呼一声，把扇子递给吕原。

“此一字，此四字，此二字，此一句，门大人联系起来，就想得到是哪里了。”吕原说。他指的是：月、咫尺西山、石桥、北上已看京阙近。

“是卢沟桥！”门达道。北上已看京阙近，是在城外，且近西山，京师城外最著名的石桥是卢沟桥，它以观赏晓月而闻名，所以并不难猜。

“此诗应是咏卢沟晓月。”吕原说。

“再请教，此诗谁人所作？”门达问。

“这我可说不上来，门大人再问问别个。”吕原道。

“伯颙先生可知？”门达又问马昂。

“牛公公说的，当问学士。”马昂道。

门达看看李贤，看看彭时，不知该怎么问。

“是东杨先生的咏卢沟晓月诗，当年在东杨先生府上，我看过他亲书的这首诗。”李贤对着众人说，而不是单独对门达说。

“多谢赐教！”门达也胡乱揖了揖。

在门达呼叫自己赐扇上是一首御书的七言律诗时，其他人读出各自赐扇上御书的也是七言律诗，在吕原说出该诗是咏卢沟桥诗，李贤说出该诗是杨荣所作，又有人忙起来。

“原德先生，请鉴定此诗。”徐永宁要把扇子递过去。

“爵爷何不吟诵一遍？”牛玉道。

“是，是，我先吟诵一遍。”徐永宁说着，读道：

重关深锁白云收，天际诸峰黛色流。
北枕龙沙通绝漠，南连凤阙壮神州。
烟生睥睨千岩小，露湿芙蓉万壑秋。
王气自应成五彩，龙文长傍日边浮。

“逢原先生，此诗要读哪几个字呀？”牛玉问。

“第一，重关；第二，黛色。其他如‘千岩小’‘万壑秋’，亦是传神之句。”吕原说。

“爵爷读出头绪没有？”牛玉问徐永宁，并说，“我还得补充一句，此扇赐予爵爷，再合适不过。”

徐永宁本来有点头绪，被他一说，却有点儿发蒙。

“老牛，怎的再合适不过？”他问。

“皇上说，国门第一关隘，当年是大将军垒石为城的。”牛玉道。

他说的是开国第一功臣徐达。徐达有四子，长子徐辉祖袭爵魏国公，四子徐增寿被太宗皇帝追封为定国公，世袭。徐永宁是徐增寿重孙，只是享祖荫，并不具体掌军。皇帝赐扇与他，说不定就是因为把居庸关的建筑和徐达联系到一起。

“牛公公是说，此诗咏居庸关？”徐永宁问。

“以咏景而言，应是居庸叠翠。”彭时插话。

“居庸叠翠与卢沟晓月，这不都是燕京八景吗？”徐永宁有一个重要的联想。

“所以我才说，是咏景，而非单纯咏关。”彭时道。

“这么说，纯道先生早看出端倪？”牛玉问。

“皇上赐扇八柄，我这一扇，上面书的是八景之一，又知徐爵和门大人亦是，怎会还看不出来！”彭时道。

“不错，皇上交代，八扇所题，各一咏景诗，分别赐予八位爱卿；连哪一柄扇子赐予哪一位爱卿，皇上都有交代。”牛玉说。

端午节日，皇帝以御书八景诗扇赐予文武亲近大臣，可谓有心。众大臣啧啧称颂赞叹一番。

因彭时说了几句话，徐永宁顺便问他：“纯道先生，此诗何人所作？”

“如在下记得不错，应是曾学士。”彭时说。

曾学士名棨，永乐二年进士，曾官左春坊大学士兼翰林院侍读学士，卒于宣德年间。彭时只读过他的诗文，和他本人不可能有什么交往。

“纯道先生记得不错。”王翱在一旁说。以他的资历，加以证实，别人都不会有疑问。

“既已确定为燕京八景，此扇所咏为蓟门烟树，不必有人告我；只想有人告我，是哪一位诗人咏的。”张懋说。

“徐爵既然吟读，张爵也不好深藏不露呀！”牛玉说。

“我吟诗绝无味道，牛公公何必要我露丑。”张懋不很情愿。

“不是要爵爷露丑，爵爷不吟读，难道让学士们轮流看过，再为爵爷解读吗？”牛玉道。

张懋一想，他的话不错，只得露丑。该诗写的是：

迢递重城带远岑，烟中古木更森森。
繁枝不逐风霜老，积翠应含雨露深。
杳霭残霞连暮色，依微初日散轻阴。
林头偏有流莺啭，送尽春声入上林。

“爵爷怎知此诗咏的是蓟门烟树？”吕原问。

“学的是逢原先生的法子呀，诗中不有‘烟中古木’吗？”张懋道。

“既知咏燕京八景，确不难读出。”马昂说。

“其实，咏八景诗里，蓟门烟树还真是最容易读出的。我读过一些咏诗，几乎诗诗都直书‘蓟门’二字；而皇上偏偏选未书‘蓟门’的此诗，已是留有悬念。”吕原说。

“当真？”牛玉虽然知道的比别人多，也感兴趣。

“牛公公不妨听听。”吕原举数例，“邹学士缉，诗里有‘古城西北蓟门前’句；金先生幼孜，诗里有‘野色苍苍接蓟门’句；梁先生潜，诗里有‘蓟门东望古城西’句。”又招呼彭时，“纯道先生也来举个例子。”

“胡学士广，诗里有‘蓟门迢递蓟丘前’句；胡祭酒俨，诗里有‘都门烟树蔼，青红皂白葱’句，虽无蓟门，却有都门，且有烟树。”彭时忍不住过来凑兴。他们提到的胡俨、胡广、邹缉、金幼孜、梁潜等，都是永乐朝以来的名臣。

“听二位一说，‘烟中古木更森森’，确是含有玄机。”牛玉说。

“与众略有不同的这位是谁？”张懋问。

“是西王先生。”李贤说。

“是二十八宿中的时彦先生？”张懋问。永乐二年春闱，选庶吉士二十八人，被人目为上应二十八宿，这个典故他是知道的。

“不错，就是他。”李贤道。

谈论三诗后，门达多个联想：“居庸叠翠，蓟门烟树，卢沟晓月，城外三景被两位爵爷和区区在下占去，文臣们都被留在城里吧？”

“门大人，聪明！”牛玉手指他，笑道，又对李贤、王翱说，“爵爷们所得诗句，咱已听；老先生们所得诗句，也得让人家听听吧。”

“钦赐御书，何等荣耀，当然该与众同享。”王翱说。

“皇上为老天官御书之诗，最近大内，可否先诵之？”牛玉邀道。

“错！”王翱道。

牛玉碰个钉子，很不甘心。他问：“错在何处？”

“门大人称我等皆留在城里，错；牛公公然之，亦错！”王翱说。

“错吗？没错呀！”门达犹未觉察。

“门大人是错，还有‘西山霁雪’一景呢！”牛玉道，并问，“该扇在大司马处吧？”

“牛公公说的是，轮到我吟读吗？”马昂说着，读道：

> 群山削玉远参差，翠霭微分雪霁时。
> 日映林光浮凤阙，暖添涧水到龙池。
> 峰头渐逐轻烟散，树梢疑含玉露滋。
> 一曲阳春人尽乐，丰年已庆太平期。

读罢，道：“此是林状元的诗，不劳学士们分辨。”

林环，福建闽县人，永乐四年进士。

“可见景有内外，皇上赐书赐扇之情，并无内外之分。大司马总理军政，职虽安于内，心当系于外。”王翱说两句即兴感言。

“老天官说得透彻！”众大臣皆称道。

“有九皋先生此言，我亦不自觉卑微。”吕原又说。

“逢原先生为何这么说？”牛玉问。

“牛公公还忘城外一景吧？”吕原道。

“还有一景，那是——”牛玉猛然间真有点儿想不起来。

“玉泉山几时被牛公公移到城里来？”吕原道。

“哎呀，歉甚，歉甚！”牛玉一揖，说，“京城之水玉泉来，天天喝着玉泉山的水，还真把它当成城中之山。”

“此咏玉泉垂虹诗，也是西王先生的。”吕原说着，吟道：

> 阴崖翠湿雨微收，一派青冷万壑幽。
> 云里玉虹低映日，天边银汉回涵秋。
> 影随斜月穿林过，香泛飞花出峡流。
> 涓涓不向人间去，细逐春风入御沟。

“涓涓不向人间去，细逐春风入御沟。”马昂重复最后两句，不由喝彩，“好诗！难怪西王先生的诗，皇上要多书一首。”

“不止多书一首。”彭时说。

“纯道先生赐扇上的诗也是他的？”马昂问。

“不错！”彭时道，“逢原先生说他不会自觉卑微，我却还是尴尬。诸位判定一下，所谓金台者，究竟在城里，还是在城外？”

众说纷纭，一时无从判定。众大臣一直没有提及此景，也是因为对它的具体地点没有明确的概念。说近时，他可能比城外其他几景要近；说远时，他可能比居庸关、卢沟桥更远。

“且听西王先生如何吟，他吟在何处，就定于何处。”牛玉出个主意。

谁都不会以为这是个好主意，但也没人有更好的主意。彭时读道：

> 独上高台望古城，暮天风景尚含情。
> 数峰残照云将掩，几树闲花鸟自鸣。

玉帛已看今日会，黄金宜记旧时名。
愿歌周雅思皇咏，名士衣冠盛镐京。

“似乎并未吟出内外。”牛玉抢在别人前面说。他很懊恼，在门达说那句颇有些酸味的话后，竟赞声“聪明”。事实却是，燕景八景里有六景在城外。他不愿再有人提及此事，把话岔开，“原德先生，九皋先生，皇城内二景，皇上不会也用西王先生的诗吧？”

“不是，这首咏太液秋波诗，是林状元的。”王翱道。

“琼岛春阴，又是邹学士咏的。”李贤说。

“我不敢再论先后，二位谁先吟读，自定。”牛玉说。

“有池才有岛，九皋先生请。”李贤让道。

王翱不善于推让，读道：

池头旭日散轻烟，开镜晴光近九天。
翠柳条长经雨后，绿萍香暖得春先。
御沟流出通金水，仙派分来自玉泉。
在镐几回陪宴乐，咏歌鱼藻继周篇。

李贤读道：

仙山高处玉为台，五色春云拂曙开。
缥缈映空连禁掖，氤氲承日护蓬莱，
碧窗朱户盈盈度，琼圃瑶林冉冉回。
自是成龙佳气在，应随鸾鹤共徘徊。

皇帝所赐八柄扇上的诗都读完，牛玉向李贤一揖，道：“原德先生，得罪！”随即又向彭时、吕原点点头，表示也向他二人致歉。

李贤还了一揖，问道：“牛公公陪着读许久诗，何言得罪？”

“不是我斗胆为难几位学士，皇上命我把扇子拿出来时，吩咐：看看学士们是否说得出这些诗的作者。学士们饱读诗书，一一指出，皇上一定欣慰，说不定又会有一份更重的赏赐。”牛玉说。

“臣等只求皇上欣慰，不求再有赏赐。”李贤等说。

“原德先生等当真不求赏赐？”牛玉问。

李贤等因他问得怪，表情更怪，不敢贸然回答。

“诸位大人可知，皇上为何挑选八景诗，亲自书写？”牛玉又问。

不是学士的王翱、马昂，不是文职的张懋、徐永宁、门达都被他吸引过来。众大臣齐道：“我等不知，请牛公公赐告。”

“皇上不仅御书八景诗，还要御制八景诗。皇上亲览许多八景诗，为的是做借鉴。”牛玉说。

众大臣的声音或高或低，都在惊呼。

“御制八景诗，是只赐学士们，还是包括我等？”门达问。

“门大人，这得去问皇上。”牛玉道。

# 第一百零三章

京卫指挥冯益在去曹钦宅第的路上，遇到两个男子在争吵，周围聚集着一群看热闹的人。两个男子，一个是地道的京师人，另一个也在努力地操京师语，但掩饰不住他的吴越之音。

“姓冯的，你一句囫囵话都没有，就抵我一钱银子！”京师男子道。

冯益吓一跳，以为他在冲自己叫骂。

“凶险，不是句囫囵话？”带有吴越口音的男子道。

本来与冯益无关，他至多听一听，笑一笑；听得不耐烦，笑得不愿再笑，大可扬长而去。但他不仅听出被责骂的人也姓冯，而且从他的口音里听出他的来处，就得问一问。有人告诉他，这两个人比邻而居，一人欠一人钱，欠钱的拖几天没还上，对往外借钱的说：我给你看看相吧。往外借钱的答应，欠钱的说的是“凶险”二字。

不用说，京师男子是往外借钱的，带有吴越口音的男子是欠钱的。

京师男子听到旁边有人讲述二人口角的始末，情绪愈发高涨。见冯益身着军服，他称声“军爷”，问道：“军爷走南闯北，见多识广，可曾听过，两个字值一钱银子的？”

“不曾听过。”冯益道。

“你看，军爷都不曾听过，你也只能欺诳我等小民！”京师男子对带有吴越之音的男子说。

“但我曾听过一句话，老哥听过没有？”冯益问。

“啥话？”京师男子问。

“一字千金。”冯益说。

“军爷是说一个字，一钱金子？”京师男子怀疑自己听错。

“一个字，老哥说得对；却不是一钱金子，而是，”冯益耐心地数着，“一五一十，五十，一百，五百，一千，一千两金子！”

“嘿嘿，”京师男子干笑几声，指着带有吴越之音的男子说，“他的话够大，军爷的话比他还大千倍。军爷不会也姓冯吧？”

冯益笑笑，道：“你说他是看相的，我看你才是看相的，怎就看出我姓冯？”并问，“你老哥贵姓？”

“回军爷，贱姓马。”京师男子说。

“少两点，难怪我等说的寻常话，都被你看成大话。不过，你放心，”冯益指着带有吴越之音的男子说，“他的话，一字也就值个一钱，不会值到千金。他欠你一钱，却说两个字，细究起来，你还得给他一钱。”

“小民不再细究，不再细究！”慌得京师男子忙说。

“那你得问他呀，怎的问我！”冯益道。

“冯先生，一钱银子两个字，你我一拍两散，可否？”京师男子问。

“好说！”带有吴越口音的男子回应道，“不过，欠你的钱，日后我会想办法还上的。”

围观的人，有的称赞冯益断得高明；有的怪他多事，本来可以看上半天的争吵，因他一句话，只持续喝碗茶的工夫。但既然没有热闹可看，他们纷纷散去。

“多谢将爷援手！”带有吴越口音的男子向冯益抱拳。

“冯兄大名，可赐告否？”冯益问。

“但名一个益字。”带有吴越口音的男子说。

冯益一愣，问：“是义气的义，还是比翼的翼？”

“是益友、益寿之益。”带有吴越口音的男子说。

冯益大为叹息，道：“真想不到，冯兄与我不仅同姓，而且同名！”

“将爷的名讳也是这个字？”带有吴越口音的男子同样吃惊不小，“草民不慎冒用该字，多有得罪。”

“这却怪你不得。”冯益道，他改用家乡的口音问，“冯兄是鄞县人，还是慈溪人？”

鄞县和慈溪皆属宁波，鄞县与宁波同城，慈溪在宁波西北。

“哎呀，将爷也是前江边长大的！”带有吴越口音的男子惊呼。慈溪城南有溪水流过，即名慈溪，又名前江。他这么说，表明能辨别两地口音的细微差别，同时表明自己也是慈溪人：“他乡遇故知，草民若不是囊中羞涩，真想与将爷买一回醉。”

“我却是有事在身。等得空，我请冯兄。”冯益一抱拳，说声“请了”，自己却先走。他先头听出，争吵的二人中处于下风的是同乡，故出面相助；但坐在一起叙叙乡情，他还没动过这个心思。

带有吴越口音的男子仍站在远处，看他离去。

走出几步，他又退回来。

“冯兄当真看得相？”他问。

“全凭小技，在京师混口饭吃。”术士冯益说。

“能不能费心，看看我的面相？”指挥冯益提出请求。

“将爷于草民有恩，草民以小技报答，怎敢言费心！不过——”术士冯益面有难色，话说到一半而止。

“冯兄以技谋生，钱是要给的。我出门带的不多，这里有五钱银子，一钱还欠债，其他的可买个半醉。”指挥冯益边说，边给银子。

“将爷说这话，羞煞草民！”术士冯益左躲右躲，不肯接过银子，“我想说的是，将爷也看见，马大哥与我争吵，不是因为我欠他的银子，而是给他看相时说的实话。”

“对，我怕的就是你一味只说好听的，不说实话。冯兄和对姓马的说实话一样，对我也说实话，我这银子就花得不冤。”指挥冯益道。

“将爷真要听实话？”术士冯益问。

“对，我与别人不同，闻祸则喜。”指挥冯益说。

“那我直说，将爷的面相不好。”术士冯益道。

“怎的不好？”指挥冯益问。

“凶险。”术士冯益道。

指挥冯益心想，你大概只会说这两个字，或者以为只有这两个字才能骗钱。姓马的用一钱银子，换到的是这两个字；我用五钱银子，换到的还是这两个字。我可是冤得很呀！但既然说“闻祸则喜”，他只能做出满不在乎的样子，大笑两声。

曹钦在烦闷时或高兴时，都会把冯益找来饮酒、闲谈。而且，他说的第一句话或问的第一句话，很能代表他的心情，冯益一听即知。

他今日的第一句话是：“老冯，怎么人家都说你喜欢吹牛？”

冯益判断出，他今日心情很好，因为这是句心情好时才会说的话。

“京城指挥多如牛毛，卑职自己有什么好吹的；卑职想吹牛，也只能拿爵爷来吹一吹。”他说。

“我有什么好吹的？”曹钦问。

“你是爵爷呀！”冯益道。

“如你所言，京城爵爷还不是多如牛毛！”曹钦说。

“那也是牛头上的毛。”冯益道，这话足以引得曹钦开心而笑，但冯益还要借题发挥，“再说，爵爷的这个爵爷，怎是别的爵爷能比的！”

“我这个爵爷有何不同？”曹钦问。

“爵爷是曹公之子呀！”话一出口，冯益发觉给自己出个难题。曹钦是曹吉祥的养子，如果说这与其他的勋爵有什么不同，那就是他本来没有资格封爵的。此外还有一点，太监本来是应该无后的。不管强调哪一点，都不光彩。但话既出口，冯益就得想法子把它说圆满。他说："曹公何等人物！说古之人都爱说王公，称他前无古人，后无来者；却不知曹公胜他多矣！王公无后，曹公却有爵爷；王公亲眷不过封职，曹公之后不仅封职，爵爷还得爵位。反过来说，曹公久居禁苑，那得沾上多少皇家之气呀！他不传与爵爷，却传与谁人！故爵爷非其他勋爵可比。"

"老冯啊，你又在吹牛，皇家之气也可借内臣传出吗？"曹钦道。

"怎么不可以，古已有之。"冯益说。

"你是说，古之宦者子弟有为天子者？"曹钦问。

冯益给自己出的难题更难做下去。他用"皇家之气"这几个字，不过是想强调他的福气，不同一般的福气；没想到，曹钦居然直接联想到天子。他不能告诉曹钦，沾染皇家之气是沾染皇家之气，天子是天子，二者有极大的区别。因为一来，二者的区别不容易说清楚；二来，他这么一说，曹钦一定会认为他前面的话都是吹牛。

"怎么没有？卑职随口说得出的，就有一人。"冯益说。

"是谁？"曹钦问。

"说来巧，恰与爵爷是本家。"冯益道，"东汉桓帝时，宦官曹腾最有宠。那时宦官可以封爵，曹腾封费亭侯。魏武帝曹操，即曹腾后。"

"是其养子？"曹钦问。

"不，隔一代，是其养子之子。"冯益说。

曹操不是大太监养子，让曹钦心里产生一点儿等不及的感觉。他并不知道，曹操其实也没有自立为天子，他的天子尊位是他的儿子追加的。要是知道，会更感到等不及。但想到自己的儿辈之中或有如魏武帝者，又让他心里产生一种莫名的兴奋。

"老冯知古今，我要找人来给你敬酒。"他说。

"不敢，卑职自饮就好。"冯益说。

"不可，讲这么个好故事，怎能无人见证！"曹钦说着，向外面叫道，"去，去，速请大奶奶来！"

"不用请，贱妾就在这里。"内室有人应道。随着话音，曹钦妻子贺氏款款走出来。

冯益忙起身，问候道："卑职见过大奶奶。"

贺氏对冯益点一下头，然后问曹钦："爵爷唤贱妾何事？"

"你既在，老冯的话一定听到。"曹钦说。

"贱妾的确听到。"贺氏应道。

"他这个故事，值不值得你敬一回酒？"曹钦问。

“爵爷让贱妾敬酒，贱妾就敬酒。”贺氏说。

她斟一盅酒，递与冯益，道：“奉命斟酒，将军请饮。”

“卑职消受不起，大奶奶于卑职，有如主母一般。”冯益把酒盅举过头顶，以表示对贺氏的尊崇。

“仅如主母一般吗？”曹钦笑着问。

“别的，暂存卑职心中。”冯益明知他问的是什么，但不敢说。

“好吧，快把大奶奶敬的酒喝了吧。果有一日如你所言，你这个主母的赏赐是少不了的。”曹钦说。

冯益小心地喝着盅里的酒，一滴也没剩下。

“贱妾不便久留，告退。”贺氏欲下。

“等等。”曹钦意犹未尽地把她留住，“夫人既听到老冯讲的故事，以为如何？”

“爵爷说值得贱妾敬一回酒，贱妾已敬。怎的又问！”贺氏不想说。

“老冯如家里人，说说何妨！”曹钦道。

贺氏走不脱，只得应付：“要贱妾说，爵爷有句话说他，再恰当不过。”

“哪句话？”曹钦问。

“喜欢吹牛。”贺氏道。

曹钦大笑。他说：“老冯，这个口碑跟定你了！”

曹吉祥没把冯益的话看作吹牛，他把它看作疯话。

“老冯是不是和你说过许多疯话？”他问曹钦。

“没有许多，只有一句。”曹钦道。

“他怎么说的？”曹吉祥问。

“他说，爹爹沾染太多的皇家之气。”曹钦学说冯益的话。

“这话疯得够可以！”曹吉祥大摇其头。

“爹爹把它当作疯话，它就是疯话；爹爹不把它当作疯话，它就不是疯话。”曹钦却说。

他竟对冯益的话很受用，曹吉祥皱眉问道：“钦儿，这话何意？”

“孩儿并无别意，只是觉得，爹爹确实沾染太多皇家之气。”曹钦说。

“你还觉得，这皇家之气要传与你吧？”曹吉祥问。

“这用不着多想。爹爹只有孩儿一个传人，有好处，难道还会传与他人不成！”曹钦理直气壮地说。

“是不是我这点儿皇气不够，你要连祖宗一起搬出来？”曹吉祥问。

曹钦这才觉出，曹吉祥对他们的疯话很是恼火。他忙设法脱身。

“不是孩儿搬出来的，是老冯搬出来的。”他说。

“要不是你问，他会凭空去搬！”曹吉祥道。

曹钦知道，曹吉祥一定全盘掌握他和冯益的闲谈，闪烁其词是躲不过去的。他若无其事地说：“孩儿是问过老冯一些典故。孩儿相信，老冯不会出言无据的。”

“钦儿所问、老冯所述，是阿瞒的故事吧？”曹吉祥道。

“爹爹说的阿瞒是谁？”曹钦问。

“老冯竟没告诉你，咱们祖宗的小名叫阿瞒？瞒者，隐瞒之瞒也！”曹吉祥感到好笑。

“魏武帝小名阿瞒？有趣，有趣！”曹钦连声说道。

“小名阿瞒，有什么有趣的？”曹吉祥问。

“爹爹想啊，魏武小名阿瞒，孩儿小名阿讳。他隐瞒的，孩儿讳言的，是一回事；前后遥相呼应，还不有趣！”曹钦道。

“又是疯话！”曹吉祥斥道，“你说，老冯的典故不会出言无据，我告诉你，他的依据，乃是一部《三国》。一部《三国》，成名人物成百上千，他为何只讲一个曹阿瞒！”

“对孩儿讲，对爹爹讲，不讲魏武，却讲谁人？”曹钦觉得，他的责怪一点儿道理也没有。

“有个吕奉先，他也该讲一讲。”曹吉祥道。

“可是使方天画戟的吕布？其人神勇，无将可敌。老冯没讲，爹爹给我讲讲他的故事。”曹钦拍掌欢言。与其说他真想听吕布的故事，不如说他想讨好曹吉祥。

“神勇无敌，没什么好讲的。”曹吉祥却不领情。

“那就讲讲他兵败被擒，死无葬身之地。”曹钦说。

“败军之将，更没什么好讲的。”曹吉祥道。

“吕布该讲一讲，这话是爹爹说的。”曹钦想不出其他讨好的话。

“讲吕布，讲他一个绰号足矣。”曹吉祥道。并问，“钦儿可知吕布的绰号吗？”

“不是叫奉先吗？”曹钦头脑有点儿发昏，连绰号都没听懂。

“亏你还和翰林们来往，竟把别字当成绰号。”曹吉祥道。

“对，奉先是吕布的别字。”曹钦忙认错，“爹爹，吕布有何绰号？”

“三姓家奴！”曹吉祥道。

“《三国》里有这话，那是骂他的。”曹钦说。

“我看，做他的绰号再恰当不过。”曹吉祥说着，问道，“钦儿，你说得出吕布有哪三姓吗？”

“本姓吕，是一姓；后来作刺史丁建义子，第二姓；再后作太师董卓义子，第三姓。”曹钦数道。

“他后来还想拜我等祖宗为义父。幸亏我等祖宗明察，没有留下这个祸根；要不，他就成四姓家奴。”曹吉祥说。

“三姓家奴，骂得够狠。爹爹单单要讲吕布的这个绰号，是有所指吧？”曹钦还没昏到什么都听不出来。

“是。”曹吉祥应道。

“是指老冯？”曹钦问。

“你看，就乱拜义父而言，老冯像不像吕布？”曹吉祥反问。

“老冯没那么下作吧？”曹钦道，“当年老冯孤身一人闯荡京师，无依无靠，受知于昌平侯杨爷。后冒军功，擢百户，进千户。昌平侯死，他又出入忠国公石爷门下，升至京卫指挥。石氏败，他才投靠孩儿。孩儿因他能说能干，几次想升他官，都被爹爹阻止。充其量，他是靠着自家的本事吃饭，不曾拜谁为义父。”

“但三次改换门庭，不假吧？”曹吉祥道，“未拜义父，是因为而今江山一统，不同于汉末乱时，谁会招收义子，使朝廷、官府起疑？钦儿不信，与老冯说说，着他拜我为义父，看他是肯还是不肯！”

“罢了，我兄弟多人，何必再弄出个义兄弟分宠。”曹钦自然不愿意。

“钦儿放心，我们门下厮养官校以千百计，真想再认几个义子，我也不会找到他。我只想告诫你，似老冯这等妄言之徒，还是与他疏远些好。”曹吉祥把今日的谈话归结为一点。

“是，孩儿谨记。”曹钦应是应，但显然并不赞同，他问，“爹爹，魏武故事，当真不能再演于今日吗？”

“那要看怎么演；有人曾想演，却成一场滑稽戏。”曹吉祥说。

“是哪朝的事？”曹钦问。

“就是本朝的事。”曹吉祥道，“大学士徐元玉自择武功伯爵封，是想效仿我等祖宗，结果却如何？”

“他借用别人祖宗，合该受辱。”曹钦说。

曹吉祥一直板着面孔教训，听他这话，不禁笑了。在他看来，当初加给徐有贞的种种罪状，自择武功伯也好，册券里“缵禹成功”的句子也好，都是无稽之谈。他今日举徐有贞的例子，无非是警告曹钦，切不可轻举妄动。没想到，曹钦却有自己独特的想法。

“钦儿说得不错，我曹氏祖先演绎的故事，旁姓之人怎么学得来！就是我等曹姓的人要学，也不容易。”曹吉祥说。

曹钦听这话，如饮醍醐。他从小就知道，义父不是个安分的人，不是个做事守规矩的人；但不知为什么，这些年来，却一再告诫他等要安分，要守规矩。难道是人一老，性情会变？但人家都说，本性难移呀。难道是觉察不出他们父子面临的危机？应该不会。如果说，除去徐有贞，是他和石亨联手，与文臣的一次大较量；那么，石氏落难，明摆着是对他的一次警告。石氏落难，夺门元勋，只剩下曹吉祥一人。但皇帝并没有将恩宠集于他一身，而是明显地和他疏远。不是智者也能想到，疏远是第一步，第二步就是打压。

在曹钦看来，义父的智慧远远超过自己，不会看不到这个结局。

当曹吉祥表示出并不是没有看出危机，并不是不想用祖宗的方式解决危机时，他的沮丧和消沉一扫而空。

“爹爹说，要怎样才演绎得好？”他迫不及待地问。

“不能靠老冯这等人粉墨登场。”曹吉祥的第一话，还是排斥冯益。

“孩儿已知。”曹钦道。

“可你知道这两年我在做什么？”曹吉祥问。

“孩儿听说，爹爹常于府中宴客。”曹钦道。

“可知所宴何人？”曹吉祥问。

“孩儿不知。”曹钦道。

“该着让你知道，我招来宴饮的，都是达人。”曹吉祥说。

“爹爹为何只看重达人？”曹钦问。

“我参与用兵多年，深知汉人指挥多靠不住。他等知有朝廷，知道无论为哪个荐主效力，功赏都来自朝廷。故如老冯这般，今日投在杨府、明日出入石家的，比比皆是。反倒是达人指挥，投在一人门下，则矢志不渝，同荣同辱。他等眼里只有荐主，没有朝廷。故自领兵之日起，我便广收达人于门下。”曹吉祥说。

“达官虽可用，只是太少。”曹钦道。

“一人尽死力，可抵百夫，我门下达人以千计，犹如十万大军。钦儿想想，坐镇京师，拥十万大军，还有什么好愁的！”一旦说起谋事，曹吉祥比曹钦更乐观。

“那么，爹爹可曾暗中询问达官们意向？”曹钦问。

“不用我询问他等意向，是他等不断询问我的意向。他等皆知，一旦我败，他等将被黜退，无一幸免。”曹吉祥说到这里，换用郑重的口吻，“钦儿，今日曹氏势力，并不在昔日石氏之上，切不可妄动。但一旦朝廷对我动手，我也不会束手待擒。”

“是。有爹爹这话，孩儿心里才有底。”曹钦说。

长洲书生王錡，约好友刘宗序，同去拜望徐有贞。

苏州城里，一府衙两县衙，府衙即苏州府，县衙一为吴县，一为长洲。城外之地，也被一府两县瓜分。所以，王、刘二人虽与徐有贞分属两县，但往来时并不要走很多路。

按照刘宗序的意思，二人在一起吃完午饭，再去徐家。理由是：这时去，稍坐一会儿，就到正午，言之不能尽。王錡不依，非要先去徐家，然后，各自回家吃饭。理由是：饭后，徐先生或要歇午，去早要等，去晚多坐一会儿天就黑。争来争去，王錡的态度更坚决。刘宗序让步，二人即刻赶往徐家。

一拍门，果然来的不是时候，不是先生要用饭，而是先生尚未起床。二人问，可否在门廊或院中等候？因是常客，徐仆没拒绝。

这一等，却不是一时半会儿。看看日头，该吃午饭，徐有贞还没起身。二人好不后悔，早知如此，回去吃完饭再来，也不晚。现在人家答应你在院子里等候，想走都不好开口。看徐家仆人吃着粗茶淡饭，二人直往肚里咽口水。

又过一个时辰，才听到里面院子里有动静。王錡悄声说道：“先生总算在吟‘大梦’诗。”

“然则不是‘春睡足’，而是秋睡足。”刘宗序说。

二人是以刘皇叔三顾茅庐、诸葛亮酣睡后吟诗为话题的，恰徐家童儿走过。他说：“春日，秋日，老爷一样的睡。”

王錡、刘宗序相视苦笑。

“先生可见客？”王錡问。

“我禀过，老爷盥洗之后，会出来见二位。”童儿说。

徐有贞出来时，不仅盥洗毕，看来还吃了几口饭，他精神焕发，和王、刘二生的狼狈状，正好成鲜明对照。

“睡得晚，起得晚，非我本意；让二生久等，亦非我本意。二生切勿介意。”徐有贞道歉的话，和别人不尽相同。

“还说不上久；再者，晚辈恭候先生，也是应该的。”王錡违心地说。

“二位坐，童儿，奉茶。”徐有贞简短地招呼着。

茶送上来，王錡、刘宗序口渴得厉害，但看着碧清的茶水，却不敢碰，唯恐一口茶水进去，肚里会叫起来。

“元禹，”徐有贞呼着王錡的字，问道，“早来是你的主意吧？”

“是，晚生性急。”王錡应道。

“我二人一同拿的主意，先生不可责怪元禹兄一人。”刘宗序说。

“我非责怪你等，你二人既来，必有所获。”徐有贞说。

“是，晚生等每次谒见先生，皆受益匪浅。”王錡、刘宗序道。

徐有贞摆摆手，示意自己的话没说完。他说：“我是为你等可惜。”

“敢问先生，何事可惜？”王錡问。

“你二人来得早，必起得早；起得早，必昨晚睡得早；昨晚睡得早，天象之异常未见矣。”徐有贞一连做三层推论。

“先生说的是，晚生昨晚只觉无所事事，早早地上床。”王錡说。

“晚生倒是睡得晚，却没想到夜观天象。”刘宗序说。

“此即缘分。该你看到的，想不去看都不成；不该你看到的，就在头顶之上，你也看不到。”徐有贞说。

“不知先生昨晚见何异常之象？”王錡问。

“是福是祸？”刘宗序加问一句。

“于朝廷是祸，于我本人，或是福。”徐有贞见王、刘二生瞪大眼睛，又加上一句，“自然，是‘祸兮福之所倚’的福。”

“然则，终归是祸？”王錡想把这一点先确定下来。

“不错，是祸。”徐有贞道。

“且是大祸？”这是王錡要确定的第二点。

“不错，是大祸。”徐有贞道。

“且祸出京师？”这是王錡要确定的第三点。

“不错，在京师。”徐有贞道。

“先生，究竟是何等祸事？”王錡问。

“宦官之祸将作。”徐有贞简而言之。

“宦官之祸？如东汉末年？”王錡惊问。

“不如其时惨烈。”徐有贞说。

“如唐安、史乱后？”刘宗序退一步问。

“不如其时嚣张。”徐有贞说。

“如十数年前致乱者？”王錡更退一步说到王振专擅。

“来势较其时凶猛，去势较其时迅捷。”徐有贞说。

一连用四个很形象的词句：一曰惨烈，二曰嚣张，三曰凶猛，四曰迅捷。他像亲眼目睹将要发生的祸事，任谁听说后，也不会全信。

“宦官之祸，先生似乎看得很清楚。”刘宗序说。

“看不清楚，我怎会说于我是福？”徐有贞道。

“对了，于先生是福，当作何解？”王錡问。

“还用问吗？朝廷转危为安，才说得上个福字。”刘宗序道。

“这层意思，我想得到。此乃其一，我想问的是其二。”王錡说。

“其二须问先生。”刘宗序道。

“你二人往那里看，”徐有贞挥手虚张声势地在空中一划，“跪在那里正作被缚状者，即作乱之人。”

王錡、刘宗序哪里看得见什么人！

“先生，朝中之事晚生辈知之不多。”刘宗序说。

“但总有所耳闻吧？”徐有贞道，“作乱之人，即害我之人。他害得我身败名裂，但他的下场比我还要凄惨。”

天下人皆知，险些置徐有贞于死地的，有两个人，一是石亨，一是曹吉祥。徐有贞既说到宦官之祸，又说到害他的人，必是曹吉祥无疑。关于曹氏眼下的处境，谈论者颇不少。有人说他仍权倾中外，有人说他势如残烛，已大不如前。王、刘二生与官场中人来往不多，不知究竟；因此，也不敢妄加评论。

“今日情势，非同汉末，非同唐安、史乱后，宦官胆敢作乱，乃飞蛾扑火，自取其亡。”王錡说。

“先生天人，害先生者，断不得善终。”刘宗序说。

“二生不必虚与委蛇，我知我的话你二人信疑参半。”徐有贞笑道，他低头算计，算计好，抬起头说，“这样，今日是六月初五，快不过本月，慢不过今秋，宦官之祸必作，二生且拭目以待。”

王錡、刘宗序辞出，远离徐家后，议论起来。

“宦官之祸果起，会不会殃及江南？”刘宗序问。

“覆巢之下，焉得完卵！”王錡道。

“要不要预为防备？”刘宗序问。

“如何防备？”王錡反问他，“最须防备者，在于朝廷，而不在于江南。但依先生说法，向朝廷报警肯定来不及；况且，你我两个书生向朝廷报警，除赔上性命，又有何用！”

“那却如何是好？”刘宗序心慌意乱。

“唯愿如先生所言，其去势迅捷。”王錡说。

对将要来临的祸事的忧虑，使二人暂时忘记饥饿。

# 第一百零四章

逯杲宅院大门对过，有一棵老槐树。老槐树下，站立一少年。少年的装扮，似军非军，似民非民，似生员非生员，看不出具体的身份。他在老槐树下一站就是大半天，眼睛紧紧盯住逯家的大门。这引得许多住在附近的人或路过的人过来找他说话。他或是摇头，或是点头，就是不肯开口。因而更没人猜得出他的身份。

逯家的大门紧闭，无人出入。黄昏时分，逯杲回来。大门打开半扇，他一进去，大门又紧闭。在那以后，仍无人出入。

没人看得清，少年抿着嘴在笑。等天全黑，他走过去，轻轻敲门。

“老爷不见客。”大门内有人说。

少年对着门缝，低声说句什么。大门内一片骚动，先是有人往院里跑，然后才有人开门，把少年让进去。

少年往院里走几步，逯杲疾步迎了出来。

“请，请！”逯杲对少年未加称呼，家仆也不知他为何人。

直到进入内室，关上门，逯杲才行礼，口称：“公公驾临，不曾远迎，恕罪恕罪。”

“爷定的规矩，你敢坏了不成！”少年笑嗔。他是常来逯杲处传密旨的近侍，有一套密语和不为外人知的联络方式。二人见面，最多寒暄一两句，立即切入正题。一般都是由少年近侍开口。他说：“今日爷差我来，有三件事。”

“是，公公吩咐。”逯杲道。

“第一事，爷说：逯杲离衙后，即杜门绝客，朝中再无第二人。你替朕看看，他这习惯改没改。”近侍复述完皇帝的话，笑着说，“不瞒逯大人，爷命我看上半日；我却在午前就来，看上大半日。其间，府上竟无一人出门，亦无一人来敲门，我回去禀奏，爷不定多高兴呢！”

“这也是皇上定的规矩，卑职不敢稍改。”逯杲说。

“第二事，爷说：为宁府弋阳王事，曾严斥逯杲。事过一月，你去看看，逯杲还委屈不？”近侍接着复述皇帝口谕。

“卑职一身之外，皆蒙恩赐；连这条命，也是为皇上生的。皇上严斥，即莫大恩典，卑职怎会委屈！”逯告道。

“爷命我来看看你委屈不，还有一层意思。”近侍说。

“请公公直言相告。”逯杲道。

“弋阳王败伦之事，究竟实不实？”近侍问。

弋阳王是宁府郡王。逯杲遣人侦知，弋阳王与母有乱伦之行，禀奏于朝。皇帝命宁王奏闻，宁王称，并无其事。皇帝痛斥逯杲，命再加按问。逯杲坚持有其事，皇帝遂赐弋阳王母子死。这是五月间的事情。

“卑职有确凿证据。”逯杲说。

“逯大人，若不是爷问，只是我问呢？”近侍改用亲切的口吻。

他想以私情打动逯杲，而逯杲不为所动。因为他深知，一旦中圈套，等待他的会是什么。

所谓弋阳王母子败伦云云，纯是侦伺者道听途说，他后来复按时，已经找到许多破绽。他不改口，是因为不想给皇帝留下一个办事不力、奏事不明的印象。他当然也没想到，皇帝会大为激怒，在皇亲贵胄中开了杀戒。如果说，他开始是不想改口；现在背负两条人命，他则是万不能改口。对皇帝不能改口，对皇帝身边的近侍不能改口，对任何人都不能改口。

“公公问，卑职可讲述更多细节。”逯杲说。

“好，不说此事。”近侍见问不出什么，就此打住；或者，他本来也不想问出什么，“第三事，爷说：锦衣卫百户曹福来为曹钦禁锢，用刑几死。其事始末，着逯杲查明来奏。”

“此事卑职已查明，烦公公代奏。”逯杲说着，一揖。

“逯大人说。”近侍道。

“曹福来为昭武伯曹钦舍人，行贩于外郡与京师间，其中多有违禁物件。微臣密奏此事，皇上命缉拿归案。昭武伯得知消息，使福来藏匿。微臣到时，其妻谎称福来病狂外走，下落不明。微臣撒下罗网，侦知福来踪迹，率人缉拿；却被昭武伯抢先一步，将福来带回府中。此后私用刑具、妄图灭口等等，皆是实情。”逯杲述道。

“逯大人说的，和爷所料，一模一样。”近侍说着，最后复述皇帝一句话，“爷说：既已查明，逯杲不必管，此事交科、道纠劾。”

曹钦邀达人指挥皮勒玛哈穆特、也先帖木儿等数人饮酒，只是一味劝别人喝，自己却不喝。

“没有公子爷这么请酒的！你要别人喝，自家先要喝。”也先帖木儿说。他们原投在曹吉祥门下，所以仍称曹钦公子。

“我若喝得下，自然和你等喝；喝不下，才劝你等喝。”曹钦说。

“喝不下酒，一定是有烦心的事。公子爷一人之下，多少人之上，有何烦心事？”皮勒玛哈穆特问。

“是啊，公子爷有何烦心事？”其他人也问。

“你等不知吗，朝廷将降罪于我？”曹钦反问。

“朝廷降罪于公子爷，怎会有这事！”也先帖木儿似乎真不知道。

“我是听说，却没当回事。”皮勒玛哈穆特说。

“若在两年前，我也不会当回事，现在却不能不当回事。”曹钦叹道，又继续劝酒，“来，各位将军饮酒，今日同饮，谁知有无明日。”

“公子爷道同饮，自家却不饮，叫我等怎饮得下！”也先帖木儿说。

“好，我也饮。”曹钦勉强喝一口。

“公子爷痛痛快快地喝一口，我有话说。”也先帖木儿道。

“酒实在喝不下去，但不能让各位扫兴，谁让我们汉人有句话，叫舍命陪君子呢。”曹钦边说，边换大碗，倒满酒，一饮而尽。众达子指挥叫好，也都换成大碗。也先帖木儿要说话，被曹钦拦住：“也先，你有什么话，喝过酒再说。”

“不错，不喝酒说的话，没有味道，不算数。”众达人指挥齐道。

“我不喝一碗，喝就喝两碗，用汉人的话说，叫好事成双。”也先帖木儿一口气喝两大碗酒。喝完，他把碗一扔，说：“我等的官，是曹公让做的；酒，是公子爷给喝的。没有曹公及公子爷，我等在京城无立足之地，连个丐儿也不如。朝廷要制裁公子爷，我等绝不可坐视。”

“将军重情义，曹某谢过！”曹钦起身，深作一揖。

“也先兄弟说的话，便是我等要说的话。”一二达人指挥附和。

“多谢，多谢！”曹钦又向他们致意。

其他人则不作声，都在看皮勒玛哈穆特。曹钦知道，他是个重要人物，他说是，其他人都会说是；他说不，其他人也会说不。

“皮勒将军不喝酒吗？将军才说，喝不下酒，必有烦心事；难道将军也有烦心事吗？”曹钦问。

“是啊，我也有烦心事。”皮勒玛哈穆特说。

“将军为何事烦心？”曹钦问。

“公子爷是大人物，为大事烦心；末将是小人物，为小事烦心。公子爷烦心的事，末将等拼死也要为公子爷出力；末将等烦心的事，却不知公子爷肯不肯做主？”皮勒玛哈穆特说。他嘴上的功夫一流，汉话说得比汉人还要流畅，难怪其他达人指挥看他眼色行事。

“将军且说。我办得了的，我为将军等办；我办不了的，还可为众将军搬请爹爹出面。”曹钦说。

“此事果真与曹公相关。”皮勒玛哈穆特说，“当初曹公应允我等，一旦干起大事，金钱、谷米、绵帛，任我等取。不知公子爷干起大事，是否也准许我等自家动手去取？”

曹钦从未想过，起兵之后，听任达人指挥于京城肆掠，会是怎样的景象；现在则来不及想。他毫不犹豫地说：“我与爹爹是一回事。爹爹应允将军们的，我无不应允。而且，不仅金钱、谷米、绵帛等任将军们自取，女子也任将军们自取。”

听了这话，看皮勒玛哈穆特眼色的达人指挥，附和也先帖木儿的达人指挥，无不欢呼，声浪似要夺门框窗框而出。

“末将们没说的，愿为公子爷效死力！”皮勒玛哈穆特说。

“末将愿为公子爷效死力！”也先帖木儿说。

“我等愿为公子爷效死力！”其他达人指挥说。

“壮哉，壮哉！”曹钦甚是感动。

“公子爷，末将看得出，方才那碗酒，你喝得不很情愿。这会儿是不是该心甘情愿地喝一碗？”也先帖木儿问。

“不仅我要喝，各位将军也要喝。来，同饮！”曹钦举碗邀道。

众达人指挥吆喝着，碰碗，喝酒。

“公子爷，哪一日起事？”皮勒玛哈穆特问。

曹钦用两手招呼，众达人指挥把头凑过去。他把话音压得很低很低，说个日子：“七月初二日。”

“为何定在这一日？”皮勒玛哈穆特问。

“甘、凉乱起，朝廷命将西征，定于此日出师。京营出动，城内空虚，正好行事。”曹钦说。

“日子是个好日子，不过，城内虽然空虚，大内防范极严，须得请曹公找个内应才好。”皮勒玛哈穆特颇有心计地说。

“不必麻烦他老人家，我自找得到内应！”曹钦说。

七月初一日傍晚时分，恭顺侯吴瑾家里来个掩住半边脸的客人，一进正屋就吩咐："贤甥，把门户关好。"

整张脸露出来，竟是曹钦！吴瑾大为吃惊。

"阿舅怎来？"他问。

他与曹钦是姻亲，论起来，曹钦长他一辈。

"今晨午门前颁布敕谕，贤甥听到吧？"曹钦冷冷地说，"晨颁昏旨，晚来贤甥处论个是非。"

"阿舅此言差矣，为臣者怎能与天子论是非？"吴瑾说。

"若是有是非呢？"曹钦问。

"阿舅占理，可在天子面前自辩。但小甥看，曹福来之事，阿舅并不占理。"吴瑾谨慎地表明自己的态度。

"为这等细枝末节，天子辄宣谕勋戚、都督等，就占理？为这等细枝末节，天子欲加之罪，就占理？"曹钦极力反驳，并说，"天子欲置臣子于死地，还容臣子自辩吗？"

"阿舅意欲何为？"吴瑾问。

"自辩不得，只好兵戎相见。"曹钦道。

"怎么，阿舅要反朝廷！"吴瑾尽管早就想到曹钦会有什么举动，但听他亲自说出口，仍然心惊胆战。

"不是反朝廷，是兵谏！"曹钦道。

其实二者没多大区别，历来打着兵谏旗号的，最终不是作为大逆不道者被处以极刑，就是改朝换代。

但吴瑾假装以为二者有区别；因为除此之外，他实在想不出用别的法子应付这位无法无天的舅氏。

"阿舅并不反朝廷？"他问。

"绝不反朝廷！"曹钦信誓旦旦。

"那么，阿舅以何辞进谏？"吴瑾问。

"天子原居南宫，以我爹爹之力，方得重坐龙廷；今他既不容我父子，只得请他退居南宫，仍作太上皇帝。"曹钦说。

"由谁来坐龙廷？"吴瑾又问。

"自是太子。"曹钦道。

"拥戴太子，尚合天理。"吴瑾言不由衷地说一句，然后问，"阿舅兵谏，欲于几时行事？"

"就在明日。"曹钦道。

“明日！”吴瑾惊得差点把内心的真实感受流露出来。他强制自己保持镇定，问道：“兵谏并非细枝末节，阿舅为何操之过急？”

“明日朝廷发兵西征，错过明日，再无机会。”曹钦说。

“这倒也是。”吴瑾佯作理解，并问最后一个问题，“欲行兵谏，阿舅与曹公豢养的达人健卒足矣，为何寻我？”

“贤甥常出入宫禁，与守门者熟，请贤甥为我打通守门者。”曹钦说。

“阿舅还要惊动大内？”吴瑾问。

“不惊动，天子怎会逊位！”曹钦道。

“阿舅说的也是。”吴瑾应付道，随即设法拖延，“但阿舅明日行事，今夜就要打通守门者，恐不易为。万一今夜守门指挥及宦者，恰是我不熟的，我是叫不开门的。”

“贤甥勉为其难。日子已定，万一叫不开门，只得硬打。”曹钦说。

“是，是，阿舅且回去整顿人马，我这就去大内活动。一有消息，即报与阿舅知；阿舅未得消息，切莫妄动。”吴瑾说。

他脑子里只有一个想法，就是赶紧把曹钦支走。曹钦一离开，他立刻吩咐家人去请二爷。二爷是他的堂弟吴琮。家人问：“二爷若睡了呢？若不肯出门呢？”“那就将他绑来！”吴瑾说。

吴琮来后，一通抱怨：“有什么事，明早再说不好吗？大哥知我嗜睡，这会儿早该上床，偏使人去唤我，还说要绑来！不就明日为大司马、怀宁伯送行吗？不会误的。”

“挨到明早，你我的性命难保！”吴瑾说。

一句话，将吴琮从梦幻状态惊醒。他问：“大哥，究是何事？”

“昭武伯谋反！”吴瑾概括地说一句。

“曹氏谋反？”对此，吴琮并不吃惊，他奇怪的是这话从吴瑾嘴里说出来，“大哥怎知？”

“他亲口说的。”吴瑾详述曹钦今晚忽至与他谈话的内容。

“大哥，容我想想。”吴琮沉吟着，吴瑾以为他在想应对之策，不料他想的结果竟是，“看来，他不似说笑。”

“这还用想吗，谁会拿这等事说笑！”吴瑾嗔道。他一半是急事态的严重，一半是气吴琮还有心思说废话。

吴琮再说的不是废话：“大哥得赶快奏与朝廷知道呀！”

“是啊，所以我才把你从床上揪来。”吴瑾边说，边往桌案那边走，“纸笔已备好，老二为我拟疏吧。”

吴琮跟在他后面走，但走两步又停下来。

“大哥，事体重大，不能由他人代笔。”他说。

“你是知道的，我最不善写疏。”吴瑾道。

“一两句话，不必斟酌字句；大哥怎么想的，就怎么写。”吴琮说着，往相反的方向走去，摆出绝不代笔的姿态。

吴瑾无奈，只得拿起笔来。他略一思索，先写一行小字：臣吴瑾叩首奏上；然后写两行大字：曹钦谋反，暂勿发兵，紧闭宫门。

“老二，你看写得如何？”他招呼吴琮。

吴琮过来扫一眼，说：“很好呀，换别人来写，列上一大堆曹钦说的话，皇上哪有工夫细读！”

“那好，你陪我将此疏呈进宫中。”吴瑾道。

“这是要去的，途中若遇反贼，也好应付。”吴琮说。

兄弟二人各选一匹良驹，出门狂奔，不多时到长安左门。吴瑾跳下马来，把缰绳交给吴琮，自己向守在门外的官校走去。

数名官校迎上来，口称“爵爷”。

“尔等识得我？”吴瑾问。

“爵爷每次入宫见驾，走的都是此门，卑职等识得。”众官校说。

“宫门关闭否？”吴瑾问。

“已关闭多时。”一官校答。

吴瑾不放心，往前走几步，推了推门。门纹丝不动，他又退回来。

“今晚哪位公公当值？”他问。

“是陈公公。”一官校说。

“请他出来，我有话说。”吴瑾道。

官校们不敢怠慢，一边拍门，一边呼唤陈公公。

“谁唤我老陈呢？”门里有人问道。

从他不紧不慢的腔调，可以听出是当值的陈太监。吴瑾走近门前，答道：“陈公公，是我。”

“光说个‘我’字不成，我听不出是谁。”里边的人说。

“吴瑾。”吴瑾报上姓名。

“恭顺侯？我得看看是真是假。”里边的人说。

陈太监也和吴瑾极熟，才会在阙下当值时开这样的玩笑。把门拉开一道缝，看清真是吴瑾，他马上把门开大，走出来。

二人相隔好几步，相互揖手。陈太监还要往外走，被吴瑾推回。

“陈公公有守门之责，不可出外。”吴瑾说。

“我得和爵爷说话呀！”陈太监道。

“一里一外，隔着道门缝说话即可。”吴瑾说，他还动手把门合上，只留出一道缝，“陈公公，应承我一件事：天亮之前，无论谁来叫门，都不可开启。”

“爵爷来叫门呢？”陈太监问。

“也不可开启。”吴瑾说。

“那就不在话下。若非爵爷驾到，我才不会开门呢！”陈公公说着，问道，“爵爷赶来，就是叮嘱我这事的？”

“不，还有道密疏，恳请陈公公代为呈进。”吴瑾说着，从门缝里递进写好的奏章。

“好说！”陈太监伸手去接，却没有接过来。他稍稍用力，仍拿不过来。他不得不说：“爵爷，可放手。”

“陈公公，事体重大，定要让皇上见到此疏，一刻也耽搁不得！”吴瑾握住奏疏说。

吴瑾有密封奏事的特许，陈太监有接呈密奏的职守，即便不嘱咐，陈太监不会也不敢扣住不呈。但吴瑾仍要嘱咐一句，更可见所奏之事不同寻常，陈太监亦不敢掉以轻心。

“爵爷，咱们这么说吧：一刻也不耽搁地呈进，我做得到；爷看不看，几时看，我做不了主。”陈太监说。

“不行，定要一刻也不耽搁地请皇上御览。”吴瑾再次强调。

“爷若已就寝呢？”陈太监不是故意刁难，而是和吴瑾私交不错，才把各种可能说个清楚。

“须得唤醒。”吴瑾说。

“爷若不肯即阅呢？”陈太监问。

“陈公公须得长跪殿外。陈公公若是觉得冤枉，我愿在宫外陪跪。”吴瑾说着，就要跪下去。

“你呀！”陈公公到底拗不过吴瑾。他知道，吴瑾平日不是个非常较真的人，今日较起真来，绝不会无缘无故。“好，我应允你就是。”

吴瑾回到吴琮身边时，他早等得不耐烦。

“大哥，交道密奏，怎说这多话！”他抱怨道。

“老陈虽然办事牢靠，也得多嘱咐他两句。”吴瑾说。

“事已了结，大哥回家吗？”吴琮问。

“不，事尚未了结。”吴瑾摇着头说。

“但大哥既不能调兵，又不能遣将，现已无事可做。”吴琮说。

“我还有两件事可做。”吴瑾道，“其一，此门晚间不会开启，我有把握，我还要去其他各门叮嘱几句；其二，我手里无兵可调，无将可遣，怀宁伯手里却有兵可调，有将可遣，我要去找他。”

“大哥的话，他会信吗？即便他信，未奉圣旨，他也不敢调动大军讨曹呀！”吴琮说。

“有备无患的道理，他不会不懂。用不着大张旗鼓，他只要以一支精锐，占据京城要害，待命而发，就足够。”吴瑾说。

“那好，大哥为朝廷办这两件事，我为大哥办一件事。”吴琮道，“大哥家里，不能再住人。我去接大哥一家，暂搬去他处。”

“我也想到这一层，拜托！”吴瑾揖道。

一声鸡鸣，划破长空。离拂晓还有段时间，这不知是谁家的公鸡过于勤奋。它的争鸣没有得到响应，整个京城又陷入沉寂。

也先帖木儿从睡梦中惊醒，问句：“鸡叫吗？”确定真的听到鸡鸣，他对曹钦说，“公子爷，鸡叫过。”

“我亦听到。”曹钦说。

也先帖木儿发现，屋里的人，有人坐着，有人站着，有人在走动。但除他之外，没有其他人打瞌睡。他不好意思再说什么。

“公子爷，还等吗？”一达人指挥问。

“皮勒，你说呢？”曹钦转问皮勒玛哈穆特。

“这要看公子爷的打算。”皮勒玛哈穆特说。

“怎讲？”曹钦问。

“公子爷若只想在城里闹一闹，有没有宫里的消息，无关紧要；若是在城里闹一闹，接着出城，出关，出塞，就更没关系。公子爷若打算闹进宫里，没有宫里的消息，怕是不成。”皮勒玛哈穆特说。

“你的意思，再等等恭顺侯的消息？”曹钦问。

“按理说，该等；但末将怕等也是白等。”皮勒帖木儿说。

“皮勒兄弟，你说点儿有用的话好不好？”也先帖木儿责怪他，“一会儿说没宫里消息不成，一会儿说等也白等，到底等还是不等？”

“也先莫急，先听皮勒说。”曹钦劝他。

“没消息不成，等又等不来，只好去找。”皮勒玛哈穆特说。

“去找消息？那如何找？”也先帖木儿问。

“他是说，去找恭顺侯。”曹钦道，“他知我今日起事，且应允送消息给我。但整整一晚上就要过去，却不见人来，是该去找找，”说着，问众人，“尔等谁去把他找来？”

“他等去怕是找不来。”皮勒玛哈穆特说。

“不错，须得皮勒、也先二位将军中去一人，我才放心。”曹钦道。

“我二人去，也没用。”皮勒玛哈穆特说。

“是因为恭顺侯难找吗？”曹钦问。

“难找还在其次；主要是，他应允的是公子爷，我等找到他，他会不会说？他不说，只得请他来见公子爷。他不肯来，是强使他来，还是回来请公子爷去？等公子爷去，天早已大亮。”皮勒玛哈穆特说。

“你说须得公子爷亲去，不就成！”也先帖木儿道。

“绝无此理！”皮勒玛哈穆特说，“你是谁？我是谁？你我和公子爷，谁是主子，谁是部属？你是主子，你可以说，此事须得公子爷亲去；我是部属，我只能把道理说个明白。”

“你是欺负我说不明白道理呀！我说不明白，我不说；你说得明白，你说！”也先帖木儿愤愤不平。

“皮勒的话不错，是该我亲去。”曹钦没心思听他二人争吵，站起身来说，“好，我带上几个人，去找恭顺侯，去找消息。”

“我等与公子爷同去。”皮勒玛哈穆特说。

“找个恭顺侯，用不着兴师动众吧？”曹钦道。

“末将的意思，不管有没有消息，都得闹起来。若是宫里有内应，就打进宫去；宫里没消息，就先在城里闹；城里闹不下去，就退出城起。总之不能再等。”皮勒玛哈穆特说。

“也先，你说呢？”曹钦问。

“我看也不能再等。”也先帖木儿更多一层担心，“若只是恭顺侯爷找不到内应，所以无颜相见，还好说；他要是将公子爷的打算奏与朝廷，可就更加不妙。”

“走，走，一起去恭顺侯府！”曹钦再也坐不住。

曹钦率数百骑而出，其中三分之一是他的亲军，三分之一是达人指挥，三分之一是他所信任的汉人指挥。曹军把吴瑾住的宅院围住，两名亲军上前叩门。应门的是曹钦平日所见的阍者。

“舅老爷怎又来？”阍者问。

“来即来，为何说又来？”曹钦怪道。

“舅老爷不是黄昏时才来过吗？别以为蒙住半边脸，我就认不出来；要不是认出舅老爷，我能放进吗？”阍者絮絮叨叨地说。

“止！不说我，说你家老爷。你家老爷在不在？”曹钦问。

“不在。”阍者说。

“几时出的门？”曹钦问。

“舅老爷前脚走，我家老爷后脚就出门。”阍者说。

“去往何处？”曹钦问。

“听老爷的话，好像去长什么门办事。”阍者道。

“长安门？”曹钦提示。

“对，是长安门。”阍者道。

“一直未归吗？”曹钦问。

“是啊，一直未归。”阍者道，他好像忽然想起什么，说，“我家老爷出门前吩咐过，舅老爷说不定会再来；若来，就请舅老爷留下等他。还嘱咐小人，舅老爷若是一个人来，煮一壶好茶伺候着；若来的人多，只好煮一锅清水。我看舅老爷是率千军万马来的，这倒省小老儿的事，连清水也不用煮。”

站在曹钦身后的也先帖木儿听得不耐烦，喝道：“谁要喝你的清水！你家老爷不在，大奶奶也不在吗？”

“这位达官老爷也是舅老爷的人吗？看他的面相，凶得很呀！只怕舅老爷约束不住他。”阍者自顾自地说。

“这你不必担心，他还是听我约束的；但他性子急，他问的事你还是快些告诉他吧。”曹钦说。

“他问的是大奶奶在不在吧？舅老爷自家就可以告诉他呀，何必一定要我说。”阍者道。

“我告诉他？”曹钦摸不着头脑。

“是啊，方才舅老爷来时，我家老爷难道没告诉你，我家大奶奶出外串门？不但大奶奶自个儿去，连公子哥儿一起带去。”阍者说。

“你不如说，家里一个人也没有。”也先帖木儿道。

“怎么一个人没有？”阍者不依不饶，“小老儿不是在吗？伺候大奶奶和公子哥儿的使女虽跟去一两个，但也没全跟去。至于老爷的随从，一个也没带，都留在家里呢。”

也先帖木儿把曹钦请到一旁去说话。不再搭理这个爱唠叨的老儿，“公子爷，恭顺侯爷靠不住。”他说。

“皮勒，你说呢？”曹钦问皮勒玛哈穆特。

“小老儿一番胡搅蛮缠，看来是有人教的。”皮勒玛哈穆特从另一个角度证明吴瑾靠不住。

“公子爷问你恭顺侯，你说小老儿作甚！你要看着小老儿不顺眼，我一刀把他的头割下来，再放火烧掉宅子。”也先帖木儿说。

“这里闹不出名堂，要放火，去别处放。”皮勒玛哈穆特说。

“对，要放火，去长安门放。不过，”曹钦顿了顿，咬牙切齿地说，“放火之前，我先要杀个人来祭旗！”

“杀逯杲！”也先帖木儿、皮勒玛哈穆特齐声道。

# 第一百零五章

三鼓时，逯杲家的大门被敲得震天响，把附近两三条巷子里的居民都吵醒。守门的家人觉得不对头，连话也没敢问，就往院子里奔跑。逯杲梳洗已毕，正准备上朝。他也觉得不对头，看着手里的马鞭发呆。

“老爷！”门者叫一声，不知该说什么。

“什么人？”逯杲问。

“小的没问。”门者说。

“去问问。”逯杲道。放在平日，仆人办事这么不力，他早该大发其火，但这会儿他的态度特别和蔼。

门者战战兢兢走到门廊，问道：“门外何人喧闹？”

“有客。”门外的人说。

“老爷不见客。”门者道。

“三更天的来客也不见吗？”门外的人问。

“三更天的来客更不见。”门者道。

“若是有旨呢？”门外的人问。

“传旨的应是公公。听你声音，那玩意儿不像被割去。”门者听外边的人说话，不似擂门那般凶狠，居然敢开玩笑。

“你真是活得不耐烦，敢取笑老子！”门外的人凶起来。

“笑话，没那玩意儿，还做得了老子！”门者继续取笑。

“我来！”门外换个人，“明白告诉你，我今日来，就是要看看杜门绝客是个什么样子。你开门，我要进；你不开门，我撞开门也要进。”

逯杲已站在门者身后。听这声音耳熟，他问：“阁下是谁？”

门外的人愣了愣，道：“昭武伯，你一心除去之人。”

逯杲也愣了愣，命门者：“开门！”

“老爷，来者不善呀！”门者道。

“是祸躲不过，开门！”逯杲复命。

门者不敢违命，打开大门，自己迅即退到一旁。逯杲迎上前去，把曹钦等一干人拦在门外。

“卑职见过爵爷。”他身子稍稍一躬，算是行礼。

“走，有话进去说。”曹钦道。

“杜门绝客是皇上为卑职定的规矩，乞爵爷莫坏这规矩。”逯杲说。

“我若一定要坏这规矩呢？”曹钦问。

“那就请先杀我再进去。”逯杲说。

“没看出你倒是个硬汉。”曹钦哼一声，不再强行入内，“我且问你，我爹爹待你如何？”

“曹公于卑职有恩。”逯杲说。

“本爵待你如何？”曹钦问。

“爵爷视卑职如兄弟。”逯杲说。

“那你为何不置我父子于死地，不肯罢休？”曹钦质问。

“卑职并无害曹公及爵爷之意。”逯杲说。

“曹福来一事，不是你办的吗？”曹钦道。

“职责所在，卑职不敢旷职。”逯杲说。

“为报恩，为兄弟之情，也不敢吗？”曹钦道。

“也不敢，因曹公及爵爷之上还有朝廷。”逯杲说。

“好，你要为朝廷尽忠尽职，本爵成全你。”曹钦说着一挥手，二亲军上前，其中一人一刀，把逯杲砍翻，另一人一刀，把逯杲的头割下。曹钦命道：“把他靴子脱下！”

亲军不解主帅为何下这么道荒诞的命令，但还是遵命行事，一人扒下逯杲一只靴子。

“贱贼头颅，只配用他自个儿的裹脚布包。”曹钦说。

怀宁伯孙镗在朝房里踱来踱去，以缓和内心的紧张情绪。吴瑾坐在一旁，一会儿看看孙镗，一会儿看看其子孙軏、孙辅，好似把紧张的情绪传播给孙镗，他自己反而不紧张。

孙镗终于在吴瑾面前站定，看来是下定决心。

“吴爷，若是所言有一丁点儿不实，朝廷一定会砍下孙某这颗头。不过，在砍下孙某这颗头后，吴爷的头恐怕也留不住。”他说。

“若有一丁点儿不实，一定先砍吴某这颗头，才会砍孙爷的头。”吴瑾把砍头的顺序颠倒过来，并且说，“若无一丁点儿不实，而是让贼子得逞，也是先砍吴某这颗头，才去砍孙爷的头。”

“这我倒不担心，贼子只要敢反，定无葬身之处。”孙镗说着，吩咐二子，“你二人持我金符、令牌，速去宣武门行事。”

“孙爷，为何差令郎去宣武门？”听吴瑾询问的语气，似乎孙镗故意留条后路，让二子出城逃命。

“吴爷难道忘记，出征之师前一日均集结于宣武门外？”孙镗笑道。

“哎呀，我当真昏了头，竟忘得干干净净！”吴瑾拍着脑门说。

孙镗转过身，继续吩咐二子：“軏儿，你与将领们熟悉，可去城外集合健卒；辅儿，你守住城门，切莫让贼人抢先夺得。”

“孩儿得令。”孙軏、孙辅应道。

“孩儿尚有一议。”孙軏道。

“说！”孙镗道。

“孩儿虽与将领们熟悉，但无父帅声威。不如父帅亲去城外征集官军，免得贻误战机。”孙軏说。

“你是怕贻误战机，还是怕我身处险境？”孙镗道，“你看人家吴爷，不避险境，为父的能逊色于他？实话对你说，你二人若不在此，只好我亲去宣武门外大营；你二人既在，我须得做一件更要紧的事。”

“父帅还有更要紧的事要做？”孙軏、孙辅齐问。

不仅他二人不理解，就连吴瑾也不理解。他问：“孙爷眼下有何事，我可以代劳吗？”

“吴爷该做的事已做，下面的事须得我自家来做。”孙镗说。

“究竟何事？”吴瑾问。

“写一道奏疏。”孙镗道。

“曹氏之事，我已奏告。皇上已知，此刻应该正在宫中运筹平叛。”吴瑾说。

“我说过，那是你该做的事。你虽做，皇上并未降旨，命我率军入城平叛。所以，我还要上一疏，请皇上准我入城平叛。我须先奏后斩，不能先斩后奏。”孙镗说。

“还是孙爷想得周全。”吴瑾道。

“軏儿，”孙镗具体交代，“你集结官军，不求多而求精，两千人即可。你入城后，与辅儿径赴长安街，我会在长安街某处与你二人会合。”

“孩儿谨奉将令。”孙軏、孙辅躬身行礼，退出。

孙镗一边草拟疏稿，一边问吴瑾：“吴爷作何打算？是否等我写好疏稿，投入宫中，再一起去长安街？”

“这是孙爷的事，我还是去做我的事。”吴瑾学他方才的话。

“吴爷还有何事？”孙镗问。

“我对长安门，尤其对长安左门仍不放心，须再去看看。”吴瑾说。

曹钦率军于长安左门外暂驻，打算骗开宫门。但花言巧语也好，威逼利诱也好，陈太监就是不肯开门。这不仅是因为吴瑾曾嘱咐过他，更因为他现在已经奉有明旨，严守宫门。

曹钦大怒之下，命部下放火。但把守宫门的将士，居高临下，以箭矢封锁，曹军近不得宫门；而在远处放火，暂时又威胁不到宫中。

“皮勒，看来想闹进宫里不易。”曹钦说。

“不如看看其他各门的情形。”皮勒玛哈穆特说。

“好！”曹钦点头应道。东华门是大臣上朝出入之地，应该比较好骗开。想到此，他命道，“我等杀向东华门！”

曹军东行，在要往北转时，对面一骑疾驰而来。骑者开始看不清转过来的是哪家军队；等看清，想躲避，已来不及。

曹钦的部将也看清来者，禀道：“爵爷，是恭顺侯。”

“好啊，冤家路窄，拉他来见我。”曹钦命亲军。

吴瑾是被从马上拉下来的。他挣脱亲军，自己走到曹钦面前，一揖，道：“阿舅来得好快！”

“等不到你，只好来寻。”曹钦说。

“宫门须一一活动，故而耽搁。”吴瑾说。

“贤甥是怎么活动的？”曹钦问。

“依着阿舅说的，如实告知各门守臣。”吴瑾说。

“还嘱咐各门守臣严守门户吧！”曹钦道。

“这话小甥说过，但各门听与不听，不得而知。”吴瑾不想否认。

“恭喜贤甥，一言九鼎，守长安左门者就是按照严守门户的嘱咐办的。我在城外放火，他等都不肯开启。”曹钦道。

“天佑大明，天佑吾皇！”吴钦仰天长啸，又说，“阿舅不可把功劳归在小甥身上，守门陈公公虽与小甥有私交，但与阿舅也有私交。想是天子降谕，他才敢拒阿舅于门外。”

“天子降谕，大概也应归功于贤甥吧？”曹钦道。

“小甥不过略尽本分，呈进一疏；但天子处变不惊，指挥若定，乃是天纵聪明，小甥不敢贪天之功。”吴瑾说。

“好个略尽本分！”曹钦一直强压怒火，话说到此，再也压不住。他拔出佩剑，挑起身后亲军肩上挎着的包袱，喝道：“吴瑾，可知此中何物？”

吴瑾见包袱被血水浸透，估摸着：“应是某人首级吧？”

“不错，是逯杲首级，我看，你要做第二个逯杲！”曹钦道。

“吴某只做吴某，不做他人第二。”吴瑾说。

“还不动手！”曹钦向身后喝道。

“我来。”也先帖木儿挺身而上，手持钢刀，在吴瑾面前一挥，道，“爵爷，亮兵刃吧，我与你大战一百回合。”

“贵为勋阶，怎会与尔等跳梁之辈过招！”吴瑾说着，转过身去。

“俎上鱼肉，尚敢狂言！”也先帖木儿大怒。

他一刀向吴瑾后背砍去，吴瑾身子晃几晃，向前扑倒，又滚两滚，跌进路旁的排水沟里。

“放箭！”曹钦命道。

一队亲军弯弓搭箭，一齐射出，箭箭射在吴瑾身上。眼看他断气，曹钦率军向北，奔东华门而去。

李贤四鼓时出的家门，到左顺门朝房时，不到五鼓。他和往常一样，找一个角落坐下，闭目养神。不一会儿，旁边的椅子上又坐一人。后坐下的人不打招呼，李贤感到疲乏，也不打招呼。直到外面马嘶人叫，不仅混乱，而且带来令人惊惧的气氛，李贤不得不睁开眼。一看，坐在身旁的是王翱，正关切地看着自己。

“九皋先生来得好早！”他招呼道。

“看原德先生酣睡的模样，真让老夫羡慕。”王翱说。

“假寐而已，怎成酣睡？”李贤道。

“原德先生假寐，比我正寝还睡得沉呢！”王翱说。

李贤笑笑。王翱一定要对他表示羡慕，他也无可奈何。

“九皋先生，外面是何动静？”他问。

“真怪！我睁大眼睛，没听到外面的动静；原德先生假寐，却听到外面的动静。”王翱道。

李贤不知该相信王翱的话，还是该相信自己的耳朵。他全神贯注地再听。说也奇怪，方才的马嘶人叫那么鲜活，那么清晰，现在却一点儿声音也没有。或是真在睡梦中听到的吧。

但他很快否定后一个判断，因为马嘶人叫又出现。

“九皋先生，你听！”他指着朝房外说。

王翱竖起耳朵听一会儿，回过头道：“你不说，听不到外面的声音；你一说，外面的动静还真不小。是不是出征之军闹出来的动静？”

“或是吧。”李贤说。

但二人都不相信外面是即将西征的京营。一来，京营出征，不会全军穿城而过；二来，即便有某支京营穿城而过，也是马勒嚼，人息声。

“九皋先生，听到叫什么吗？”李贤问。

“听不真。”王翱年迈重听，不可能听清楚。

“隐隐听见一句，道是锦衣卫指挥焦寿拿住。”李贤告诉他。并问，“九皋先生，记得此人吗？”

“全无印象。”王翱说。

李贤接着仔细分辨，道：“又听到一句，似是：锦衣卫指挥郭英拿住。”

“会不会锦衣卫出事？不然，怎么左一个锦衣卫指挥，右一个锦衣卫指挥，在宫阙之下被拿下？”王翱问。

“我看不像，”李贤摇头，“朝廷要拿下一两个锦衣卫指挥，不会闹出这么大动静，更用不着在拂晓时闹出这么大动静。”

“不是朝廷要拿下一两个锦衣卫指挥，却是谁人要拿下？”王翱问。

“是啊，除朝廷外，谁又拿得下锦衣卫指挥？”李贤也问。

外面忽有人喊：“主帅有令，寻李学士。”

这句话，不但李贤听清，王翱也听得八九不离十。唯一有点儿含糊的，是姓氏。他问：“原德先生，是李学士，还是吕学士？”

“应是李学士。”李贤说。

“怪，要寻李学士，只能朝廷寻，怎容某一军的主帅寻？”王翱感觉不对头。“原德先生，是冲着你来的，我看你得躲一躲。”

“躲在朝房里吗？”李贤道。王翱一句话，反而促使他迎出去。他说：“与其把祸水引进朝房，不如引火上身。”

朝房外，披甲持刀者数人，由远而近，一路走来，一路搜索；一路搜索，一路呼叫。领头是一个达人指挥，呼声尤高。

“谁在找李学士？”李贤问。

达人指挥快步走过来，道：“看你也是个学士，见李学士否？”

“若找李贤，在下便是。”李贤说。

“你是？”达人指挥瞥他一眼。

“不像吗？”李贤笑问。

“都道李学士精明，我看你却似睡眼惺忪的愚夫。”达人指挥说。

“在精明的人眼里，某还有一丝精明；在愚夫的眼里，我只是个愚夫而已。”李贤说。

“你认就好！”达人指挥初时还得意，但很快发觉不对，“好个李学士，死到临头，还敢戏弄军爷！”

他举刀向李贤头顶砍去。旁边一名汉人官校忙推他一把，刀的方向偏离，砍在李贤的肩头。

“你要和我过招！”达人指挥喝道。

“我不过提醒也先将军，公子爷要的是活着的李学士。”汉人官校说。

达人指挥正是也先帖木儿。他舞弄着手里的刀说：“我不知道吗？你看着刀锋向下，却不知我腕子一拧，方向即变。要不，这一刀下去，你那个李学士还不得掉一条胳膊？不过，他敢戏弄我，看在公子爷的面子上，可以饶他不死，却不能不让他吃点儿苦。”

说着，又一刀砍在李贤的背上，这次眼看是刀背朝下。他再要砍第三刀时，被人喝止：“也先，李学士是当朝第一臣，不可无礼。”

喝止者是曹钦。他把也先帖木儿拉到一边，自己向李贤深作一揖，道：“来迟一步，让原德先生受苦，在下请罪。”

李贤顾不上还礼，急问：“爵爷，这是怎么回事？”

“弟兄们见在下屡屡被人欺侮，实在看不下去；群情激愤，一呼百应，要为在下讨个公道。”曹钦说。

“谁敢欺侮爵爷？方才军士们呼喊着寻找李学士，难道是我欺侮爵爷不成？”李贤问。

“与原德先生无关，欺侮之仇，弟兄们已为我报。”曹钦说着，抢过身后亲军肩上的包袱，扔在空中，另一手持剑迎上，左划一剑，右划一剑，逯杲的头颅掉落在地。

“是他！”李贤道。

“对，是他！”曹钦说，“我父子兄弟尽忠皇上，迎驾复位，却被逯杲屡进谗言，致使皇上猜忌，科道弹劾，必置我一室于死地。不是他死，便是我死，我杀此人，实不得已！”

“杀得好！”李贤道。

“原德先生也道杀得好？”曹钦问。

“是啊！”李贤指着逯杲的头颅说，“此人生事害人，处处结怨，痛恨他的岂止爵爷一人！”

“原德先生也这么说，在下可大松一口气。”曹钦道。

“不过，我有一点不明：爵爷仇家也找到，冤仇也报，为何却撇开军士来寻我？”李贤问。

“欲请先生为我写本辩白。”曹钦道。

“这道奏本恐不好写。”李贤犹豫。

“以原德先生大才，何等奏本写不出来！先生推脱，不是不好写，是不想写吧？”曹钦说话间就要变脸。

也先帖木儿去而复返，手里提着一颗人头。

“公子爷，此人不是学士，出言不逊，已被我杀。”他说。

李贤见他提的是都察院掌院都御史寇深的人头，只觉一阵眩晕。

“二品正卿，要杀就杀。我留着学士，为的是替我写本；他若不肯用他手里的一支笔，连这个寇某人都不如。”曹钦说着，瞥李贤一眼，“原德先生看到，在下并非人人都护得到的。”

“写本陈情，仅李某一人，分量原是不足。”李贤说。

“还须请来谁人？”曹钦问。

“吏部尚书王翱在此，我愿疏通他一起来写。”李贤说。

“原德先生出面，再好不过。”曹钦应罢，问道，“也先，就由你来伺候李学士、王尚书，如何？”

“末将宁愿随公子爷厮杀，不愿伺候这班文官老爷。”也先帖木儿说。

“那就由你来伺候吧。”曹钦指定身后一名亲信，“你伺候二位老先生写好奏本，再伺候二位老先生将奏本呈进宫里。”

“爵爷，朝房重地，无关之人不可擅入。”李贤插入一言。

“好办，让他在朝房外伺候！”曹钦说。

他交代完毕，率人马而去，留下几名军士守住朝房。

王翱焦虑地在朝房内踱步。见李贤进来，他正要询问，李贤摆手，示意他慎言，然后把他拉进朝房深处。

“这个人，”李贤抓住王翱的手，在他手心划个曹字，“已反。”

“我听出他的声音；还听出他要你代他写本。”王翱道。

“抱歉，我把九皋先生也牵扯进去。”李贤说。

“我在此处，想要摆脱，未必摆脱得了。”王翱道。

“是啊，我担心他等闯进来，惊着九皋先生，故设法把他等稳在朝房外。”李贤说明他的本意。

“稳是稳住，眼下如何应付？”王翱问。

“不写本，怕是无法脱身。”李贤说。

“为逆贼写本，会不会助纣为虐？”王翱担心地问。

“那倒不必担心，”李贤说，“他若真是要向朝廷申辩，我二人为他写本，难免有助虐之嫌。然他让我等写本，绝非要申辩。”

“不为申辩，却是为何？”王翱问。

“为留一条后路，”李贤说。“据我观察，叛军一伙，自东华门那厢来。若我所料不差，他往东华门去，为的是闯宫。闯宫未果，他心有疑虑，所以匆匆来寻我，让我为他写本。”

“这一层，我没见到，更没想到。”王翱道。

“据我观察，他尚未与官军交手。一旦交手失利，他更要以为，这条后路留得恰到好处。”李贤又说。

“是啊，他以为恰到好处，故我以为有助虐之嫌。”王翱道。

“但他却没想到，你我这一道奏本，恰恰将他的后路堵死。”李贤说。

“这话怎讲？”王翱问。

“我二人写本，一是写所见，二是写所闻，只要皆如其实，将来都会成为逆贼的罪证。”李贤说。

“原德先生，我仍不大懂。”王翱不否认自己的反应迟钝。

“如所见，我见逯杲被杀，便如实写逯杲为其所杀；见寇深被杀，便如实写寇深为其所杀。他纵有一千条道理，一万条道理，难道可以滥杀朝廷大臣吗？至于所闻，我只要在曹某的话前加上三字，无论皇上，抑或法司，都不难看出他在诡言狡辩。”李贤说。

“三字乃‘据其称’，然否？”王翱一经提醒，知道奏本该怎么写。

曹军中虽不乏亡命之徒及善斗之士，但终归是一盘散沙，与数倍于它的官军在长安街上一次交手，就落败而去。第二次在东安门外交手，曹钦复命纵火，火苗冲天，将城门焚毁，官军无法逼近曹军，曹军亦不得攻进城去。混战中，曹钦被孙軏击伤一臂。曹军退却，欲夺安定门而出；但城门紧闭，未能得手。曹钦无奈，率余众退回家中，做拒守计。

孙镗亲率官军，围住曹宅，只因忽然间大雨如注，不能立刻攻打。

曹钦看看聚在屋里的将士，问道：“皮勒呢？”

“末将亲见，他已投向怀宁伯军中。”一心腹说。

“这个达子太有心计！我早知，若吃败仗，第一个降伏的，一定是他！”曹钦道，见也先帖木儿不在，他又问，“也先呢？”

“爵爷率我等自东安门外往北走时，我见他往东去。”另一心腹说。

“他去逃命，却未必会降。”曹钦说，见冯益在一旁冷笑，他叹道，“老冯，难得你既未降伏，又未逃命；但你所笑何事？”

“曹公一直说，我等汉人指挥靠不住，唯有借达人指挥之力。爵爷信曹公的话，今又如何？”冯益道。

“你道爹爹说错，我也知爹爹说错；但我来问你：若借你等之力，今日得成事乎？”曹钦道。

冯益无话可说。曹钦虽然最近一段日子与他疏远，但并没有放弃他；今夜起事，也把他招来。他并无比也先、皮勒等更高明的见解，也没比各达人指挥出更大的力。

“有爹爹消息吗？”曹钦问一名亲信。

“有。”该心腹吞吞吐吐，欲言又止。

“快说！”曹钦命道。

“是。”该亲信应一声，述道，“我军奔安定门时，末将奉爵爷将令，接曹公一起出城。但末将抵达曹公私宅时，他老人家不在。”

“他去何处？”曹钦问。

“宫里。”该亲信说。

“我一再叮嘱，切不可进宫，他怎么还去宫里！”曹钦惊道。

“不是曹公自家要去的，是被锦衣卫官校带去的。”该亲信说。

“爹爹死矣！”曹钦放声大哭。

亲信们想到曹吉祥平日待他们的好处，尤其是想到眼下的处境，无不凄凄然。唯一还能想事的，只有冯益。

“天放晴，爵爷还是定计迎敌吧。”他说。

“是啊，上苍眷顾爵爷，末将们愿随爵爷出战。”亲信中有人说。

“哼！”冯益冷笑，“还不知老天眷顾谁呢！”

“老冯，你拿个主意，眼下情势，还能否再战？”曹钦问。

“卑职看，不能再战。”冯益说。

“谁说你只会吹牛，你有时也会说实话嘛！”曹钦说着，往外走去。亲信们要随行，他说：“你等都别跟着，让老冯陪我在院里走走。”

二人走到后院，曹钦在前，径朝一口井走去。

“京师多为苦井，这口井的水却是甜的。老冯可知，你这些年来在我家里饮茶，水都是从此井中汲取。”他说。

“倒是个好去处。”冯益道。

“是啊，爹爹一定还没死，皇上或有话要对他说。我先去奈何桥上等他吧！”曹钦说罢，一头栽进井里。

曹吉祥被关进在宫里的一间小屋。随着宫里越来越安静，他的幻想也一点点破灭。他算计着，也许还有半日好活，也许只有一个时辰好活，也许不过刹那之间，他就要命归黄泉。因为像他这样的情形，是由皇帝一句话而定生死的，根本用不着经过任何鞫讯。

他忽然想再见皇帝一面，不是乞命，而是忏悔。当然，这只是个埋藏很深的心愿，不能说出口；说出来，也不会有人理睬。

当他被叫出屋子的时候，他知道自己死期将至。他想的没错，到院子里，看押他的内臣和军士给他换上死囚服。但他绝不可能想到，皇帝竟也在院子里。这让他感到恐惧，也感到惊喜；这让他不能不把皇帝看成神仙，或是鬼蜮。

“奴才给爷磕一千个头，一万个头。”他磕头如捣蒜。

皇帝没叫他停下，但说：“老曹，你养的好儿子！”

“是，孽子无知，老奴愧对皇上。”曹吉祥道。

“你不仅愧对朕，你也愧对曹钦。”皇帝说。

“爷，曹钦反逆，非奴才指使。”曹吉祥道。

“朕知你不会指使，但不是你在上面作威作福，结党营私，曹钦不会有今日。曹钦可谓因你而兴，因你而亡。”皇帝说。

“奴才知罪！”曹吉祥道。

“国法家法皆在，这次朕饶你不得！”皇帝除气愤之外，多少有点儿感伤。他挥挥手，内臣、军士等将曹吉祥押下。

冯益被带进屋里，见地上躺着个女子，低声呻吟，显然是受过重刑。门达坐在远离该女子的地方。用刑时，他在场，对女子被拷打无动于衷；现在，听着女子的呻吟，他仍然无动于衷。

冯益走到门达面前，问道：“门大人，唤我来何事？”

“老冯，你曾帮我一个大忙，要不是你告以实情，我锦衣卫真不知道该去哪里搜寻。所以，你虽与逆贼交情不浅，我也没难为你。但今日有人说，曹某作乱，是你在怂恿，我可就不能放过你。”门达说。

“没有的事！”冯益一口否认，“在下偶去曹府，不过讨杯酒喝，哪有本事怂恿得曹某作乱！是谁胡言，在下与他对质。”

“你先别说本事，你的本事我知道。我锦衣卫缺少人手，我还真想把你请到锦衣卫来顶个缺。不过，这门官司得先了结。”门达说着，指指躺在地上的女子，“她说，你还称过她主母呢。”

冯益心里一惊，问：“是贺氏？”

“看来，是熟人。”门达道。

“不熟，不识，在下只知曹某之妻姓贺。”冯益说。

“既不熟、不识，怎会想到是贺氏呢？”门达问。

“这个——”冯益边编造理由边说，“大人不是提到主母二字吗？贺氏无别的嗜好，只喜欢曹某部属称她主母。”

“这么说，你称她主母，也是为讨她的欢心？”门达问。

“在下实是无奈。”冯益道。

“说不定，贺氏一心想做主母，故怂恿曹某作乱？”门达又说。

“大人说的是，一定是贺氏怂恿！”冯益觉得这个结论下得太草率，又说，“即便不是她一人怂恿，她也一定是怂恿者之一。”

“有你做证，就好办！”门达起身，招呼冯益，“走，和我一起过去，再审审这个刁钻女子。”

走近贺氏，门达绕着她的身子走来走去，走到方便她看到的地方，还特意停一会儿，让她看个清楚。冯益则站在她看不到的地方，一动也不动，并做出在门达面前不敢放肆的样子。

“出入曹府的人，娘子别的不识，但识冯大人。是否？”门达问。

“是。”贺氏声音微弱地回答。

“是这位冯大人吗？”门达问。贺氏表示看不见，身体又无法挪动。门达招呼道：“老冯，你来让她看一眼。”

冯益在贺氏眼前一闪，旋即退回原处。

“我家老爷也总叫他老冯的。”贺氏唠叨一句，回答，“大人，是他。”

“你说识他？”门达又问。

“是，奴家识他。”贺氏说。

“可他说不识你。”门达道。

“我知他会这么说，谁也不愿惹祸上身。”贺氏说。

“他说你是不愿惹祸上身。”门达对冯益说。

“大人，不管惹不惹得上祸，在下总不能说昧心话吧！”冯益道。

“娘子，他说你说的是昧心话。”门达对贺氏说。

“冯大人，我不是说昧心话，我是吃不住打，不得不招。”贺氏说。

“大人听听，她承认是吃不住打才招的。”冯益马上接过她的话。

“你是说屈打成招？”门达冷笑着问。

“在下不是这个意思；在下是说，其言不可信。”冯益道。

门达不理会他，继续问贺氏：“你说，是他怂恿你家老爷作乱？”

“是。”贺氏应道。

“他却说，是你怂恿你家老爷作乱的。”门达道。

“我家老爷若听得进奴家的话，是他的造化。”贺氏哀叹。

“须拿出证词来；不然，诬陷职官，娘子还得受刑。”门达说。

“大人别打，我问冯大人一句话。”贺氏说。

“好啊！”门达把冯益推到贺氏面前。

“古之宦者子弟有为天子者乎？冯大人，我家老爷这话是问谁的？卑职说得出口，就有一人，魏武帝曹操即曹腾后。冯大人，这话是谁对我家老爷说的？”贺氏问道。

“老冯，你还有何话说？”门达在他身后问。

冯益真的没什么话可说。贺氏、冯益以及其他有牵连的人员，悉数处死。倒是贺氏父亲贺三老，因从不与曹家来往，拣回一条命。

# 第一百零六章

由于曹钦之变，大司马不可轻出，孙镗晋怀宁侯，也不可轻出；因而，以守备兰州右都督冯宗为平虏副将军、总兵官，以兵部右侍郎白圭、左副都御史王竑参赞军务，往甘肃一线巡边。虽则重臣未出，但往一镇同时差遣两名大臣，王竑还是经李贤举荐，从家中起用的，也足见对西北虏情的重视。

经过一段时日的征战，于天顺六年初春，三支官军会合于甘州。三支官军是：兵部侍郎白圭率一军，自固原州回；副都御史王竑、甘肃总兵官冯率一军，自庄浪卫回；参将李杲率一军，自靖虏城回。

甘州城在陕西布政司西北，距西安约两千六百里，是一座军州，城中衙门除总兵府和陕西行都指挥使司外，还有甘州左、右、中、前、后五卫。因地处西北，初春时节，这里感觉不到一丝暖意。

总兵府里设宴，几位出征的文武官员聚在一起，过个晚年。

"李将军，今日之酒是专为你设的。"白圭说。

"末将叨陪末座，当不起'专设'二字。"李杲揖道。

"酒席虽不是为你专设，但宗玉先生、公度先生二位都说，这酒要等你回来再喝。"冯宗说。

"二公厚爱，末将心领！"李杲又揖。

"李将军用不着多礼。"王竑道，"以路程计，你巡边最远，回来自然最晚。三支官军中，我与镇帅首先返镇，那时家家都在过年，营营都有酒喝，我对镇帅说，宗玉先生和我同时奉旨而西，等他回来一起贺年吧。谁知宗玉先生回来，竟也是同样的话。我想，同是巡边，彼此悬挂，此乃人之常情吧。"

"公度先生说的是。"李杲应道。

说话间，四人入席。

"似乎少一人。"白圭说。

"宗玉先生说少谁？"冯宗问。

"朝廷大举防边，由镇守庄浪内臣进公公的一道奏本而起。他若在，人才算齐。"

白圭说。

“宗玉先生真想会一会他？”冯宗问。

“想会他怎样，不想会他又怎样？”白圭问。

“宗玉先生想会他，他才可以现身呀！”冯宗道。

“镇帅特地把他请来？”白圭问。

“不是特地请来，他来镇议事，我留他多住两日。”冯宗说着，指指席间，“宗玉先生不见，多了把椅子吗？”

“虽见，却不知何意。”白圭道。

“是特地多摆的。”冯宗强调说。随即大声叫道，“进公公请出来吧，白公欲会一会你。”

宦官进保从内室出来，向众人环作一揖，道：“见过各位大人。”

王竑与他在庄浪见过面，所以只随随便便还一礼，并问：“进公公几时来的，怎么在总兵府里搞起玄虚？”

“如镇帅所言，是两日前来的。在下搞得起玄虚的，只有庄浪那么个小地方，怎敢到总兵府来搞玄虚？在下只是知道自家的身份，不得大人们准允，不敢同席饮酒。”进保说。他的职衔是奉御，在宦官中属于中下等级，和总兵、侍郎等比起来，确实太低微。

“进公公这么说，倒显得我不知身份了。”李杲道。

“李将军有战功，与我不可同日而语。”进保说。

“今日只饮酒，不论身份。”王竑道。

“对，对，不论身份。”白圭附和。

桌上是大盘大碗的牛羊肉，实在是实在，却无精巧可言；酒却是朝廷慰劳的宫酿，香气诱人。

白圭喝一大口酒，道：“进公公方才言及战功，依我看，今次论巡边功，当以进公公上疏一事居首。”

“不敢，不敢，在下如实呈报边情而已。”进保道。

“如实呈报，也要恰到好处，有所见地。不然，朝廷不会有如此大的举措。”白圭说。

“见地谈不上，在下不过在西边数载，见孛来部日以坐大，虑他日后必为朝廷大患。”进保的态度仍然谦恭。

“此即见地呀！”白圭道，又问王竑，“公度先生在庄浪时，可曾与进公公谈论过虏情？”

“尚未请教。”王竑说。

“那好，我等一起来听听进公公的高论。”白圭道。

“是啊，近十年来，二公奔走于东南、西南，对西北边情不甚了然。老进正好借这个机会略述一二。”冯宗也在一旁说。

“各位大人有命，在下姑妄言之。”进保道，“鞑靼、瓦剌二部，历来是鞑靼强，则瓦剌弱；瓦剌强，则鞑靼弱。孛来兴起于瓦剌也先死后。”

“其时，我在陕西任职，对此事颇为关注。我记得，也先是被知院阿剌所杀，而阿剌又为孛来攻破。”白圭说。他那时任陕西按察副使，而王竑已奉旨总督漕运。所以，他这几句话是说给王竑听的。

“也先被杀，是件大事，轰动朝廷，我亦有所闻。”王竑说。

“知道这一节，下面就好说。”进保道，“鞑靼之势。自此复炽。孛来求达达可汗子麻儿可儿，继为可汗。但谁都知道，在鞑靼部众中，麻儿可儿仅为傀儡，可以主事的是孛来和他手下大将毛里孩。除他二人外，我还听到过阿罗出的名字，他也是孛来手下大将。近一两年，出入西边者，多是这几个人。”

“孛来等滋扰西边，官军御之，胜负如何？”白圭问。

“互有胜负。”进保道，“天顺初，安远侯柳爵爷于陕西，与孛来部交过几次锋，官军败多胜少。”

“朝廷为何不以为意？”白圭问。

“这个嘛——”进保看冯宗一眼，似有难言之隐。

“说吧，对宗玉先生、公度先生没什么好瞒的。”冯宗道。

“官军偶有小胜，辄张大而报之；若遇军败，能隐瞒不报则隐瞒不报，故朝廷不以为大患。但朝廷也不是全不以为意，天顺三年，曾有过一次大举动。”进保说。

“进公公说的，是在安边营、金鸡峪破敌。”冯宗插话。

“可是彰武伯杨爷统帅？”白圭问。

“金鸡峪之役，是杨爷打的。”进保道。

“安边营那仗呢？”白圭问。

“是——”进保只吐出一个字，马上止住。

“还不很久，进公公不会忘吧？”白圭道。

“宗玉先生莫问。他不是忘记，是忌言。”王竑说。

“公度先生知道？”白圭感到奇怪。他在天顺四年后任兵部侍郎，金鸡峪之役，在那一年进行，他到任时，刚好接到边镇捷报，故而知道；安边营之役进行得较早，他则不清楚。休致在家的王竑怎么会知道呢？

“安边营之役，石彪为帅，进公公才吞吞吐吐嘛！”王竑说着，问冯宗、进保，“我所料不差吧？”

“公度先生足不出户，便知天下事。”冯宗笑着说。他与王竑挥师庄浪，故知道王竑此前的经历。

“进公公，天顺四年后官军大为吃亏吧？”白圭问。

“宗玉先生数千里之外，亦知此间事。”进保奉承一句，“去年春，鞑靼大举入境，在平虏城设伏，诱杀指挥许颙等多人。”

“进公公曾对我言，鞑靼部懂得设伏，不可不重之。”冯宗插话。

“懂得设伏，即懂得用兵，着实堪忧。”白圭说。

“宗玉先生说的是。以前是我稍设伏，即可破虏；今日是虏酋设伏，诱败官军。所以在下上疏朝廷，于此事多写两句。”进保说。

这一番谈论是从白圭称赞进保有见地引发的，说到这里，进保的见地已言之无遗，似乎没什么可再说的。

王竑主要在听，极少加入谈论。这时他忽然开口：“安边营，我知近榆林，镇帅、进公公，金鸡峪又在何处？”

“亦近榆林，安边营在榆林西，金鸡峪在榆林东。”冯宗说。

“理当如此。”王竑似有所悟，点着头说。

“公度先生说的何事？”冯宗不解。

“公度先生说的是金鸡峪理当近榆林，”进保自作聪明地说，“公度先生，这不会错吧？”

“我说的是，天顺三、四年间，一役在安边营，一役在金鸡峪，而安边营、金鸡峪皆近榆林，理当如此。”王竑道。

进保眨眨眼，觉得自己那一点儿聪明不够用。

“宗玉先生！”冯宗唤一声，想让白圭帮着解答。

“镇帅，末将听出些端倪。”李杲抢在前面说。

“好，你说！”冯宗道。

“末将巡边至靖虏城，虽不如安边营、金鸡峪近榆林，却近宁夏。”乍一听，李杲的回答与王竑所言没什么关联。

“对，我即此意。”王竑却说。

“宗玉先生，”冯宗问白圭，“二公奉旨，巡西边甘肃诸镇，为何公度先生说的非榆林，即宁夏？”

“公度先生自有他的道理，且听他说。”白圭道。

“镇帅，我且与你结一笔账。”王竑说着，转向李杲，“李将军，今次御敌靖虏城，首功如何？”

“惭愧，只斩得二贼。”李杲答道。

“有所斩获，用不着惭愧。”王竑说，又问，“俘获呢？”

“擒得七人。”李杲答道。

“那么，遇敌若干？”王竑问。

“千余骑。”李杲答道。

“遇千余骑，斩二级，擒七人。”王竑替他总结后，转问白圭，“宗玉先生，我记得你说，与虏遇于固原川吧？”

“是，”白圭应道，“但固原川近固原，却不近榆林、宁夏。”

“理当如此。”王竑说。

“怎的近固原也理当如此？”冯宗问。

“镇帅，账尚未结完呢。”王竑道，复问，“宗玉先生遇虏亦千余人？”

“看上去要多些，在两千人左右。”白圭说，不等王竑追问，他自己报上数来，“我军也只斩得二级，擒获九人。”

“比起我等，战绩可谓煌煌。镇帅，对吧？”王竑问冯宗。

“我无颜以对，公度先生自言之。”冯宗道。

“我军斩首二级，擒获四人。”王竑并不觉得惭愧，坦然地说，“我和镇帅遇虏骑于红崖川，近庄浪，虏众约在两千五百人。”

“凡三战，斩敌六人，擒敌二十人，公度先生，账是否结完？”冯宗的语气里，颇多嘲讽。

“镇帅莫讥，公度先生这账结得有意思。”白圭说。

“怎的有意思？”冯宗问。

“你斩、擒云云，仅是公度先生结的一半账，要把另一半也结，才能看出他的意思。”白圭道。

“另一半？还有另一半吗？”冯宗问。

“譬如，给朝廷写奏表，镇帅能只写这几个数字吗？”白圭启发他。

“当然不能，还须写战于何处。”冯宗道。

“这就是另一半。”白圭说一句，把后面的话留给王竑说。

“知我者，宗玉先生也。”王竑道，“巡边不止三战，但他役遇敌既少，且无斩获，可不计较。以三战先后而言，首战于红崖川，在这里；次战于固原川，在这里；再次战于靖虏城，在这里。”他随手在桌上清理出一块地方，抓起三件食具一线摆开。

“公度先生，这都是说过的呀。”冯宗没看出其中玄妙。

“还得摆上几处，”王竑又搜罗几件食具，一一摆开，“此处庄浪，此处宁夏，此处榆林，此处安边营，此处金鸡峪。”

“这又怎的？”冯宗虽则在问，自己也在动脑筋。他看着桌上摆得稀疏不同的食具，忽有所悟：“近庄浪者一处，近固原者一处，近宁夏、榆林者三处。先战于近庄浪处，次战于近固原处，再次战于近宁夏、榆林处。公度先生的意思是，孛来以扰庄浪始，然意不在庄浪？”

“镇帅点出要害，”王竑应道，“再有一点，固原川比红崖川近宁夏、榆林，靖虏城又比固原川近宁夏、榆林。我和镇帅先与虏战于红崖川，宗玉先生后与虏战于固原川，李将军再后与虏战于靖虏城，可见孛来沿庄浪、固原、宁夏、榆林一线进犯，而与我战者皆为偏师。”

“孛来本人则率大部插入宁夏、榆林？”冯宗问。

“不错！”王竑应着，对进保说，“进公公称孛来可虑，我也以为孛来可虑；但其可虑，不在于扰庄浪，而在于窜入宁夏、榆林。读舆地志可知，宁夏、榆林间边墙以北，大河以南，地域开阔，水草肥沃，非甘肃各卫之外便是沙漠可比。其一旦为虏所据，后果不堪设想。”

对王竑的一番阐述，在座的人有的能理解，有的不能理解；有的理解得多一些，有的理解得少一些。白圭能够理解，而且理解得深刻。

“公度先生虑得深远。该地俗称河套，若被鞑靼入居，必将后患无穷。”他说，并问，“防虏大入，公度先生有何高见？”

“防虏大入，不在边镇，而在朝廷。”王竑说。

“愿闻其详。”白圭道。

“我在朝时，鞑靼自大同入贡。对吧？”王竑问。

“是啊，孛来去春仍从大同入贡，”冯宗说。

“如此说来，贡道是去年才改的？”王竑吃惊地问。贡道改变的同年，就有这么大的影响，是他始料不及的。

“准确地说，是去秋才改的。”白圭说，他那时已被召入朝廷，且任的是兵部侍郎，故详知其事，“孛来数载为患，去岁忽遣使请款。朝廷求之不得，差行人詹升为使往谕之。孛来复遣使，随詹升入朝，提出贡使改由兰县入。朝廷恩准。去秋，孛来使者已由兰县入。”

“这是中了孛来的圈套。”王竑说着，手指桌上由食具组成的图形，“各位请看，由大同入贡，贡使一直走的是边墙外，至大同才入边墙；改由兰县入，在甘肃即入边墙。这等于大开方便之门呀！一次入贡，人数在数百、千余，乃至数千，孛来欲于边墙内集结数千骑，乃至万骑、数万骑，不费吹灰之力。”

“公度先生所言极是。我怎就没想到，孛来自兰县入贡，会有这等后果呢！”冯宗自责。

“朝廷既准，镇帅即便想到，又有何用？”李杲道。

“难怪公度先生说防虏在朝廷，此事还真得奏明朝廷。”白圭说。

几乎同时，宁夏巡抚陈翌和总兵官张泰也在谈论着虏情。在早，瓦剌也先部滋扰宁夏，近来，鞑靼孛来部滋扰宁夏，都是常事；但忽集结重兵，向宁夏城进发，却不寻常。宁夏城置于边墙与黄河的交接处，黄河在城东，由西南向东北流去，边墙则在城南，由西北向东南延伸。宁夏不守，鞑靼人可长驱直入河套地区。

“镇帅是说，虏骑以万计？”陈翌问。

“只多不少，看来还有后援。”张泰道。

“怎有这多？”陈翌惊道。

“虏众倒不怕。”张泰说。

“镇帅怕的是他围攻宁夏城？”陈翌问。

“围攻镇城也不怕；鞑靼之骑虽众，但不善于攻坚。”张泰说。

“那么，镇帅怕的何事？”陈翌问。

“镇城低于河道，故筑坝防淹。孛来一旦抢占险要，掘开大坝，放水灌城，则镇城难守。”张泰说。

“镇帅说的是，欲守镇城，不可仅守镇城。”陈翌思忖着，对张泰说，“城中兵力有限，分兵守河，则两处难以顾全。镇帅，还得另外设法。”

“我倒想到一法。”张泰说。

“等等，”陈翌猜测道，“可是募勇？”

“正是。”张泰笑着应道。

“想是镇帅想的，但我觉得可行。募勇之事，就劳镇帅出面行之。另外，光有健勇不成，还得有将。镇帅是打算把守城之事交给我，自己去守河呢；还是自守镇城，让我去守河？”陈翌问。

“冲霄先生和我都守城，我另荐一人守河。”张泰说。

“镇帅欲荐谁人？”陈翌问。

“犬子张翊。”张泰道。

“少将军？”陈翌没想到他内举不避亲，“守河险于守城，镇帅甘愿让少将军冒大风险？”

“风险大，功劳也大，我相信翊儿能立此功。”张泰说。

“好，镇帅募勇，以三千人为限；由少将军率领，驻守河坝。”陈翌下定决心。在未得朝廷旨意的情况下，招募健勇三千人，本身就是有风险的；将三千人交付并无职衔的少年统辖，风险就更大。但陈翌信得过张泰，情愿冒这个风险。

张翊率三千健勇，背河结营，外围木栅，作坚守计。两天后，孛来大军也到河岸边，与张翊健勇相隔里许安营。

夜晚，听得河东岸人声喧杂，张翊在营帐里坐不住，带二三亲兵出营窥伺。敌营里生起一处处篝火，正分营做饭。隔河看得见他等宰杀羔羊，有锅的整只整只地煮，没锅的整只整只地烤，浓浓的香气一阵阵飘过来。

张翊和他的亲信们，馋得直咽口水。

“怎的去借点肉来才好。”张翊自言自语。

“公子不是说笑吧？”一个叫张五的亲兵问。

“你问问他等。”张翊指指其他人。

“是啊，五哥，听说鞑靼烤肉的味道和我等烤的不同。公子发话，你可有法子借些肉来？”一亲兵问他。

“五哥的水性的确好，我领教过。神不知鬼不觉地偷渡过河，不在话下；但要在岸上偷取原滋原味的鞑靼烤肉，却不易。”另一亲兵说。

“有何为难？陆路行不通，他不能行水路吗？”第三个亲兵道。

“但取来肉，已不是原滋原味。”第二个亲兵说。

“为何不是原滋原味？”第一个亲兵问。

“你想啊，他手里举着肉，怎么划水呀？无奈，只得把肉掖在怀里，被河水一浸，还能是原来的滋味吗？”第二个亲兵说。

“那就不要原滋原味的鞑靼烤肉。”第一个亲兵说，“公子也只说借肉。管他煮的肉，烤的肉，借来肉，就是好汉。”

“你等这些话，都是说给我听的？”张五豪情大发，拍着胸膛说，“公子说借肉，我就当是要借原滋原味的鞑靼烤肉。若是不让公子与各位兄弟尝到原滋原味的鞑靼烤肉，我老五说的话，你等以后只当是放屁。”

“老五怎生取回肉来？”张翊问。

“公子不必多问，只管等着吃肉。”张五说着，脱下内外衣物，只穿一条短裤，潜入水中。

他的水性果然好，下水时几乎没有激起水花，潜入河底时几乎没有激起水花，划水时几乎没有激起波纹，张翊等还盯着他下水的地方看时，他人已到几十丈开外。

大约一顿饭工夫，张五再次出现在张翊等的视线里，让他们大为惊讶的是，张五高举双手，不是游水过来，而是踏水过来。

他快到岸边时，二亲兵迎过去，准备拉他一把，他却身子往上一提，跃到岸上。众人看清楚，他两手各举一只羊腿。有人要接过，他却跪在张翊面前，把羊腿举过头顶，道："请公子赏尝。"

去接应的亲兵没把羊腿拿到手，有点儿不高兴。他说："五哥，都是自家兄弟，何必如此表功！"

"兄弟误会，我不是表功，是怕烫着你。"张五说。

张翊不信，伸手摸摸肉厚的地方，果然还是热的，不由暗自称奇。他从腰间抽出短剑，割下一小块肉，扔进嘴里。众亲兵只等他赞一声"好味道"，便抢过另一只羊腿分食，不料，他赞的却是一声"好本事"。

"河道浅，未见得功夫好。"一亲兵说。

"你怎知河道浅？"另一亲兵问。

"你不见五哥是蹚着水走过来的吗？"前一亲兵道。

"五哥怎能走过来，我不知道；但我日前曾经试着下水，足有一人深。"后一亲兵说。

"胡说！"张五叱道。

"我看他也是胡说，一人深的水，他绝不敢下去。"前一亲兵说。

"我是说，这里的水足有两人深。"张五说。

众人眼看着他潜水过去，没有人不信他的话。

"你等趁热分着吃吧，当真是好味道。"张翊这才称赞烤熟的羊腿，又伸手问道，"酒呢？"

一亲兵拿出酒葫芦。他先脱下自己的棉袍，披在张五身上，然后接过酒葫芦，拔去塞子，递给张五，说，"老五，快喝口酒，暖暖身子。"

"谢过公子。"张五叩谢，大口地喝酒。

"老五，你真是走过来的？"张翊问。

"踏水而行，识水性的人都会这一招。"张五说。

"踏水而行，与在浅水里行走不同吧？"张翊问。

"自然有所不同。"张五说。

"你明明是踏水而行，能不能让别人看上去，却像在浅水里行走？"张翊出个不小的难题。

“水性好的，不难做到。”张五说。

“以你的水性，想必不难，营中其他兄弟有无此等本事？”张翊问，“水上功夫不在我之下的，至少还有三五人。”张五说。

“极好，你把这几个人找出来，明日要派大用场。”张翊吩咐。

“是。”张五遵命办事，从不多问一句。

但有的亲兵好奇心重，忍不住问：“公子，明日派五哥什么用场？”

“天机不可泄露。你吃完羊肉，快回去睡觉。”张翊说。

天亮后，原在黄河北岸的鞑靼军与一支新到的鞑靼军会合。

阿罗出不及下马，便双手合握，抱在胸前，道：“恭迎大首领来做客。”

“毛里孩，真怪了！他到得晚，怎么却成我等来做客？”孛来道。

“是啊，阿罗出大哥，你是此间主人吗？”毛里孩问。

“河这边，大家都是主人，河那边，去年我曾渡过河去，驻扎多日，算得上半个主人。”阿罗出说。

“你既渡河驻扎过，那边情景如何？”孛来问。

“妙不可言。”阿罗出道。

“怎的妙不可言？”孛来问。

“十里一片草场，二十里一处水泽，一片草场可容数百人安居，一处水泽可供数千牛、马使用。”阿罗出说。

“这怎是妙不可言？明明是其妙可言嘛！”毛里孩挑他话里的毛病。

“我这张嘴算是能说的，但一百个妙处，也只说出一二。”阿罗出道。

“大首领，听他无休无止地说妙，河不能不渡。”毛里孩对孛来说。

“那是自然，不为渡河，我为何亲来此处！”孛来说着，问阿罗出，“你方才称自家是半个主人，我若渡河而居，主人为谁？”

“大首领也只能算半个主人。”阿罗出说。

“为何不能算做主人？”孛来问。

“河此岸尚有汉人官军驻守，河对岸沿边墙亦有汉人官军驻守，能不能渡河，是个事；渡过河，能不能驻下，又是个事。”阿罗出说。

“你部一两千人，汉人官军一出，自然落荒而去；我率上万铁骑而来，看汉人官军能奈我何！”孛来道。

“好啊，大首领在河那边立住脚，我等就不愁没有居处。不过，”阿罗出向河对岸一指，“大首领还是先想法子渡河吧。”

“对，阿罗出，你是如何渡河？”孛来问。

“水浅处，蹚过河去；水深处，扎牛皮筏子。”阿罗处说。

“此处水深水浅？”孛来问。

“属下未在此处渡河，不知。”阿罗出道，又说，“但属下想，此处渡河，难处还不在水之深浅。”

“那在何事？”孛来问。

“大首领看，此处距宁夏城不远，城中驻有重兵，岸边亦有官军屯驻，若在我渡河时，两军一起杀出，我将腹背受敌。”阿罗出说。

“依你看，当如何应对？”孛来问。

“或攻下城池，或击溃岸边官军。”阿罗出说。

“攻城不易，先攻岸边营寨。”孛来迅速做出决断。

“大首领，我来打头阵。”毛里孩则迅速请战。

就在准备整队出营时，他们看到一个奇特的景象：若干汉人健勇牵着自己的马匹往河里走，而河中央站着几名健勇挥动马鞭，或挥动柳条，把马往岸上驱赶，双方都在大喊大叫。

“他等在说什么？”孛来问身边听得懂汉话的部下。

“回大首领，河里的汉人说：河水人饮，不得洗刷马匹；岸边的汉人说：有什么关系，反正洗脏的水都要流走。”懂汉话的部下译道。

“河里的人又怎么说？”孛来问。

“他说：河道太浅，马蹄践踏，泥沙泛起，水难变清。”部下译道。

孛来听罢，放声大笑。

“大首领笑什么？”阿罗出问。

“你不知道的事，汉人却告诉我等。”孛来说。

“大首领是说，此处河浅？”毛里孩问。

“你亲眼见到的，还用我说吗？”孛来说着，问道，“你二人说，水仅齐腰，孩儿们可不可以涉过？”

“若水仅齐腰，可以涉过。”阿罗处说。

“河中央水仅齐腰，其他地方，水一定更浅。”毛里孩说。

“既如此，与其在此岸恋战，不如径渡河。”孛来说。

“大首领，怎的又不打？”毛里孩好战，不愿放弃交战的机会。

“我等此来，为的是寻觅水泽、草场。水泽、草场在彼岸，不在此岸。我等攻城也好，攻营也好，都是为确保渡河时不被敌攻。河水即浅，孩儿们可涉水而过，就不怕汉人官军趁机掩杀，理他作甚！”孛来道。

鞑靼各部首领及部众，眼见汉人在河道中央行走，如履平地，即便毫无水性的人，也不担心出意外。孛来一声令下，先锋一营的部众牵马下河，大踏步地往河中央走去。他们牵的马匹有的很不情愿，拼命后退，但禁不住缰绳强勒和马鞭抽打，只得退一步进两步地往前。

其他各营准备在他们到达河中央后，陆续下河。但他们看到的是让他们恐怖的情景：一匹马沉陷下去，随即浮起。一个人头沉陷下去，随即浮起。然后更多的马匹沉陷下去，更多人头沉陷下去。有的人头浮起，在水里挣扎，也有些人头再没有浮起。有的马匹浮起，往前游去，或转身游回，有的马匹身负重物，再没有浮起。

在水里的人挣扎、岸边的人惊恐之际，张翊率健勇杀出。孛来等无心恋战，向贺兰山外奔逃。这一役，杀敌数百。

# 第一百零七章

平日早朝，在华盖殿举行。朔望日常朝，在奉天殿举行。可见朔望日常朝的规格，比一般日子的早朝，要高出一等。

四月一日常朝，奏事毕。按照仪式，大臣们已退出殿外，排班于丹墀，准备恭送皇帝退朝。皇帝起身欲退，想起一事，忽又坐下，命召礼部尚书石瑁。

石瑁是宣德八年进士，资历够深；天顺四年十一月，召为礼部尚书，任职近一年半，也不算短。但他几乎不曾被皇帝单独宣召过，平日早朝回话很少，朔望日常朝被唤回话就更少。今日骤然闻召，他不由心慌意乱，举止失措。

他走出朝班后，心里只记住奏事时由西阶升殿，便低头匆匆而行。至西阶下，他迈出左腿，欲拾阶而上。

“止！”司仪的鸿胪寺官在上方喝道。

石瑁一惊，左腿收回去，但又抬起右腿，仍准备登阶。

“石瑁跪接敕旨。”鸿胪寺官喝道。

石瑁这才醒悟，是皇帝宣召他，而不是他要升殿奏事。皇帝宣召，或是要他回奏，或是要他接旨。回奏，自须登殿；接旨，却应跪在阶下。他没弄清楚事由，就要登殿，实是件大不恭之事。

他右膝一屈，要跪下去。

鸿胪寺官又喝：“止！”

石瑁一惊，右腿伸直，改屈左膝。

急得鸿胪寺官在上面又是“御道、御道”地提醒，又是朝着殿外当中的御道挤眉弄眼，示意他跪过去。

石瑁脑子里一片空白，听不见他的低声提醒，也看不明白他的示意。

幸亏从殿里出来一名近侍，在他耳边说：“石大人，随我来。”

他被近侍引导至御道，跪下接旨。

皇帝交代的，既不是特大的事，也不是特急的事，但确是礼部该管的事：选妃。

李贤被留下，在偏殿见驾。他心里有数，皇帝要和他谈的，一定是石瑁的事；他也想好应对之词。

“李先生，石瑁是由何官调掌礼部的？”皇帝果然问。

“南京吏部左侍郎。”李贤回奏。

“萧尚书掌礼部好好的，为何要换个尚书？”皇帝问。

他说的萧尚书，名晅，是兴济伯杨善去世后接掌礼部的。其实，正是皇帝自己觉得萧晅衰老，想换个稍微年轻一点的尚书，萧晅才被调往南京，而由石瑁接掌礼部。

李贤当然不会如实提醒皇帝。他说：“萧晅以病老请辞，皇上悯之，着其就南京闲职，而令大臣另推礼书。”

“那也该推出像样一点的。如石瑁，动止粗疏，由他来掌礼部，岂不使天下人耻笑！”皇帝道。

“是，石瑁确不宜任礼书。”李贤应道。

“不过，石卿亦朝廷重臣，朕不忍遽治失仪之罪。萧卿既是自请辞官，石卿也让他自请辞官，朕再酌情处分吧。”皇帝说着，问李贤，“李先生愿为朕去办理此事吗？”

“臣遵旨。”李贤应道。

“李先生，朕问你愿不愿去办此事？”皇帝道。

“皇上此举，乃顾全大臣体面，臣体会得到，臣石瑁亦体会得到；臣愿去办此事，臣石瑁也一定会遵旨行事。”李贤说。

“李先生，朕恐让你为难。”皇帝似有所觉察。

“皇上为何说让臣为难？”李贤不解地问。

“朕知道，石瑁与你同年，且与你私交不错。让你去劝谕他自辞，岂不为难！”皇帝道。

“臣居庙堂之上，不敢念及私情。且皇上命臣劝谕，正是给臣一个尽同年私谊的机会，臣唯有感激。”李贤回答得很得体。

“好！”皇帝满意地点点头，复问，“李先生，辞退石瑁，你看何人堪任礼部尚书？”

“可令廷臣慎重推举，或皇上于廷臣中亲择之。”李贤说。皇帝才说大臣们推举得不好，所以他提出两个方案，而且在两个方案中侧重后者。

“朕倒是看中一人。”皇帝在考虑免去石瑁礼部尚书的同时，也在考虑新尚书人选，“张睿以户部右侍郎总督仓储，朕记得，是正统九年给他的差事，算起来有十七八年。你看，由他接掌礼部如何？”

“陛下又让臣为难。”李贤说。

“怎么？”这回皇帝没想到。

“张睿是臣的河南同乡。”李贤说。

“无妨，朕知卿不会念及私情的，”皇帝笑道，“无论私情，卿只说张卿是否胜任。”

“张睿是老成人，掌礼部须得老成人。”李贤说。

“那就是他！”皇帝见李贤还有话说，道，“此事尚须与吏部计议，朕不会忘记这一节的。李先生且去为朕游说石卿。”

让石瑁自请辞官，在礼部衙门说不好，在朝房说更不好。李贤也不想把石瑁请到自己家里，因此，只好登门去石家。

“原德兄，你怎会来？”石瑁大感意外。

“晚饭吃多，出来散散步，一不在意，就走到这里。我想，既来之，则安之，顺便进来讨杯茶吃吧。”李贤信口编个理由。

石瑁字信之，山西应州人。他一边请李贤就座，一边吩咐家人煮茶，并致歉意：“原德兄是知道的，弟习惯于粗茶淡饭，无佳茗奉上，勿怪。”

“好说，为的是解渴，白水亦可。”李贤说。

石瑁对午前在奉天殿前发生的事情难以释怀，才一坐定，他就沮丧地说：“原德兄，我连就死的心思都有呀！”

李贤明知他的意思，仍问：“信之兄这话从何说起？”

“我大明立国以来，大约还没有出过我这么一个有失仪态的礼部尚书呢！”石瑁叹道，其音且哀且愤。

“信之兄说的是常朝之事吧？天子神威之下，谁都难免有惊慌失措之举。”李贤劝慰道。

这大大出乎石瑁所料，他问：“原德兄来找我，不是为的此事？”

李贤也很意外，反问：“信之兄以为我为此事而来？”

“那是我误会原德兄的来意。”石瑁道。

“实不相瞒，我来看信之兄，确与此事有关；但说此事之前，有另外件事，我想问问信之兄。”李贤也不隐瞒他的来意。

“好，你问。”石瑁道。

“自入仕以来，信之兄任外官之日多过在朝之日吧？”李贤问。

“我之履历，原德兄知之甚详，又何必多问！”石瑁道。

“以十分计之，六分在外，四分在朝？”李贤问。

“何止此数！以四分计之，三分在外，在朝仅一分，且多在二十年之前。”石瑁说。

“弟不曾任外官，不知在朝为官与在外为官，哪个更难？”李贤问。

“各有各的难处吧。”石瑁道。

“在外为官有何难处？”李贤问。

“譬如逆水行舟，不进则退。”石瑁说。

“这个比喻有趣。”李贤笑道。又问，“在朝为官呢？”

“譬如顺水行舟，难以把持，不知几时撞向礁石。”石瑁说。

“信之兄虽以一事喻之，但看起来，还是在朝为官更难。”李贤道。

“原德兄怎么比较出来的？”石瑁问。

“你看呀，逆水行舟，进退在努力之间，尚可把持；顺水行舟，却难以把持。岂不是顺水行舟更难？”李贤道。

“原德兄以为顺水行舟难，就是顺水行舟难吧。原德兄从未离开朝堂半步，自是体会更深。”石瑁说。

“信之兄想不想听听我的体会？”李贤自己想说，却问人家想不想听。

“求之不得。”石瑁当然不会拒听。

“古人云：要做好官，先做好人。但今之士大夫，但求做好官，不求做好人。”李贤先空泛地说了两句。

“原德兄为何有此感慨？”石瑁听不明白。

“我且为兄举二人。”李贤像讲故事一样讲起来，“有一人焉，位未显时，士林鄙之，一旦乞求得好官，人皆以为荣。向之鄙之者，今则敬之爱之矣；向之疏之者，今则附之近之矣。”

“此种情形，屡见不鲜。”石瑁附和道。

“时尚如此，欲人之不求做好官，可得乎？”李贤问。

石瑁觉得这个问题用不着回答，道：“原德兄，说第二人吧。”

“有一人焉，”李贤接着说，“位未显时，士林重之，介然自守，耻于谒请。好官久未得也，人皆以为耻。向之敬之者，今则不屑一顾；向之亲之者，今则不屑与交。”

“此种情形，亦屡见不鲜。”石瑁道。

“时尚如此，于人之求做好人，可得乎？”李贤问。

“时尚如此，欲人之不求做好官，但求做好人，难矣！”石瑁重复一遍李贤所持之论，然后问，“但不求做好官，但求做好人之难，与在朝为官之难，在外为官之难，有何关联？”

“确有些关联。”李贤道，“信之兄想想，天下好官，都集于朝堂，在朝为官者求得好官，岂不比在外为官者求得好官，多一层诱惑？在朝为官者求退，岂不比在外为官者求退，多一层艰难？”

“听起来，原德兄萌生退意。”石瑁道。

“无论我是否萌生退意，皇上是不肯放我走的。”李贤道。

“那么，原德兄是在启迪我？”石瑁问。

“信之兄自行请辞，适其时矣。”李贤立刻说。

“先是宽慰：天子神威之下，谁都难免有惊慌失措之举；继以说难，说在朝为官之难。原德兄意在给我一个台阶下，足见厚谊。”石瑁笑着说，笑得有些凄凉。

“怎是给信之兄一个台阶下？”李贤问。

“你是要我因难而退，却非因错而退。”石瑁说。

“说难，是针对信之兄‘就死的心思都有’的那句话而言；至于错，我不敢为信之兄掩饰。”李贤道，“大臣有失朝仪，是一定要引咎的，但罪不当死。信之兄请辞官职即可，千万要打消就死的心思。不然，有负皇恩。”

“原德兄，皇上可有旨意？”石瑁问。

“皇上要信之兄自请辞官，为的是顾全大臣体面。”李贤说明来意。

“臣遵旨！”石瑁向宫阙方向揖道，又对李贤说，“我顺水行舟，不幸撞到礁石上；但我这个好官，并不是乞求来的。”

“此事我可作证。”李贤道。

“原德兄说一通难，说一通时尚，还真让我觉得轻松。好官做不成，我至少还可以争做好人。”石瑁说到这里，态度变得严肃起来，“欲改变此时尚，使不由公论而得好官者，不变前日之所鄙；不得好官而为好人者，不变前日之所重。原德兄，全在当道者留意。”

“信之兄责以移风易俗，弟虽愚驽，不敢辞！”李贤揖道。

隔日，皇帝复召李贤，却改变主意。

“石卿请辞奏章，朕已看过，写得很恳切。”皇帝说。

“石瑁为失朝仪，深感不安，感激皇上之情，发自内心。”李贤说。

“读奏章，朕在想，这个石瑁并非没有长处；当初廷臣推他掌礼部，并非没有缘由。”皇帝说。

“陛下说的是。”李贤应道。

“李先生，你说说，石卿有些什么长处？”皇帝问。

“臣以为，石瑁最大的长处，是其廉洁。”李贤说。

“何以见得？”皇帝要他举出实例。

“七卿所居，臣都造访过，以石瑁的宅院最小。”李贤随口举出一例。廷臣有大七卿、小七卿之分，大七卿指六部尚书和都察院掌院都御史。李贤说的是大七卿。

“比李先生的宅院还小？”皇帝问。

李贤现在住的宅院是皇帝前几年赐给的，很大，很奢华。他以前的宅院要小得多。皇帝问的是他以前的宅院。

“比臣以前的宅院还小。”他心领神会地说。

“七卿中，石卿来京最晚，他的宅院小，亦合乎常情。”皇帝说。他并不是否定李贤举的例子，而是想让他举更多的例子。

“石瑁嗜酒，然除陛下所赐，都是在酒铺里沽的散酒；石瑁嗜茶，然除臣所送，都是在茶肆买的散茶。”李贤又举二例。

“位在公卿，竟至穷困若此？”皇帝很难相信。

“薪俸之外，一文不取，只有饮劣等酒，品次等茶。”李贤说。

“看来，朕还要经常送石卿一些好酒喝。”皇帝自语道。又问，“李先生，你说石卿还有什么长处？”

“石瑁另一长处，是其笃实。”李贤说。

“何以见得？”皇帝问。

“臣奉旨，劝谕石瑁请辞。臣问石瑁，自家是否想过请辞。他说没有。臣问他，失仪亦是过错，为何不请辞？他说，宁愿陛下以失仪治罪，以警示后人，而不愿顾及自家颜面。”李贤说。

“但他还是自行请辞。”皇帝道。

“是。”李贤应道，“当他得知，陛下要他自行请辞，为的是保全大臣体面，两相权衡，他以为保全大臣体面更为重要。”

“看来，李先生为劝他自行请辞，当真下过不少功夫。”皇帝说。

“臣既奉旨劝谕，敢不尽力！但事得圆满，还靠石瑁能领悟陛下爱护臣下的苦心。”李贤说。

“且慢。”皇帝忽问，“李先生是说，此事圆满？”

“陛下说过，先让石瑁自行请辞，再酌情处分。”李贤说。

“对呀，须待酌情处分之后，才说得上圆满。”皇帝道，“朕斟酌再三，不欲从石卿所请。”

不从石瑁所请，有两种处置：一是让他仍任礼部尚书，一是治他失仪之罪。虽然谈论这么久，已经能感觉出皇帝的选择，但李贤还是得问一问："陛下的意思是——"

"着石卿以原职留任。"皇帝说，"一个廉洁，一个笃实，皆人品之大者；常朝偶一失仪，乃过失之小者。朕不能因小而失大。"

"陛下圣明。"李贤颂道。

"李先生提到笃实，朕还想起另一人。"皇帝又说。

"不知陛下说的何人？"李贤问。

"此人笃实，敢直言斥奸，更胜石卿，故为群奸所不容。所谓卖直谤讪云云，皆石亨、曹吉祥辈诬陷。"皇帝说。

"陛下说的是岳正？"李贤不仅听出皇帝说的是谁，而且听出这件事出现转机。

"是啊，朕一直想着岳正。石亨叔侄玩弄诡计被揭穿时朕想到他；他曾说过：群吏弄法，擅作威福。那就是说的石亨叔侄。曹吉祥父子作乱被平息时朕想到他；他曾说过，朋奸欺罔，依附权术。那就是说的曹吉祥父子！"皇帝说着说着，忽问，"岳正发戍边镇，已四五年吧？"

"是，在四五年之间。"李贤应道。

"待朕传一旨到肃州，应该够五年吧？"皇帝把时间算得很仔细。

"或将超过五年。"李贤说。

"年头够久，朕该传旨。"皇帝自语道。

"陛下想再起用他吗？"李贤问。

"若他果堪大用，留给子孙去用吧。"皇帝微微摇头，念叨着褒贬兼具的八个字，"好个岳正，只是大胆。"

李贤看出，皇帝想的不是要不要起用岳正，而是要不要释还他，于是说："岳正家中有老母，若得放归田里，于母子二人，皆是幸事。"

"好，就请李先生为朕拟旨吧。"皇帝道。

半年之后，又是深秋时节。任过内阁大学士的岳正还乡的消息传开，漷县城郊的岳庄，及岳庄四邻的村庄，漷县及漷县四临的州、县，都有人上门来打探。在乡民的眼里，大学士如同以前朝代的宰相。内阁大学士有不同的兼衔，品秩有高有低，但宰相都是当朝一品。岳正发戍边镇，说不上衣锦还乡；但正因为有当朝一品昔日得罪朝廷、今日被释还乡的经历，更增加一种神秘的气氛。况且，关于他被释，又有不少传闻，故他的还乡，引起普遍的关注。

岳学士的家人只能一遍一遍地回答着客人们的询问：老爷尚未到家；应该还在

路上，但说不准到何处；应该快到，但说不准几时能到，等等。打探的人们失望而去，岳家的人疲惫不堪。

天黑时，才有一辆牛车停在村外。岳正从车里下来，吩咐车夫，就地卸车，别把牛车赶进村里，免得惊扰村民的酣梦。反正除随身带的书卷，几乎没有其他行李。一函函书卷，他自己可以拿一些；拿不了的，让仆人帮着拿。

家里的人，包括岳夫人，都不知道他会晚上赶回来，因而又惊又喜。岳正对他们解释，本来应该在前面的馆驿住一晚上；但若明天白天到家，定要应付许多致意、问候，想想就害怕，所以赶一会儿夜路。

家人给老爷磕过头，都忙去了。有的去烧洗澡水，有的去开灶做饭。

两个女儿给父亲请过安，岳正简单问问她们这几年读了哪些书、练习了哪些琴曲后，让她们回自己的屋里歇着。

屋里只剩下岳正和岳夫人，二人这么些年没见面，自然有许多话说。

“老爷图安静，家里今晚可安静不下来。本来想明日天一亮，再为老爷回来做准备的；这下可好，不得不连夜准备。”岳夫人说几句责怪的话，无非是要掩饰自己内心的激动。

“你又不知我所想，怎的准备？”岳正问。

“老爷所想，别人不知，我还能不知！”岳夫人说。

“那你说来听听。”岳正道。

“老爷几年没尝到正宗的岳家菜了，能不想吗？”岳夫人诱之以美食。

“民以食为天，我还真想。”岳正笑着说。并问，“做主菜的老胡，做面点的老马，他二位还在吗？”

“都在。”岳夫人说，一言中的，她颇有些得意，“老爷回来，第一顿饭，端上哪几样菜肴，哪几样面点，都是他二人所定。”

“只为我准备一顿饭不成。”岳正说。

“依老爷的意思呢？”岳夫人问。

“我要一连吃上十日！你对老胡、老马说，十日之内，菜肴的味道不能重复，面点的样式不能重复。”岳正说。

“不就对付老爷十日吗？这难不住他二人。”岳夫人说。

接下来，她准备具体说说各种菜肴和各种面点，岳正却阻止她：“夫人说的这件事，确是我所想，却不是我最想。”

“不是老爷最想？”岳夫人茫然。

“对，不是我最想，你再想想别的事。”岳正道。

“当然，老爷赶几千里的路，就是再想吃岳家菜，也没有睡觉重要呀。老爷最想的，是好好歇上几日。”岳夫人说。

“夫人真是摸透我的心思。赶两个多月的路，今日骑马，明日骑驴，今日乘马车，明日乘牛车，每到一处，只觉得骨头架子都要散，哪里睡过一个囫囵觉！别说这两个多月，几年下来，哪里有一夜睡过安生过！我当真想洗个澡，睡上几个日夜。”岳正说。

“三日三夜够不够？”岳夫人问。

“差不多吧。”岳正应道。

“三日三夜，我吩咐下去，不，我亲自守在门外，无论谁人来访，一概回绝。好不好？”岳夫人问。

“极好，只是有劳夫人。”岳正道。

岳夫人见他眼神里有一丝狡黠，不放心地问：“老爷不会又说，此事仍不是最想吧？”

“不会，不会。”岳正道，“实话告诉夫人，此事在我，不但不是最想，连第二想也不是。”

说罢，呵呵大笑。

“那么，难道老爷一落下脚，就想着岳家续烟火的事？”说到这件事，岳夫人有几分惭愧，几分哀怨，“都是妾身无能，嫁至岳家二十几年，只为老爷生两个女儿，却无一子之出。不过，老爷放心，为老爷娶妾之事，我一直放在心上。原想等老爷安顿好，歇息够，再计议不迟。老爷既然心急，就先办吧。”

“荒唐，荒唐！”岳正指点着她说。

“妾身说的是正事，怎的荒唐！”岳夫人委屈地说。

“做翰林时，夫人就言及娶妾事，我可答应？后来入阁，夫人又言及娶妾事，我可答应？今日才脱离苦海，从极边之地回来，夫人别的不提，却又提及此事，且以为我会答应，且以为此事为我最想，岂不是荒唐到家！”岳正道。

“此一时，彼一时。彼时总还想着，不定哪一日，妾身能为老爷生得一子；而今彻底无望，老爷还是早做娶妾之想吧。”岳夫人说。

“不想，不想！”岳正连连挥手，并说，“夫人若一味地说这件事，我不如且去洗澡。”

“老爷最想，当真不是此事？”岳夫人虽则在问，但深知岳正是率性之人，想即想，不想即不想，不会欺瞒。想到这里，她内心感到暖意。

“当真不是。”岳正铁定地说。

“那就只有一件事。”岳夫人说。

“何事？”岳正心不在焉地问。也许因为夫人估计的，和他所想的，离得越来越远，他没什么兴致再问。

“为女儿订门亲事。”岳夫人说。

“怎么，咱岳家的两位千金都到出聘的年纪？”岳正很是吃惊。

“到是没到，说不定做爹的心里着急呀！”岳夫人说。

“不错，女儿的亲事，我在西北不止一次地想过。”岳正承认这一点。

“老爷怎么想的？”岳夫人问。

“岳正嫁女，要嫁个有才学的人，要嫁个有功名的人。”岳正说。

“才学在前，还是功名在前？”岳夫人问。

“岳正乃名士，自是才学在前；不过，岳正为殿试一甲，嫁女如得子，无论如何也得进士出身。”岳正说。

“好，定下两条标准，老爷慢慢找吧。”岳夫人说着，往外让道，“老爷，水一定烧好，可去洗澡。”

“洗澡？噢，不，”岳正装模作样地一揖，“夫人，歉甚，嫁女之事，我虽则常想，却并非最想。”

“老爷最想的究竟是何事？”岳夫人也没心思再猜测。

“此事最急，着人去为我请个画师来。”岳正道。

“老爷说请什么？”岳夫人怀疑自己听错。

“请画师呀！”岳正说。

“老爷这才荒唐呢，平白无故，请的什么画师！”岳夫人道。

“并非平白无故呀！请画师来，为的是给我画像。”岳正说。

“平白无故，老爷怎的想到画像！”岳夫人道。

“并非平白无故呀！我有天大的理由要画像。”岳正说。

岳夫人不想再与他纠缠。她说：“既然老爷最想的事是请画师，最急的事是请画师，明日就着人去请。漷县县城里有人能画像，请他如何？”

“他不成，要请名画师。”岳正说。

“那就去通州城里请。”岳夫人见岳正仍不满意，又说，“干脆，去京城请，请最好的画师，总成吧？”

几天以后，岳正对照着镜子，从上到下，揣摩自己的画像，觉得再也挑不出毛病。他问岳夫人："你看如何？"

"我看，还不够传神。"岳夫人说。

"怎的不够传神？"岳正问。

"老爷自鸣得意的绰号，不该忘呀！"岳夫人说。

岳正知道夫人在和自己开玩笑，不禁笑出声。他的胡子又长又浓，人称岳胡子，但他自鸣得意的不是这个绰号，而是"龌龊胡子"。因为这是皇帝对内臣提到他时使用的称号。听到这个称号，比听到某某先生，某某尚书，更让人感觉亲切。

而画像上岳正的胡须，整齐庄重。

"夫人不见我这几日起身后的第一件事就是梳理须髯吗？"岳正道，"为画像端庄，须得如此。"

这一解释，更增添岳夫人的疑惑："老爷一回来，茶不思，饭不想，也不歇着，每日从早到晚一动不动地坐在画师面前。如此郑重其事，到底为的是哪一桩？"

"待我题罢像赞，你即知晓。"岳正说。

"来，来，我为老爷研墨，老爷快题。"岳夫人道。

岳正端立凝神，在画像右上侧题写像赞，"好个岳正，只是大胆"八个字，他写得端正圆润，一丝不苟，和平日潇洒飘逸的风格大为不同。

"老爷，这是真的吗？"岳夫人问。

"岳正大胆，自然是真的。"岳正说。

"我是问，这八个字出自圣谕，可是真的？"岳夫人道。

"你以为真，便真；你以为不真，便不真。"岳正模棱两可地说。

"我宁信其真。"岳夫人道，又问，"老爷说，皇上是赏识老爷的大胆呢，还是厌烦老爷的大胆？"

"你以为圣主赏识，便是圣主赏识；你说圣主厌烦，便是圣主厌烦。"岳正又模棱两可地说。

"要紧的不是我以为，是老爷以为。"岳夫人道。

"爱恨交加，兼而有之吧。"岳正说着，又写下去。

像赞用的多是四言句或六言句，皇帝的两句话是四言，岳正后面写的几句话也是四言：唯帝念哉，必当有感。既已赦汝，再敢不敢！

"是啊，老爷再敢不敢呢？"岳夫人问。

"你看呢？"岳正眼看着自己的像赞，反问她。

“我当然希望老爷脱胎换骨，但老爷能吗？”岳夫人又问。

“夫人以为我能脱胎换骨，我便能脱胎换骨；夫人以为我不能脱胎换骨，我便不能脱胎换骨。”岳正说。

岳夫人急不得，恼不得，道：“老爷今是怎的，竟没一句准话！”

“那就看我写的话准与不准吧。”岳正说。

他换一支细毫，在画像左下侧题跋：知人长不难，知人短不难，难在既知人长，且知人短；直言人长不难，直言人短不难，难在既直言人长，且直言人短。岳正其人，长于大胆，短于大胆。当持之耶，当改之耶？尝闻古人之言，盖将之死而靡憾也。

“仍是句不准的话！”岳夫人叹道。

# 第一百零八章

门达奉召见驾，进入文华殿偏殿时，皇帝正向一名司礼太监问话。他想悄悄退出，被皇帝叫住。

“门达，你等着，朕有话问你。”皇帝说。

“是。”门达应道。

“你接着说。”皇帝吩咐该司礼太监。

“奴才遵旨。”该司礼太监应道，“据奴才所知，颁与不同人等诰、敕勘合，以不同字样编号。”

“这个不用你说，朕问的是哪一类人以哪一字样编号，你不会不知道吧？”皇帝道。

“奴才记得，亲、郡王等以礼字编号。”该司礼太监说。

“其他人等呢？”皇帝追问下去。

该司礼太监稍想，又想起一类：“追封、追赠诰敕，以文、行、忠、信等字编号。”

“文、行乃文行，忠、信乃忠信，为何将此四个字合用？”皇帝问。

“祖宗如此定的，奴才不知缘故。”该司礼太监说。

“朕料你也说不出缘故，你知其然，已求之不得。”皇帝道。

皇帝一奚落，逼得该司礼太监把其他用字全想起来。他说：“回爷话，二品以上文官，以仁、义、礼、智四字编号；三品以下文官，以甲、乙、丙、丁等十字编号；武官诰命，以二十八宿编号。”

“你没记错？”皇帝问。

听口气，皇帝似乎发觉有错。该司礼太监又努力想了想，确认自己说的没错，才回话：“爷，确是这些字。”

“那朕问你，颁与王府诰、敕，以礼字编号，颁与文官诰、敕编号中，也有个礼字，二者如何区分？”皇帝问。

“文官也用礼字？”该司礼太监再一想，可不是嘛，仁、义、礼、智，中间确有礼字，他暗自责怪自己太糊涂，“回爷的话，颁与王府的诰、敕，与颁与文官的诰、敕，各归其类，不致混淆。”

“就算不会混淆，二类诰、敕也不合用同一字。”皇帝说。

“爷说的是。”该司礼太监应道，并请旨，“要不要改用别字？”

“等须改时，再统一筹措吧。”皇帝道，又问，“你方才说，颁与武臣诰、敕，用的是哪几个字？”

“二十八星宿名。”该司礼太监说。

“不会吧？”其实，这才是皇帝主要疑惑，“二十八宿，朕是知道的，不就是角、亢、氐、房等吗？朕怎么不记得用过一字呀？”

“爷恕罪，是奴才没说清楚。”该司礼太监忙请罪，“武官诰命，初以二十八宿编号，后改以千字文，再后改以急就章编号，至今沿用。”

“这还差不多。”皇帝道。他同时确认，该司礼太监方才的话不错。千字文里，仁、义、礼、智等字皆有，以千字文编号，和颁与文官诰、敕的编号用字，也会重复。但重复而不致混淆，因为文官诰、敕的仁、义、礼、智，归于文官类，武官诰、敕的仁、义、礼、智，归于武官类，合不到一块儿去。皇帝忽然又从该司礼太监的话里想到什么，问道：“你是说，武官诰、敕的编号用字，改过两次？”

“是，改过两次。”这次，该司礼太监很肯定。

“不会是因为字用尽才改的吧？”皇帝问。

“这奴才说不好。”该司礼太监又被问住，只能怪自己运气不佳，“二十八宿或许是用尽，但把千字文用尽，可不是件容易事。”

“朕不要听你设若，朕要听你说实情。”皇帝道。

“实情奴才不知。”该司礼太监说。

“那你不如直说不知，”皇帝道，“今日却有字用尽要改的，中书舍人杨贵芳奏言，文官诰敕，天干十字已用尽。朕好不奇怪，二品以上以仁、义、礼、智等四字编号，尚未用尽，三品以下以甲、乙、丙、丁等十字编号，怎的就用尽呢？”

“或是三品以下文官比二品以上文官多得太多。”该司礼太监说。

“但二品以上文官，差不多人人可得诰、敕，三品以下文官并非人人皆得诰、敕。”皇帝驳道。

该司礼太监恨不得抽自己一记耳光，皇帝又没问他，多什么嘴呀！

“朕知道你说不上来缘故，也不问你。”皇帝道，“你去告诉中书房，文官诰敕，天干十字用完，改用地支十二字吧。”

“奴才遵旨。”该司礼太监好不容易熬到皇帝问完话。

门达在一旁越听越心慌。在他前面回奏的司礼太监，于众司礼太监中，算得上熟知典章制度的，但在皇帝的盘问下，却绌于应付；轮到自己，不知会被问及什么问题，自己不知会有多狼狈。

“逯杲被杀一年多，门达，你有没有为他烧灶香？”果然，皇帝一上来就给他出道难题。

“微臣还没来得及去。”门达不敢撒谎，只能信口找些理由。

“卿忙于何事？”皇帝问。

“大行皇太后宾天，丧礼要用香木。有一等奸徒，以他木充作降真香木而进，臣在查此事。”门达说。

皇太后孙氏崩于九月初，因尚未上谥号，君臣说到她，都称大行皇太后。听说有人在大行皇太后丧事上做手脚，皇帝也很生气。

“竟敢亵渎母后丧仪，真是胆大妄为，丧尽天良！门达，此事定要彻查！”皇帝道。

对门达来说，这却是件好事。他以为第一关已经轻而易举地应付过去，故神态轻松地应道：“臣遵旨。”

“门达，此事是几时发现的？”皇帝问。

“约在十日之前。”门达答道。

“有眉目否？”皇帝问。

“已见其藤，正在顺藤摸瓜。”门达说。

“好，凡是相关之人，先下锦衣卫狱再说。”皇帝命道。

“是，有疑犯若干，已下狱鞫讯。”门达说。

“你方才说，约在十日前发现此事的？”皇帝忽然又问。

“八九日前，或十一二日前。”门达不明白皇帝为什么要问，干脆把范围扩大一点儿。

“你看！你的话，朕记住；朕的话，你怎记不住？”皇帝责道。

这话太重，门达经受不住。他战战兢兢地说：“陛下交办的事，臣都是打起十分的精神，不敢有一丝懈怠。”

“朕没说你办事懈怠，朕只是说你不记得朕的话。”皇帝道。

“陛下是指——”门达想问又不敢问出来。

“朕方才怎说的？”皇帝问道。

“陛下说，假充香木一事，要彻查。”门达说。

“这仍是交代办事。”皇帝示意，不是这句。

门达能记得的，只有这句话，再问别的，他答不上来。

“朕没说过，逯杲被杀一年多吗？”皇帝道。

“是，是！”门达顿时醒悟，“陛下问臣，有没给逯杲烧炷香。”

“先说一年多吧。”皇帝道，“假充香木一事，出在大约十日之前；再说远点，母后宾天，也不到一个月。逯杲却被杀一年多。你为假充香木一事，来不及去祭奠同僚，有点儿说不过去吧？”

“是，是，臣还在忙别的事。”门达忙回答。

“说件与朕听听。”皇帝命道。

“譬如，审理锦衣卫狱积压狱案。”门达说。

“积压狱案甚多？”皇帝问。

“是，锦衣卫狱有人满为患之虞。”门达答道。

“怎有这多？”皇帝问。

“臣同僚逯杲在日，缉拿案犯，无日无之；他不在，臣只得一一亲审。”门达道。

“你是说，逯杲滥捕？”皇帝似问门达，又似自语。

“无日无之”四字，明显的有抱怨之意，所以，门达必须回答。才要应“是”，他忽然想到，皇帝问他有没有给逯杲烧香，不是怀念是什么？他现在只可给逯杲摆功，不可说逯杲坏话。言语中哪怕对皇帝小有违忤，也不要紧。

“臣审理积案，十之八九并无冤情；略嫌证据不足的，不过十之一二。臣以为，逯杲逮人虽多，不能称作滥捕。”他说。

“你这么说，朕很欣慰。”皇帝道，“朕早知锦衣卫正佐不合，朕要告诉你的是，你比逯杲沉稳；但为朝廷办事，为朕办事，不留情面，你却远不及他。而今逯杲已死，锦衣卫的事全靠你。朕要你为逯杲烧一炷香，也是让你想想他的长处。”

“圣谕深刻，臣牢记在心。”门达应道。

“不仅要牢记，还要付诸实施。”皇帝嘱咐。

“是。臣回去后，就去逯杲墓前焚香礼拜。”门达应过后，觉得自己方才说的事需要再提一句，不然，它就真成一个借口，“启奏陛下，锦衣卫狱人满为患，也是实情。”

“那就造座新狱。你去向顺天府要块地，向工部要人要料，自家来打理此事。”皇帝道。

门达家里请的塾师桂廷珪，谁也不知他来自何方，家有何人，连门达本人也只知道个大概。门达看重的是他一手绝妙的小楷和一肚子的诗文，既可以教授两个儿子，又可以代他誊录奏章，才留下的他。他吃在门达家里，住在门达家里，外出只有两件事：一是去书肆购书，二是去酒楼喝酒。他喝酒，不在乎酒好不好，钱贵不贵，挑选的是座位。他是一定要在楼上，一定要临窗而坐的。依他自己的说法，把酒临风，其喜洋洋者矣。读过一些前代文章的人指出，这不是他自己的话，而是范仲淹《岳阳楼记》里的句子。有人据此推测，他的乡贯或是湖广。

这天，桂廷珪进宣武门内一间门脸不小的酒楼。小二见他只有一人，想把他留在楼下。他摆摆手，自己往楼上走去。小二不敢得罪客人，只得随他上楼。

楼上临窗，摆着两张大桌，三张小桌。小桌全部被单身的客人或对酌的两个客人占据，大桌有一张围坐数人，只有另一张空着。

“我坐那桌。”桂廷珪手指空着的桌子说。

“尊客坐那里，岂不大煞风景。”小二有滥用词汇的毛病，一急，说的话更不着边际。

“是大煞我的风景，还是大煞贵店的风景？”桂廷珪问。

“自然是大煞小店的风景。”小二说后发觉不对，客人坐在店里喝酒，你说煞本店风景，岂不是在骂客人？他于是改口，“小的是怕煞尊客风景。尊客一人，坐这么大一张桌子，愈发显得形影相吊。”

“我不怕煞风景，也不怕形影相吊，我只要看外面的风景。不然，何必来你这里饮酒！”桂廷珪说着，也不管小二还有什么理由，一屁股坐下去，随即点酒点菜。

客人是爷。小二拿他没有办法，赔个笑脸，把他点的酒和菜送上来。好在没大量的客人拥来，这位爷一个人估计也不会坐不太久。做不成多人的生意，做个单人的生意，也算物尽其用吧。

不料，今晚的生意特别好。桂廷珪才把酒热好，一口还没来得及喝，又有一伙客人拥上楼。小二认得当中一人，迎上去招呼。

“甘先生来了，几位？”小二问。

“这里有六七人，还有二三人未到，你算算几位。”被唤作甘先生的人说。

他看上去年纪不大，但无疑很受这伙人的吹捧，另一客人开玩笑地说：“是啊，你好好算算，算错了，酒资全免。”

小二最不怕算账，边重复甘先生的话边算：“甘先生称六七位，实则六位，未到者二三位，合而计之，多则九位，少则八位。”

“你一开口就算错，甘兄说六七位，那就可能是六位，也可能是七位。已上楼六位，另一位在楼下遇着熟人，正在说话。也不知他上来，也不知他不上来。他与楼下的熟人话不投机，就上来；话若投机，就不上来。他若上来，就是七位；若不上来，就是六位。”上楼的六个客人中，有一人最善饶舌。

“若像这位爷这么算账，天下的账就没算得清楚的。”小二比那客人更加饶舌，

“楼下遇着熟人的那位爷，可能上来，也可能不上来；未到的二三位爷，可能来三位，可能来二位，可能来一位，也可能一位都不来。上来的六位爷，可能忽然间走一位，可能忽然间走两位，也可能忽然间一起都走。这等账让小的怎么算！”

“对呀，不是这等账，还用你来算吗！”一客人道。

“你若伺候不好，我等定然一起都走的。”另一客人说。

“住口吧，别只顾拿他开心。”姓甘的先生拦住其他客人，吩咐小二，“去，收拾一张干净的桌子出来。”

“还是甘先生心疼小的。”小二说着，朝里面一张大桌子走去。

“小二，你去何处？”姓甘的先生问。

“小的去收拾桌子。”小二回答。

“你不记得我等平时都坐于何处吗！”姓甘的先生责备道。

“甘先生一向临窗而坐，小的怎敢忘！不过，”小二手指把临窗的几张桌子划个遍，无奈地说，“甘先生，你看！”

姓甘的先生其实早就看到临窗没有空桌子，也看到桂廷珪一人占张大桌。他问：“那个客人在等朋友吗？”

“他只说不看窗外的风景，酒喝不出味道，没说是不是在等朋友。看他要的酒和菜刚刚够一人用的，八成不在等人。”小二回答。

“这就好办，给他换个位子。”姓甘的先生说。

“甘先生，恐怕不好办。人家喝酒，也喝个情趣。”小二为难地说。

“你家店主夸你聪明伶俐，有算计，我看你也是个糊涂虫！”姓甘的先生道，“你看看，他是几个人的生意，我是几个人的生意；再想想，他一年里来几次，我一年里来几次？你要是连这都看不出来，想不清楚，从今往后，就再别想见到我。”

小二很清楚，失去这个大主顾，对酒楼意味着什么，对他本人意味着什么。他说：“甘先生等等，小的去和他商量。”

桂廷珪一直在听他们说话，没动一下筷子。

“此事没得商量，”他说，“何谓我是几个人的生意，他是几个人的生意？生意以诚信为本，童叟无欺，难道还看人行事吗？”

“尊客息怒，生意有时是得看人行事。”小二与他理论，“你看，里边有单人的桌子，尊客非得占着十人一围的大桌子，就有点浪费。”

“里边不也有大桌子吗？”桂廷珪不认可他的理由。

“是啊，里边也有大桌子，可这几位爷非要这张桌子不可。尊客何必与他等计较？”小二道。

“我还真得和他等计较，也和你计较。”桂廷珪说，“他等是爷，我就不是爷？他等非得要这张桌子不可，我本来可以不要这张桌子的，现在也非得要这张桌子不可。既然大家都是非得要不可，就得看谁先来的。你说，谁占着理呀？”

小二不敢说他不占理，但看另外那伙客人一眼，又不敢说他占理。

“小二，你过来！”那伙客人里有人叫道。

小二向桂廷珪哈了哈腰，向那伙客人一路小跑过去。

“甘先生，几位爷，”他又向他们哈了哈腰，“各位也都听见，这位不肯让桌子，还要和小的计较。”

“小二，你会不会讲话！”一位客人呵斥。

“小的没讲错话呀。”小二说。

“还说没讲错话！”该客人继续呵斥，“什么叫何必与他等计较？他有资格与甘先生计较吗？有资格与我等众人计较吗？我看，他只有资格与你计较计较。”

“是，是，小的是哪位爷都可以计较的。”小二边认错，边抱屈，“但爷说，小的不这么劝他，却怎么劝他？”

“怎么劝他，还用我教你吗？”该客人道。

“小的虽是孺子不可教，也请爷屈尊一教。”小二文绉绉地说。

“那我就教一招，你根本不用劝他，他只要给他讲讲甘先生的来历，他就会乖乖地把桌子让出来。”该客人说。

“干吗要讲甘兄的来历？你就是一句话不讲，他也得把桌子给咱们让出来。”另一个客人说。

“兄长有何高招？”前一客人问。

“让他自家去看呀！”后一客人指着左面墙壁上挂的一幅字说。

“对，对，看他好歹也是个读书人，让他见识见识甘兄的大手笔，自惭形秽。”其他客人齐声附和。

“你可听明白？”出主意的客人问小二。

“小的听明白，小的这就去试试。”小二说。

不等他走动，桂廷珪坐在那里叫道：“小二，我好歹也是个读书人，怎不见酒楼里有得以入目的字画呀？”

“尊客别妄下论断，我这不正要尊客去鉴赏吗？”小二说。

“你糟践我不打紧，别糟践鉴赏二字。你倒是说说，楼上楼下，哪一幅字画当得鉴赏二字？”桂廷珪道。

另一伙客人中有脾气暴躁的，张口就要詈骂，被姓甘的先生拦住。

“看一眼都不敢，你等还称其人是读书人！”他说。

“哈，天下字画还没我不敢看的呢。”桂廷珪冷笑道，他站起来，双手往后一背，叫道，“小二，带路！”

“尊客，这边请！”小二顺势把他请到那幅字前。

桂廷珪草草一看，喝彩：“好！”

听这声叫，那伙人立刻喧哗。

“甘兄字写得好，王兄主意出得好，自命不凡之人只看一眼，已心悦诚服。”一客人说。

“他心悦诚服，在甘兄不知当引以为荣，抑或当引以为耻。”另一客人说。

“小二，你听好，我是赞李太白这篇《春夜宴桃李园序》写得好。”桂廷珪说着，离开那幅字，摇头晃脑地背诵道：

> 夫天地者，万物之逆旅；光阴者，百代之过客。而浮生若梦，为欢几何？古人秉烛夜游，良有以也。况阳春召我以烟景，大块假我以文章，会桃李之芳园，序天伦之乐事。群季俊秀，皆为惠连；吾人咏歌，独惭康乐。幽赏未已，高谈转清，开琼宴以坐花，飞羽觞而醉月。不有佳作，何伸雅怀！如诗不成，罚依金谷酒数。

诵罢文章，他问：“小二，懂得此文吗？”

“日日有人诵读，听也听懂。”小二说。

“那你告我，惠连为谁？”桂廷珪道。

“小的不知。”小二摇头。

“康乐为谁？”桂廷珪又问。

“小的不知。”小二说。

“金谷为何物？”桂廷珪问。

“小的不知。”小二说。

“三问三不知，还敢说懂！”桂廷珪斥道，“我来告诉你，惠连是古人谢灵运的兄弟，康乐是谢灵运本人的爵号，金谷是另一个古人石崇的园子。”说罢，问道，“记住没有？”

“小的勉强记住。”小二说。

桂廷珪又连呼两遍“好文章”，然后长叹一声，“至于这字嘛——”只开个头，不往下说。

姓甘的先生知道不会有好话，对同伙说：“有人就是善对别人品头论足，但看不见自己长的是个什么脑袋，什么脚板。”

“是啊，少个鼻孔，少只眼睛的脑袋也是有的。”一客人说。

“跛足更不必提及。”另一客人说。

一伙人你一句，我一句，嘲笑不已。

“幸亏我没缺一只耳朵，无耻之言，声声入耳。”桂廷珪说着，吩咐道，“小二，笔墨伺候。”

“尊客大约不知，来敝店饮酒的，多喜欢品头论足。”小二想劝阻。

“让京师之人都见识见识，哪个少鼻孔，哪个是跛足，有何不好！”桂廷珪冷笑道。

小二不但拿来笔、墨、纸、砚，连东家也一起请来。

东家比小二圆滑得多，他朝着姓甘的先生一揖，道：“甘先生的朋友要泼洒墨宝，敝店何其幸也。”一句话，两不得罪。

姓甘的先生沉着脸，不搭腔。

“这位先生，为敝店题写几个什么字？”东家问桂廷珪。

“人家写上百字，我只写几个字，岂不是太托大？我也写一篇《春夜宴桃李园序》。”桂廷珪道。

这边越来越热闹，其他各桌的人顾不上喝酒，都围过来观看。

桂廷珪敛神屏息，一气呵成地写完这篇他喜爱的文章。他写大楷，不像写小楷那样拿手；尽管如此，字写完，旁观者一下就能看出，把墙上挂的那幅字比了下去。

桂廷珪写上日期和“桂廷珪恭录”五个字，把笔一扔，对东家说：“请贵店择优而用吧。”

“都是方家，都是方家！”东家道。

“我知你有难处，这样吧，都是方家，不如弃旧图新。”桂廷珪说。

“什么话，新客比得上老客吗！”那伙客人中有人说。

“是啊，新酒哪有老酒醇！”另一客人说。

那一伙人里的其他人也都有话要说。

“各位少安毋躁！”东家说着，吩咐，“请桂先生再去看看。”

“好！”小二会意，邀桂廷珪，“桂先生，请。”

“寻常之字，我从不看第二遍。”桂廷珪说。

“有个绝妙之处，桂先生尚未见到。”小二几乎要动手去拉。到挂着的那幅字前，他指着署名的地方说，“此处，桂先生就没看到。”

姓甘的先生，单名一个崇字。

“桂先生识得此人吧？”小二问。

“不识。”桂廷珪说。

“那桂先生再看看他的印鉴。”小二说。

署名上端加盖印鉴，是四个篆字：翰林东床。

“他是哪位翰林的乘龙快婿？”桂廷珪低声问。

“江朝宗江老爷。”小二答道。

江朝宗其人，桂廷珪是知道的。他是四川巴县人，景泰二年进士，选庶吉士，现官洗马。洗马为詹事府司经局官，由翰林官兼，从五品，与翰林院侍讲、侍读同秩，因而也算得上资深翰林。

不过，在内阁大学士兼翰林学士的情形下，洗马根本值不得吹嘘。

“就因这方印，你店里就可不分良莠？”桂廷珪质问。

“字要看，印也要看。”小二把声音压低，说，“东家是识字的，早看出桂先生的字比甘先生的字高出好几个档次；但甘先生的字加以‘翰林东床’的印，谁敢把它取下来？除非桂先生也有方印，来头更大。”

“你那东家不是等闲之辈，你也不是等闲之辈。”桂廷珪评论道。

桂廷珪一月里总要和门达在一起吃一两次饭。门达照例要问问两个儿子书读得怎样。桂廷珪照例会说，两位公子天资聪慧，三年两载读下来，无论入顺天府学，或入国子监学，都会拔尖。门达照例会说，锦衣后代，功名是次要的，等名字会写，书会读，还得去习武。这些话都是在喝酒时说的。说完，吃饭。吃饭时就没什么话可说。

趁着酒喝过、饭未吃之际，桂廷珪说：“门帅，学生有一事相求。”

“是不是囊中羞涩？可去管家那里先结今年的银子。”门达道。

“银子不缺，学生向门帅求几个字。”桂廷珪说。

门达觉得太可笑，指了指他，道：“你，”又指了指自己，“向我，”干笑几声，“讨几个字？”

“望门帅赐下。”桂廷珪揖道。

“桂先生，你没喝多吧？”门达问。

“和往常一样，只饮三小盅。”桂廷珪说。

“那么，从未有人向我讨字，你怎么想到的！”门达道。

“门帅字有虎气，暗藏机锋，须仔细揣摩，才得发现。”桂廷珪说。

“别拣好听的说，你向我讨字，做何用途？”门达问。

“学生欲制一方印鉴。”桂廷珪说。

“制印？你住在我这里，没见你有用印的地方呀？”门达道。

“以前不用，日后或许要用。”桂廷珪说。

“这是为何？”门达问。

“缺一印鉴，受气无穷。”桂廷叹息一声，把在酒楼喝酒的经历，原原本本地讲给门达听。

门达听得又好气又好笑：“区区洗马的姑爷，也敢制方印欺人？”

“此事学生亲历，绝无半句夸大。”桂廷珪说。

“难怪桂先生要与他斗气！桂先生，我帮着你，看看识翰林的人多，还是识锦衣卫掌印者的人多。”门达决心介入。

“多谢门帅。”桂廷珪又是一揖。

“不过，我得说句不恭的话，单凭桂先生的名号，未必抵得过‘翰林东床’四字。”门达实事求是地说。

“学士心里有数。不是未必抵得过，是肯定抵不过；所以，学生向门帅求的，不是‘桂廷珪’三字。”桂廷珪说。

“不要我写桂先生名号，却要我写何字？”门达问。

“门帅拿锦衣卫与翰林匹敌，甘某人既然敢拿‘翰林’张大其势，我为何不能拿‘锦衣’张大己势？”桂廷珪道。

“你是说，制印曰锦衣——”门达斟酌着后面的字。

“东床所指，人人皆知；西席所指，亦人人皆知。”桂廷珪道。

“锦衣西席？这个名目好，这个名目好！”门达连声叫好，拉起桂廷珪就走，“不但叫得响亮，与他那方印文还是得对。桂先生，饭不忙吃，咱们这就写字去！”

当他真拿起笔后，却有点犯愁了。

“桂先生，你说姓甘的印是篆文？”他问。

“门帅最好随意。刻求篆文，反失虎气。”桂廷珪说。

“还是桂先生识得大体。”门达说着，随意写‘锦衣西席’四字，交与桂廷珪去制印。

几天以后，桂廷珪饮过酒的酒楼里，多一景：两幅《春夜宴桃李园序》面对面地挂着。知道详情的人，自然知道这是一场唇枪舌剑之争的结果；不知详情的人，还以为这间酒楼的东家，对李白的这篇文章情有独钟。而小二在给客人们介绍这两幅字时，总是特意把两方印文指给他们看。

从此以后，楼上临窗一大一小两张桌子，总是留在那里，别的客人要坐时，总被婉言回绝。

从此以后，京城里多两句拿人取笑的话。一句是：翰林东床，充数翰林；一句是：锦衣西席，希图锦衣。

# 第一百零九章

天顺七年的上元节一过，各地贡举陆续赶赴京师，准备参加当年的会试。其实，在正旦节以前，就来了不少人。因此，京师的旅舍、会馆爆满，要想找个单人的房间，难上加难，举子们只得三两人同住一室。不习惯与人同住的，想在入场前突击文章的，就得打在京的亲戚、好友的主意。

南直隶贡举张泰、陆釴、陆容三人，在一两日间到京，共住一室。张泰，字亨父，陆容，字文量，二人均苏州太仓州人。陆釴，字鼎仪，苏州昆山人。三人少年成名，因居处都在娄江之东，有“娄东三凤”之誉。

张泰先找到个远亲，搬过去住。陆釴、陆容二人住得稍宽裕一点。过几天，陆釴也找家世交，搬过去住。

对陆容来说，这本来是件好事；但他生性喜欢有伴。和张泰、陆釴同住时，房间里不管怎么吵，怎么闹，并不影响他读书、思考、解题、破题。或许，房间里的吵闹，就是他引发的。或许，张泰、陆釴二人，就是因为受不了他的吵闹，才不得不搬走的。等二人一走，想吵闹吵闹不起来，陆容反而不能集中精力读书、思考、解题、破题。

他拿起笔来，不是写文章，而是随心所至，画起图来。他的笔饱蘸墨汁，随便在白纸上点向一处；又蘸墨汁，又点向一处。如此反复，一共点四处。他惊奇地发现，他点出的，竟是方形的四个角。他用细微的虚线把四角联系起来，其形如北斗七星的前四星天枢、天璇、天玑、天权组成的图形。他记得，这四星有个名称，唤作“璇玑”。于是，他在图边写上“璇玑图”三个大字。写完后，发觉写得不够正规，涂去准备重写。忽想起，“璇玑”又名“斗魁”，于是改写为“魁星图”。

魁星图三字，不但写得正规，而且写得帅气，他的心忽然一动。

魁星，亦专指天枢星，即北斗七星里的第一星。春闱第一名，称作状元，又称抡魁。北斗第一星和春闱第一人，应该是对应的呀！他完全无意地画出璇玑图形，完全无意地题写上“魁星图”，难道是心灵感应？难道是今年春闱的一个征兆？

和其他少年名士一样，陆容也是极为自负、极为自信的，也有“今科状元，舍我其谁”的气概。他满怀激情，在图下题写四句话：天门之下，有鬼踢斗；癸未之魁，将入谁手？

他写的是“将入谁手”，心里想的却是“必入我手”。这个念头越来越膨胀，越来越充斥在脑海里，让他根本读不下书去。他干脆离开居所，到外面闲逛。

等逛个够，吃完晚饭，天也擦黑，他才回到旅舍。

点燃火烛，虽照不亮整个房间，但火烛放在桌上，桌上还是照得亮的。他发现，离开房间时明明放在桌上的“魁星图”不见踪影。他以为掉到地上，举着火烛，弯下腰找。但在房间里找个遍，也没找到。

他问旅舍的伙计，有没有进他的房间。伙计回答，曾进去为他打扫。他问伙计，有没有动过桌上的一张纸。伙计保证，屋内一物不曾动过。他问伙计，有没有其他人进去过。伙计回答，绝对没有。

“魁星图”不翼而飞，陆容的心情由激荡转入失落。

第二天，陆釴来看他，他心绪仍不佳，懒懒地说句：“浪子终归。”

话一出口，他懊悔不已。他的本意，是指陆釴曾在这里住过，但很容易被人理解为另一层意思。陆釴曾过继与别人家，冒姓吴，近年才归宗。浪子终归，岂不有归宗之意？

陆容偷瞥陆釴一眼，见他脸上的表情并没变化，才稍稍安心。

“鼎仪兄今日怎会过来？”他问。

“一来，看看文量兄；二来，有一物，颇有趣，带给文量兄观赏。”陆釴说着，从袖里取出一纸，递给陆容。

陆容不看则已，一看，一口气差点上不来。这竟是他绘“魁星图”的那张纸，纸上字、图俱在，无一增减。

“鼎仪兄昨晚来过？”陆容问。

“没有呀！”陆釴觉得奇怪，“文量兄怎会以为我昨晚来过？”

“鼎仪兄晨读不辍，要来，自然是晚间。”陆容道。

“要不来呢？”陆釴问。

“不会不来，”陆容道，“不来，此物怎会在鼎仪兄手里！”

“文量兄怎知不是在我眼下的住处得到？在屋里得到，在院里得到，或是人家送进去？”陆釴问。

“好吧，”陆容无话可说，“就算是在鼎仪兄眼下的住处得到，在屋里得到，在院里得到，或是人家送进去的；那么，究竟是哪一种情形？”

“哪一种也不是，”陆釴道，“文量兄说我昨晚得到，定然昨晚造访，或许不错；

说我晨读不辍，却是错的。我也常常会偷个懒。今晨我就偷懒，倚门闲看街景。”

“鼎仪兄这可是自损形象呀，人家做那档子生意的，也没一大早就倚门而立的。”陆容开玩笑地说。做那档子生意自然是指青楼女子。倚门招客，应该在黄昏时分，或天黑之后。

“文量兄以此喻我，却将贡院比作什么？”陆釴反击道，他不会追究陆容过分的玩笑，又接着自己的话说下去，“今晨我倚门闲看街景，一小儿从门前走过，只顾看手里的图，险些绊一跤。我拉他一把，无意中看到该图。我向他讨要，他不肯给。我身上正好有几块糖果，我提出，以糖果易图。那小儿甚是精明，我从未见过这等精明的小儿，竟要把纸上的字和图分开来换。我说，字一块糖果，图两块糖果。他不答应。我说，那么，字两块糖果，图一块糖果，他才答应。”

“朝三暮四的骗术，至今还行得通呀！”陆容笑道。

“我也无奈得很呀！”陆釴道，“我一边和小儿议价，一边摸着身上的糖果，发觉只有三块。不然，多给他几块，也是应该的。”

“我说嘛，鼎仪兄并非诡谲之徒。”陆容道，“不过，今日只说故事，不说品性。鼎仪兄，然后呢？”

“然后图到我手里。”陆釴说。

“再然后呢？”陆容问。

“再然后，我到文量兄面前。”陆釴说。

“手里拿着张图？”陆容问。

“对，手里拿着的图，也交给文量兄。”陆釴说。

“鼎仪兄，你该感谢这个小儿呀！”陆容道。

“为何要感谢他？”陆釴问。

“三块糖果换来个状元，还不该感谢吗？”陆容道。

“文量兄是说，此图是个征兆？”陆釴问。

“即将入贡院，得此‘魁星图’，鼎仪兄不以为是征兆？”陆容反问。

“若是征兆，也该应验在文量兄身上。我和亨父兄私议过，我三人中若只有一人中第，此人必是文量兄；我三人若一起中第，文量兄必在一甲，我二人附骥于二三甲。”陆釴说。

陆容知道，这话并非由衷。陆釴也是少年成名，性情比他还要狂傲，怎会把状元拱手让人！

“所以，鼎仪兄把图给我送来？”陆容摇着头说，“二兄所言，无论真伪，皆为人言；此图落入鼎仪兄手里，乃是天意。”

“如此说来，我更该感谢制图之人？谁知他想着何事，却制出一幅‘魁星图’！”陆釴说到这里，换一种口气，“对了，我初见此图时，便觉得上面的字眼熟；一见文量兄，我忽的醒悟，这该不是文量兄写的吧！”

“我的字如此不堪吗？”陆容道。说到这种程度，他只能否认。

金吾卫军余李淳，在北城日忠坊李广桥下有个小院子。闲时，他会在午后，搬个小凳子坐在院门外晒太阳，打瞌睡。所谓军余，是在正军空缺时才补充上去的，金吾卫司职仪仗，用不着出征，不会缺少军士。而且，作为仪仗军卫，也不会让年纪稍大的军士出值。所以，李淳一年到头，空闲时多，在门外晒太阳时多，邻居们早就习惯。只要见他背靠院墙，迎着阳光，在打瞌睡，他们从他门前走过都会放轻脚步。偶尔有几日不见他晒太阳，他们还会觉得奇怪。

“今日怎么又不见人？门仍锁着？”一邻人问。

“这几日，李大哥每日午前去龙华寺进香，午后去海子边钓鱼，你不知道吗？”另一邻人说。

“李大哥并非佞佛之人，怎会日日进香？”前一邻人不信。

“还不是为李家小哥！”后一邻人道。

“东阳？他惹出什么祸事？”前一邻人问。东阳是李淳儿子的名字。

“一说到人家的小哥，你只会想到惹祸。你难道忘记，东阳去岁乡试中式，今岁要应会试？”后一邻人道。

“依你之见，他日日进香，为的是给东阳祈得进士？”前一邻人问。

“大家住多年邻居，在你看来，我竟这般无见识？”后一邻人道。

“你这话怪，”前一邻人道，“你明明在说，东阳今岁要应会试嘛！再者，怎的为东阳祈得进士，就是无见识？”

“为东阳小哥的进士，还用得着日日进香吗？”后一邻人道。

“这话也对。京城李神童，四岁时就定下进士的身份，用得着日日进香吗？你老兄的意思，李大哥是为他祈得状元？”前一邻人问。

“我正是此意，神童不得状元，谁得状元！”后一邻人道。

李东阳四岁时能写一尺见方的大字，因而得神童名。四岁小儿写径尺大字，要动手、动腕、动臂、动腰、动腿、动全身，那景象真是够轰动的。时在景泰年间，景皇帝闻之，且喜且疑，将李东阳召入宫中，看着他写字。李东阳居然不慌，依照皇帝出的题目，先写天人合一四字，又写龙腾虎跃四字。前四字比画简，不好写；后四字笔画繁，不好写。而李东阳写出来，字字中规中矩。景皇帝大喜，把他抱起，置于膝上，亲自抓一把糖果给他吃。从此，李东阳名动京师。年稍长，他又两次被召入宫中，讲解《尚书》，讲得头头是道。皇帝钦命，就读顺天府学。

“东阳得中状元，我赞成；但你老兄说李大哥日日进香，是为东阳祈得状元，我不赞成。”前一邻人说。

“兄弟，你是何意？难道是说，东阳中得状元，也用不着日日进香？”后一邻人问。

“我正是此意。”前一邻人学着他的口吻说。

“谁家出个状元，可是要积几世阴德的！”后一邻人说。

“也不见得。”前一邻人道，“有的人家，积几世、十几世、几十世阴德，未必出得一个状元；有的人家，积一世阴德，足矣。这全看机缘。”

“你是说，李大哥一世善行，足以让东阳中得状元？”后一邻人问。

“不是我一人这么说，人人都这么说。”前一邻人道。

“我知李大哥是个极好的人；但我搬过来不久，他的善行却知之不详，你老兄可否讲与我听听。”后一邻人央道。

“好吧，一般善行我就不讲了，只讲有机缘的善行。”前一邻人道，“李大哥年轻时，曾在武清服役，于白河畔掌船渡人。一日，渡一老叟。船至河中，忽起一浪头，把船掀翻。李大哥不管船只，奋力解救老叟。他手托老叟，游到对岸，自家几次险些卷入浪里。上岸后，老叟说句好险，李大哥说句幸得老仗无恙。老叟看他一眼，道：难得尔存善念，我别无报答，但我知你双亲所葬草草，我为你择一吉壤。”

“我知道，李大哥的双亲葬于西直门外高粱河畔。”后一邻人说。

“那就是老叟为李大哥所择家坟。”前一邻人说，并问，“你老兄可知，该处坟址是如何选出的？”

“不知。”后一邻人道。

“老叟让李大哥夜深时伏于乱草岗，告他认准白狐出处，即是吉壤，可为双亲坟。”前一邻人说。

“你老兄提及白狐，我倒有点儿含糊。怎么听说，李大哥放走一只白狐，因而将几世的福气也都放走？”后一邻人道。

“那定是你听差。老叟只说白狐出处即吉壤，并没说白狐放不得。你想想，出没吉壤的白狐，谁知是何灵物！不放过它，难道还杀它不成？果真如此，白狐为李大哥指明吉壤，李大哥却杀它，岂不是恩将仇报？”前一邻人道。

“言之有理，白狐是杀不得的。”后一邻人应道。又道，“李大哥昔日不忍杀一白狐，而今却为何日日午后去钓鱼？”

“李大哥日日午后去钓鱼，是你说的，我并不知。”前一邻人说。

“他在海子边垂钓，我亲眼见过几回，是不会错的。”后一邻人道，“你说，他钓鱼会不会为的放生？”

“你是说，他以此为东阳小哥祈福？”前一邻人问。

“是啊，我看不会错。”后一邻人道。

“你说过，东阳得中状元，何须日日进香。既如此，又何须李大哥日日钓放生？”前一邻人很不以为然。

“说的也是。”后一邻人不得不重新琢磨，“日日进香，还可以说是心诚；钓上鱼来再放生，连个诚字都说不上。那李大哥所为何事呢？”

二人正说个没完，李淳回来。他果然一身垂钓的装束，身着粗布衣衫，头顶遮雨、遮阳兼用的斗笠，右手扶着钓竿，搭在肩头，左手提着鱼篓。看上去，他今日有所收获。

“二位高邻找我？”李淳问。

“不找，不找。”两位邻人抢着说。

“李大哥这是垂钓回来？”前一邻人问。

李淳笑笑，不答。他这一身装束，原本不必回答。

“有人说，李大哥日日垂钓，可是真的？”前一邻人说着，瞥后一邻人一眼，意思是，你的话实不实，马上就可以知道。

“这几日，倒是日日去海子边垂钓。”李淳答道。

“还有人说，李大哥日日进香？”前一邻人又问。

“不错，这几日，日日去龙华寺进香。”李淳答道。

“既如此，李大哥忙着，我二人也该回家。”前一邻人说。

“等等！”李淳叫住两位邻人，“今日多钓上几条鱼，见者有份，二位顺便带一两条回去，尝个新鲜吧。”

“李大哥是说，让我二人各带一条鱼回去？”后一邻人以为听错。

“一条两条，均可。”李淳说。

“这我就有点儿不懂，”后一邻人说着，问道，“李大哥日日进香，不是为的东阳小哥吗？”

“不错，是为的他。”李淳道。

“李大哥日日垂钓，不也是为的东阳小哥吗？”后一邻人问。

“不错，也是为的他。”李淳道。

“既如此，为何要我二人带回鱼去？”后一邻人问。

“我才说，今日多钓上几条。”李淳道。

“不对呀，李大哥明日进香，放生的鱼越多岂不越好！”后一邻人道。

“你是说，我每日垂钓，为的是放生？”李淳被他说糊涂，“若为放生，我何苦把它钓上来？”

“不为放生，却为何事？”后一邻人问。

“为的给东阳煮鱼汤呀！”李淳道，“东阳自幼体弱，肠胃不合，一位先生写个偏方，道是常熬鱼汤给他喝，可以养胃。我试几次，倒还见效，故常垂钓。”他不放心地问，“二位是否以为，不该杀生太多？”

“不多，不多！”两位邻居抢着说。

前一邻人听出点儿名堂。他问：“那么，李大哥日日进香，也是为的东阳小哥体弱？”

“可不是嘛！”李淳道。

“那是我二人想得不对！”前一邻人说，“我等以为，李大哥日日进香，为的东阳小哥中进士，点状元。”

“我等以为，李大哥日日垂钓，是用来放生，为的东阳小哥中进士，点状元。”后一邻人说。

“我担心的只是东阳体弱，至于中得进士，中不得进士，点得上状元，点不上状元，从未担心过。”李淳说着，开句玩笑，“我不担心的，两位高邻怎么替我担心起来？这不成杞人忧天！”

湖广华容举子刘大夏，江西浮梁举子戴珊，寓处相隔不远，进出时常见得到。他二人一看即有相似之处，如读书扎实，如为人忠厚，如沉默少语，因而彼此都有好感。碰到别的举子，包括本布政司本郡的举子，仅点个头而已；他二人碰到，有时却会站下来，多说几句话。

“听说廷珍兄的令尊是学官？”刘大夏问。

戴珊字廷珍，刘大夏则字时雍。

“曾任嘉兴府学教授，现已去官。”戴珊说。

“廷珍兄欲承继父业否？”刘大夏问。

“从教职并非不好，但我更愿做御史。”戴珊说。

“这是为何？”刘大夏问。

“御史可扶良除恶，扶正除奸。”戴珊说。

“廷珍兄这句话是有感而发吧？”刘大夏听话听音。

“是。”戴珊点头，“家父未至休致之年，何以遽然去官？皆因舍不去良知，舍不去正气。”

“教职也会有许多世俗之争吗？”刘大夏想不出其然。

“不必许多，碰上一桩，就很无奈。”戴珊说，“家父在嘉兴日，有富豪数家，欲打通关节，使人入学。一打听，连他等家人都不是，而是其家仆子弟。家父严词峻拒，富豪乃贿赂上官，欲迫家父就范。家父矢志不渝，反对愈力。他因而见忤，被上官以他事罢去。”

“廷珍兄欲为御史，为的是使富豪不得逞其奸，有司不得售其私？”刘大夏推测他的心意。

“话是不错，但迄今尚未入闱，欲为御史，道路何其遥远！”戴珊道。

“廷珍兄说的是，你我还是再用几天工夫，应付眼下的考试吧。”刘大夏说着，欲辞去。

“时雍兄，这却是你的不是。”戴珊叫住他。

“怎么？”刘大夏问。

“问过弟之志向，转身就走，不公平吧！”戴珊说。

“道路何其遥远，是廷珍兄说的呀！”刘大夏道。

“道路遥远，也不妨虚言两句。”戴珊说。

“弟之志向，不如廷珍兄明确。我所慕者，当年贵省先贤周文襄公自请入文渊阁就学，遂成就一代名臣。我如侥幸中式，唯愿有个机会，入馆读书。”刘大夏以周忱为表率。

“这么说，时雍兄志在翰林？”戴珊道。

“非也，我只愿入馆读书；散馆后，还是想做些实事。”刘大夏说。

“时雍兄言不由衷吧？今日入馆者，谁不愿留为翰林！”戴珊道。

“愿留为翰林者多，但有一人不恋翰林，那就是愚弟。”刘大夏说。

“翰林清要，时雍兄为何不知留恋？”戴珊还有些想不通。

“听廷珍兄之言，似乎我已入翰林。”刘大夏笑着说。

“可不！”戴珊也笑，“还得加上一句：设若时雍兄名列一甲，抑或选庶吉士，为何不知留恋翰林？”

“廷珍兄是因见过令尊经历，故不欲从父业；我却因见过家父经历，而欲从父业。”刘大夏说。

“令尊事业，可否告之？”戴珊道。

刘大夏述道：“家父乡举出身，最初任瑞昌知县，那是在——”

“瑞昌隶属我江西九江府。”戴珊抢言。

“请教廷珍兄，瑞昌是否多山？”刘大夏问。

“九江各县，均有名山。如德化，与九江同城，有庐山；湖口，有石钟山；彭泽，有马当山；瑞昌，为清湓山。”戴珊答的比刘大夏问的多。

“家父知瑞昌时，有流民千余家匿山中，或就在清湓山。”刘大夏述道，“巡山者向流民索赂，不得，乃诬流民反。官府计议，欲以兵弹压。家父单骑入山招抚，流民争出，加兵之议遂罢。”

“一言而息事端，真乃良吏。但时雍兄说，我因见父经历，故不欲从父业，已因见父经历，故欲从父业，不妥。应是：时雍兄见父成其事，故欲从父业；我因见父未成其事，故不欲从父业。”戴珊道。

“或如廷珍兄所言。”刘大夏无意分辩，但说，“我想做些实事，发自真心，他日廷珍兄可做个见证。”

二月九日，千余名各地来赴会试的举子集中在贡院，正埋头做文章时，不知是何缘故，大火忽起。火势迅速蔓延，浓烟滚滚，烈焰熊熊。举子们，还有在贡院内监试的官员们，在短暂的慌乱之后，顾不得维护斯文，各翻墙、夺路而逃。反应迟钝或年老体弱的举子，有的在逃命中被推搡在地、遭人践踏而死，有的被火烧死。事后清点，死亡的举子有九十多人。追究监试官员的责任，礼部左侍郎邹干、郎中俞钦、主事张祥，监察御史唐彬、焦显下狱。

李贤奉召入宫，见皇帝显得很悲痛，也很疲惫。

“李先生，一场大火，让朕伤透心。”皇帝说。

“臣亦悲伤。然陛下龙体要紧，切不可悲伤过度。”李贤劝慰道。

“李先生，你说此事是天意吗？”皇帝问。

“臣以为是天意。”李贤说。

“但朕听说，市井有‘御史原姓焦，监场被火烧’之谣，又似是人祸。”听皇帝的口气，恨不得杀焦显以弥灾变。

“此乃无稽之谈。”李贤道，“臣读前人笔记，宋末曾有‘不因南内火，安得状元焦’之谣。难道宫中起火，真是因为取个姓焦的状元？臣以为，作此谣者，皆幸灾乐祸，不足为训。倒是有人作诗纪其事，吟之令人伤感。”

“这么快已有人作诗？”皇帝问。

“是。”李贤应道。

“谁人所作？”皇帝问。

“臣不知，亦是市井传诵，或是逃生举子所作。”李贤说。

“该诗怎说，李先生记得吗？”皇帝问。

“臣记得。”李贤知道皇帝想听，诵道：

回禄如何也忌才，春风散作礼闱灾。
碧桃难向天边种，丹桂翻从火里开。
豪气满场争吐焰，壮心一夜尽成灰。
曲江胜事今何在，白骨稜稜漫作堆。

“李先生，曲江胜事出自何典？”皇帝问。

讲起这个典故，有许多话。李贤打起精神说：“曲江原指扬州以南一段大江，以水流曲折而得名。汉赋中有‘并往观涛乎广陵之曲江’，即指此。但本诗中的‘曲江’指的却是曲江池，又名芙蓉池，在陕西西安东南，汉已有之，唐玄宗开元年间，再加疏凿。池西南有园，亦以芙蓉名之。玄宗赐宴，及每科新进士聚宴，皆在园中。”

“曲江胜事今何在，白骨稜稜漫作堆，吟之果然令人心酸！”皇帝顿了顿，又说，“不过，豪气满场争吐焰，壮心一夜尽成灰，朕听着，怎么都像是嘲讽？”

“臣以为，这两句是和回禄忌才相呼应，并无嘲讽之意。”李贤不仅对这两句诗是另外一种理解，而且对全诗也有另外一种理解，“臣倒是觉着，吟诵者一味哀痛，是误解天意。”

“李先生难道还有别的诠释？”皇帝大感意外。

“臣在想，这一场大火，固伤我人才，但未伤及元气，未伤及国本。灾变之后，依照常例，当予重试。古人云：天将降大任于斯人也，必先苦其心志，劳其筋骨，增益其所不能。得脱身于大灾者，得于重试中脱颖而出者，必为社稷之臣。”李贤说。

他这一番让皇帝从悲伤中解脱出来的话起了作用，皇帝只觉精神一振，道：“李先生是说，天意是为国家选才？”

“陛下作如是想，未尝不可。”李贤说。

“好，我就与卿计议善后之事。”皇帝道，“选人才在于重试，而丧命回禄举子，朕亦悯之。李先生，此事当如何处置？”

“臣以为，九十余名死难者，可皆赐以进士出身。”李贤说。殿试一甲，赐进士及第，二甲，赐进士出身，三甲，赐同进士出身。死难者赐进士出身，等于皆在二甲，可谓特殊的荣宠。

“甚合朕意！”皇帝欣然准允，随即议道，“再有一事：下狱诸臣，李先生看如何处置？别人且不论，这个焦显，朕再不想他留在朝中。”

“焦显及俞钦、张祥、唐彬，皆宜放外，独邹干宜复原职。”李贤说。

“这是为何？”皇帝问。

“臣以为，今此贡院走水，不应以邹干负重责；再者——”李贤停下来，考虑后面的话该怎么说。

“邹干亦贤亦能，当尽其才，对不对？”皇帝自问自答，“朕记得，一次议吏部侍郎之选，卿就推过邹干。既然李先生如此看重邹干，朕就把他留在朝中，仍为礼部佐卿吧。”

“陛下爱惜人才，实臣子之幸。”李贤道。

“第三事，重试定于何时？”皇帝问。

“会试宜于今年八月举行，殿试宜于明春举行。”李贤说。

“这么安排，可有依据？”皇帝问。

“有。”李贤应道，“依祖制，逢辰、戌、丑、未之年会试。永乐元年为癸未年，本当举行春闱，因登极之始，措置不及，改以八月会试，来年三月殿试。今之情势，与彼时不同，但臣以为可依其例。”

“卿言永乐元年为癸未年？”皇帝问。

“是。”李贤应道。

皇帝这才有一种完全解脱的感觉，他说：“今年亦癸未年，恰好一个甲子，或确是天意吧。”

“臣亦有此感慨。”李贤说。

“重试之期，就依先生所言。”皇帝道，“最后还有一件事：今次会试，以礼部侍郎兼翰林院学士陈文、尚宝寺少卿兼翰林院修撰柯潜主考，重试仍以他二人主考，或更易他人？”

陈文原官詹事府詹事，升今官入阁办事，是几天前的事。他并以阁臣之重，主今年的会试。要不是贡院大火，对他来说，称得上双喜临门。

“臣以为，不妨迟些再定。”李贤说。

“也依先生。”皇帝道。

皇帝大概绝想不到，他的生命已经快走到尽头。否则，他不会这样安排重试的日期。天顺八年，皇帝只坐半个月的龙廷，即崩逝。该科中第者，虽称天顺八年进士，主持殿试的却是新天子。

八月重举会试，以阁臣彭时及翰林院侍读学士钱溥为主考官。

张泰、陆釴榜上有名。陆釴高中会试第一、殿试一甲第二，大该可以视为“魁星图”易手的征兆。张泰的名次靠后，仅为三甲第五十一名。

李东阳没夺得状元，但被取为二甲第一名，俗称传胪。选庶吉士，他亦名列第一。

刘大夏、戴珊均中第。刘大夏如愿以偿地选为庶吉士，入馆就读。散馆后，他应留为翰林，但他果然遵循自己的诺言，自请试吏，得授兵部职方主事。戴珊后来也改官监察御史，任职多年。

天顺八年进士，人才大盛。

此为后话。

# 第一百一十章

开封府城，按察司距布政司有一大段路，按察使吴中等不及轿子，离开本衙门后，匆匆赶往布政司。等轿子赶上时，他已走一大半路。衙役头目请他上轿，他气急败坏地说："还上什么轿，轿子一起一落，我这两条腿已然走到！"

布政司门役迎上来，其实并无阻拦之意。他只不过想问安，至多问一句，要不要他进去禀报，却被吴中一把推开。门役想开口，见按察司衙门的衙役头目不停地向他使眼色，知道还是不开口为好。

坐在堂上的，除布政使侯臣外，还有参政萧俨、谢佑，参议王铉等。吴山向众人环作一揖，说句"诸位请了"，即做往外驱赶状。

萧俨等看着侯臣，等他示下。侯臣知道，吴中性子虽急，但绝不是莽撞之辈；一定遇到急得不能再急的事，才把他逼成这样。他向萧俨等示意，请他们先出去，自己衙门的事，等会儿再说。

吴中等其他人退出，走过去亲自把门带上，然后说："仲勋先生，意想不到的祸事临头。"

侯臣字仲勋，浙江临海人，宣德八年进士。

他想冲淡吴中带来的紧张气氛，开句玩笑："宗本先生事事预计，事事防备，也有意想不到的祸事？"

吴中字宗本，江西乐平人，景泰五年进士。

"仲勋先生笑吧，我也陪着笑！"吴中道。

说着，干笑两声，比哭声还难听。侯臣这才慌张。

"究是何事？"他问。

"京师来二人，住进馆驿，并差人与我打招呼。"吴中说。

"微服私访的钦差？"侯臣问。

"不是。"吴中摇头。

侯臣想，应该不是。若是钦差，不会只和按察司打招呼，而对布政司不理睬。他接着问："内府公公？"

“不是。”吴中又摇头。

“锦衣卫官校？”侯臣问。

“我不懂，仲勋先生为何总是最后才想到锦衣卫官校？”吴中道。

“那么，确是锦衣卫官校？”侯臣自语道。又对吴中说，“我最后想到锦衣卫官校，是因为我最怕他等。”

“这回，仲勋先生有的好怕！来的两个人，不是寻常的锦衣卫官校，是有名有姓的锦衣卫官校。”吴中说。

“宗本先生既知我最怕锦衣卫官校，就别再吓我。”侯臣道，并问，“有名有姓，他二人投过名刺？”

“仅投名刺，谅仲勋先生也怕不到哪里去。”吴中说着，报上二指挥姓名，“一人姓杨名观，一人姓牛名循，仲勋先生可听说过此二人？”

“不曾听说，”侯臣道，“宗本先生的意思，二指挥还有别的话？”

“果如仲勋先生所料，到按察司衙门投刺的人透露，杨指挥观，是锦衣卫使门大人的姑爷，牛指挥循，是司礼监牛公公的侄子。”

侯臣倒吸口凉气，问道：“何等差事，要遣两个这样有头脸的人来？”

“据投刺的人说，为的是裕州知州秦永昌。”吴中说。

“秦永昌？为他何事？”侯臣问。

“两件事，”吴中答道，“其一，裕州民奏入朝廷，称他贪暴。”

“宗本先生，等一等，”侯臣止住他，“秦知州贪否暴否且不说，裕州民告状告到朝廷，你我怎的一点风声也没听到？”

“不是说，鱼有鱼路虾有虾路吗？”吴中道。

“是巡抚衙门，或巡按衙门？”侯臣问。

“都不像，”吴中道，“贾都堂治河，焦头烂额，一月里难得在开封待上一天，哪顾得上纠劾一知州？梁御史从南阳来，对秦永昌大加称赏，应该不会翻手为云覆手为雨吧？”

贾都堂即贾铨，以副都御史巡抚山东，因治水患而兼抚河南。他的主差在山东，在河南的兼差是治水患，没有精力过问河南地方官员的人品政绩。梁御史即梁觐，为河南巡按御史。总之，吴中以为，裕州民状告秦永昌，不会是通过在开封的衙门。

“那么，是朝廷哪个衙门插手？会不会就是锦衣卫呀？”侯臣问。

“此事不言自明，仲勋先生就别再问。”吴中说。

“是，是，你再说其二。”侯臣道。

“第二件事更不得了。”吴中话说一半，戛然煞住，他问，“两个月前，秦知州搞个别出心裁的小把戏，仲勋先生还记得吧？”

“他自称阅兵，是此事否？”既然别出心裁，侯臣不会不记得。那是因为裕州城北的山里有盗出没，秦永昌把乡勇、捕快及一支百余人的官军，集合一处，操练一番。

“就是此事，”吴中道，“我记得，仲勋先生当时还说过一句，好好做他的州守吧，阅的什么兵！”

“虽不以为然，但他是为消除隐患，亦无可厚非。”侯臣说。

“仲勋先生千万别说无可厚非，他闯下大祸！”吴中道。

“怎么？”侯臣问。

“裕州民告他衣黄衣阅兵。”吴中说。

“有这事？他再糊涂，再张狂，也不至于如此吧！”侯臣不信。

“你说不至于，但人家告上去，朝廷十分震怒，杨、牛二指挥便是为查勘此事而来。”吴中说。

侯臣当然知道此事的严重。唯一希望的，是吴中所说不实，或不甚实。他问：“宗本先生，你尚未与二指挥见过面？”

“不但未见过二指挥，连投刺之人我也没见过。我接过二人名刺，即奔跑而来，哪来得及见他等！”吴中道。

“那么，二指挥为何而来，宗本先生怎知道得清清楚楚？”侯臣问。

“是这样，”吴中叙述原委，“我让衙门里一位师爷出去应付投刺之人，才得知来人原籍是河南，随杨、牛二指挥前来办差。因是河南人，他特别关照，把杨、牛二指挥的差事告与师爷。”

情节既坐实，侯臣开始一门心思地考虑如何应对。

“投刺之人坦言无忌，一定有别的缘故。”他说。

“仲勋先生此言何意？”吴中问。

“若非二指挥发话，别说他是河南人，即便他是师爷的亲戚，也不会以实情相告的。”侯臣道。

“那么，杨、牛二人为什么要告以实情？”吴中问。

“一则，他等查访此事，要你帮衬；二则，事情出在河南，可大可小，你若想息事宁人，可以用银子堵他二人的口。”侯臣说。

“向我要银子，何不直接向秦某要银子？”吴中道。

“秦知州的银子，他二人是不敢收的。”侯臣说。

“却是为何？”吴中问。

“你不是说，秦知州衣黄衣阅兵，令得皇上震怒吗？你我用银子买平安，是一回事；秦知州用银子买平安，是另一回事。”侯臣道。

“照仲勋先生的说法，对杨、牛二人来说是两回事；对你我来说，则是一回事。你我也不敢用银子来买这个平安呀！”吴中说。

“透彻！我的想法与宗本先生一般无二。”侯臣道。

“既不得用银子买平安，二指挥那边，该如何帮衬？”吴中请教。

“他找到宗本先生头上，如何应对，是宗本先生的事。”侯臣道。

“他今日找到我头上，明日未必不找到仲勋先生头上。”吴中说。

“无非是两个法子，”侯臣道，“一是避重就轻，贪钱虐民之事，或是有的，衣黄衣阅兵之事，不知；二是略为分辩衣黄衣阅兵一事。”

“如何分辩？”吴中问。

“秦知州入演兵场，未着官服，而着便服。当地土布，有棕色，有褐色，或被误以为黄色。”侯臣说。

“辩之无力！”吴中主一省刑名，觉得侯臣的辩词甚是可笑，“仲勋先生想想，状告者说有，辩白者说无，朝廷信的是哪个？辩得不好，仲勋先生自家反要落个放纵之罪。”

“既不能辩，又不愿落井下石，不如避开。”侯臣说。

“如何避开？”吴中问。

“汛期已至，或是你往东，我往西，或是你往西，我往东，巡河去吧。”侯臣说。

“此法可行，最好仲勋先生再带上几位参政、参议，我再带上几个副史、佥事，给二指挥唱一出空城计。”吴中说。

馆驿几乎成杨观、牛循的天下，除他二人以及他二人的随从，不许其他人再住进去。

傍晚时，依牛循之意，去外面吃些风味饮食再回；杨观却说，反正自己有带来的好酒，不如让厨房炒几碟小菜，更为惬意。于是二人吩咐下去，关起门来喝酒。

“杨哥。”牛循叫一声，有话要说。

“我说过你多少次，就不能把称呼改一改？宫里的公公都这么称呼，你也这么称呼，我一听，就觉得身上少点儿东西。”杨观嗔道。

“好，好，改个称呼，叫杨兄，成吧？”牛循说。

杨观喝口酒，问道：“叫我何事？”

“前一日还在衙门里，你我差人打过招呼，第二日就去巡河。杨兄，这是在避我兄弟吧？”牛循问。

“他避得好呀！”杨观冷笑。

“找他，为的是取些银子用；他这一走，银子取不到。杨兄怎么反而叫好？”牛循听不懂他的反话。

“兄弟，你说得不对！”杨观道。

“我说得不对？杨兄找他，不是为让他送些银子？”牛循问。

“你为的让他送银子来，他不送来，你故沮丧；我却不是为的让他送银子来，他不送银子来，我心里高兴着呢。”杨观道。

“不是为的让他送银子来，那是为的何事？”牛循奇怪地问。

“为的替他排忧解难呀！”杨观道。

“杨哥凭什么不让他送银子，凭什么替他排忧解难？”牛循一急，用的又是杨观不愿听的称呼。

“兄弟呀，我真不愿与你多说话！”杨观两手堵住耳朵。

牛循把他两手扳开，叫声“杨兄”，然后问：“凭的什么？”

“他不要我替他排忧解难，岂不是自寻晦气？他自寻晦气，牛兄弟不高兴？”杨观道。

“他自寻晦气，除非有银子可得，我有什么可高兴的！”牛循道。

“牛兄弟真是说一万句话，也不离其宗。”杨观讥笑道，“好吧，我就与你说说银子。吴大人不走，也懂得你我差人去寻他的用意，你猜，他会送来多少银子？”

“多少都是好的。”牛循说。

“譬如二十两？”杨观道。

“少点儿，但不要紧，可以积少成多。”牛循说。

“譬如五十两？”杨观道。

“一路上多些零用钱。”牛循说。

“譬如一百两？”杨观道。

打一次秋风，得一百两银子，应该说很丰厚。牛循说：“我心里快活，杨兄心里一定也快活。”

“我等心里快活，吴大人心里却不快活。”杨观道。

“送人银子上百，放在谁，心里也不会快活的。”说起银子，牛循一向通情达理。

“一旦他自寻晦气，他送过来的银子就不会是二十两，五十两，或一百两。”杨观道。

“他难道情愿送二百两？”牛循喘着粗气，好像看到若干锭纹银。

“二百两，五百两，甚至上千两。”杨观连说带比画，“他不是情愿，而是要你快活；只要你快活，他顾不上自家快活不快活。”

“难怪杨兄说心里高兴着呢！”牛循道，“他避开，自寻晦气，最好再多几个人自寻晦气。”

“这不难，你我一个一个去找。”杨观说，“离京前，我老泰山开个名帖，河南按察司副使似是张谏张大人。”

“张大人与吴大人一同去巡河。”牛循显然已经找过。

“佥事，项聪项大人。”杨观又说个名字。

“去洛阳办差。”牛循道，又说，“按察司凡能够出面说句话的大人我都找过，无一人在衙。”

“都是和吴大人同时走的？”杨观问。

“有的是早几日走的，有的是和他同时走的。”牛循说。

“都要自寻晦气，那就休怨你我！”杨观咬住牙根，狠狠地说，又说，“不打紧，开封城里不止按察司一个衙门。”

“布政司我也差人去过。”牛循道。

“有晓事的吗？”杨观问。

“有没晓事的，说不好；但方伯侯大人是个不晓事的，他和吴大人同日出城，各奔东西。”牛循道。

“侯方伯在官场上滚爬三十年，我原本没打他的主意。你且去找这几位大人。”杨观说着，要念出其他人姓名。

“杨兄莫费心，布政司亦倾巢而出。”牛循道。

“有趣！”杨观不急反笑，“偌大两个衙门，竟没一个四品以上官当值，回去让老泰山参上一本，也是一脑门晦气。”

“杨兄，察院我也去过。”牛循说。

察院即巡按御史衙门。因巡按是都察院差出，所以，巡按御史衙门被人们称作各地的察院。

“你是亲自去的？”杨观问。

“是。”牛循应道，“你不是说，巡抚都御史、巡按御史都是朝廷差派，巡抚衙门、巡按衙门与布、按二司不同，得格外当心吗？我想，杨兄的话是不会错的。与其让别人去，我却担着心，不如我自家去一趟。”

“察院不是空城一座？”杨观问。

“巡按梁大人在。”牛循道。

“他怎的说？”杨观问。

“给兄弟我四个字：莫信谣传。”牛循说。

“他这么说？”杨观再沉得住气，也开始动怒，“他不是自寻晦气，我看，他是自寻死路！”

牛循在外面东跑西颠，碰了许多钉子，而杨观一直若无其事地东说一句，西说一句，他早憋一肚子火。这会儿见杨观动怒，他稍觉平衡。

“这话你该对梁大人说。”牛循道。

“用不着说，你等着看！”杨观沉着脸说。

“不瞒杨兄说，我真担心，不知最后会看到什么。”牛循道，“布、按二司诸位大人避开，你说他等自寻晦气；巡按大人没避开，你说他自寻死路。自寻晦气也好，自寻死路也好，说来说去，人家都是自寻。那会不会送银子给你我，消晦、求生呢？”

“你呀！”杨观指点着他说，“亏你常在牛公公面前走动，连如此浅显的道理也看不明白。我问你，朝廷差你我来河南，为的何事？”

“查核裕州知州秦某罪证呀！”牛循道。

“错！”杨观斩钉截铁地说。

“错？”牛循摸着后脑勺，问道，“门叔当面向你我交代，也是这两句话呀，怎会错？”

“那是官样文章，朝廷对他如何交代，他就对你我如何交代。其实，你想想，秦某所犯之罪，还用得着查核吗？”杨观道。

“杨兄的意思，用不着查核，即可定罪？”牛循问。

“不管查核结果如何，死罪难逃，他已是个死人。”杨观说。

“那可不一定，他若出个好价钱，你我嘴皮子一动，说衣黄衣阅兵，并无其事，他还会死吗？”牛循道。

“你若有兴致，尽管去动嘴皮子，我却不会动。”杨观说。

“杨兄不会又说，不想得他银子吧？”牛循道。

“他的银子，确实收不得。他的银子一收，你的嘴皮子敢动，你项上人头就要搬家。”杨观说。

牛循头往下一缩，好像真有人要砍他的头。

“杨兄，不会吧？”他说。

“你自个儿想去吧。”杨观说让他自己想，但知道他自己是想不出来的，于是帮他分析，“你收秦某的银子，就得替秦某说话，就得说并无衣黄衣阅兵之事。皇上先入为主，必要问谁人为证。你不能说张三、李四为证，不能说侯大人、吴大人为证，只能说有秦某供词为证。皇上必大怒：查的是秦某，秦某的供词能信吗！轻则责骂几句，连我那老泰山一起责骂；重则另差人查访，于是查出你收过秦某的银子。于是，秦某又得死一回，你也陪他做死人。”

“是不是说，并无衣黄衣阅兵之事，若出自侯大人、吴大人，或梁大人之口，秦某的银子就不妨收下？”牛循问。

“算你有几分小聪明。”杨观道。

被赞许，牛循的小聪明变大一点儿。他说：“有了，梁大人说莫信传谣，不就是并无其事之意吗！”

“十人里只有一人说并无其事，九人缄口不言，这是其一。你也知道，我吃过巡按御史的苦头，最恨的是这一干人。我想的不是借梁大人之言取秦某的银子，而是借梁大人之言置他自己于死地，这是其二。”杨观说着，警告牛循，“兄弟，你别为得秦某银子，把自个儿搅和进去。”

“不会的，我唯杨兄之言是从。”牛循不很情愿地说。

五月中旬，秦永昌被逮入京师，论死。侯臣、吴山等，以失察，夺俸三年；梁觐等被谪为县丞。

监察御史韩祺巡按山西，召回没几天，就被锦衣卫找上门。在他回家时，一名锦衣卫千户带两名校尉等在门口，其中一名校尉怀里抱着副木枷。他心里一紧，知道厄运临头。

锦衣卫千户对他的到来视而不见，两眼望着远处，问二校尉：“你等说，这位韩大人若是知道我在这里等他，在衙门里还坐得住吗？”

“定然坐不住，定然一路小跑，来给公子赔不是。”一校尉说。

“胡扯，他听说公子爷在这里等他，两条腿发软，还跑得回来？我看他得爬回来。”另一校尉说。

官宦子弟，被授以锦衣卫官的，或被荫以锦衣卫官的，不在少数。校尉既称千户公子，想必也是这一类人物。韩祺不明白的是，授以或荫以锦衣卫官的官宦子弟，不过挂衔支俸而已，这位公子怎么正正经经当差抓人？但从他的眼神、他的腔调里，可以充分感受到他的敌意，这使韩祺的心更收紧。

“跑回来也好，爬回来也好，人家只要回来，你二人好生伺候着吧。”锦衣卫千户说。

“韩大人听到没？我家公子爷不知怎么和你老人家特别有缘，竟让我兄弟好生伺候着。”怀抱木枷的校尉说着，迎上来。

“那就多谢！”韩祺伸出双手，以方便他把木枷给自己戴上。并问，“不知你家公子贵姓呀？”

“姓门，单名一个清字。”锦衣卫千户自己回答他的问题，又呵斥校尉，“急什么，不能让我和韩大人说几句话吗？”

该校尉忙退到一旁，道：“公子尽管说，韩大人尽管说。”

“韩大人，还有要问的吗？”门清问。

“不知公子与门帅怎么称呼？”韩祺问。

“他是我叔父。”门清道。

“那我当真该称一声门公子。”韩祺道。

“别，韩大人！公子是我等称呼的，我家公子称你韩大人，你还是称我家公子门大人好。”怀抱木枷的校尉说。

“随他的便，随他的便。”门清挥着手说。

“韩大人，我家公子对你太关照，你可得有点儿分寸。”另外一个校尉插进来说。

韩祺可不觉得这是对他的关照，门清越是亲切，他越是恐惧。

“我与门公子从无过节吧？”他问。

“我与韩大人第一次见面，会有什么过节！”门清道。

“我与门帅亦无过节吧？”韩祺又问。

“就算韩大人与叔父有过节，也是小事一桩。小事，叔父是从来不对我等晚辈说的。”门清道。

“我怎么觉着，门公子与我有隙呀？”韩祺说。

“我家公子都说，与韩大人并无过节。”怀抱木枷的校尉插话。他没想到可以把木枷先放到地上，故而不耐烦。

“放下，放下，你累不累呀！”门清发现后，招呼道，“你别说，我就喜欢和聪明人打交道。他能看出来，我与他有隙；换句话说，我看着他不顺眼。搁在你二人身上，看得出来吗？”

“公子看着他不顺眼，好办呀！把这个给他一戴，不就顺眼了！”才把木枷放下的校尉又要拿起。

“那也得让人家知道我为何看他不顺眼。”门清拦住他，“韩大人，实不相瞒，我确是看你不顺眼。但我看你不顺眼，不是因为你和我有过节，也不是因为你和我叔父有过节，而是因为你和我姐夫有过节。”

“公子并无家姐，怎的有姐夫？”一校尉问。

“我无家姐，不兴我叔父有千金吗？”门清道。

“那也是公子的堂姐夫。”该校尉说。

“姐夫就是姐夫，分什么亲姐夫、堂姐夫！我叫他一声姐夫，他会答应；你叫他一声姐夫试试，看他答应不答应！”门清道。

“我哪有那么好福气的妹子。”该校尉嘟囔着。

“任何人，包括我那可以呼风唤雨的叔父，我都不敬佩，唯独敬佩我这个姐夫。”门清这话既是对韩祺说的，也是对两名校尉说的；后面的话则是对韩祺一人说的，“韩大人，你得罪谁都不打紧，得罪我不打紧，得罪我叔父不打紧，唯独不该得罪我姐夫。我姐夫有一句话常挂在嘴边：那是他自寻晦气。韩大人，我看你这次是自寻晦气。”

“门公子，令姐夫是何人？”韩祺问。

“告诉他。”门清似乎怕说出姐夫的名字。

“那是我家公子的上司，我等上司的上司，锦衣卫指挥杨观杨大人。你得罪他，晦气寻得有点儿大发。”方才怀抱木枷的校尉，边玩弄着立放在地上的木枷，边说。

“天地良心，我与杨大人也没过节呀！”韩祺道。

“这时想到没过节了，谁信！”门清冷笑，“我姐夫生平最讨厌的就是巡按御史。上上月，宣、大巡按李蕃下锦衣卫狱，在长安左门戴枷示众。他也太不经事，只站两个时辰，竟一命呜呼。我问姐夫，这下解气了吧？姐夫说，尚未解气。上个月，辽东巡按杨琎下狱，械于都察院门前。他命不该绝，站立整整一天，居然还能挺得住。我知姐夫更解不了气，连问都没去问他。韩大人，两个月之内，你是第三人。不知你命不该绝呀，还是会一命呜呼！”

“命不该绝也好，一命呜呼也好，总得有缘故吧。”韩祺说。

“我姐夫厌之，这不是缘故？”门清道。

“总不能李、杨二位与杨大人有过节，就戴枷示众呀！”韩祺说。

“韩大人，没什么总不能的。我姐夫要罗织人罪状，古人也自愧不如。”门清说着，吩咐校尉，“告诉他李、杨二人罪状。”

“公子，先告诉他哪一个的？”一校尉问。

“是他要知道缘故，问他呀！”门清道。

“韩大人想先知道死者的罪状，还是生者的罪状？”该校尉问。

“随意。”韩祺一副根本不想听的样子。

“别随意呀！”该校尉矫情道，“我家公子对韩大人耐心已极，凡有所请，无不答应。你这一随意，不是让我为难吗？”

“那就先说李大人吧。”韩祺无可无不可地说。

“他是死者，韩大人选中死者，不怕大不吉？”该校尉拿他开心。

韩祺冷笑一声，指着木枷说：“此物伺候着，还能卜得大吉吗？”

“韩大人看透就好。”该校尉道，“李大人罪状有二：一件是擅自鞭挞马弁。韩大人也从边镇回朝，何谓马弁，不用我解说吧？马弁再卑微，也是为朝廷卖命的，轮得到他鞭挞吗？一件是迎送过路官员，大肆动用军伍，以为荣耀。这是什么意思，拿国家官兵做人情呀！”

“幸好，此二过错，我都没犯过。”韩祺说。

“韩大人千万不可心存侥幸！犯这两个过错，未必当死。李大人送命，主要是他原本有病。杨大人犯的也是这等过错，不就没死吗？”门清说着，问校尉，“杨大人与李大人同罪，对吧？”

“公子，差一点。”另一校尉说。

“差哪一点？”门清问。

“杨大人只列一条罪状。”该校尉说。

“是哪一条？”门清问。

“鞭挞马弁。”该校尉说。

“这不和李大人同罪吗，你怎说差一点！”门清责备。

“迎送过路官员一款，没有。”该校尉说。

“不足为怪，他巡按辽东，辽东哪里来的过路官员！他若是巡按宣、大，或巡按山西，这一款也是少不了的。”门清说。

“公子明鉴。”二校尉齐声道。

“其实，差一点，不差一点，都不要紧，要紧的是究竟有没有过错。”门清接着自己方才的话说，“韩大人，你问李大人、杨大人被罚，是什么缘故；其实，你想的是：自家又没过错，为何要受罚？你有无过错，我说的不算，你说的也不算，朝廷说的才算。你二人告诉他，朝廷说他有没过错呀？”

“没过错，我家公子为何要来！”一校尉指着门清说。

“没过错，我等为何带此物来！”一校尉指着木枷说。

“有无过错，其实也不要紧，要紧的是过错轻重。”门清又说，“韩大人没犯李大人、杨大人所犯的过错，固然堪喜；但要是犯更重的过错，那却堪忧。过错轻重，你说的不算，我说的也不算，朝廷说的才算。你二位告诉他，朝廷说他的过错是轻是重呀？”

“是重，至少不亚于鞭挞马弁。”一校尉说。

“我看，比李大人两罪加在一起还要重。”另一校尉说。

"杨大人戴枷示众，整整一天；韩大人枷起来，至少得一天一夜。"一校尉又说。

"根本不用计日，枷死算数！"另一校尉又说。

三人彼此呼应，说个不停，无非是在威胁、恫吓。但韩祺犯的什么过错，谁也没说。好不容易三个人都想歇一歇，韩祺问："门公子，本官犯的究竟是何过错？"

"对呀，韩大人犯的是何过错？"门清问二校尉。

"狎童役，伤风化。"二校尉说。

"天哪，巡按衙门皆壮夫，焉有童子！"韩祺哀鸣。

校尉给韩祺戴枷，示众于长安左门。当晚，韩祺死。

# 第一百一十一章

儿子门升，女婿杨观陪门达饮酒时，他出个题目：今谁为大敌。

“父亲不问友而问敌，这酒恐怕喝不痛快。”门升说。

门达正要教训他几句，见杨观在笑，便问：“观儿因何而笑？”

“小婿在想，老爷当初把大哥送进秀才堆里，是否走的一步坏棋。”杨观说。

“不是我想送的，是天上掉下来的。”门达道。

门升因门达劳绩，荫官鸿胪寺序班。其实，序班仅从九品，而且是闲得不能再闲之职，定员五十人，一大部分就是用来酬劳的。但朝廷若要荫官，任何人也不能拒绝，哪怕你文有状元之相，武有将帅之才，你的父亲有功于朝廷，荫你个序班之类的官职，你只能接受。

例如门家，杨观做到指挥，门清做到千户，门升还在食从九品俸。

门升却不觉得当这个闲差不好。他问：“阿观，你是何意？”

“秀才们花前月下，小盏对酌，不管心里怎想，表面上都是你好我好，以为这才有情趣；却不知同仇敌忾，才是男子汉气概！”杨观道。

“观儿这几句话，秀才们是说不出来的。升儿虽掉进秀才堆里，切不可忘记根本！”门达训示门升。

门升喝一口闷酒，气哼哼地说：“谁道我与秀才们打几日交道，就忘记根本！父亲饮酒时，若说友饮得痛快，我会说友，若说敌饮得痛快，我会说敌。”

“好啊！”门达斟满一杯酒，说，“这杯酒是为你准备的，我看你怎样让我痛痛快快喝下去。”

“父亲问谁是大敌，孩儿看，父亲树敌虽多，眼下称得上大敌的，只有一人。”门升道。

“是谁？”门达问。

“李阁老。”门升道。

门达不表示同意，也不表示反对，但问：“为何是他？”

“位尊，才成大敌。勋戚且不说，文臣位尊者，只有二人，一是王老天官，一是李阁老。”门升道。

“那为何不是王天官？”门达问。

“表面看去，王老天官比李阁老严厉，李阁老比王老天官温和；王老天官私下从不与父亲交一言，从不假以颜色，李阁老有时还与父亲说说笑笑。实则，王老天官在皇上面前，不说父亲的好，也不说父亲的坏；李阁老偶说父亲一句好，随后必说父亲十句坏。”门升道。

“你是说，李更阴险？”门达问。

“更阴险，更须防备。”门升道。

“他说多少锦衣卫的坏话，我心里有数。不过，说锦衣卫的坏话，不等于说我门某的坏话。皇上并没把他的这些坏话加在我头上，我何苦抢过来，加在自家头上！”门达想的和儿子想的不一样。

“孩儿想，老逯在，不管谁说锦衣卫的坏话，一大半可以加在他头上，一小半的坏话，还有别人替父亲担当一点儿；老逯不在，即便有人替父亲担当一点儿，一大半还是要加在父亲头上的。皇上眼下不把李阁老说锦衣卫的坏话加在父亲头上，早晚有一天会加在父亲头上的。总而言之，以他为大敌，不会错。”门升则很自信。

“观儿，你说呢？”门达看来听得进儿子的这一番辨析，但他更看重杨观的见解。

“小婿先劝老爷一句。”杨观说。

门达不懂他的意思，愣了愣，道：“你说！”

“老爷自斟的这杯酒，得自饮。”杨观说。

“你也以为升儿言之有理？”门达说着，第一口喝半杯，第二口准备再喝半杯。

“老爷饮半杯即可。”杨观说。

门达杯子停在半空，问：“观儿何意？”

“大哥的话有一半是对的。”杨观道。

“哪一半？”门达问。

“老爷的大敌是李阁老。”杨观道。

“不对的呢？”门达问。

“老爷只有李阁老一个大敌。”杨观道。

“阿观，父亲问的是大敌。”门升强调地说。

“是，小婿说的也是大敌。”杨观道。

“你的意思，除李阁老，父亲另有一个与之相当的大敌？”门升的质问，和他的辨析一样，表明他的自信。

“是。”杨观和他一样自信。

“观儿说说。”门达命道，“我也想知道，此人是谁？”

“此人地位，与李阁老相去甚远，无论在哪个衙门，都称不上大敌；但他和老爷同衙，在老爷身边，就另当别论。”杨观说。

“观儿说的是老袁？”门达立刻猜到。

“是。”杨观应道，“此人自恃与皇上共过患难，从不把老爷放在眼里。锦衣卫外，以李阁老说老爷的坏话最多；锦衣卫内，以此人说老爷的坏话最多。且李阁老多泛指锦衣卫，他说的坏话，还有别人能替老爷担当；此人往往直指老爷，句句坏话都得老爷自个儿担当着。”

“不错，老袁在身边，还真让人厌烦。观儿，剩下的半杯酒，我为你的话喝。”门达喝完剩下的酒，又说，“他犯过不小的事，皇上却未治以重罪，显见是不忘故人之情。”

他们谈论的老袁，即在漠北服侍过皇帝一年的袁彬。皇帝复位后，袁彬一年之内，由锦衣卫指挥佥事而同知，而指挥使，掌锦衣卫事。所谓犯事，是说他受中官夏时嘱托，私遣百户季福往江西侦事。季福是皇帝乳母的丈夫，所以，皇帝对此事很重视，降旨彻查。结果，查出季福是袁彬所遣，而袁彬是受夏时托付。皇帝说句今后受嘱遣官，杀无赦，对夏时、袁彬并没有严厉处置。后来，因平息曹钦之乱有功，袁彬又进都指挥佥事。

“皇上不欲以人废法，既已放过老袁一次，绝不会再放过他第二次，找个缘由扳倒他不难。但小婿想，要是能找个由头，这边打老袁，那边打李阁老，岂不更妙？”杨观道。

“找得到这等由头吗？”门达问。

“先找个由头打老袁，再见机行事吧。”杨观说。

在门达入宫见驾之前，皇帝已对锦衣卫的这桩案子想过很久。一想到门达列出的袁彬的罪状，他就恨不得写出几句恶狠狠的话，交办下去；但一想到当年在漠北的情形，想到袁彬亲手给自己煮食，亲手给自己补衣，他的心又软下来。

门达到时，正赶上皇帝心软，因而他的严厉不是针对袁彬的，而是针对门达的。

“朕颇知你锦衣卫官校善于无中生有。”皇帝先给他个警告，然后问，“这个赵安，曾服役于袁彬家，不会错吧？”

“官校疏忽，时或有之。但事出在锦衣卫堂官，官校们疏忽，臣也万万不敢疏忽。”门达说。

“少说无聊的话，你与袁卿不合，别以为朕不知道！”皇帝的严厉有一半转移到袁彬身上，“不过，袁卿易受人嘱托，朕也是知道的。你是说，赵安因罪戍铁岭卫，赦还后，袁卿帮他疏通，得改隶府军前卫？”

“是。”门达应道。并说，“在府军前卫，赵安又得罪下狱，这才牵连出袁彬。”

“仅此一事，你就奏请将他下狱？”皇帝问。

“依本朝律，嘱托当连坐。”门达说。

“朕问你，是否仅此一事，你就奏请将他下狱。”皇帝道。

门达听出皇帝的意思：仅此一事，可下狱，可不下狱；可治罪，可免治罪。他说：“官校们密报袁彬诸多不法事，亦须查实。”

“有哪些事？”皇帝问。

“他曾夺人女子为妾。”门达先含糊不清地说一件听上去不大，但很容易引起皇帝兴趣的事。

“是夺人女子，还是明媒正娶？”皇帝果然问道。

“袁彬是想明媒正娶，媒人上门，彩礼也送。但人家并不情愿，媒人被骂出门，彩礼被扔出门。于是，袁彬率人打上门，把人抢回去。臣私下问过，都道那阵势只能用一个‘夺’字。”门达说。

“你不都问过吗，还有什么可查实的！”皇帝道。

“臣只问过本卫随袁彬去迎亲的官校，尚未问过袁彬本人及被夺去女子的人家。”门达说。

“把此事问清楚，也好。”皇帝说着，问，“尚有别事否？”

“袁家修私第，向工部督工者索官木，向内官督工者索砖瓦。”门达又说一件听上去不大，但很容易引起皇帝关注的事。

“他索要何木？”皇帝果然问道。

“梁椽等木，无所不索。”门达说。

“索要何砖何瓦？”皇帝又问。

“墙砖屋瓦，无所不索。”门达说。

“那岂不是私第一应用料，皆取自官府？”皇帝道。

“陛下圣明。”门达颂道。

但皇帝仍没将袁彬下狱的意思。他问：“有无忤逆大罪？”

“袁彬曾收受石亨、曹钦赂金。”门达说。

“此事确凿否？”皇帝问。

“鞫讯石氏一案，曹氏一案，其党供词皆在。”门达说。

“鞫审石氏一案是四年前的事，鞫审曹氏一案也是去岁的事，怎的今日才告诉朕？”皇帝责问。

“鞫审石氏一案，袁彬与逯杲并负其责；鞫审曹氏一案，袁彬与臣并负其责。收受赂金一事，被他强行节略。”门达说。

“既并负其责，又有招揭，你怎容他强行？”皇帝继续责问。

“他说，昔日服侍陛下有劳绩，写入这一节，使陛下为难，不如删去。臣也想陛下保全这一段君臣之情。”门达说。

“袁彬以为朕会以人废法，你也以为朕会以人废法？”皇帝冷笑。

“是臣一时糊涂。”门达惊出一身汗。他只想着怎么把事情说得越严重越好，没想到把自己也牵连进去。

好在皇帝并不想追究他的过错。

“门达，你说袁彬行事多不法，朕就把他交给你整治，你如何整治均可，但有一条，你最后须将一个活的袁彬还给朕。不然的话——”皇帝又冷笑两声，那意思很明确：他若死，你也活不成。

“臣遵旨！”门达应道。

军匠杨埙以善用彩漆见长，尤善用日本国彩漆，因而得了个“杨倭漆”的绰号。袁彬家修缮时，门厅、院廊等处的花鸟人物，都是他所绘。袁彬喜爱他的技艺，一有空闲，就来看他作画；隔一两日，就请他饮一回酒。有时还嚷嚷着要拜他为师。杨埙对他这一番情谊很是感念。

听说袁彬被锦衣卫收入狱中，他四处打听。

有人告诉他，袁彬是因赵安犯事，受牵连而入狱的。

那是爱属下，重义气。赵安不争气，关他什么事！杨埙愤愤地说。再说，赵安不过喝多酒，失口骂人，失手打人，伤人又不重，何至于下诏狱！分明是有人看袁爷不顺眼，欲加陷害，拿赵安做个由头。

谁看袁彬不顺眼？有人问他。

告你有何用；要告，就告上朝廷，他说。

又有人告诉他，袁彬是因夺人女子为妾而入狱的。

一派胡言，娶妾就是娶妾，何尝夺人女子！杨埙愤愤地说。谁不知道，袁爷只娶一妾。迎娶之前，妾父三天两头往袁家跑，只求袁爷早日迎娶；迎娶之日，女家张灯结彩，喜气盈门；迎娶之后，妾与袁爷恩爱无比。凭此数事，能有一事说该女子是夺来的吗！

你道人家两口子恩爱无比，有何证据？有人驳他。

对你作证何用；要作证，到朝廷上作证，他说。

又有人告诉他，袁彬是因索取官物而入狱的。

真乃栽赃，官府之物，是那么好索取的吗！杨埙愤愤地说。袁爷家修缮，请我去作画；各衙门修缮，请我去作画；宫里修缮，也请我去作画。宫里修缮用的木料，不同于各衙门修缮用的木料；各衙门修缮用的木料，不同于袁爷家修缮用的木料。我拿手一摸就摸得出来。袁爷家修缮所用木料，绝非索自官府；即便是，也是弃物。

即便弃物，也是索取呀！不信，你搬一根回去试试，有人和他抬杠。

与你理论何用；要理论，到朝廷上理论，他说。

又有人告诉他，袁彬是因收受石亨、曹钦賂金而下狱。

此为欲加之罪，问问袁爷家的银锭，哪一块是石亨、曹钦所赠！杨埙愤愤地说。石亨未败之日，是国公，贵过袁爷不知几多，凭什么要贿赂袁爷！曹钦未败之日，是伯爵，又有老贼曹吉祥那么硬的靠山，凭什么要贿赂袁爷！反过来说，别人不记得，我可记得，曹钦作乱那夜，袁爷闻讯，即刻离家，集合锦衣卫军士，严守各宫门。要不，事情一了，皇上为何就给他加官？这像是拿人家的手短吗？

他掌锦衣卫，有实权，再高的爵位，也要贿赂呀，有人分辩说。

与你分辩何用；要分辩，到朝廷上分辩，他说。

你要到朝廷上告状，到朝廷上作证，到朝廷上理论，到朝廷上分辩，你倒是去呀！有人激他。

他傻了眼，问：怎生到得朝廷？

长安右门，去过吗？人家问他。

知道，不就是西长安门吗？他说。

长安右门外供着一面鼓，见过吗？人家又问。

见过一面鼓，但没见它被供起来，他说。

鼓有何用途？人家问。

敲击，他说。

你见人敲击过它吗？人家问。

没见过，他说。

那不就是给供起来？人家说。你该知道的，那面鼓即登闻鼓，击响它，就可以直达朝廷，就可以在朝廷告状、作证、理论、分辩。

杨埙如其所言，击响登闻鼓，为袁彬鸣冤。

皇帝用人不疑。袁彬诸不法事，既交与门达鞫审；杨埙为袁彬鸣冤，也下锦衣卫狱，交门达鞫审。

“老爷，由头找到！”杨观兴冲冲地说。

“什么由头？”门达问。

杨观右手一挥，左手一挥，说：“就是一巴掌可打到老袁、一巴掌可打到李阁老的由头呀！”

“再别提老袁！”门达沮丧地说，“把老袁收入牢里，还不如把他留在家里。他留在家里，有人与他有仇，要谋刺，我不用管；他想不开，要上吊，我不用管。这回可好，有人要谋刺，他自家要上吊，我都得管；管不住，我得给他偿命。”

“老爷莫恼，有人可把老爷的担子卸下来。”杨观说。

门达嘴一撇，道：“你且说，谁有这等好心肠。”

“就是杨埙呀！”杨观道。

“观儿昏了头！他在给老袁卸担子，不是给我卸担子！”门达说。

“老爷言之差矣，杨埙在老爷手里，老爷让他给谁卸担子，他就给谁卸担子。老爷会让他给老袁卸担子吗？”杨观道。

门达从他话里品出滋味，道：“你的意思，让他把李阁老引出来？”

“老爷果然老辣！”杨观竖起大拇指说，“他不是要为老袁申冤吗？那就让他去申冤。他怎么说，咱怎么听。咱只抓住一点，他小小的军匠，哪儿有胆子击登闻鼓？我有法子让他供出，身后有指使者。皇上最忌讳文臣武臣串通勾结。得知李阁老指使外人为袁彬申冤，皇上会怎么想？他一定会想，老袁的种种不法，李阁老恐怕也有份吧？到那时，不但老袁的罪状可以定下来，李阁老也脱不掉干系；到那时，老袁死在狱中，皇上也一定相信，他是畏罪自杀的。”

“你说，有法子让杨埙供出，是李阁老的指使？”门达在他一大篇话里，只留意这一句。

“小婿没大本事，这等小事还办得成。”杨观说。

“那好，我把杨埙交给你，问出这句话，我即奏上朝廷。”门达说。

杨埙被打得昏死过去几次，杨观才露面。他把所有的人都撵出去，只一人留在室内。

不是被冷水浇醒的，而是自己醒过来的；睁眼看到的，不是手执刑具、凶神恶煞般的衙役，而是搬个凳子，一声不吭坐在身旁的官员。杨埙的感觉自然不同，他呻吟道：“我已到地狱吗？”

“差不多。”杨观说。

“你是何人？”杨埙问。

“和你本家，也姓杨。”杨观说。

“你是来接着拷问吗？”杨埙问。

“这话说得不对，方才他等打你，问过话吗？”杨观道。

“小民也奇怪，他等为何上来就一顿打，却一句话不问。”杨埙说。

“他等上来就一顿打，没错，因为你犯的是重罪，是死罪。但他等只打不问，我却只问不打。”杨观道。

“锦衣卫狱的事，我也听过一些，却不知还有这等规矩。”杨埙说。

“仅对你有这等规矩，谁让同姓一家呢！”杨观道。

“这么说，你要帮我？”杨埙问。

“我是想帮你，但帮得上帮不上，却在你。”杨观道。

“怎样才帮得上？”杨埙问。

“我是来问话的。凡我问到的，你都要答，这是其一。我想你答‘是’时，你答‘是’；我想你答‘不是’时，你答‘不是’，这是其二。这两条你照做，我才能帮你。”杨观道。

“据你所说，小民犯的是重罪。你能帮我免罪吗？”杨埙问。

“不能。”杨观道。

“据你所说，小民犯的死罪，你能帮我免死吗？”杨埙问。

“不能。”杨观道。

他答话时毫不迟疑，不留余地。就算杨埙想逞一逞英雄气概，都不知道该怎么逞。

“既不能，我为何要依你？”杨埙垂头丧气地说。

“我能让你免去一日三顿打，这个忙帮得还小吗？”杨观道，又说，“你不妨再想一想，想好，点点头。”

杨埙闭上眼睛，好像不会点头，也不愿再搭理杨观。但过一会儿，他睁开眼睛，看杨观一眼，又闭上眼睛。第三次睁开眼睛时，他没有看向杨观，但点了点头。

“好，我开始问。”杨观道，“你击登闻鼓，是受人指使吧？”

杨埙没马上回答。杨观从他呆滞的目光中可以看出，他不是自己要在回答“是”或回答“不是”中选择，而是不知该回答“是”还是该回答“不是”，他在等待提示。

“击登闻鼓，非寻常之事。你即便日日从长安街过，见到登闻鼓，都不知道那鼓是可以击的吧？”杨观道。

这是一句实在话，杨埙回答：“大人说的是。”

“那么，你击登闻鼓，是不是受人指使？”杨观复问。

“是。”杨埙答道。他在回忆，那天究竟是谁告诉他的，击登闻鼓可以直达朝廷；把这个人想起来，他又开始琢磨，杨观若问是谁指使，要不要把这个人供认出来。

杨观却问：“此人居于高位吧？”

杨埙想笑。和他说起击登闻鼓的，是个市井小混混，家境连自己都不如，说什么居于高位！不错，和自己打过交道的，确有居于高位的。因为自己是个有用之人嘛，自己有一技之长嘛。但他们指使自己的，只是以彩漆绘图，而不会是其他，譬如，指使自己击登闻鼓。但他看杨观的眼神，不像是愿意看到自己笑的。于是，他不笑，亦不答。

“你杨倭漆在京城也是个响当当的人物，若非居于高位者，怎么指使得动你，对不对？”杨观提示过后，复问，“此人居于高位吧？”

“是。”杨埙答道。

“此人或位居公卿吧？”杨观进一步问。

对杨埙来说，“高位”和“公卿”绝不是同一个概念。在他心目中，一个工部主事，或一个顺天府推官，就是居于高位。而说到公卿，在文官，得在尚书，至少在侍郎以上；在武臣，得封爵，至少在都督以上。因此，他不能很顺溜地答个“是”或“不是”。

“你击登闻鼓，为的是替袁大人鸣冤。与袁大人有深交的，多是公卿。故而，指使你击登闻鼓的，必然是公卿。”杨观提示后，复问，“此人位居公卿吧？”

“是。”杨埙看似厌倦过于简单的回答，又说，“此人或是尚书。”

杨观大喜，进一步问：“是在内阁办事的尚书吧？”

“是。”杨埙应道。

“是姓李吗？”杨观问。

杨埙终于明白，眼前这个锦衣卫官要他供出的，是内阁大学士李贤。在经过前边那些对话以后，已经不容他说“不是”；但他在回答“是”的时候，心里已拿定主意。

刑部尚书陆瑜、侍郎董方往午门外走时，董方不解地说：“一军匠击登闻鼓，充其量胆大妄为而已，怎的竟要三法司在午门外会鞫？”

“仲矩先生当真想不明白？”陆瑜问。

董方字仲矩，顺天府滁县人，正统十年进士，他呼着陆瑜的字，揖道：“还请廷玉先生指教。”

“本朝臣子，有比袁文质和皇上更亲近的吗？”陆瑜问。文质是袁彬的别字。文臣称呼武臣别字的不多，可见他和文臣的关系较为亲近。

“听说在瓦剌营地，他和皇上日则同食，夜则同寝，当朝大概找不出第二个像他这样的人。”董方说。

“在皇上，是要为我等臣子做个表率，不可因人废法。”陆瑜说。

董方品味着他的话，道：“廷玉先生‘在皇上’三字，余味无穷呀！”

“有何余味？”陆瑜问。

“有在皇上，也一定有在他人。”董方道。

陆瑜笑笑，说：“那是仲矩先生品出来的，不是我说出来的。”

“在他人，打的是原德先生主意，廷玉先生就不担心？”董方问。

“怎能不担心！”陆瑜道，“一般打打主意，还好说；他要是把原德先生拉来午门外对质，才是悲哀之极呢！”

董方原来只想三堂会鞫的案子牵连到李贤，没想到李贤会被唤到会鞫场所做个证人。经陆瑜提醒，他担心地问：“那却如何是好？廷玉先生，我等可否驳回其议？”

“此案是皇上交代的，稍驳可以；至于峻拒，”陆瑜摇着头说，“却非我等臣子问刑之道。”

“如此说来，原德先生难逃此辱？”董方问。

“看他的造化吧。”陆瑜道。

他二人都不会想到，李贤的造化，着落在一名太监身上。

皇帝差太监裴当监听午门外的会鞫。门达见他走出午门，迎过去，把他拦住，揖道：“裴公公，有一事计较。”

裴当还过礼，问：“何事？”

“在下以为，此案牵连之人，均应在场候问。”门达说。

“老袁不是押在那边吗？”裴当道。

“还牵连另一大臣，未到。”门达说。

“那是谁呀？”裴当明知故问。

“内阁大学士李贤。”门达说。

“门大人是说，应将李学士押来？”裴当问。

“请来亦可。”门达说。

“还不都是一个意思，”裴当道，“先前是门大人审的案子，门大人觉得须将李学士请来，那就请来吧。”

“今日三法司会鞫，在下无此权柄。”门达说。

“三法司堂官们都在，你可与他等计议呀！”裴当道。

“在下料定，他等必将彼此推诿，谁也不肯做主。”门达说。

“你是要我来做这个主？”裴当问。

“只有裴公公做得了这个主。”门达说。

“门大人这话可说差。”裴当道，“以公而论，万岁爷只差我来听，未差我来做主；以私而论，我倒想和门大人说一句：大臣不可辱。若有一日，某狱案牵连门大人，也将门大人押到候问，或请到候问，门大人想想，那是个什么滋味？”

说罢，裴当走过去找到自己的位子坐下，留下门达一人站在那里，羞愧难当。等恢复常态，他才敢回到原位。

会鞫开始，陆瑜等依惯例，问及姓名、年龄、籍贯、住址等琐事，杨埙一一回答。问及击登闻鼓事，杨埙供认不讳。问及击登闻鼓缘由，杨埙道是袁爷冤屈，其心不平而击鼓。问及袁彬冤屈，杨埙的回答，和他在市井与人分辩的内容差不多。三法司的堂官们问话及听话都很有耐心，似乎不想太快地提出最后一个问题。门达则有些不耐烦，想尽早地让杨埙说出他背后的大人物，这样就可以结案。

再没有什么可问的，陆瑜与其他大臣交换一下眼神，看看由谁来提出最后一个问题。其他大臣的眼神都表示：廷玉先生来问吧。陆瑜本人心里也清楚，这个问题只能由他提出。

“杨埙，内阁大学士李某是怎样指使你击登闻鼓，为袁彬鸣冤叫屈的，你要从实招来。”他说。

“回大人话，并无此事。”杨埙说。

陆瑜愣住，周围的喧哗声也没能让他很快惊醒过来。等理出头绪，他问一句：“杨埙说的什么？”

一行刑衙役上前一步，躬身禀道：“他说，并无此事。”

“诸位大人，是否我发问太过严厉，把他吓住？”陆瑜问道。

以刑部侍郎署理都察院事的周瑄说：“廷玉先生问及此事，与问及他事，都是同一腔调，并非太过严厉。”

“他却说，并无此事。”陆瑜道。

“这就得问问门大人。”周瑄说。

“是啊，门大人，”陆瑜转向门达，“这是怎么一回事呀？”

门达的脸色煞白，他冲到跪着的杨埙面前，真想狠狠地踹上一脚。但他知道，在这么多大臣面前，一定得收敛，一定得沉住气。

“实为李学士指使，你不是在狱里承认的吗？”他问。

“是小民承认的。”杨塤道。

“彼时招认，此时缘何翻供？”门达厉声问道。

“彼时招认，是有人逼迫。”杨塤道。

“谁人逼迫？”门达问。

“一位自称与我是本家的大人。”杨塤道。

“后来我不是又问过你吗？难道我也逼迫你不成？”门达问。

“大人没逼迫小民，但大人问时，那位杨大人也在，小民不敢如实道来。”杨塤说。

“此实李所主使，但我言于此，无人见证；不如请会多官廷审，我当众言之，使李无话可说。”门达述罢，问道，“这话不是你说的吗？”

“是小民说的。小民之意，是怕在狱里说并无此事，无人见证，想请诸位大老爷们作个见证。大人们不妨想想，我乃一介草民，如何见得到内阁李学士？李学士又怎会识得我？”杨塤道。

门达恼怒得浑身发抖，不知该再问些什么。

“门大人，算了吧，我看不必再问。这个杨塤刁钻得很，竟敢诬陷朝廷重臣，我看可以定罪。”裴当出面打圆场。

三法司大臣们简单地议了议，觉得此案只有以刁民无端诬陷大臣奏上，其他的事难以追究。

案结，袁彬调南京锦衣卫，带俸闲住。

杨塤释出，无论士大夫，或市井之徒，都视他为义士。李贤感激他的恩德，欲求一见，竟不可得。

皇帝召李贤进宫，对他说：“再有几天，就到腊月。到了腊月，无论是君是臣是官是民，都想喜迎新春。有什么不开心的事，李先生就在今日对朕说吧。”

“臣并无不开心之事。”李贤回奏。

“既无不开心之事，为何辞官？”皇帝问。

“臣被牵涉进狱案，有负陛下盛恩，当自陈请辞。”李贤说。

“这不还是不开心之事！”皇帝道，“锦衣卫问案，案犯情急之下，言及李先生，无非是借先生大名，以求脱罪。朕知他的心思，故命法司会鞫。这不，一会鞫，查出真相，此事与李先生绝无牵连。此案因袁彬而起，袁彬朕已经处置。那个小民杨塤，朕也没拿他怎么样。难道李先生非要朕重治其诬陷之罪，并治锦衣卫轻信之罪？”

“臣绝无此意。”李贤说。

“遭小民诬陷，实是件小事，李先生要为此事弃朕而去吗？朕自复位以来，见面最多的是李先生，议事最多的是李先生，所议无不从的是李先生。这些日子朕自觉身体劳乏，精神不爽，故有些日子没有宣召李先生，李先生忍心此时弃朕而去吗？”皇帝动情地说。

“臣伤陛下之心，罪在不赦。臣收回辞章，愿为陛下尽绵薄之力。望陛下静养一个冬季，来春必康泰如初。”李贤泣道。

# 第一百一十二章

天顺八年的正旦节一过，皇帝患病的消息不胫而走，在宫里宫外传开。不过，对皇帝的实际病情，知道的寥寥无几。至于像白云观的两个道士这样，妄议皇帝生死的，更是绝无仅有。

两个道士都在中年，一道士个头较高，一道士个头较矮。

天黑后，在观后的空场，个高的道士专注地望着星空。个矮的道士走过来，问他："道兄在看什么？"

"帝星晦明不定呀！"个高的道士说。

"不必看，我早已算定：半月之后，朝廷将发丧。"个矮的道士说。

"半月之后的某天？"个高的道士问。

"不，半月之后的那天。"个矮的道士说。

个高的道士心知，个矮的道士在观天象、料生死方面强于自己，但还是问："道兄何以知之？"

"我且问你，当今皇帝是某年某月某日登极的？"个矮的道士道。

"宣德十年，正月，初十日。"个高的道士回答。

"不对，那是第一次登极。"个矮的道士说。

"道兄问的是当今皇帝第二次登极？那是在天顺元年正月十七日。"个高的道士说着，予以更正，"不过，那不是登极，是复位。"

"不错，"个矮的道士道，"正因为复位，这个日子才有意义；若是登极，这个日子是没有意义的。"

"道兄的意思，皇上登极于该月该日，亦崩于该月该日？"个高的道士心想，这简直不可思议呀，他说，"不会这么巧吧？"

"在别人不会，在当今皇帝却会。"个矮的道士说。

"这是为何？"个高的道士问。

"道兄再想想，他是某年某月某日北狩蒙尘的？"个矮的道士又问。

"正统十四年，八月，十五日。"个高的道士回答。

“又是某年某月某日迎还的？”个矮的道士问。

“景泰元年，八月，十五日。”个高的道士回答。

“一日不差，道兄不觉得是个异数吗？”个矮的道士道。

“果然有些诡异。”个高的道士虽则承认这一点，但另有疑问，“为何不是明年的正月十七日，再明年的正月十七日，或再一个七年后的正月十七日，或再两个七年后的正月十七日，却是今年的正月十七日？”

“道兄不该忘记，皇上在漠北几年。”个矮的道士道。

“一年呀。”个高的道士说。

“皇上作几年太上皇帝？”个矮的道士问。

“七年呀。”个高的道士说。

“当今皇帝命里只有七年的天子可做，你想多出一天，恐怕也是不可得的。”个矮的道士自信地说。

正月初六日，李贤进宫，被引进文华殿偏殿。皇帝正在等他。

“爱卿知道朕染疾吧？”皇帝问。

“外间有传言，臣未敢深信。”李贤说。

“这回是真的病重。”皇帝道，他想笑一笑，以表示自己并没把病放在心上，但笑得很勉强，“幸亏朕把李先生强留下来，不然，朕萦回于心的家事与谁人去说！”

“陛下家事，皇太后在日，当禀于皇太后；皇太后宾天，当与皇后议处。”李贤懂得外臣不该与闻宫闱之事的道理。

皇帝摇摇头，道：“说是家事，也不全是家事。李先生，你若知道朕要与你计议何事，绝不会借口推托。”

“是，臣恭聆圣谕。”李贤道。

“朕想与你议议太子的事。”皇帝说。

这当然不是单纯的家事。李贤听到最近宫中的一些传言，大致可以料到，皇帝想说的是什么。他想，等皇帝说出来，则难以转圜，不如先把自己的想法说出来。

“太子殿下天性仁爱，天资聪慧，勤奋好学，举止得体。近一二日奉旨于文华殿视事，处置咸宜。臣等无不庆幸储君得人。臣于天顺五年加太子少保，太子若有一二小失，皆臣辅导无状，乞陛下赐罪。”李贤说。

“朕要说的，不是这些。”皇帝道。

李贤做好铺垫，可以停下来，听皇帝自己说。

“太子再好，终归是被废过，此为不吉。朕想，为江山社稷计，应选一个更有福气的太子。”皇帝说。

“乞陛下恕臣冒犯之罪。”李贤说着，跪倒于御榻前。

“快快平身，李先生有话，直说不妨。”皇帝道。

“更易太子，陛下起意于太子曾废故而不吉之说；然太子曾废故而不吉的念头，并非出自陛下本心吧？”李贤问。

“是，朕是听他人议的。听一次，还不放在心上，听两次、三次，不由得不动心。”皇帝说。

“此乃妖言，望陛下切勿听信。”李贤道。

“李先生的意思，这是谣言？”皇帝听得不真。

“不，臣意，这是妖言。”李贤把每个字都咬得更清楚。

“卿为朕详析之。”皇帝命道。

“太子曾废，却不是为陛下所废。当年废太子，除一二奸回小人，大臣抗拒，科道相继进言，可见废黜太子之举不得人心；郕世子既薨，复太子储位之议屡出，可见太子为储君深入人心。此乃其一。太子曾废，或谓不吉；却不知陛下失天下而复得，太子失储位而复得，此乃天意。试想，天下福气，有更大于此者否？此乃其二。有此二者，故臣以为，不吉之说，乃是妖言。”李贤议道。

“爱卿这么一说，把朕的顾虑打消。”皇帝说着，命近侍，“太子在殿里视事，让他过来见见李先生。”

不多时，近侍把皇太子见深请过来。见深跪拜如仪，口称：“儿臣叩见父皇。”

皇帝没说“平身”这两个比较正式的字，也没说“起来吧”这三个比较随意的字，而是向李贤使个眼色。

李贤会意，走向太子，边说“太子殿下，请起”，边弯腰搀扶。在自己的头与见深最接近的时候，他低声说句：“殿下，谢恩。”

见深不明白他的意思，但还是按照他说的，叩头道：“孩儿叩谢父皇。”然后才起身。

“太子缘何叩谢？”皇帝问。

见深看向李贤，虽然他知道，李贤不可能给他及时的指导。略一思忖，他答道：“父皇宣召，儿臣得睹天颜，见父皇精气俱佳，故而叩谢。”

虽然言不及义，在皇帝听来，也是高兴的。他说：“那你该叩谢上苍。”

“是，儿臣每日都在叩谢上苍。”见深道。

“朕看，你还是拜谢李先生吧，是他把你搀扶起来的。”皇帝说。

“是。”见深应着，向李贤拜下，称道，“见深拜谢李先生。”

李贤先拜下，说：“太子殿下一拜，臣怎敢受！”

这一次，他二人是相互搀扶着起来的。

皇帝又问问朝中遇有何事，是如何处置的。见深一一禀奏。

“好，朕要歇歇。你也该歇歇，去吧。”皇帝道。

见深复叩拜，退出。

皇帝说的是要歇，李贤也准备退出。但皇帝还有两句话。

“李先生，辅佐太子，朕托付与你。”皇帝说。

“此乃国本，臣不敢有丝毫懈怠。”李贤回应道。

“还有一事，朕也要托付与卿。”皇帝又说。

“是，请陛下宣谕。”李贤道。

“钱皇后虽无子，然与朕共患难；皇后一腿，也是因哀朕而伤。钱皇后千秋百年之后，须得与朕同葬。”皇帝说。

皇帝说的是钱皇后千秋百年之后的事，同时也包含着自己千秋万岁之后的事，并且包含着这样一层意思：自己会死在钱皇后前面。话里有这么多含义，李贤当然无法应答。

“朕的话，李先生听清否？”皇帝问。

“臣听清了。”李贤低声应道。

“记住否？”皇帝又问。

“臣记住了。”李贤应道。

“李先生只把它记在这里不成。”皇帝指指自己的头，说道，“回到阁中，你要即刻把它记在纸上。”

“臣遵旨！”李贤应道。

十六日，皇帝午觉睡得格外沉稳。细心的近侍可以发现，有那么一瞬间，他曾流露出一丝痛苦的表情，不，或许说流露出一丝惊慌的表情，随后的表情则显得安详。

那一丝痛苦的或惊慌的表情，是在遇见御弟祁钰时流露出来的。

他问祁钰：弟弟是来索命吧？

祁钰反问：是哥哥害死的我吗？

皇帝说：不是。弟弟身体稍安，我由衷高兴。

祁钰说：那我为何向哥哥索命？其实，我命数已尽，不管哥哥害不害我，我都要去的。哥哥也是一样，不管我索不索命，都是要去的。

皇帝说：可我夺去弟弟的天下。

祁钰说：天下本来是哥哥的，只不过暂借与我，让我做几年皇帝。不对，应该说哥哥把我借去，代哥哥管理几年天下。

皇帝说：难得弟弟如此通达。

祁钰说：人之将死，其言也善；人之将死，闻他人之言也善。

皇帝问：对，弟弟方才已说我要去的，现在又出此言，是否我命数已尽？

祁钰说：我不知，哥哥却知。不到此刻，哥哥怎想得到见我？

皇帝想想，这话不错。这些年来，他从来没想到过祁钰；或者说，他从来也不愿意想到祁钰。

他问：弟弟参透性命，是来引渡我的吗？

祁钰说：不是。

皇帝问：那是为何而来。

祁钰说：讨个公道。

皇帝说：弟弟才说，天下原本是我的。

祁钰说：我不是为自家讨个公道；为自家，我只向哥哥要个名分。

皇帝问：弟弟要什么名分？

祁钰说：我做几年皇帝，皇帝该有皇帝的名分。哥哥平心而论，该不该给我这个名分？

皇帝说：该给。但此事我来不及做。弟弟且说，为谁来讨公道。

祁钰说：于谦。兴安曾赞于谦：忧国家，不爱钱，不爱官，不问家事。

哥哥平心而论，他是不是大忠臣。

皇帝说：是。

祁钰说：哥哥平心而论，自我大明立国，可曾有过这样的大忠臣。

皇帝说：没有。

祁钰问：哥哥杀他，后悔不后悔？

皇帝说：我已知道他的冤屈，自然后悔。好在害他致死的诸人，石亨、曹吉祥辈已死，徐有贞永不得叙用，可以告慰他。

祁钰说：既已后悔，当给他个名分。

皇帝说：这件事我也来不及做。但我想，公道自在人心，弟弟讨不讨，我给不给，于谦都会得到。

祁钰说：哥哥还有事要办，就此别过。

皇帝绝没想到，他和祁钰面对面时，能这么心平气和地对话。

醒过来时，他问近侍："朕有未说梦话？"

“有。”近侍回答。

“朕说的什么？”皇帝问。

“爷说——”近侍不敢说。

“是朕的话，又不是你的话，怕什么？说！”皇帝命道。

“爷说，于谦冤情，朕已尽知。”近侍重复皇帝的话。

“还说过别的话吗？”皇帝问。

“再无其他。”近侍说。

“朕梦里的话，你听到就成，不可在外面乱说。”皇帝嘱咐道。

“奴才对谁也不说，就让爷的话烂在肚子里。”近侍说。

“不用烂在肚子里，朕千秋万岁之后，你不妨说与新爷听。”皇帝道。

涉及皇帝千秋万岁之后的事，近侍更不敢随便应对。

“你听清否？”皇帝问。

“奴才听、听清了。”近侍支支吾吾地说。

“记住否？”皇帝又问。

“奴才记、记住了。”近侍说。

皇帝喘了口气，接着问：“谁在外边当值？”

“有牛叔、傅叔、裴叔等。”近侍口顺过来，一连说出三个太监。

“叫他等都进来吧。”皇帝命道。

“是。”近侍应着，就要出去叫人。

“慢着。”皇帝叫住他，问道，“太子呢？”

“奴才听说，太子在文华殿读书。”近侍答道。

“把太子也唤来吧；让老牛等先在外面候着，等太子到时，一起进来见朕。”皇帝吩咐。

“是，奴才这就去请太子。”近侍应道。

皇太子见深跪在御榻前，牛玉、傅恭、裴当、萧颙、周善等五名太监在他身后围跪成一片。因皇帝紧闭双眼，众人心里都惴惴不安，但谁也不敢出声。

不多时，皇帝睁开眼睛，看了看跪在面前的人，特别多看见深一会儿。他说：“朕的这些话，太子是该跪着听的。”

“儿臣恭聆父皇圣训。”见深应道。

皇帝又看看几名太监，问：“怀恩呢？”

“回爷的话，怀恩在司礼监当值。”牛玉说。

“怀恩是个好太监，是个好人。”皇帝道。

不知这话是对谁说的，见深没回应。

“太子听清否？”皇帝问。

“儿臣听清了。”见深忙回答。

“记住否？”皇帝又问。

“儿臣记住了。”见深说。

“牛玉，拿纸笔来，记朕遗旨。”皇帝命道。

“爷！”牛玉想说几句宽慰的话。

“快去！”皇帝不容他说。

“奴才遵旨！”牛玉只得答应。

他不用起身，只是两膝往前稍稍挪动，有近侍搬来一小几，搁置在他面前，上面一应用品俱全。

“第一事，朕崩日，皇帝大位传与太子；太子十七岁，过百日即册选皇后。”皇帝说。

“儿臣要守古训。”见深插一句话。

“皇后是国母，其位不可久旷；得一贤后，宫中之事，省心一半。这样你才能全心全意应付国事。”皇帝说。又对众太监说，“这是遗旨，尔等都要替太子记好。”

“奴才等遵旨。”太监们应道。

“第二事，定后、妃名分。”皇帝接着宣旨。

牛玉写好后等待下文，因为仅此一言，实在寓意不明。今上后、妃的名分已定，根本用不着说。皇帝是让太子恪守今上后、妃的名分，还是要太子留意自己后、妃的名分？

等了等，没有等到，他壮着胆子问：“爷，还有吗？”

“第三事，止嫔御殉葬。”皇帝说的却是另一件事。

同样是一句话，这件事交代得清清楚楚。牛玉匆匆记录，无法再回过头去问第二事，也来不及品味第三件事。

“牛玉，你听清否？”皇帝问。

“奴才听清了。”牛玉叩答。

“你记下否？”皇帝又问。

“奴才一字一句都记下来。”牛玉叩道。

“你拿去内阁，让学士们看看，为之润色。”皇帝命道。

“奴才遵旨。”牛玉应道。他心想，爷这两天真怪，说一句话，就要问你听清否、你记住否；搁在以前，哪里会有这份担心！天子一言，你没听清，你没记住，那是死罪呀!

阁臣三人，吕原在天顺六年十一月病卒；李贤、彭时二人支撑几个月，等到陈文入阁办事，内阁仍是三人。

“纯道先生，有宫里消息吗？”陈文问。

尽管李贤也在，陈文却只和彭时说话。这不仅因为他二人是江西同乡，更重要的是，他知道李贤并不看好他，要不是大冢宰王翱主持公道，这 内阁的席位就会旁落。事情的原委是：吕原卒，皇帝问可替代者，李贤曰：柯潜可。李贤出宫，告知王翱。王翱说：论资排辈，也该轮到陈安简，何必举一人而抑一人？第二天，李贤改举陈文。

陈文心里很清楚，李贤如果不改主意，入阁的多半就是柯潜。但他对李贤的怨气，就是难以消除。

李贤心里也很清楚，陈文对他怨恨，除推举阁臣，不会有别的原因。他也许很是奇怪，宫闱密谈怎么一转眼就传到陈文耳朵里；也许有点儿后悔，不该因王翱一言便改变主意。但对木已成舟的事，他从来也不愿多花费精力。陈文不主动与他说话，除非迫不得已，他也从来不主动与陈文说话。

要在平日，彭时会想方设法，在与陈文说话的同时，也顾及李贤。他觉得，同僚之间别别扭扭，总不是好事。但今日他顾不上。因为宫里有几天没有传出消息，连一向很热闹的正月十五上元节也没有消息传出来，太让人放心不下。

“安简先生有宫里消息吗？”他反问一句。

“差不多就算是宫里消息吧。”陈文说着，瞥李贤一眼。

李贤懂得这一瞥的含义，不仅是自鸣得意，而且是明白无误地告诉他：你在这里，碍事。他干脆走出去。

“我与原溥先生比邻而居，纯道先生是知道的。”陈文这才说下去。

他提到钱溥，引起彭时的注意。多年前，钱溥授书内书堂，当年的弟子如今多显贵。他们念及昔日师弟情分，一直和钱溥有来往；别人听不到的消息，钱溥往往能够听到。

“是原溥先生府上传出的消息？”彭时问。

“对。”陈文应道，“昨晚，侍奉东宫的王公公去过钱宅。”

王公公名纶，谁都知道他和钱溥关系特别密切。

“我听说，原溥先生与公公们晤面，常常会邀安简先生共饮。是不是？”彭时问。

“昨晚却未邀；据我所知，他二人亦未饮。”陈文说。

“那一定在谈论大事。”彭时推测。

“是，”陈文应道，“王公公说的是，皇上不豫，趁此时为东宫纳妃，如何？原溥先生告诫道：当奉遗诏行事。”

“还是原溥先生识得大体。”彭时道。但赞过之后，又觉得有些不对的地方，至少是让他困惑的地方。他把陈文的叙述仔细回想一遍，找到这个让他感觉不对至少是让他感觉困惑的地方，其实就是两个字。他问：“原溥先生说的是遗诏？”

“不错，是遗诏。”陈文应道。

彭时还有一个疑惑。他说：“安简先生方才说过，昨晚原溥先生并未邀你过去，那么——”他不是用语言，而是用神情表达自己的疑惑。

“我并未过去，但我家一仆，与原溥先生家一仆，甚是要好，原溥先生与王公公谈论时，他恰好在钱宅。”陈文解释。

恐怕是你差他过去探听的吧，彭时心想。当然，此言太伤人，他是不会说出来的。他自语道：“难道真的已到立遗诏的地步？”

“不仅到要立遗诏的地步，而且，遗诏已有！”随着话音，牛玉步入阁中，李贤走在他身旁。二人的脸色同样沉重，显然在进来之前曾交谈过。

彭时、陈文二人的思绪，立即从差不多是宫里的消息，转到肯定是真实的宫里的消息。钱溥、王纶的谈论是偶尔听到的也好，或是有意打探到的也好，都无关紧要。

“牛公公，难道——”彭时紧张过度，不知该怎样问。

“还没有。”牛玉知道他要问的是什么，并且相信他们也能听懂自己说的是什么，“但皇上自拟遗诏，命我拿过来，请先生们润色。”

皇帝交代的三件事，牛玉分别写在三张纸上。李贤等三人各持一张，看过之后，互相交换。彭时看到第一事时，心想，皇上命太子登极后成婚，王纶辈用不着瞎操心。陈文想的则是：幸亏钱溥昨晚没邀自己去，不然，发一通议论，才是自找麻烦呢。

忽听李贤在问：“牛公公，何至于此？”

这也正是彭时、陈文要问的，他二人不再想别事，静候牛玉的回答。

“原德先生让我怎么说？”牛玉只能答以皇帝的话，“圣上之意，事不可测，且拟好遗诏，不用又何妨？”

李贤等都知道，无论如何，皇帝交代的差事是一定要办的。

“纯道先生，润色之事非你莫属。”陈文率先说。他不愿李贤去办这件事，又不好揽来自己办，遂推给彭时。

“且听原德先生怎说。”彭时道。

“圣谕三事，关乎大体，非英明天纵，不能及此。而止殉一事，尤为盛德，高出古今多矣。”李贤说到此，唤声“牛公公”，表示前面的话是说给众人听的，而后面的话是说给他一人听的，并请他回奏于皇帝驾前，“臣以为，原词即可，无须润色。”

“纯道先生说呢？”牛玉问。

“臣亦以为无须润色。”彭时说着，悲怆不已，泪水夺眶而出，“臣已六神无主矣，欲稍加润色，亦不可得。”

“安简先生之意如何？”牛玉问。

“我亦赞成纯道先生之议。”陈文说。依他的本意，实在不愿意依附李贤的言论，但李贤、彭时都说无须润色，他若说仍须润色，则不仅是与李、彭二人做对，且是对皇帝大不恭。无奈之中，他只得强调，他依附的是彭时的言论，而不是李贤的言论。

“三位之议一致，我这就复旨去。”牛玉说。

三阁臣送他出去，李贤嘱咐：“宫里有事，还望公公找人捎个信来。”

牛玉没找人捎信，而是在天黑时自己又来到阁中。

“今日不会有事，三位先生且回去歇一歇吧。”他说。

“牛公公找人捎个信来就是，何必亲自跑一趟？”陈文发现前半句话其实是李贤说过的，又在里面挑毛病，“是不是因为有人说这话，牛公公觉得非自己来一趟不可呀？”

“应该的，应该的！”牛玉道，又招呼李贤，“原德先生，等等我。”

彭时率直，牛玉说今日不会有事，又要李贤等等，不管是皇帝单独对李贤有旨，还是牛玉自己要找李贤，反正与他无关，他大步走开。陈文就不同，皇帝此刻若单独对李贤有旨，他既愤且忌。

“牛公公，另有圣谕吗？”他问。

“不，我有两句话对原德先生说。”牛玉道。

陈文一步一停，一步一扭，不情愿地走去。

“牛公公，何事？”李贤问。

“皇上堕泪。”牛玉说着，自己的眼眶也湿润。

“怎么？”李贤吃惊地问。

“我对皇上讲述阁中情形，讲到纯道先生悲怆落泪，见皇上也在堕泪。”牛玉说。

“公公不该讲这些的，皇上伤心不得。”李贤说。

“是啊，我也后悔不已。但我没想到，皇上会堕泪呀！”牛玉道，“不瞒原德先生，皇上性子刚强，不仅我本人从未见皇上堕泪，听老袁说，漠北的日子那么苦，有时连粮都断，皇上也没落过一滴泪，听皇后娘娘说，南宫的日子那么苦，有时一半是吃饱肚子，一半是气饱肚子，皇上也没落过一滴泪。而今日，皇上却堕泪。我见后，好不心酸。”

“老牛，”李贤让牛玉大吃一惊、自己也没料到，会改变一次称呼，“你是想告诉我，已经回天乏术吧？”

“原德先生也觉出？”牛玉道。

“若非如此，你绝不会多跑这一趟的。”李贤的依据很简单。

“是啊，依我看，爷熬得过今夜，也熬不过明日。”牛玉道，“原德先生，我就是想来告诉你一声，今晚回去睡一觉，明日一早赶去朝房等消息吧。”

“不，我今晚就歇在朝房。”李贤说。

十七日，皇帝逝于宫中，年仅三十八岁。

大明朝前后两次称帝、使用两个年号的，仅皇帝一人。皇帝谥法天立道仁明诚敬昭文宪武至德广孝睿皇帝，庙号英宗，葬裕陵。

后人称，英宗皇帝有五事超出古今：

第一，礼敬钱皇后，有举案齐眉之美；

第二，追谥宣宗废后胡氏恭让；

第三，议及建文君，虽未复其帝号及年号；

第四，定后、妃名分，此事记在他遗诏中，但不甚为后人理解；

第五，止嫔御殉葬，一扫大明朝立国近百年习俗。

# 人名索引[1]



1 人名后页码为该人物首次出现时所在的页码。